DESTINO OU ACASO

Hévila Maria Chaves Monte

Destino ou Acaso

Ler Editora

Brasília, 2015

SIG Quadra 3 Bloco B Lote 49 Loja 59
CEP 70610-430 - Brasília - DF
Telefone: 61 3362 0008
lereditora@lereditora.com.br
www.lereditora.com.br

Autora
Hévila Maria Chaves Monte

Capa
Denis Lenzi

Diagramação
Samuel Tabosa de Castro

"Qualquer semelhança entre a realidade e os nomes, datas, lugares e acontecimentos dessa obra é mera coincidência, pois, trata-se de uma obra fictícia e todos os dados são provenientes da imaginação da autora. Assim como os fatos narrados podem não ser como a perfeita realidade".

Dados Internacionais de Catalogação na Publicação (CIP)

Monte, Hévila Maria Chaves
Destino ou Acaso / Hévila Maria Chaves Monte. — Brasília: LER Editora, 2015.
320 p. 22 cm.

ISBN: 978-85-64898-78-3

1. Literatura brasileira. 2. Romance. I. Título.

CDU 82-31

Obra em conformidade com o Acordo Ortográfico da Língua Portuguesa.

Dedico ao meu pai, Ribamar Monte, que é, e sempre será, meu maior exemplo, e à minha mãe, Socorro Chaves, que me deu a vida e me ensinou as coisas mais lindas que hoje eu sei.

Sumário

Parte 1 — Um começo marcante 9

Capítulo 1 11
Capítulo 2 23
Capítulo 3 33
Capítulo 4 41

Parte 2 — Uma encrenca inesperada 45

Capítulo 5 47
Capítulo 6 55
Capítulo 7 65
Capítulo 8 85
Capítulo 9 95
Capítulo 10 107

Parte 3 — O amor, em todas as suas formas 113

Capítulo 11 115
Capítulo 12 131
Capítulo 13 139
Capítulo 14 151
Capítulo 15 159
Capítulo 16 171
Capítulo 17 189

Parte 4 — A fé contra o medo 199

Capítulo 18 201
Capítulo 19 211
Capítulo 20 225
Capítulo 21 235
Capítulo 22 243
Capítulo 23 259

Parte 5 — Um segredo e suas consequências 267

Capítulo 24 269
Capítulo 25 277
Capítulo 26 289

Parte 6 — Reencontros 305

Capítulo 27 307
Capítulo 28 311
Epílogo 315
Agradecimentos 317

Parte 1

Um começo marcante

Capítulo 1

Litoral piauiense, dezembro de 2012

O sol queimava minha pele como brasa e meu corpo inteiro estava coberto de areia. Ajeitei o boné de aba reta na minha cabeça e posicionei-me com as mãos nos joelhos, próxima à rede, esperando o saque.

Olhei rapidamente o placar: tínhamos uma vantagem de três pontos. Meu time havia ganhado o primeiro set perfeitamente, depois o segundo. Mas a reação do time adversário veio no terceiro e depois no quarto. Estávamos no quinto set, com uma vantagem de três pontos.

Sacudi a cabeça tentando afastar os meus cálculos e me concentrar no jogo. Era nossa vez de sacar e, se tudo desse certo, marcaria um ponto e encerraria o set e o jogo, com uma merecidíssima vitória. E, naquele momento, odiei a ideia inovadora de misturar vôlei de quadra com vôlei de praia, eu já não raciocinava de tanto calor.

A bola finalmente foi sacada e saiu voando por cima da rede como um foguete. Tirei as mãos dos joelhos e fiquei com a coluna ereta.

Uma garota de *short* preto e *top* laranja do time adversário recebeu a bola com uma manchete, elevando-a na direção de uma loira, que já estava preparada para atacar meu time. A loira pulou a minha frente, a centímetros de mim, separada dela apenas pela rede. Ela levantou a mão, batendo na bola com força, fazendo um baque seco.

Precipitei-me e pulei mais alto que ela, com os braços esticados o máximo que pude, fazendo um bloqueio. Fechei os olhos e senti a bola bater violentamente na palma da minha mão e cair no chão do outro lado da rede, e depois vir rolando até os meus pés.

Escutei o apito e vi de lado o juiz fazer o sinal, finalizando a partida. Tínhamos vencido. Minha equipe veio me abraçar e me dar os parabéns pelo meu bloqueio fabuloso. Depois das comemorações, retirei o boné e atirei-o ao chão, jogando-me logo depois na areia quente.

~*~*~*~*~*~*~*~*~*~*~*~

Acordei mal conseguindo abrir os olhos. Com muito esforço, sentei-me na cama, esfregando a testa, em um estado entre a iminência do sono e o despertar.

Minha cabeça latejava e minha pele ardia muito. Esse era o resultado por ficar horas e horas exposta ao sol e ao calor escaldante nessa época do ano. Mesmo sendo dezembro, que geralmente traz o clima tipicamente agradável de Natal no litoral piauiense, com ventos menos secos e mais frios, aquela tarde havia sido bem calorosa e desconfortável em Parnaíba, minha cidade natal.

Passei a mão no cabelo, senti que ainda estava bastante arenoso e ainda estava com a roupa que usava quando estava jogando, também coberta de areia, com aspecto granulado.

Mal conseguia me mexer, mas levantei de uma vez, e, só nesse momento, pude perceber que já era noite.

Olhei no reloginho verde na mesinha de cabeceira: já eram seis e meia.

Não era possível. Eu havia dormido tanto assim?! Lembrei-me de que chegara da praia umas duas horas e só me deitei na cama imediatamente, vencida pelo cansaço.

Cocei a cabeça, sem saber o que faria naquele momento, e lutei contra a minha vontade de me deitar novamente e dormir por mais algumas horas.

Meu celular começou a tocar, e instintivamente, comecei a revirar meu quarto, quase todo na treva, sendo guiada pelo toque estridente, que fazia minha cabeça latejar ainda mais. Encontrei o celular embaixo do travesseiro.

— Alô?! — atendi.

— E aê, Maluzinha?

— Ah — sentei-me na cama novamente — e aê, Fred.

Fred é meu melhor amigo. O tipo de pessoa que liga pra você sem motivos.

Escutei um barulho muito intenso do outro lado da linha, como se ele estivesse em algum *show* e os componentes da banda que iria se apresentar em instantes estivessem testando os instrumentos.

Fred é bem animado, adora festas e sai com várias garotas. Faz tudo o que quero, além de ser meu psicólogo, conselheiro amoroso, cupido, pai e irmão nas horas vagas. Não me recordo de um só fato que acontecera na minha vida que não havia contado a ele.

— Malu, hoje tem festa! — Fred gritou ao telefone, em razão do barulho enorme que fazia no local onde ele estava, em contraste com o meu quarto, escuro, vazio e silencioso.

— Sim, e o que é que tem? — gritei de volta.

— A minha banda vai tocar hoje...

Respirei fundo, levantei-me e comecei a andar em círculos, interrompendo-o abruptamente:

— Não! Eu não vou fingir ser sua namorada!

— Malu, você não está entendendo... Eu tenho fãs, eu sou assediado!

Nossa, como o Fred se achava. Fãs? Assédio? Havia prometido a mim mesma que nunca mais fingiria ser a namorada dele de novo. É humilhante, as garotas dão em cima dele mesmo na minha presença, sob meu olhar ciumento e ameaçador, que ele me obrigava a fingir.

E outra: nunca vi festa dia de quarta-feira. Mas até que, nas férias, naquela cidade tinha festa todo dia. Era dia 26 de dezembro, um dia depois do Natal, é como se fosse uma continuação das comemorações natalinas.

— Malu, vai ser rapidinho... — ele insistia.

Fred já havia passado por duas decepções amorosas. Uma delas aconteceu na praia do Coqueiro, durante uma festa de *reveillon*. Eu estava lá também. Em um minuto, ele estava de mãos dadas com a namorada da vez, Natália Negreiros. Uma modelo loira, alta e encantadoramente bonita. Mas, no outro instante, ela já estava bem bêbada. Ele foi comprar mais bebida, e, nesse intervalo de tempo, Natália agarrou e beijou o ex-namorado, que, por acaso, estava lá também. Vi a cena e não sabia o que fazer, até que vi o rosto do Fred, perplexo, no meio de várias pessoas estranhas, com dois copos nas mãos. Largou os copos e quis partir para uma briga, mas alguns amigos nossos o detiveram e ele foi para casa de um modo que eu nunca havia visto, sem nem esperar a virada do ano. Foi uma época difícil, eu ia à casa dele todos os dias, comíamos brigadeiro e assistíamos a filmes de terror. Nossa parceria era enorme, o que me fazia cogitar a possibilidade de "ser" sua namorada de novo.

— E, supondo que eu aceite ser sua namorada, o que eu ganho em troca?

Ele pigarreou:

— Minha ilustre presença no campeonato de vôlei.

— Ei! Mas isso não é recompensa, é obrigação!

— Hmm... Você é quem sabe.

Revirei os olhos e perguntei automaticamente:

— Onde vai ser?

— No Orla Naite, praia do Coqueiro, umas dez horas, por aí.

Respirei fundo mais uma vez, fechando os olhos e os pressionando levemente com o indicador e o polegar.

— Tudo bem. Passa aqui às nove.

— Yes! — ele comemorou.

— Mas olha — falei sério, o dedo em riste — essa é a última vez.

~*~*~*~*~*~*~*~*~*~*~*~

Uma noite, encontrei meu olhar no de um garoto de uns 18 anos, moreno, e forte. Percebi que era o centro das atenções. Estávamos em um *pub*, com karaokê. Os olhos castanhos do garoto desviaram-se de mim, enquanto eu, por vergonha ou mero disfarce, baixei o olhar.

Pouco tempo depois, minhas amigas insistiam para que eu cantasse uma música. Resisti. Mas depois falei alto o suficiente que só cantaria na companhia de alguém. O moreno de olhos castanhos veio até mim e se ofereceu para fazer-me companhia no palco.

Receei aceitar o convite. Consultei minhas amigas telepaticamente. Elas confirmaram com a cabeça, enquanto eu as encarava de modo duvidoso.

Cantamos uma música conhecida, e me senti até inferior depois que escutei a voz daquele sujeito. Como ele cantava bem!

Mas, vendo o *pub* lotado e cantando conosco, a onda de prazer e liberdade tomou conta de mim sem fazer cerimônia.

Ao término da música, ele voltou-se para mim e falou:

— Prazer. Sou Fred Albuquerque.

Minha amizade com o Fred tem hoje três anos.

Muitas pessoas acham que deveríamos ser mais que amigos, mas ele é o irmão que a vida me apresentou. É aquela pessoa para confiar, pedir favores e proteção.

Tornou-se parte da minha rotina cantar com ele nas festas de amigos, nos *pubs* com karaokê, só por diversão. E ele também se comprometeu a me acompanhar nos jogos de vôlei.

Fred é uma pessoa carente, porque não tem uma boa relação com os pais, aquele tipo de relação afetuosa, com conversas sobre tudo na vida. Seus pais não se preocupam com ele e nunca o apoiam em nada. Quando vou a casa deles, nenhum dos dois me recebe, às vezes passam por mim e falam apenas um ríspido "tudo bem?". Não é um "Olá, tudo bem?". É uma frase muito menor que implica pouco caso da parte de quem a profere. Estão sempre ocupados, trabalhando. Isso foi um dos motivos que fizeram aumentar ainda mais nossa amizade e nos tratarmos como verdadeiros irmãos, porque meus pais agiam como se fossem os pais dele.

Na decoração da casa do Fred não há quadros religiosos, ou sequer anjos de porcelana, porque seus pais são ateus. Fred provavelmente seria ateu se não tivesse me conhecido. Durante nossas longas conversas, ele procurava ser o mais racional possível, quase nunca utilizava justificativas divinas, como "Deus é quem sabe", "Foi assim com a permissão de Deus". Ele, às vezes, nem agradecia a Deus pelas coisas que ganhava ou conquistava.

Nunca fui muito religiosa, mas agradeço a Deus sempre em primeiro lugar e nunca, jamais, duvidei da Sua existência.

E foi isso que o Fred aprendeu comigo, e, uma noite de sexta-feira, ele foi apresentado para um produtor musical, que fez a ele uma proposta irrecusável.

Ele tornou-se estrela, famoso na cidade e querido por todos. Sendo cantor de sertanejo universitário, as garotas passaram a procurá-lo com insistência, chegava a ser incômodo. Mas o Fred sempre foi muito educado e o sucesso jamais lhe subiu à cabeça. Então ele nunca destratou nenhuma delas.

Uma vez, estávamos almoçando e conversando sobre a vida, a família, o futuro, e esses outros temas que angustiam a maioria dos adolescentes, quando o celular do Fred tocou. Ele pigarreou antes de atender e gesticulou com os lábios sem fazer som algum me falando quem era ao telefone. Era Natália Negreiros. Ele falou que estava ocupado e não podia falar no momento, depois de desligar o telefone, disse que iria cantar em uma festa naquela noite e precisava que eu fingisse ser sua namorada, porque não aguentava mais os ataques de fãs e pessoas do passado, como a Natália.

Éramos o casal de fachada que movia a mídia da cidade: eu, a jogadora de vôlei, e o Fred, o cantor de sertanejo universitário.

Em uma das festas em que ele estava cantando, quando desceu do palco e veio falar comigo, abraçou-me e falou pela primeira vez: "Obrigado, Deus".

~*~*~*~*~*~*~*~*~*~*~

Passei um tempo maior do que o necessário no banho, em razão de haver areia até dentro dos meus ouvidos. Passei xampu pelo menos umas três vezes, até ter certeza de que toda a areia havia ido embora com a água, pelo ralo.

Depois do banho, sequei meus cabelos longos e pretos rapidamente, e ainda de roupão, finalmente saí do quarto para comer alguma coisa, afinal não havia almoçado naquele dia.

Deparei-me com Henrique, meu irmão mais velho, quando abri a porta do quarto, abruptamente. Percebi que estava prestes a bater na porta, segundos antes de eu abri-la.

— Hm?

— Você vai sair? — ele indagou, analisando meu cabelo preto mal escovado.

— Vou. Por quê?

— Hoje é dia da mamãe e do papai darem plantão.

A informação passou como um raio pela minha mente. Pisquei.

— Droga! Eu esqueci completamente.

A regra de "não sair de casa nos dias de plantão dos meus pais" não havia sido lembrada pela minha fraca memória.

— Como? Como você pôde esquecer, Maria Lúcia? — Henrique alterou a voz para um tom de irritação.

Eu odiava quando as pessoas me chamavam de Maria Lúcia. Malu era tão mais simpático. Pisquei novamente, sacudindo a cabeça.

— Olha, eu não sei para onde você vai — ele continuou — mas eu também vou sair.

— Como? Você vai ficar com a chave? — cruzei os braços.

Embora eu já tivesse dezoito anos, meus pais nunca me tinham dado uma cópia da chave como haviam prometido. E todas as vezes que eu saía tinha que tocar a campainha ou telefonar para que alguém abrisse a porta para mim.

— Eu acho que eu devo ficar com a chave — meu irmão declarou, pendurando e balançando levemente o objeto metálico na minha frente.

— Ah, é. — respirei fundo, revirando os olhos — e como é que eu vou entrar? Você sabe o que eles fariam comigo se soubessem que eu desobedeci a uma regra que eles criaram?

— Malu, eu também quero sair... — começou a choramingar.

— Tudo bem. — falei com convicção — vamos estabelecer um horário. Às doze, eu volto. E se você não estiver aqui para abrir a porta, vou até o hospital e conto tudo para o papai. Ele não vai brigar só comigo.

Henrique deu um passo a frente, fitando-me com os olhos grandes e verdes.

— Fechado.

~*~*~*~*~*~*~*~*~*~*~

Meu pai é médico e minha mãe é enfermeira. Eles se conheceram no hospital onde trabalham e, sempre que se encontravam nos corredores cheirando a éter, sentiam algo mais um pelo outro.

Meu pai, modéstia parte, é lindo. Tem cabelo castanho claro e olhos também castanhos bem claros, quase verdes, assim como o Henrique. Minha mãe tem os cabelos longos, pretos e lisos como os meus. É uma mulata tipicamente nordestina. Uma noite ele ofereceu carona a ela, e daí em diante a convivência dos dois foi aumentando o nível de intimidade até que namoraram e, com três anos de namoro, veio o pedido de casamento.

Um mês depois de terem celebrado a cerimônia de casamento, minha mãe descobriu que estava grávida. Era Henrique.

O Henrique, hoje, tem 21 anos, mesma idade do Fred, e faz medicina na Universidade Federal do Piauí, em Teresina. Mora sozinho, em um apartamento que nosso pai lhe deu, e vem apenas passar as férias conosco. O apartamento foi uma recompensa pela sua capacidade mental de ter conseguido uma vaga quando a concorrência era de umas quinhentas pessoas por vaga.

Henrique e eu temos um relacionamento bom, ele não é um irmão ciumento, apoia-me em tudo e, quando não recebi minha cópia da chave da casa como o combinado, ele se dispôs a dividir a dele comigo.

Nós temos uma cumplicidade incrível e acho que isso acontece porque temos personalidades totalmente opostas, e assim elas se encaixam perfeitamente bem. Ele é calmo e adora facilitar as coisas para as outras pessoas, abrindo mão das suas vontades em prol do seu altruísmo. Também é aberto a críticas construtivas. Já eu sou muito explosiva, irritada e, quando as coisas não dão certo para mim, fico extremamente mal-humorada e acabo descontando minha raiva nos outros. Não aceito críticas construtivas de modo algum, nem mesmo dos meus pais, do Henrique ou do Fred. Além disso, faço e digo coisas sem pensar, mas raramente para me arrepender depois.

Moramos todos em uma casinha de muro verde que cheira a mar, numa ruela de vizinhos amigáveis. É decorada com conchas, decoração típica de região litorânea.

Mas, uma noite, a filha do casal que mora ao lado foi violentada na porta de casa, quando estava se preparando para entrar. Ninguém apareceu de dentro da casa para ajudar porque os pais dela estavam viajando. Os vizinhos escutaram os gritos e chamaram a polícia. O criminoso foi preso e ela passa bem. Mas, a mim e ao Henrique restou a nova regra de "não sairmos de casa nos dias de plantão dos nossos pais".

Quase sempre o Henrique não segue à risca as regras da casa, mas, com a minha ajuda, ele nunca levou castigo nenhum. E a mesma coisa acontece comigo.

Na verdade, não entendi o sentido dessa nova norma, à qual eu deveria obedecer sem fazer objeção, sob a ameaça de um castigo, caso eu desobedecesse a ela. Com meus pais ou não em casa, nunca ficamos isentos de qualquer perigo iminente, porque o perigo há em toda parte.

Já ouvi notícias de pessoas que morreram de todas as formas, mas se eu pensar em evitar tudo pensando que a qualquer momento minha vida pode ser comprometida, vou viver procurando formas de não morrer, e me esquecerei de aproveitar o mundo. Esse é um dos motivos pelos quais eu quase nunca faço o que meus pais me mandam fazer e quase sempre faço o que eles me proíbem. Mas eles não sabem disso. Nem precisam saber.

Às vezes, eu saio para o Orla Naite, um espaço para festas na praia. Mas meu tempo é controlado e, quando eu atraso um minuto, meu celular começa a tocar de cinco em cinco minutos. O "Já estou chegando" nem sempre dá certo, e preciso de um pouco de paciência para falar sob as vozes nervosas dos meus pais me mandando ir para casa no mesmo instante, quando já estou abrindo porta.

Mas mandar, chamar a atenção, castigar, faz parte de qualquer relacionamento de pais e filhos. Quase nunca brigamos e somos uma família bem unida, até. Excetuando-se os milhares de regras que eles me impõem, sob a justificativa de eu ser rebelde e andar fora da linha, amo o jeito como me criaram. Amor, cumplicidade, carinho, nada disso falta no nosso relacionamento.

Sei que não sou uma pessoa muito fácil de lidar. E tenho um ímã para encrencas. Mesmo que fossem verdadeiramente evitáveis, nunca me controlo. Como uma vez em que uma garota bêbada esbarrou em mim em um *show* na praça e começou a me provocar, falando que eu era cega e não olhava por onde andava. Como minha paciência é muito curta e adoro discutir com estranhos, acabamos brigando feio no meio da rua, com todos olhando. Meu pai me deixou de castigo por três meses, e a menina com quem briguei ficou com o braço imobilizado por semanas.

Outra vez, no carnaval, um rapazinho atrevido e aparentemente também bêbado, passou a mão em uma parte do meu corpo que não devia. Joguei o copo de água que tinha em mãos na cara do sujeito, depois o empurrei, e ele caiu por cima de uns cacos de vidro de garrafas de cervejas quebradas. Confesso que dessa vez as consequências foram um pouco maiores.

Mesmo com todas as reclamações que eles fazem de mim, com o pretexto de que eu deveria ser um pouco mais comportada, mentir menos e tentar não arranjar confusão, sei que Deus não poderia me dar pais melhores. Talvez se eu fizesse parte de outra família, já teriam perdido a paciência comigo de vez.

O que me irrita um pouco é que eles querem que eu faça a mesma coisa que o Henrique. Que me forme em medicina e seja uma médica exemplar. Até gosto e me imagino trabalhando na área da saúde, mas não agindo da mesma forma que meu irmão.

Prestei vestibular para esse curso, na mesma Universidade em que Henrique estuda. Embora tenha me dado bem na prova, a concorrência é elevadíssima e eu sou mais pessimista que o normal. Portanto, acho pouco provável que estude medicina ano que vem. O resultado só sai em janeiro, e não estou nem um pouco ansiosa. Por experiências próprias, não criar expectativas e deixar que os acontecimentos me surpreendam é a melhor coisa.

~*~*~*~*~*~*~*~*~*~*~*~

Acompanhei meus pais saírem para o hospital em seus respectivos carros. Minha mãe deixou uma nota de cinquenta reais com cada um dos filhos, para casos de emergência, enquanto meu pai repetia pela milésima vez a regra de "não sair de casa nos dias de plantão".

O relógio marcava oito horas quando escutamos o portão fechar-se, ficando somente eu e Henrique na sala silenciosa.

— Tudo bem. Que horas você vai? — ele perguntou imediatamente.

— Nove.

— Ah, pois eu já vou indo. — ele falou, dando uma piscadela e indo em direção à porta.

Eu, logicamente, quase gritei:

— E como é que eu vou trancar a porta quando sair se é com você que está a chave, gênio?

Ele voltou-se para mim, com as sobrancelhas erguidas.

— Ei, onde você vai mesmo?

— Eu vou para uma festa. — respondi calmamente.

— Onde?

— Ah, no Orla Naite, na praia do Coqueiro.

Henrique ergueu ainda mais as sobrancelhas, fitando-me.

— Em Luís Correia?

Luís Correia é uma cidade pacata que fica relativamente perto da minha cidade, Parnaíba. E a estrada que interliga as duas cidades na maior parte é iluminada e movimentada, mas o trânsito é bem leve. Não sei por que esses espantos ocasionais dos meus pais e do meu irmão toda vez que eu vou ao Orla Naite.

— Ah, Henrique, nem é tão longe assim. — comecei a argumentar.

— Mas, Malu, é a noite... E é perigoso... Nessas festas sempre tem gente que bebe e sai dirigindo e se mete em cada encrenca por aí, até põe em risco a vida dos outros.

Não, aquela história de novo, não. Por que eu sempre tenho que pensar no pior antes de sair?

— Mas, Henrique, eu vou com o Fred, ele quer muito que eu vá!

Depois que escutou o nome de Fred, meu irmão recuou. Senti o alívio no seu rosto, porque Fred é um dos nossos melhores amigos, em quem Henrique confia muito.

— Você volta às doze horas, mesmo?

— Tem minha palavra. — respondi, fazendo uma continência.

Meu irmão sorriu, depois me abraçou.

— É que, quando papai e mamãe saem, eu sou o responsável por você. — ele colocou uma mecha do meu cabelo atrás da minha orelha — e jamais me perdoaria se alguma coisa te acontecesse.

— Ei — falei, afastando-me — eu tenho dezoito, não oito.

Henrique riu.

— Então vá se arrumar para esperar o Fred. Não beba, não aceite nada de nenhum estranho, não fique até o final de festa, porque...

— Há muitos bêbados no final que põem em risco a vida dos outros. — falamos em coro, porque eu já havia decorado todo o seu discurso antes de eu sair.

Capítulo 2

Fred vestia uma camisa social xadrez, como era de costume, sempre que ia fazer algum *show*. Seu cabelo preto estava bem cortado e brilhando, não de um modo artificial como se ele estivesse passado alguns quilos de gel, e sim de um modo natural, estava completamente seco, refletindo a luz dos outros carros. Ele mascava um chiclete, enquanto observava com atenção a estrada a nossa frente.

— Quer um? — ele puxou um chiclete do bolso da camisa, estendendo-o a mim.

Peguei o chiclete da sua mão.

— Ei, Fred.

— Hm.

— Preciso voltar às doze. Tudo bem para você?

Desembrulhei o chiclete e o enfiei na boca, fazendo uma pequena bolinha com a embalagem.

— Tudo bem, Malu — ele olhou no retrovisor — é a hora em que o meu *show* acaba.

Aquiesci com um rápido movimento de cabeça.

Fred era o tipo de pessoa tão responsável quando dirigia e sua atenção era tamanha que nem conversava muito quando estava na estrada. Algumas vezes ele inclinava-se sobre o volante analisando a estrada, embora Luís Correia fosse praticamente ao lado de Parnaíba, a uma pequena distância. Surpreendendo-me, ele puxou assunto:

— Ei, já saiu o resultado do vestibular?

— Nem me fale em vestibular, Fred. — Revirei os olhos — ainda não saiu, e não tenho muitas chances.

— Que é isso, Maluzinha? — ele esboçou um sorriso — não quero ver você desanimada assim.

Encostei a cabeça no vidro e o olhei de lado.

— Mesmo que a concorrência seja grande, você consegue. Eu sei que consegue. E Henrique conseguiu, não foi?

De fato, Henrique havia conseguido passar para medicina, pensei. Mas com certeza ele se esforçou mais do que eu. Meu terceiro ano inteiro se resumiu a festas, jantares com os amigos, e sempre que tinha um tempo livre em casa, jogava vídeo game. Mas prestar atenção nas aulas era suficiente para me render boas notas em química e biologia. Por vezes, eu me irritava quando meus pais reclamavam comigo por não me esforçar pelo que quero. E eu já estava cansada de ter que tomar o Henrique como modelo para minha vida pessoal e profissional.

— É. — suspirei — é que eu sou muito pessimista.

Fred riu.

— Pessimista? Imagina! — ele me olhou, irônico. Depois recompôs seu semblante em extrema seriedade — Malu, mesmo se não der certo, insista. Insista até dar certo. Nunca desista dos seus objetivos. Por favor.

Ok, o Fred não me conhecia direito. Eu era bem prática, não fazia parte do meu perfil ficar tentando uma coisa que já fracassou. E se desse errado de novo? Eu só teria perdido tempo. Se desse certo, ótimo. Se não, eu simplesmente esqueço.

— E você? Como vai a faculdade? — mudei de assunto.

— Ah, vai bem. Engenharia às vezes é legal.

— Não sei como você consegue conciliar estudo com todos esses *shows*.

— É que eu gosto das duas coisas. A gente sempre tem tempo para fazer aquilo que gosta.

Refleti sobre a frase. Será que, mesmo gostando de estudar medicina e jogar vôlei, conseguiria conciliar os dois?

— Acho que vou deixar o vôlei na faculdade.

— Vai ficar um pouco pesado para você, seus treinos serão reduzidos à metade.

Suspirei.

— O campeonato será semana que vem. Você vai, né?

— Claro, me diz uma vez que eu não fui.

Tentei lembrar. Os *flashbacks* de todos os jogos invadiram minha mente, em preto e branco e câmera lenta. Em todos eles, o Fred estava na arquibancada, de boné de aba reta, gritando meu nome junto com toda a torcida. Pisquei.

— Realmente, tenho que te dar os parabéns, cara.

Ele deu um tapa no botão do rádio e começou a cantar o finalzinho da música que estava tocando. Quando a música acabou, escutamos o anúncio da festa para a qual estávamos indo. A atração principal de férias com festa, nome do evento, seria um DJ de São Paulo, além de um local, uma banda de forró e Fred Albuquerque, o fenômeno do sertanejo.

— Hum, tá estrelinha esse garoto, hein? — brinquei.

Ele riu involuntariamente.

— É esse tipo de música que é uma febre, eu não sou o único.

Mesmo sendo famosinho e desejado por várias garotas, meu melhor amigo nunca perdera a modéstia e nunca havia me deixado de lado por pessoas mais populares e sociais que eu, como a modelo Natália Negreiros.

— Fred, a Natália Negreiros vai estar lá? — perguntei por lembrar.

Ele fez uma careta e mastigou o chiclete mais rápido.

— Se ela aparecer, por favor, me beije.

Não pude conter as gargalhadas.

— Credo, Fred! — falei com lágrimas nos olhos de tanto rir — Melhores amigos não se beijam.

Dava para notar que ele ainda era louco por ela. Mesmo depois de ela ter o traído, os olhos dele ainda brilhavam toda vez que ele a via, ou toda vez que alguém falava seu nome. E ele não guardava nenhum tipo de mágoa da modelo. Queria ser como ele. Queria superar tão fácil as coisas, sem desejar o mal a quem me fez mal um dia.

— Estou brincando. A Natália não é flor que se cheire, mas não posso simplesmente torcer para que ela encontre alguém que a faça sofrer como ela me fez. Sim, eu a amava muito. Mas ela fez sua escolha, e tomara que seja feliz nela. — ele buzinou de leve enquanto um carro vermelho nos ultrapassava.

Eu nunca seria alguém como o Fred. Como uma pessoa conseguia superar tão fácil as coisas? No lugar dele eu já tinha mandado matar aquela menina. Sei que é um tanto cruel da minha parte, mas as pessoas precisam aprender que não se pode brincar com o sentimento dos outros.

— Mas nada disso implica dizer que eu deixe que elas achem que eu sou um babaca e que podem fazer o que bem quiserem comigo. É por isso que quero que finja ser minha namorada, já cansei de dar foras. Essas meninas pensam que eu sou um brinquedo, Malu. Você sabe como eu sou romântico e apego fácil às pessoas. A Natália simplesmente só quer brincar comigo, sabe... Nunca deixe ninguém brincar com você, viu? — ele falou, gesticulando.

— Relaxa! — eu ri — eu sou bem... Bem...

— Pé no chão?

— Isso! — juntei as mãos — não sou iludida.

— Ah, então foi por isso que você nem sofreu tanto quando aquele seu ex-namorado te traiu também. Queria ser assim. Nunca chorei tanto quando a Natália fez aquilo comigo.

Estremeci, agarrando-me ao banco. Só de pensar no Eduardo, meu estômago embrulhava de raiva. Não sofri porque não era tão iludida a ponto de achar que ele era mesmo fiel. Mas, além de realista, sou muito rancorosa. Desejava o mal para o Eduardo todos os dias, mesmo que não tivesse feito a menor diferença para mim em terminar com ele.

— Você sabe que eu nem gostava dele. — murmurei entediada.

— Outra coisa, Malu: O perdão nos faz melhores. — ele comentou — tenta perdoar-lhe, um dia.

Ele só poderia estar louco. Fingi que meus ouvidos não tinham escutado aquela frase tão absurda.

Um carro nos ultrapassou. Em uma curva.

— É por isso que acontecem os acidentes. Pura imprudência das pessoas. — ele disse.

Fred sempre fora muito correto. Ele jamais dirigia depois de beber, não corria muito nas estradas e sempre respeitou as demais leis de trânsito.

— Você é a pessoa mais prudente que conheço — declarei.

~*~*~*~*~*~*~*~*~*~*~

Estacionamos o carro e nos aproximamos da entrada. Fred pegou minha mão e saímos abrindo caminho pela multidão que estava em constante movimento. Um segurança com quase dois metros de altura falou alguma coisa com o Fred e, logo em seguida, uma garota loira, com mechas rosa e *piercing* no nariz apareceu. Ela usava uma blusa branca de mangas compridas, saia lápis preta até a altura do umbigo e sapatos também pretos. Trazia um tablet, no qual deslizava os dedos quase que automaticamente e falando por um microfone preso a sua orelha. Pelo que me parecia, era uma das auxiliares na organização do evento. Ela retirou de uma pequena bolsa que trazia consigo uma pulseira de plástico verde fosforescente com o nome VIP em letras vermelhas. Ela abotoou a pulseira em meu pulso esquerdo e disse algo como "boa festa" antes de se retirar. O segurança afastou-se e empurrou a porta com os dizeres "Área VIP", dando-nos passagem.

Subimos uma escada e chegamos a uma espécie de camarote bem grande, *open* bar e na diagonal com o palco. Quando chegamos, várias pessoas vieram nos cumprimentar, algumas que eu já conhecia e outras não, mas quase não as enxergava nem as ouvia por causa do jogo de luz no teto e do barulho ensurdecedor de uma música eletrônica mixada pelo DJ local que já se apresentava.

Depois nos aproximamos da grade, da qual poderíamos ver a multidão um pouco abaixo de nós e o palco a uma distância relativamente próxima e à mesma altura em que estávamos, na área vip.

As pessoas lá embaixo pulavam com bastões fosforescentes nas mãos, de todas as cores. De onde eu estava, podia ver as ondas do mar se movimentando lentamente, em contraste com a música agitada que fazia meus tímpanos estremecerem. Peguei o celular e olhei as horas: quinze para as dez.

Debrucei-me sobre a grade e percebi que nunca havia visto o Orla Naite tão lotado.

— Malu — escutei Fred chamar, ou melhor, gritar. — preciso ir, eu sou o próximo a subir no palco. Depois eu volto, passamos um tempo e vamos embora, ok?

Assenti.

Ele me deu um beijo na testa e se afastou, abrindo caminho pelas pessoas, parando uma vez ou outra para falar com alguém.

Fui até o bar e pedi um refrigerante — eu nunca bebia — e fiquei andando em círculos, falando com os conhecidos.

— Você está namorando Fred Albuquerque? — uma colega minha perguntou.

— Amei seu vestido! — disse a minha parceira no vôlei.

— Eu não acredito nisso, Malu. Fred Albuquerque?

Senti ser puxada pela cintura bruscamente, fazendo o refrigerante derramar e molhar meus sapatos. Virei rapidamente para ver quem havia feito aquilo. Dei de cara com Eduardo, meu ex-namorado.

Empurrei-o para trás com expressão de nojo.

— Cara, você está bêbado!

— Malu! Eu sei que você não está namorando esse cara. Você é minha!

Revirei os olhos.

— Se eu estou namorando, não é problema seu, sabia? E não, nunca fui sua.

Ele aproximou-se, com os olhos semicerrados. Ele cheirava a vodca e hortelã.

— Eu ainda te amo, Malu. Um dia você vai se arrepender por ter me trocado. Nós sempre fomos um casal perfeito. — ele riu, fazendo um maneio com a cabeça — Você não combina com esse cantorzinho de quinta categoria.

Ri ironicamente.

— Seu imbecil! Se você me amasse, não teria me traído. E EU NÃO TE TROQUEI, VOCÊ QUE ME PERDEU! — aumentei drasticamente o tom de voz. — Ah, e mais uma coisa: Da próxima vez que falar assim do Fred, eu não vou responder por mim, entendeu?

Ele deu um gole na sua bebida quente com os olhos fixos em mim.

— Ah, e o que vai fazer, Maluzinha?

Engoli em seco. Meu sangue fervia, e aquela festa de repente havia ficado tão irritante. Fuzilei o Eduardo com o olhar.

— Nós não temos mais nada a ver com a vida um do outro, Eduardo. Vá viver sua vida e deixe a minha em paz — falei claramente, tomando distância necessária para que o seu cheiro de vodca misturada a hortelã não embrulhasse meu estômago — você escolheu isso. Seus erros o levaram a esse... Estado.

Percebi que havia uma mancha amarela do lado esquerdo da camisa social branca que vestia, como se alguém, ou até ele mesmo, tivesse vomitado nela minutos antes.

— Com licença — falei me afastando — você está me expondo.

Dei um gole no meu refrigerante, enquanto escutava o DJ anunciar a "saideira" do seu *show*.

Não entendo como uma pessoa pode mudar tanto. O "Edu", como eu costumava chamá-lo, de dois anos atrás era lindo, carinhoso e jamais bebia tanto. Mas, depois de algumas más influências, ele começou a sua incrível mudança. Mas ainda me respeitava, apesar de todos os seus erros. Até o dia em que me traiu. Não fui atrás de satisfações, mas, ao contrário do Fred em relação à Natália, passei a desejar todos os dias que ele se encrencasse de uma forma tão horrível, que não tivesse nem coragem de sair de casa e encarar as pessoas na rua.

— Malu? — uma voz feminina, extremamente aguda e irritante me chamava.

Rolei os olhos quando vi que era a loira oxigenada Natália Negreiros. Ela usava um vestido elástico preto e brilhante e sapatos de couro vermelhos. Aquela só poderia ser a noite das perseguições.

— Olhe, estou tipo, muito feliz que esteja com o Fred. — ela falou, unindo as mãos.

— É mesmo? E por que você veio me dizer isso?

Ela riu, olhando para os meus pés.

— Só queria que soubesse que não temos tipo, mais nada a ver.

Era só o que me faltava. Escutei o DJ se despedir e toda a multidão gritar, pular, aplaudir e balançar os bastões fosforescentes naquela atmosfera de êxtase. Um barulho de gaita e sanfona começou. Era a banda do Fred.

— Eu sei que vocês não têm mais nada. — falei — até porque ele tem juízo, não?

— Como é que é?

— Ah, garota. Vai ser falsa assim lá longe. Você não está nem aí para o Fred.

— Olha aqui, sua mal educada, eu venho tipo, na maior paz falar com você, e você fica aí tipo, toda arrogante.

A cada "tipo", eu sentia minha pulsação aumentar violentamente.

— Eu tipo, não vou perder meu tempo com você. — falei de forma irônica, dando um passo para trás, observando-a de cima abaixo.

Antes que eu virasse as costas e saísse, alguém veio entre nós duas, ficando frente a frente com a Natália e dando-lhe um beijo no exato momento em que ela ia falar, talvez, mais um "tipo". Ela relutou no início, mas acabou retribuindo.

Estreitei o olhar, porque o jogo de luz estava muito forte, e só então percebi que quem a havia calado com um beijo fora Eduardo.

— Obrigada — gritei enquanto me afastava — você me fez um grande favor calando a boca dela!

Fui novamente em direção ao bar. Naquele momento não entendi ao certo o que estava fazendo ali.

— Uma vodca e um refrigerante, por favor.

Eu nunca bebia, mas naquela ocasião, vendo-me nunca festa tão chata, convenci-me de que um pouco de álcool não faria mal, desde que bebesse com moderação.

Escutei o Fred cantar algo parecido como "eu já estou louco por ela, sozinha na balada, vou esbarrar nela e chamá-la para dançar".

Essas músicas de sertanejo universitário eram ótimas para dançar, mas por que motivo um sujeito precisaria esbarrar em alguém para chamar essa pessoa para dançar com ele?

O barman trouxe o refrigerante em lata em uma mão e começou a virar uma garrafa com vodca em um copo. Fiz um sinal com a mão para que ele parasse de encher o copo, minha intenção era beber um pouco para me distrair, e não entrar em coma alcoólico.

Abri o refrigerante, completei o copo e em seguida tomei um gole. Já havia bebido antes, mas a sensação foi de que fazia aquilo pela primeira vez. O líquido desceu quente pela minha garganta, chegando ao meu estômago vazio, já todo revirado. Mas não vomitei.

~*~*~*~*~*~*~*~*~*~*~*~

Uma hora depois, escutei o Fred se despedir, agradecendo pelo *show* pela terceira vez, anunciando os patrocinadores da festa.

Eu estava bem. Não havia vomitado nenhuma vez e enxergava perfeitamente. Mas me encontrava em uma rodinha de conhecidos, falando sobre a minha vida, coisas que não costumava sair falando. E tudo o que eles diziam eu tinha o estranho reflexo de rir incontrolavelmente. Além de eu falar antes mesmo de pensar o que queria dizer.

Alguns minutos após escutar o Fred se despedir, senti alguém me puxar pelo braço, de um modo firme, mas ao mesmo tempo delicado.

— Quantos copos você bebeu? — Fred perguntou sério.

Livrei meu braço sem dificuldades, em seguida falei, sentindo minha voz distante e minha língua pesada:

— Não sei.

Depois tive outro acesso de riso, mas ele não achou a menor graça. Ficou me olhando, com os olhos semicerrados.

— Chega. Vamos para casa. Já deu meia-noite, Cinderela.

~*~*~*~*~*~*~*~*~*~*~

— O que você acha que seus pais vão pensar de mim se eu te devolver assim, Malu?!

Levantei as mãos para o alto.

— Fred! Eu. Estou. Bem! Não vomitei, não caí, não desmaiei.

— É, mas você estava falando um monte de besteira para aquelas pessoas.

Respirei fundo e cruzei os braços. Eram doze e quinze, do dia vinte e sete de dezembro, de acordo com o relógio do carro dele.

— Malu, é que eu me preocupo com você. Já pensou se você chegar em casa e o Henrique vê-la toda sorridente?

Apertei o estômago com as duas mãos e olhei novamente para o painel do carro, estava vendo tudo duplicado. Passei uma mão na testa, estava suando frio. Fred olhou para mim, e na minha visão, ele parecia um ser de outro mundo: quatro olhos, duas bocas e dois narizes. Respirei fundo, mas não consegui evitar.

— MALU! VOCÊ ESTÁ BEM?!

Vomitei no piso do carro, o suco gástrico e a vodca deixando um sabor insuportavelmente amargo e azedo na minha boca. Limpei-a com as costas da mão.

— Tô. Foi só um mal-estar, já passou.

— Malu, você não pode beber...

— Eu sei, desculpa.

Respirei fundo novamente, o mundo rodava. Senti que o carro e a estrada faziam parte de uma montanha russa, na qual estávamos de cabeça para baixo.

O que eu iria dizer ao Henrique? Ele iria passar horas me dando sermão, eu, sentada no sofá, sob seu olhar assustadoramente perspicaz.

Já o Fred era meu irmãozinho superprotetor, que, embora não aprovasse meus atos, não iria, nem queria me fazer sentir pior do que eu já estava.

Remexi-me no banco, desconfortável. Minha cabeça latejava e minha visão estava embaçando. Meu estômago revirou novamente e, mais uma vez, não pude evitar o vômito.

— MALU! — Ele exclamou, virando-se para mim com uma careta de horror.

Vi sua cara de desespero quando olhou para mim, mas eu não iria desmaiar.

— Estou bem. — balbuciei — Vou ficar bem.

Como um relâmpago, vi o rosto do Fred iluminar-se com uma luz que se aproximava cada vez mais. Olhamos atônitos para o para-brisa do carro e vimos um carro branco na contramão, à nossa frente.

— FRED! — gritei com força, agarrando a porta.

Vi Fred girar o volante bruscamente, na tentativa de desviar do carro que vinha em nossa direção. Ele conseguiu desviar do outro veículo, que passou por nós veloz como um raio, quase imperceptível. Mas acabou perdendo o controle do carro e saiu da estada, entrando na mata escura e fria.

Minha cabeça bateu algumas vezes na porta e no teto do carro, enquanto eu gritava e me debatia presa pelo cinto de segurança. Senti barulho de vidro quebrando e vários pedaços atingiram meus braços e meu rosto, fazendo cortes profundos, e só então pude perceber que estávamos capotando.

Meu estômago revirou ainda mais, mas não por conta do álcool, e sim porque capotávamos cada vez mais rápido.

Por fim, senti minha cabeça bater contra alguma coisa, e depois, minha visão, que já estava embaçada, desapareceu totalmente.

Capítulo 3

Tudo parecia um sonho. Um sonho sem fim. Daqueles sonhos que se confundem com a realidade, mas no fundo, sabe-se que é só um sonho, e se faz um esforço sem dimensão para se acordar.

Eu me senti assim, a cena se repetia inúmeras vezes na minha mente, sabia que era um sonho, uma voz ecoava dentro de mim, falando: *Malu, acorde... Malu, acorde... Malu...*

Então acordei. Senti-me muito pesada, como se houvesse uma pedra em cima de mim, e minhas pálpebras pesassem alguns quilos, e eu fazia um esforço extranatural na tentativa de abrir os olhos.

Depois de mais algum esforço, consegui abri-los. Encontrei-me numa cama de hospital. Ou, pelo menos, parecia um hospital. Escutei alguns aparelhos bipando ao meu redor. Nunca havia estado em um leito de hospital antes, e a sensação foi um tanto inédita e estranha. Só depois percebi que havia um grosso tubo enfiado na minha boca. Eu ainda não enxergava direito, mas vi alguém vestido de branco se aproximar. Não consegui identificar quem era, tudo não passava de um borrão. Comecei a me sentir anestesiada e não percebi quando fechei os olhos outra vez.

Quando tornei a abri-los, por um tempo só olhei para o teto. Será que estava na UTI? Será que JÁ estava no céu? Rejeitei a segunda opção. Uma pessoa como eu não merecia ir para o céu.

Percebi que estava com algumas suturas, provavelmente por causa dos cortes profundos que havia sofrido. Não havia mais nenhum tubo na minha boca e eu conseguia ver melhor.

Então, uma enfermeira veio ao meu encontro. Ela era morena e tinha traços delicados. Olhou-me surpresa, como se estivesse feliz em me ver. Mas nós nem nos conhecíamos.

— Com licença. Você poderia... Me dizer se estou em um... Hospital? Ou se meus pais talvez... Estivessem em algum lugar... Por aí? — questionei, sentindo minha voz soar distante.

— Você está em um hospital, e está tudo bem agora. Seus pais estão lá fora. Vou chamar seu médico.

E saiu toda vestida de branco, com a cabeça baixa, deixando-me sozinha com todos aqueles equipamentos fazendo *bip* a cada segundo e me irritando de certo modo.

Pouco tempo depois, o que parecia ser meu médico, veio me ver. Ele fez algumas perguntas básicas e chamou a enfermeira para trocar alguma coisa. A cada duas respostas que eu dava, eu anexava à resposta o pedido de ver meus pais, ou Henrique, ou Fred.

De repente, algo passou pela minha cabeça e então eu comecei a gritar:

— FREEEED! FRED! FRED!

Não sabia o que estava acontecendo, mas a cena do acidente começou a passar de novo na minha mente, e tudo parecia muito estranho para mim, não sabia onde estava, e tudo que via era eu vomitando no carro do Fred e ele me falando sobre não beber. E então eu vi novamente o carro branco vindo em nossa direção, e nós entrando mata adentro, o carro capotando, meu estômago revirado, minha visão embaçada.

— ONDE ESTÁ FRED?! — eu gritava, tentando me mexer histericamente, mas meu corpo estava pesado demais para que eu me agitasse.

Meu médico chamou duas enfermeiras que vieram até mim, e então eu perguntei mais uma vez se poderia ver Fred, enquanto uma delas colocava luvas e a outra preparava uma injeção. Isso só me fez ficar mais agitada.

O médico tentou me acalmar em vão, e a enfermeira que punha as luvas recebeu das mãos da outra a seringa e começou a injetar algo em um tubo que se encontrava na minha cama, junto a mim.

Ainda gritava por Fred. Depois passei a chamar seu nome com mais calma, e um sono incontrolável começou a apoderar-se de mim. Mas eu não queria dormir. Precisava ver meu melhor amigo naquele momento.

~*~*~*~*~*~*~*~*~*~*~

Quando acordei novamente, minha mãe estava em pé, ao lado da minha cama, fazendo uma oração de olhos fechados e cabeça baixa.

— Mãe? — eu a chamei.

Minha mãe voltou sua atenção para mim e seus olhos negros se encheram de lágrimas.

— Mãe, não precisa chorar... Eu... Eu estou bem agora. Eu acho.

Ela uniu as mãos e aproximou-se mais, dizendo:

— Oh, minha filha! — ela fez um carinho na minha cabeça — graças a Deus você acordou.

— Mãe. — respirei fundo antes de falar — cadê o Fred?

Mamãe respirou fundo também, como se não soubesse me responder. Então me falou com uma calma inexplicável, mas com a voz embargada, ainda me acariciando:

— Ele está bem, agora. Ele está bem.

Assenti vagarosamente. Pensei em perguntar se ele também estava pesado ou com tubos conectados ao corpo, ou com aparelhos bipando, como eu. Ou se estava ali perto de mim. Queria escutar a voz dele. Mas se ele estava bem, já me respondia muitas coisas.

— Mãe. Eu só... Eu só queria... Só queria pedir desculpas por ter saído escondida.

Ela limpou a garganta e enxugou as lágrimas que ainda rolavam pela sua bela face.

— Tudo bem, querida. Não se preocupe. O que passou, passou.

Depois foi a vez do meu pai. Ele estava muito mais magro, com olheiras. Mas não estava assim no dia anterior. Ele também cheirava a café.

Não conversamos muito. Aliás, não tínhamos assunto. Pedi perdão também a ele por ter saído no dia anterior sem permissão. Ele, assim como mamãe, disse que estava tudo bem, que aquilo havia passado. Pensei em perguntar a ele por Fred, mas minha mãe havia dito que ele estava bem. Ela não teria razões para mentir para mim.

— Pai, que horas são?

— Deve ser umas dez.

— Da manhã?

— Sim, querida.

Respirei fundo, afundando o travesseiro.

— Dez horas da manhã do dia 27 de dezembro... — falei.

Meu pai pigarreou e falou calmamente:

— Na verdade, filha... Hoje são dez de fevereiro.

~*~*~*~*~*~*~*~*~*~*~*~

Não acredito que havia perdido a virada do ano. O campeonato de vôlei. O resultado do vestibular. Depois que meu pai me deu aquela notícia, fiquei um pouco atordoada, então percebi por que ele estava tão magro e com olheiras, como se não dormisse tranquilamente há muito tempo. Eu havia acabado de acordar de um coma.

Os dias se passaram monótonos. Foram uns quinze, de acordo com minhas contas. Na verdade eu não tinha a mínima noção do tempo naquele lugar. Depois de ser autorizada pelo médico a sair da UTI e ir para o apartamento do hospital, o tempo passou um pouco mais rápido e pude receber visitas com mais frequência. Meus dias eram os mesmos: eu caminhava da cama para o banheiro, com o suporte de soro arrastando atrás de mim. Recebia medicações de duas em duas horas, assistia à televisão, e quase sempre era obrigada a comer aquela comida péssima de hospital. Ainda perguntava por Fred, mas obtinha sempre a mesma resposta: *Ele está bem*. Com o tempo, passei a me conformar e acreditar que aquilo era mesmo verdade.

Henrique ia me ver todos os dias. Nós conversávamos muito, ele sentado à beira do meu leito tedioso e sempre que eu perguntava quando o Fred viria me ver ele mudava de assunto. Mas me garantia que ele estava bem.

No dia em que fui para casa, senti-me uma das pessoas mais felizes do mundo. Minha cama e comida que a minha mãe fazia, meu banheiro, tudo aquilo me fazia uma falta enorme.

Ao chegarmos, meus pais falaram que infelizmente, eu não havia passado no vestibular para medicina, porque minha pontuação foi um pouco abaixo da nota de corte. Mas não ter passado no vestibular não era um problema muito grande perto do fato de ter sofrido um acidente grave. E eu estava contente por estar em casa.

Naquela noite, depois que acabamos de jantar uma sopa de carne com macarrão, sentamo-nos no sofá, todos reunidos. Meu pai aos poucos recuperava seu peso e sua aparência, mas eu tinha a impressão de que algo o incomodava.

Ele havia me dado outro aparelho celular, já que o meu havia sido destroçado no acidente. Peguei o telefone e comecei a discar o número da casa do Fred.

— Querida, para quem você está ligando? — meu pai perguntou curioso.

— Vou dizer ao Fred que já estou em casa. Ele vai ficar enormemente feliz!

Entretanto, meu pai não ficou alegre por mim. Em vez disso baixou a cabeça e respirou fundo, batendo o pé no chão. Henrique me olhou de um modo estranho, enquanto os olhos de mamãe começaram a lacrimejar. Comecei a imaginar o que talvez tivesse acontecido com o Fred, e porque eu era tão burra de acreditar que ele estava mesmo bem. Mas eu não queria acreditar, não queria pensar em nenhuma possibilidade de que ele não estivesse nada bem.

— Peraí. O que está acontecendo?! — perguntei atônita.

Meu pai pegou na minha mão e olhou direto nos meus olhos.

— Filha... O Fred... — ele pigarreou — o Fred...

— O Fred não sobreviveu ao acidente. — Henrique completou a frase, enquanto eu deixava o celular novo cair com a tela virada para o chão.

~*~*~*~*~*~*~*~*~*~*~

Tudo era horrivelmente novo para mim. Fiquei em coma por mais de um mês, e quando acordei percebi que meu melhor amigo não estava mais ali. Depois que recebi essa informação, levantei do sofá e fui para o meu quarto, aos prantos.

Não queria acreditar. Eu me recusava a acreditar. Soquei o travesseiro mil vezes, na tentativa frustrada de descontar o sentimento horrível que sentia naquele momento. E assim a noite passou dolorosamente lenta, seguida de muitas outras parecidas.

Em algumas, acordava com meus pais no meu quarto me acalmando, enquanto soluçava incontrolavelmente. Outras vezes tinha um sonho exatamente como tudo havia acontecido. E em outras, chorava mais desesperadamente ainda, chamando por Fred.

Enfrentei um tipo de depressão por alguns meses, não queria sair nem do meu quarto, não queria receber visitas, não queria comer, chorava muito e não conseguia dormir.

A cena do acidente não queria deixar a minha memória. Os *flashs* voltavam com frequência, mesmo que eu nem estivesse me lembrando do acontecido. Até o que eu havia dito naquele dia me aterrorizava. Quando Fred pediu para que eu fingisse ser sua namorada, à tarde, eu havia dito: "Essa vai ser a última vez". Última vez. Se eu soubesse que as palavras tivessem tanto poder no universo, eu jamais proferiria o que bem pensasse. Não devia ter dito aquilo.

Por vezes também me culpava. Será que se não tivesse bebido, se não tivesse vomitado, Fred não estaria tão preocupado comigo e teria mais atenção para desviar daquele carro? Ou talvez se eu estivesse sóbria, nós poderíamos ter demorado um pouco mais no Orla Naite e assim não teríamos infelicidade de cruzar com aquele irresponsável na estrada.

Ele era a pessoa mais correta e ética que eu havia conhecido. Sempre fez de tudo para não se encrencar nem encrencar os amigos. Nunca pôs a vida de ninguém em risco, nunca havia sido irresponsável. E tanto empenho em ser um bom cidadão para nada. Para outro imbecil causar sua morte.

Não passava muito tempo procurando saber quem poderia ser aquele motorista que causou o acidente. Não fazia conjecturas quanto a isso.

Decidi ir visitá-lo no cemitério uma semana depois, quando me senti forte o suficiente. Logicamente, chorei. E como chorei.

O resto de fevereiro e o mês de março passaram se arrastando. Foram os meses de chuvas intensas e dias frios e nublados. Em uma noite, eu estava tendo o mesmo pesadelo com a cena do acidente e acordei encharcada de suor, com relâmpagos e trovões assustadores e havia faltado luz. Eu adorava dormir com o barulho da chuva e não me importava nem um pouco com trovões e relâmpagos, mas naqueles dias até o barulho da água caindo no telhado me assustava.

O mês de março passou ainda mais lento, porque os dias foram quase todos de chuva, e além de eu não sair de casa por causa da depressão, não o podia fazer por causa do clima, o que não ajudou muito.

Eu chorava o tempo todo e não queria me alimentar, o que acabou atingindo meu organismo. No período chuvoso o índice de gripe e dengue aumentava. Eu quase nunca gripava, mas como estava de certa forma, frágil e vulnerável, acabei gripando. O nariz escorrendo e a garganta doendo nem me incomodavam tanto, mas os acessos de febre, que chegavam a trinta e nove graus, começaram a preocupar meus pais.

Eu resistia em ir ao médico, e meu pai, que já era da área, examinava-me e me dava uns analgésicos, antinflamatórios e vários tipos de chás.

Aos poucos, as chuvas foram cessando, e a minha gripe foi indo embora. Meus pesadelos também foram diminuindo, e já conseguia dormir melhor. Mas a dor que havia dentro de mim era uma ferida aberta que parecia nunca sarar.

No dia primeiro de abril, decidi ligar para o meu técnico e explicar por que eu não havia ido aos treinos sem ao menos justificar e por que pedia para minha mãe dizer que eu não estava em casa quando ele ligava. Falei também que estava fora do time de vôlei.

Alguns amigos passaram a me visitar com mais frequência. Alguns deles não aprovavam a ideia de eu parar de jogar. Meus pais também não concordaram com isso, mas minha decisão já havia sido tomada e eu não queria — nem podia — repensar minha decisão. O argumento dos meus pais era que o vôlei poderia ser uma terapia para mim, alguma coisa que eu gostaria de fazer para me distrair.

Henrique quase sempre dormia comigo no meu quarto. Nós assistíamos a vários filmes a noite toda, ou jogávamos videogame, nosso passatempo favorito. Ou simplesmente conversávamos. Quando ele percebia que eu queria chorar, abraçava-me forte e dizia palavras reconfortantes, embora com a voz embargada.

E assim se passou uma das piores fases da minha vida. Foi uma verdadeira prova de força.

Capítulo 4

Certa manhã, lá pelo meio do mês de abril, acordei escutando a minha mãe atender o telefone. Pouco tempo depois, ela bateu à porta do meu quarto, com um sorriso de orelha a orelha.

— Quem é, mãe? — perguntei bocejando.

— Não sei. Mas eu fosse você atenderia.

— Mãe, eu não quero falar com ninguém. — cobri-me até a cabeça com o lençol.

— Malu! Vá por mim, você precisa atender esse telefonema.

Bufei e levantei da cama. Peguei o telefone e falei:

— Alô?

— Bom dia, Maria Lúcia. — uma voz docemente irritante e quase eletrônica respondeu — estou falando do centro de coordenação de medicina da UFPI. Parabéns, você foi selecionada para esse curso. A matrícula institucional será dia

Desliguei o telefone e entreguei a minha mãe.

— Malu, o que houve?

— Mãe, eu fui chamada para cursar medicina, mas não estou com cabeça para isso agora.

Minha mãe ficou quase indignada.

— Malu! Você tem noção de quantas pessoas queriam estar no seu lugar?! E do quanto sonhamos com isso?

— Mãe, eu sei. Mas realmente preciso pensar a respeito.

— Pois pense. Mas pense muito bem. Que é para não se arrepender depois. — ela disse e depois saiu me deixando sozinha com meus pensamentos soltos.

Então quer dizer que eu havia sido chamada para cursar medicina? Quase um mês antes para iniciar as aulas? Era impossível. Fred ficaria muito feliz por isso. Eu podia escutar sua voz: *Malu! Parabéns, você conseguiu! Eu te falei que iria conseguir!* Ainda não havia me acostumado com a ausência do Fred na minha vida, por isso, comecei a chorar novamente.

Escutei alguém bater à porta.

— Entra, mãe.

— Não sou sua mãe. Mas quero o melhor para você.

Henrique entrou e sentou-se na minha cama, junto a mim.

— Já soube. Mamãe me disse.

Permaneci calada.

— Malu, eu... — ele olhou para fora, pela janela — eu quero que saiba que eu sei como está se sentindo. Eu sei como está se sentindo. Ele era meu melhor amigo — sua voz começou a embargar, mas ele pigarreou — ele era nosso melhor amigo. Eu sinto tanto quanto você.

Comecei a chorar ainda mais, enquanto ele prosseguia:

— Fred era ético. Completamente ético. E autêntico. E tinha orgulho de você. Das coisas que você fazia, do seu talento no vôlei, da sua autoconfiança, e da sua determinação.

Ele parou e olhou para mim. Pensei que já havia terminado seu discurso, quando continuou, com a voz mais firme:

— Não sei onde Fred está. Ele pode estar em um jardim cheio de flores, ou morando em uma nuvem. Mas sei que ele quer que você seja feliz. Que toque sua vida, que alcance seus objetivos. Sei que você sonha em cursar medicina. E essa é uma oportunidade única. Mas não é só o Fred que quer que você siga sua vida. Eu quero. Eu quero que você realize seus sonhos. Fora que — pigarreou novamente — ser chamada para medicina a essa altura do campeonato é um milagre. É quase impossível.

Eu já havia me acalmado durante as palavras do meu irmão. Ele nunca havia dito coisas tão inspiradoras.

— Henrique, você é minha inspiração — falei, olhando-o nos olhos já úmidos — se eu quero cursar medicina e salvar vidas, é por influência sua. Você conseguiu. Isso me serviu como um exemplo. Inclusive Fred me falou isso horas antes de ele partir.

— Eu sei que não demonstro isso, mas... — ele afagou minha cabeça — eu te amo.

Venci a pequena distância que nos separava e o abracei pelo tronco. E assim ficamos por alguns minutos. E mais uma vez escutei a voz do Fred: *É uma oportunidade única, Malu.*

Após o jantar daquela noite, reuni minha família na sala de estar e comuniquei a todos minha decisão.

— Bem, todos sabem que hoje recebi uma proposta. — comecei — depois de pensar um pouco, decidi que devo aceitar.

~*~*~*~*~*~*~*~*~*~*~

Malu, você fez mesmo a escolha certa; a voz do Fred ecoava na minha cabeça o tempo todo, em alto e bom som, o que fazia com que meus pensamentos se voltassem para ele de novo. Raramente eu me pegava pensando no curso, ou em como seria bom para mim sair daquela cidade, mas uma única coisa me intrigava: raramente pessoas são chamadas para cursar medicina tanto tempo depois do resultado do vestibular. O resultado havia saído em janeiro, já estávamos em meados de abril, era praticamente impossível alguém ser chamado três meses depois para esse curso. A concorrência era altíssima.

Esse fator me fez sentir confiante e orgulhosa de ter tido tanta sorte. Alguém teria cancelado a matrícula, talvez?

No ano anterior, as Universidades de todo o Brasil entraram em greve, e isso acabou atrasando o calendário letivo. Minhas aulas começariam em maio, e a matrícula seria dali a poucos dias. Por isso, após comunicar a meus pais minha decisão, comecei a selecionar o que levaria comigo para Teresina. *Malu, você fez mesmo a escolha certa.* Era a voz do Fred de novo. Já fazia quase quatro meses após o acidente, mas eu ainda escutava sua voz e até o podia sentir, como se ele estivesse, de fato, ao meu lado. Sempre. O tempo todo.

Um dia antes de viajar, fui visitá-lo. Havia muito mato crescendo ao lado e até em cima do túmulo, por causa das chuvas, que faziam as plantas crescerem e se espalharem. Limpei tudo, arrancando uma por uma e as depositando em um saco plástico que alguém havia deixado ali. Depois coloquei delicadamente sobre a sepultura as flores amarelas que havia comprado.

Ajoelhei-me diante dele, tocando o chão. A terra estava úmida e fria. Um vento também frio soprou, bagunçando meus cabelos.

— Oi, Fred. Só queria dizer que estou bem, agora. Amanhã vou para Teresina fazer minha matrícula na Universidade. — fechei os olhos — sei que ficaria muito feliz por mim, por isso vim dizer isso pessoalmente.

Cocei a cabeça e abri os olhos, respirando fundo e chegando mais perto, como se ele pudesse me escutar, ali embaixo de toda aquela terra.

— Eu sinto muito a sua falta.

Fiquei mais um tempo. Quando decidi ir embora, já estava quase anoitecendo.

~*~*~*~*~*~*~*~*~*~*~

Minha mãe me ajudou a fazer as malas. Levei quase todo o meu guarda-roupa, meus perfumes, minhas joias, meus poucos livros, meus artefatos de decoração, porta-retratos, caixas, ursinhos de pelúcia, entre outras coisas que talvez fossem dispensáveis.

Até que dormi bem naquela noite, tirando umas três ou quatro vezes em que acordei encarando o breu do meu quarto e logo em seguida olhava as horas. Então eu rolava na cama, na tentativa de pegar no sono novamente.

Acordei com o toque estridente do despertador. Não tive dificuldades para levantar, saltei da cama e fui automaticamente tomar banho.

Depois do café da manhã, recebi mais algumas recomendações dos meus pais sobre ir morar com meu irmão a quilômetros deles. Recebi uma quantia em dinheiro e um cartão de crédito que meu pai havia feito para mim, mas nunca me havia entregado. Minha mãe me deu uma maleta de primeiros socorros e algumas dicas sobre como agir se eu estivesse sangrando ou algo assim. Após meia hora de despedidas e conselhos, Henrique e eu entramos no carro. Eram nove da manhã. Olhei fixamente para a imagem dos meus pais pelo retrovisor, diminuindo de tamanho conforme nos afastávamos deles.

Não se preocupe Malu, você fez a coisa certa.

Parte 2
Uma encrenca inesperada

Capítulo 5

Algumas horas depois, passávamos pela placa com o nome, em letras grandes e garrafais, "Teresina, chegar e se apaixonar".

Depois de pararmos para reabastecer o carro em um posto próximo à entrada da capital, seguimos rumo ao centro. E era horário de pico. Trânsito e calor. No litoral também era quente, como quase em todo o Piauí, mas o calor era amenizado pelos ventos, mesmo que também quentes, que vinham do mar. Já estava com saudade do cheiro de mar e areia. Ali era muito mais quente, mesmo no ar-condicionado, o fumê do carro não era muito forte, e o sol queimava minha pele. Protegi-me com a toalha que havia trazido.

O engarrafamento nos prendeu um pouco depois de nos movimentarmos por uma larga avenida, e minha paciência curta, numa mistura com a fome, fez-me começar a contar de um a dez numa tentativa de não ter um ataque de nervos.

O apartamento do Henrique era localizado em uma larga avenida beira-rio, com alguns outros poucos prédios. Ficava perto de um *shopping*, o que me animou um pouco. Uma vantagem de morar naquele lugar tão quente e longe de casa.

— Seja bem-vinda. — Henrique abriu a porta para mim.

Como ele dissera, estava um pouco bagunçado. Parece que havia feito umas mudanças após a breve e última vez em que eu estive ali. O sofá preto continuava o mesmo, embora estivesse mudado de lugar. Havia um tapete creme e uma tela enorme acoplada à parede. Muito bonito, mas sem muita decoração, a não ser por um quadro de uma cachoeira pendurado acima do sofá.

— Hmm, até que está bonito. Para um solteiro que mora sozinho, você até que é organizado.

— Vou buscar o resto das coisas no carro — Henrique falou, enquanto largava minha mala ao meu lado.

Andei um pouco pela sala, embaixo da televisão havia uma pequena estante com alguns livros, uns romances, outros de medicina, alguns cds de bandas famosas de rock e uns filmes.

Na cozinha, a desordem era um pouco maior, mas ainda assim, não estava muito suja. A pia lotada de louças, como era de se esperar, e havia alguns farelos na mesa. Fora isso, nada de anormal, apesar de a máquina de lavar estar tão abarrotada de roupas que a tampa estava aberta. Mas, ainda assim, não era algo anormal.

Voltei para a sala e dirigi-me para uma das portas que talvez fosse meu quarto. Entrei em um quarto exatamente como o Henrique falara: Uma cama e um guarda-roupa de madeira escura bem antigo. Apenas isso. O banheiro era bem apertado, mas já que era só para mim, não haveria problemas. Porém aquele quarto não caberia todas as minhas coisas. Precisaria colocar algumas prateleiras ali. Uma mesa para os estudos também ajudaria. E uma nova pintura nas paredes e uma colcha bem bonita para aquela cama. Eu também precisaria de uma estante de livros e um quadro bem bonito para pendurar na parede. Também queria um tapete bem felpudo e um pufe. E, claro, não poderia faltar um espelho bem grande nem uma cortina bem escura. Enfim, eu ia ter um pouco de trabalho para transformar aquele lugar.

~*~*~*~*~*~*~*~*~*~*~*~

Vou sair, Malu. — Henrique falou, pondo a cabeça pela porta entreaberta.

Meu quarto ainda estava uma bagunça, nesse momento, estava guardando minhas roupas naquele guarda-roupa antigo e com cheiro de mofo.

— Aonde você vai?

— Encontrar uns amigos da universidade.

Fiz um coque frouxo, franzindo a testa. Eram cinco da tarde, aquele lugar estava um forno. Eu ainda não tinha um ar-condicionado.

— Henrique, nunca estive em lugar mais quente, meu Senhor! — revirei os olhos, abanando-me com um pouco de impaciência e tentando refrescar minha pele molhada de suor.

— Olha, o papai já falou que vai mandar o dinheiro para você comprar um ar-condicionado. Enquanto isso, pode dormir no meu quarto.

— E eu vou dormir no chão, por acaso?

Ele riu, irônico.

— Pode ser. Bom eu já vou indo. Cuide-se. Provavelmente eu só volte à noite, então tem miojo, ovo, massa de cuscuz, é... Acho que você pode se virar. Senão, a mamãe te deu dinheiro, tem um *shopping* aqui do lado. Mas não vá a pé. Se bem que à noite aqui é bem movimentado, por causa das pessoas que fazem caminhada, mas é melhor você...

— Tá, Henrique. Tá bom, eu vou tomar cuidado, não se preocupe.

— Então tudo bem, já vou indo. Qualquer coisa me liga. — Ele falou antes de sair.

Fiquei um tempo olhando meu cantinho. Era bem menor do que meu quarto em Parnaíba, apesar de a vista da janela ser linda. Eu podia ver a cidade inteira. Mas era muito quente, a janela já estava totalmente aberta, e o ventilador de mesa no máximo, mas, ainda assim, ali estava bem sufocante.

Guardei todas as minhas roupas e, como ainda não havia prateleiras para eu dispor minhas inúmeras caixas, livros, e outros artefatos de decoração, guardei-os em três caixas grandes que achara na despensa.

Depois disso, fui até a cozinha. Comecei a lavar todos os pratos e limpei os farelos da mesa. Ajeitei melhor a roupa que havia dentro na máquina de lavar para que a tampa pudesse ficar fechada. Dei uma arrumada na sala, guardando algumas roupas do Henrique jogadas em cima do sofá e arrumando melhor os cds e dvds, todos bagunçados.

Por volta das seis e meia, quando já havia terminado tudo, fui tomar um banho e, aproveitando que estava sozinha em casa, fiquei vendo televisão só de roupão, passando os canais aleatoriamente até encontrar algum programa que chamasse minha atenção. Parei por uns dois minutos em um canal de filmes, em que passava um filme que eu já havia assistido tantas vezes que já sabia de cor a fala dos personagens. Pulei para um canal no qual passava um programa de culinária. A pessoa estava ensinando a fazer bolinhos de peixe. Eu amava bolinhos de peixe, mas percebi que a fome estava apertando de novo, por isso mudei de canal novamente. Entrevistas toscas. Leilões. Propagandas. Humor forçado. Nada prendia minha atenção para que eu pudesse me distrair. Mudei de canal mais uma vez, na esperança de ver algo bom. Dessa vez fui parar em um no qual estava passando um seriado de nome *vozes e visões*. Achei o título interessante, parecia seriado de investigação, de que eu gostava bastante. Mas não era de investigação. Era um seriado espírita. A protagonista, kelin, de vinte e um anos, escutava vozes e via pessoas que já haviam morrido. Ela se comunicava com espíritos.

O seriado era americano e legendado, o que dava um efeito de maior realidade. Kelin agora estava explicando para uma mulher por que seu marido, que já havia falecido há alguns meses, não conseguia encontrar a luz e continuava se manifestando nos mesmos locais que frequentava quando ainda estava vivo.

Segundo ela, pessoas que têm morte súbita, causada por um acontecimento repentino, não conseguem entender quando o espírito se desprende do corpo. Por isso, ele imagina que ainda esteja vivo, porque a morte foi tão rápida e de uma hora para outra, que a alma simplesmente não aceita que não está mais presa ao corpo, e continua no plano terreno, indo a lugares a que costumava ir e procurar por pessoas da família ou amigos.

Naquela hora, como em muitas outras, pensei no Fred. Eu não queria que ele estivesse confuso, embora já fizesse meses depois que ele partira. Mas ainda assim, queria que ele estivesse perto de mim, confortando-me e dizendo: *estou aqui com você.*

Como o marido da mulher do seriado, sua morte havia sido rápida e brusca. Em um minuto estávamos no carro, indo para casa. No minuto seguinte... Não queria lembrar, porque a cena do acidente que tanto me aterrorizava voltava agora a minha mente, como se fosse algo que eu havia visto no dia anterior. E aquilo me machucava muito.

O tempo havia melhorado, o calor sufocante começou a ser amenizado por leves brisas. Fui até a varanda, sentindo o vento bater no meu rosto e encaixando os meus dedos na rede de proteção. A cidade agora estava acesa, eu podia ver os faróis dos carros se movimentando lá embaixo e os outros tantos prédios que preenchiam aquele cenário até a linha do horizonte.

Fechei os olhos. Desejei ser médium como Kelin. Queria ver meu melhor amigo como ele era, gentil, bonito e bem-humorado. Eu já estava forte o suficiente para não chorar simplesmente por me lembrar dele, mas, ainda assim, senti um aperto no peito tão grande que pensei que fosse me esvair em lágrimas outra vez, porque não aguentava o peso daquela dor dentro de mim, esmagando minhas entranhas.

Mas não chorei. Mantive-me forte. Arrependi-me de querer que ele ainda estivesse aqui na Terra. Pedi mentalmente que ele estivesse em um lugar melhor e que não se preocupasse, pois eu estava bem.

Quanto à dor, ela já esteve maior. Como dizem, o tempo realmente é o melhor remédio.

~*~*~*~*~*~*~*~*~*~*~*~

Na cozinha não havia muitas opções de comida, por isso meu jantar naquela noite foi ovo frito com farinha. Logo depois fiz um miojo, que comi assistindo a um filme de terror. Eu amava filmes de terror, em Parnaíba era o que mais fazia nas sextas-feiras vagas, na casa do Fred.

Mas aquele filme não era nem muito assustador. Modéstia a parte, eu era bem corajosa com relação a assombrações, nunca me impressionava com filmes daquele gênero. E, para causar um verdadeiro impacto e medo em minha pessoa, o filme teria que superar todos os padrões de horrendo, demoníaco, assustador.

Em cidades do interior do Piauí, as pessoas comentavam muito que viram uma ou outra assombração, mas eu sempre duvidei. Ainda mais porque nunca tive medo de assombração, tinha medo era de gente viva. Gente viva é que dava medo, podia matar outras pessoas e fazer o mal, como aquele motorista irresponsável que causou a morte do Fred. Assombração só assusta. Não é algo material, se é que existe.

Desliguei a televisão e fui trocar de roupa. Olhando da minha janela, percebi que a avenida onde eu morava tinha muitas opções de lazer, com campos de futebol, areia para jogar vôlei, quadra de tênis, *shopping*, academia, bares, restaurantes diversos e alguns *pubs*. Fora isso, estava bem movimentada por causa do número exorbitante de pessoas que faziam caminhada àquela hora da noite. Algumas corriam, outras simplesmente andavam, algumas pedalavam, outras comiam, tudo à beira-rio, sob as luzes fortes dos postes dessa cidade agitada.

A lua estava pequena, mas cheia. Estava um pouco coberta pelas nuvens, mas ainda assim eu a distinguia perfeitamente, um círculo branco, reluzente e perfeito no céu.

Pus minha camiseta branca favorita, que minha mãe me dera no Natal e um *short jeans*, fiz um rabo-de-cavalo, peguei minha chave do apartamento, que o Henrique me dera, e desci, a fim de aproveitar aquele início de noite com aquelas raras correntes de vento, que eu esperara o dia inteiro para sentir.

Andei um pouco, respirando o ar puro da cidade e observando a lua no céu. Continuei andando devagar, por entre várias pessoas que corriam, andavam de bicicleta e skate. Passei por debaixo da ponte Estaiada, um dos cartões postais da capital piauiense.

Caminhei em direção à quadra de vôlei, sendo guiada pelo meu sensor de comida, já que estava com fome novamente. Chegando em frente à quadra, parei um pouco para observar o jogo. Uma nova lufada de vento bateu no meu rosto, e fiquei ali, imóvel, de braços cruzados, dando mentalmente dicas para alguns jogadores que eu percebera empenho e destaque no time.

Pela primeira vez em meses, senti vontade de jogar de novo. O contato com a bola, os pulos para bloquear um ponto do time adversário, os saques feitos com tamanha força, que fazia a bola disparar como um foguete, tudo me fazia tão feliz. Mas nada daquilo tinha sentido agora. Eu saíra do time em um momento de depressão, não estava mais na minha cidade natal, onde eu tinha raízes profundas e definitivas, com amigos e parceiros no vôlei. Iria cursar medicina, era um curso que exigia total dedicação e esforço, eu não conseguiria conciliar com treinos.

Assim permaneci, observando atentamente cada detalhe do jogo, projetando-me nas pessoas que estavam em quadra. Assistindo dali, eu pensava em algo que faria se estivesse jogando, e a pessoa para a qual eu olhava fazia o que eu estava pensando em fazer, caso estivesse no lugar dela.

A bola foi sacada do time adversário. Um rapaz loiro ficou em dúvida se dava uma manchete para levantar a bola ou se ela iria cair fora da área. Comecei a dizer baixinho: *deixa, deixa, deixa, vai ser fora*. Quando a bola estava a uns dois metros do chão, ele percebeu que iria ser fora, e já levantou os braços, comemorando o ponto ganho e o final do jogo. Dei um leve sorriso e me dirigi a um carrinho de cachorro quente ali perto.

Enquanto esperava o meu lanche ficar pronto, vi o time sair de quadra, todos animados, conversando e andando, comentando, satisfeitos, o jogo. Os dois times eram amigos, não havia tensão, nem rivalidade, nem aquele clima de revanche do qual provei algumas vezes. E isso era bom. Muito bom.

Peguei meu lanche e o devorei enquanto passeava. Precisei ter um pouco de cuidado, porque muitas pessoas corriam ali, e por um momento pensei que uma delas pudesse esbarrar em mim e me fazer topar, por isso fui andando bem devagar.

Apesar de algumas esparsas nuvens, o céu estava estrelado, uma noite agradável para compensar o calor sufocante do dia.

Caminhei mais alguns metros, até desaparecer metade do meu cachorro-quente, olhei no relógio e já passava das oito. Um cachorrinho de raça *poodle* passou por mim, desejando um pedaço do meu lanche, enquanto a dona o puxava pela coleira.

Concentrei-me em terminar logo de comer, não por causa do cachorro que passou espiando, claro, mas porque já estava ficando frio. Justo na hora em que ia dar outra mordida, senti uma pancada nas costas, fui arremessada para frente, o cachorro-quente seguro em minhas mãos, mas, por causa do tombo, foi parar na minha blusa branca, manchando-a de caldo, enquanto me debatia inutilmente no chão, e embaixo de alguém que havia caído por cima de mim.

— Que drogaaaaa! Olha só o que você fez! — eu gritava, ainda sem ver que havia feito aquilo.

A pessoa finalmente saiu de cima de mim, enquanto eu me levantava de bruços, já que havia caído de frente. Esperei receber pelo menos algum auxílio enquanto fazia isso, mas tive que me levantar sozinha, olhando o cachorro-quente esmagado no chão.

— Foi mal aí, mas você estava no meio do caminho — uma voz masculina falou, enquanto me virava para encará-lo.

Dei um passo a frente, sem me permitir que fosse intimidada pelo seu olhar imperioso, que pairava sobre mim, de cima a baixo.

— Não interessa se eu estava ou não fora do seu caminho, poderia ter sido outra pessoa, poderia ter sido uma criança! Seu irresponsável.

Percebi que ele estava de *skate* e que segurava seu celular conectado ao fone de ouvido.

— Eu me distraí passando a música! Você, que é mal-humorada e grossa.

— Quem é você?! — questionei, aumentando a voz e tornando-a explicitamente acusatória — você que é grosso, nem pediu desculpas!

— Eu ia pedir. Mas você já foi logo me acusando. Não tenho culpa de estar de branco e comendo um cachorro-quente, na hora errada, no lugar errado.

— Hahaha. Você que devia olhar por onde anda. — falei, afastando-me. — Chega, não vou mais perder tempo com você.

— Ótimo! — ele exclamou, subindo no seu *skate* ridículo e dando um impulso, enquanto punha novamente os fones de ouvido.

Dez minutos depois adentrava raivosa no apartamento, vendo meu irmão sentado no sofá, jogando videogame.

— Ei, Malu! — ele chamou. — O que houve? E que mancha é essa na sua blusa? E que ferimento é esse no seu joelho?

Franzi a testa e olhei para os meus joelhos. Um deles sangrava.

— Mas que saco! — gritei, indo em direção ao banheiro. Lavei o joelho ralado, mal-humorada. Fui até o *kit* de primeiros-socorros que a mamãe me dera, demorando um pouco para achá-lo, porque o quarto, além de pequeno, estava de cabeça para baixo. Passei álcool, fiz um curativo. Logo em seguida vesti outra blusa, e saí mancando para a área de serviço, torcendo para que aquela mancha saísse da minha camiseta favorita.

Enquanto esfregava inutilmente a blusa na pia, Henrique veio por trás de mim:

— Malu, o que houve?

Virei-me raivosa. Eu não queria descontar nada do que estava sentindo em cima dele, até porque ele não tinha culpa de nada, por isso tentei passar o máximo de tranquilidade na minha voz, mas, no fim, acabei transparecendo minha chateação:

— Não foi nada. Eu fui comer um cachorro-quente e um idiota me derrubou. O cachorro-quente voou na minha blusa favorita e fim. Aqui estou esfregando uma roupa suja, numa cidade quente e chata, cheia de gente mal-educada, longe dos meus pais, e meu joelho ainda está sangrando.

Ele não falou nada. Apenas me observou por um tempo, foi até a geladeira, pegou uma maçã e saiu, dando uma mordida.

Deixei a roupa de molho, em uma bacia na qual eu havia despejado um litro de água sanitária, na esperança de encontrá-la na manhã seguinte como era. Fui mancando novamente para o quarto. Apaguei a luz. Demorei a dormir porque ainda estava fazendo um pouco de calor. Mas acabei pegando no sono, vencida por um certo cansaço.

Capítulo 6

Acordei cedo no dia seguinte. Claro, havia dormido às vinte e uma horas no dia anterior. Depois de escovar os dentes, lavar o cabelo e fazer o café da manhã, fui verificar, com uma certa ansiedade, se a mancha havia deixado minha blusa. Para minha frustração, lá estava ela. Mais fraca, mas ainda visível. Estava vermelha no dia anterior, mas agora estava laranja. Um laranja bem claro, mas na minha blusa preferida. Estendi assim mesmo e fui tomar café. O Henrique ainda estava dormindo, por isso escrevi um bilhete e deixei na porta da geladeira: *Saí para resolver umas coisas, um beijo, Malu. PS: tem cuscuz feito, é só esquentar, caso acorde tarde =)*

Andei muito para conseguir encontrar tudo o que queria. Comprei tinta roxa e amarela, prateleiras para fixar na parede do meu quarto, além de roupas de cama, pufes, cortina e um tapete. E, é claro, um ar-condicionado.

Quando voltei para casa, eram exatamente onze horas. Eu havia levado praticamente a manhã inteira nas minhas compras. Henrique me ajudou a subir com as coisas e já havia feito o almoço.

Depois de almoçarmos, ele me ajudou a afastar os móveis e a preparar a tinta para aplicar nas paredes.

— Quanto custou tudo isso? — perguntou, enquanto diluía a tinta em um balde com água.

Hesitei em responder.

— Trezentos e quarenta, fora o ar condicionado.

— Ma-Maria Lúcia! — ele me olhou incrédulo.

— Ah, Henrique, vamos combinar que esse quarto não está nada legal. Ah, e pode dizer para o nosso pai que não precisa mais mandar o dinheiro do ar. Passei no cartão que ele me deu.

— Malu! — ele quase gritou — esse cartão era para emergências!

— Olha, Henrique, eu só durmo mais uma noite nesse forno porque o ar-condicionado só vai ser entregue e instalado amanhã. E isso é de extrema emergência. É impossível morar nessa cidade sem algo que refresque esse calor incessante. Pelo menos durante o dia, até que a noite o clima daqui é agradável.

— Tudo bem — acabou concordando.

Depois de prepararmos as tintas, Henrique começou a tingir as paredes de roxo, enquanto eu pintava as outras de amarelo. Fizemos isso ao som de uma das nossas bandas de *rock* favoritas. Às vezes nós nos empolgávamos e cantávamos alto, mas logo parávamos de cantar porque poderia incomodar os vizinhos. Mas logo depois estávamos cantando alto de novo, fazendo de um pincel um microfone e dos poucos metros quadrados onde estávamos o palco.

Eu estava precisando daquilo. Distrair-me, fazer alguma terapia para esquecer algumas coisas que estavam me importunando. E principalmente na companhia do meu irmão, ele que me ajudava tanto nos meus momentos mais difíceis.

— Henrique? — chamei, aproveitando que a música estava baixa e ele poderia me escutar naquele momento — queria pedir desculpas pelo jeito que cheguei em casa ontem. Foi um exagero meu mesmo.

— Tudo bem, Malu. Acontece. — ele deu um riso torto, enquanto passava tranquilamente na parede o rolo encharcado de tinta.

— Ei, Malu. Vem ver uma coisa aqui nessa parede.

— O quê? — perguntei, virando-me e interrompendo meu concentrado trabalho.

— Vem ver isso aqui.

Aproximei-me.

— Não, mais perto. Você não está vendo?

Estava quase cheirando a parede tentando ver o que o Henrique queria me mostrar, quando uma pincelada de tinta marrom melou desde o meu queixo até minha testa. Encarei o meu irmão, cuspindo tinta.

— Agora você vai ver.

E assim começamos uma guerra de tinta, ao som de uma das nossas músicas preferidas. Entretanto, estavam caindo respingos de tinta roxa na parede amarela e tinta amarela na parede roxa, e assim fomos sujando todo o quarto inconscientemente, sendo levados por aquela brincadeira de criança. Lutamos algumas vezes, minhas mãos tão sujas que nem dava para enxergar minhas unhas. Então percebemos nossa verdadeira obra de arte, como uma pintura abstrata.

— Malu. — ele falou, lentamente. — me desculpe. Eu não queria...

— Mas ficou o máximo! Ficou como eu queria: Moderno, surreal, destacado! Obrigada! Você é um gênio! — e o abracei num impulso.

— Mas você gostou mesmo? Não ficou estranho nem nada? Tem gosto para tudo, mesmo...

— Claro que ficou lindo! — eu disse, pegando o pincel e dando uma piscadela. — Faltam só os retoques.

~*~*~*~*~*~*~*~*~*~*~

No resto da tarde limitei-me a fazer os retoques das paredes, organizar os móveis e, por último, quando tudo já estava seco, colocar as prateleiras.

Eu nunca havia pintado nenhuma parede e, muito menos, colocado prateleiras. Sequer tinha tocado em uma furadeira antes.

Meu assistente (Henrique) havia sido dispensado para ir correr, e eu estava, novamente e como de costume, sozinha. E, para variar, fazia muito calor, mas eu já estava me acostumando com aquela temperatura elevada.

Peguei a ferramenta, duvidosa. Mas, com decisão e segurança, liguei o equipamento, fazendo um barulho ensurdecedor. Comecei a furar a parede, primeiramente pensando que aquilo não daria certo, mas acabei percebendo que levava jeito para a coisa.

A broca da furadeira girava muito rápido, fazendo o buraco na parede, onde eu colocaria os parafusos para fixar minhas prateleiras de madeira. Não escutava nada, absolutamente nada ao meu redor. Se, por acaso, o prédio começasse a pegar fogo, eu seria incapaz de escutar um só grito naquele momento. Mesmo que a pessoa estivesse gritando bem do meu lado.

Continuei a fazer os buracos, até fazer todos, quando desliguei o aparelho, senti-me tonta, e um zumbido enorme no meu ouvido. Passei um tempo para reestabelecer o equilíbrio e a minha audição, então percebi que alguém batia, ou melhor, esmurrava a porta insistentemente. Tirei a ferramenta da tomada e fui para a sala, gritando um "JÁ VAI!".

Quando abri a porta, um sujeito raivoso e estranhamente familiar falou alto:

— MAS QUE DROGA! NÃO TINHA LUGAR PIOR PARA VOCÊ ESBURACAR SEU APARTAMENTO NÃO, HEIN?

Ri sarcasticamente, cruzando os braços e trocando o peso do meu corpo de uma perna para a outra.

— Olha, olha, olha, quem está falando de incomodar os outros. — respirei fundo antes de aumentar o tom de voz — NÃO FOI VOCÊ ONTEM QUE ME DERRUBOU?!

— Ah, filha, fala sério. Foi um acidente.

— Olha, sinto muito em morar bem. Do. Seu. Lado.

Ele apoiou o braço na parede, inclinando-se para mim. Vi que tinha uma cicatriz pequena, perto da sobrancelha esquerda.

— Desligue essa droga agora. — ele falou.

"Mas que pessoa mais arrogante!", pensei. Com a expressão mais calma possível, e enigmática compreensão, falei:

— Tudo bem.

— Finalmente.

— Não vai dizer nem obrigada?

— Por que eu faria isso? Quem me deve desculpas aqui é você.

— Você quem sabe. — falei, enquanto fechava a porta violentamente na cara do sujeito, passando a chave logo em seguida.

Corri para o meu quarto. Não faltava mais nenhum buraco a ser feito, mas, mesmo assim, liguei a furadeira de novo, o barulho fazendo doerem meus tímpanos. Três minutos depois, desliguei e fui atender novamente a porta, sorrindo por pirraça.

— Não está acostumado a pedir desculpas, não é? — falei, abrindo a porta.

— Se você não parar, vou fazer um abaixo assinado para tirar você daí. É o quê do Henrique? Se for irmã, não é de estranhar, pelo jeito de vocês.

— Pelo jeito você não está mesmo acostumado com uma coisa chamada "Educação". E eu, por minha vez, não estou acostumada com desaforo.

Ele cruzou os braços, com seus olhos verdes semicerrados.

— Você está brincando comigo, menina...

— Simples de resolver. Peça desculpas. E por favor. E muito obrigado.

— NÃO HÁ POR QUE EU FALAR ISSO, SERÁ QUE VOCÊ AINDA NÃO PERCEBEU QUE É VOCÊ QUE ESTÁ PROVOCANDO?!

— Ontem, quando você me derrubou, AO MENOS, ajudou-me a levantar. E não pediu desculpas. E hoje não pediu por favor. Você não tem modos. De modo algum. — sorri espontaneamente, muito embora estivesse completamente estarrecida.

Ele andou de um lado para o outro no corredor, passando a mão da raiz dos cabelos pretos e bem cortados até a nuca, impaciente. Quando se virava, percebi que tinha uma tatuagem em forma de sol nas costas, próximo à nuca.

— Quanto quer? — ele perguntou.

— Quanto quero? Eu quero é respeito nessa droga!

— Quanto quer para não perturbar a minha paz?!

— Eu não quero dinheiro não, seu idiota. Só queria que você tivesse bons modos, porque odeio gente sem educação! Passe bem! — e mais uma vez bati a porta com tamanha força que as paredes tremeram.

Era só o que me faltava. Um vizinho mal-educado e impertinente daqueles. Ele tinha uma expressão de moleque, de quem não queria nada com a vida, e que se metia em confusão. Ele era tão... Tão arrogante e prepotente!

Eu pensava isso milhares de vezes, enquanto parafusava tudo.

No final da tarde, depois que guardei todas as minhas coisas em seus devidos lugares, finalizando a impecabilidade do meu quarto, eu o tinha exatamente como planejara. Apesar do mal-entendido do dia, do cansaço físico, do calor quase insuportável, fiquei completamente feliz, pela primeira vez em meses.

— E aí, Fred? Não ficou massa? — falei brincando, enquanto admirava o resultado do meu esforço.

Ficou uma maravilha! — eu o imaginei dizendo.

~*~*~*~*~*~*~*~*~*~*~

Minha matrícula foi dali a dois dias. Precisei ir atrás dos documentos e das cópias dos documentos exigidos, por isso, acordei bem cedo. Meu ar-condicionado já havia sido instalado e acordei com toda a disposição do mundo, porque nada melhor do que dormir em um local frio naquela cidade tão quente.

Descobri, naquele dia, que a Universidade Federal do Piauí era um labirinto. Depois de cerca uma hora pedindo informações sobre onde as matrículas institucionais de medicina estavam sendo feitas, obtive instruções claras, as quais segui corretamente até chegar à coordenação do curso. Havia algumas pessoas na minha frente, então lá se foram outras duas horas e meia, incluindo alguns minutos nos quais o sistema da Universidade estava travado.

Um loiro, no auge dos seus prováveis vinte anos, usando óculos e segurando uma revista científica, entrou na sala de matrículas e sentou-se ao meu lado. Algum tempo depois, tentando quebrar o silêncio e a monotonia do lugar, puxou assunto comigo:

— Oi, com licença. Há quanto tempo está aqui?

Olhei no meu relógio de pulso e respondi secamente, tentando ignorá-lo.

— Quase uma hora.

Ele abriu a revista em uma página qualquer, porém a fechou novamente. Mudou de posição na cadeira de modo a se acomodar melhor e, em seguida, puxou assunto mais uma vez:

— Você passou de primeira?

— De primeira você quer dizer, na primeira tentativa ou se passei sem ser de segunda chamada? — perguntei com a voz carregada de tédio, sem olhá-lo.

— Na primeira tentativa.

— Ah. — cruzei as pernas — Foi bem assim mesmo. Primeiro vestibular que fiz na vida. — tentei parecer modesta.

— Puxa. Seus pais devem sentir muito orgulho de você. Para alguém que não tem nenhuma experiência de vestibular e passar logo para medicina... — ele me olhou de um jeito como se pensasse "nossa, você é demais, se garante, meus parabéns".

Fiquei um pouco desconfortável e decidi demonstrar que não me achava por uma simples aprovação. Virei-me para ele.

— Ah, eu só... Na verdade nem sei como consegui. — Pensei em dar fim ao assunto, mas logo me vi conversando com ele — Mas, e você? Primeira vez?

Ele deu uma risada frouxa antes de responder, ajeitando os óculos que escorregavam pelo seu nariz.

— Que nada. Tive que tentar por três anos.

— Poxa! Três anos. Meus parabéns, pela sua persistência. — falei com sinceridade.

Ele começou a se concentrar na leitura de uma página da sua revista. Uma página que tinha a foto de um cérebro.

— Você sempre soube que queria medicina? — interrompi a leitura dele.

— Desde criança. Quando eu era pequeno, gostava de brincar de médico, sonhava em trabalhar em um hospital, desejando que meus bonecos fossem pessoas um dia, e que eu pudesse salvar a vida delas. E você?

— Eu tive influência dos meus pais. — dei de ombros, erguendo minhas sobrancelhas — meu pai é médico e minha mãe é enfermeira.

Ele riu me olhando de um modo admirador.

— Meus pais são comerciantes. Eles têm um mercadinho na nossa cidade. Tenho mais dois irmãos, mas estão no colégio ainda. A renda do mercado mal dá para as despesas básicas, e o colégio dos meninos é uma delas. Por isso, não havia segunda opção para mim. Ainda bem que, três anos depois, passei no vestibular em uma universidade pública.

— Admiro você. Acho que eu desistiria.

Escutei a moça que estava por trás do balcão fazendo as matrículas falar que estava livre, e que, portanto, era minha vez de me matricular. Descruzei as pernas e pendurei a bolsa no ombro fazendo menção de me levantar.

— Oh, esqueci. — estiquei o braço, dando a mão — sou Maria Lúcia. Mas todo mundo me chama de Malu.

— Opa — ele largou a revista no colo, apertando minha mão — meu nome é Guilherme. Prazer em te conhecer, Malu. A gente se vê no primeiro dia de aula.

— A gente se vê. — falei, antes de me dirigir ao balcão.

~*~*~*~*~*~*~*~*~*~

Regressei ao apartamento por volta das doze horas. Estava faminta. Por isso, nem esperei a porta do elevador abrir por completo e dei um pulo para o corredor, com o molho de chaves na mão, tentando saber qual era a do apartamento. Ainda não tinha decorado as chaves e suas respectivas portas.

Enquanto eu tentava, em vão, abrir a porta, o vizinho grosso e mal-humorado apareceu no corredor, vindo de dentro do seu apartamento. Ele estava sem camisa, e beijava insistentemente o pescoço de uma loira (ainda bem que vestida) abraçando-a por trás e levando-a até o elevador.

Quando o elevador chegou, ele finalmente a largou e ficou esperando a porta fechar-se, levando a mulher embora. Então ele se virou e me viu ali, tentando abrir a porta.

— Se você não fosse tão grossa e irritante, eu te dava uma ajudinha. — ele provocou.

— Se você não fosse um idiota, não diria nada e entraria caladinho no seu apartamento e me deixaria em paz.

Ele se aproximou.

— Se você não fosse tão lesada, talvez já tivesse abrido essa porta.

Não aguentei, tive um ataque de risos. Em meio às gargalhadas, falei:

— Se você não fosse tão burro, perceberia que o correto é "aberto", e não "abrido".

Ele ficou parado, olhando-me. Logicamente não havia achado a menor graça. Depois de me recuperar da crise de risos, concentrei-me em tentar abrir a porta novamente, ignorando aquela pessoa que eu, ao menos, sabia o nome, respirando, ou melhor, bufando nas minhas costas.

— Você vai ficar parado o dia todo aí, é? Não tem nada pra fazer não? Droga, só pode ser essa chave — falei de costas.

— Minha noite foi ótima. Não vou deixar ninguém impertinente como você estragar meu dia.

— Eu vi como foi ótima — ri, e fiquei aliviada por finalmente conseguir abrir a porta, e me virei, de modo que ficássemos frente a frente — já pagou pelo serviço?

Antes que respondesse, entrei como um raio, fechando a porta na cara dele.

Tirei os sapatos apertados que sufocavam meus pés desde manhã, pisando o chão frio e sentindo o alívio tomar conta de mim.

— E aí, como foi lá? — Henrique apareceu da porta da cozinha, com uma cenoura na mão e a faca na outra.

— Foi tudo ótimo — respondi, enquanto jogava o molho de chaves que me dera tanta dor de cabeça em cima da mesa, fazendo um certo estrondo.

Passei pelo Henrique e abri a geladeira, em busca de algo para matar a fome.

— Depois tenho que me matricular nas disciplinas — disse, segurando a porta de geladeira aberta, analisando as opções de comida ali.

Peguei uma banana e a devorei enquanto ouvia o Henrique falar sobre o episódio do nosso seriado favorito, que eu havia perdido naquela manhã.

Joguei a casca da banana no lixo, fiz um coque e posicionei-me em frente à pia.

— Quer uma mãozinha?

— Eu adoraria, Malu. Só agora me toquei que já é quase meio-dia e comecei a fritar uns bifes e fiz um arroz aguado. Espero que não se importe, mas é isso que temos para hoje. Estou fazendo uma salada também. — ele indicou com o queixo a cenoura em sua mão, enquanto a cortava pacientemente.

Comecei a lavar a louça.

— Henrique, quem é o vizinho aqui do lado? — perguntei de uma vez.

— Esse que tem uma cicatriz perto do olho, é viciado em nicotina, todo dia dorme com uma mulher diferente e vive se metendo em confusão?

Hesitei em falar que sim, mas acabei confirmando com um sinal de cabeça enquanto ensaboava um copo.

— É o Rafael. Já discuti algumas vezes com ele. Ele não respeita ninguém.

— Percebi. Quando estava furando meu quarto, para colocar as prateleiras, ele veio todo grosso me mandando "desligar aquela porcaria".

— Malu, quero que não o enfrente. — ele balançou a cabeça negativamente, cortando a cenoura mais rápido. — ele não é nada normal.

— Mas eu não consigo, Henrique. Uma pessoa dessas não pode sair por aí destratando as pessoas.

Ficamos em silêncio um instante.

— Sabe o que eu acho? — ele perguntou — que ele não faz coisas lícitas. Malu, o cara não trabalha, passa o dia em casa, a noite sai, volta com uma mulher diferente, tem carro caro, se veste com as melhores roupas, só pode é... Só pode enriquecer de modo proibido.

— Será?

— Bom, eu não quero julgar ninguém — colocou a cenoura totalmente cortada em uma vasilha e apagou o fogão — mas isso é bem estranho.

Capítulo 7

Ao final de abril, pude me deleitar com as chuvas torrenciais que marcaram os últimos quinze dias do mês e o frio agradável que tomou o lugar do calor sufocante. Isso fez com que eu não quisesse sair da cama pelo menos até o meio-dia, quando era obrigada a fazê-lo para almoçar. Raramente saía de casa, por causa das chuvas e, quando não chovia, à noite, ia correr na beira rio, aproveitando as lufadas de vento, pesadas, mas ao mesmo tempo prazerosas, que batiam no meu rosto.

Assisti a todos os filmes de terror que pude, nesse período de tempo. Amava aquele clima agradável, aquele frio que me fazia ficar em casa o dia todo, de pijama, comendo pipoca e vendo televisão, enquanto escutava os pingos de chuva molhar as janelas.

Guilherme me encontrou em uma rede social uns dois dias depois da matrícula e mantínhamos contato quase vinte e quatro horas por dia por meio de mensagens. Foi a primeira pessoa da minha sala que conheci antes mesmo de se iniciarem as aulas, o que contribuiu para que eu desenvolvesse um certo carinho por ele. Além do mais, era minha única amizade naquela cidade. Pelo menos naquele momento. Nossas conversas se limitavam a falar de livros, música, filmes, tipos de comida, *hobbies* e outros assuntos que nos interessavam como política e ciência.

Eu estava em dias com todas as temporadas de *Vozes e visões*. Como passava o dia inteiro sem fazer absolutamente nada, à noite, não tinha sono e eu passava as frias e últimas madrugadas do mês de abril fazendo *downloads* e assistindo para me atualizar. Um capítulo era mais interessante e emocionante que outro e, assim, quando eu percebia, já eram seis da manhã.

Por coincidência, uma vez, em um desses episódios, uma garota também havia perdido um amigo em um acidente de carro. Isso me fez pensar novamente no meu amigo, meu melhor amigo, que há alguns meses perdera nas mesmas circunstâncias. E aí, o sono, que já não queria chegar por causa da minha empolgação com o seriado, desaparecera de vez. Eu me pegava pensando onde o Fred podia estar, como estava, o que sentia, o que fazia.

Em uma certa manhã nublada fui ao *shopping* perto do meu prédio para comprar um livro que o Guilherme havia me indicado. Não custou muito caro, até porque o livro não era muito volumoso e era de bolso. Então sobrou bastante dinheiro das minhas economias. Quando estava voltando para casa, a pé mesmo, encontrei uma loja que fazia tatuagens bem perto do *shopping*. Contei mais uma vez quanto tinha em mãos e hesitei um pouco antes de entrar.

~*~*~*~*~*~*~*~*~*~*~*~

— Maria Lúcia! Não acredito que fez uma tatuagem sem minha permissão! — minha mãe gritou ao telefone.

Já esperava que ela fosse agir assim, fazer uma tatuagem na minha família não era algo proibido, mas era visto como um ato de rebeldia.

Eu estava ocupada fazendo um leite quente naquele momento. Minhas duas mãos estavam sendo de importante uso naquela hora, então o telefone estava sendo pressionado contra meu ouvido com meu ombro, o que me fez perder a audição por um tempo, quando minha mãe gritou. Quando me recuperei, tentei argumentar:

— Ah, mãe, fala sério. Qual é o problema? — Respirei fundo — Mãe, não tatuei nenhum símbolo obsceno em nenhum lugar obsceno.

— E o que você tatuou?

Depois de despejar o leite na panela para ferver, olhei novamente a figura que eu mandara desenhar permanentemente na minha pele.

— Um microfone e um símbolo de nota musical.

Ela permaneceu calada por um tempo.

— Mãe? — falei, testando a linha.

— Oi. Estou aqui. Essas figuras são para fazer uma homenagem ao Fred, não é?

— Exatamente.

Limitei-me a guardar de volta na geladeira o restante do leite e só então pude segurar o telefone com a mão.

— É sim, mãe. Simplesmente eu tive vontade de levar uma lembrança dele comigo. Para sempre. — respirei fundo e fechei os olhos, esfregando a testa com o polegar e o indicador, como costumava fazer. — nem foi muito caro, nem precisava de autorização, já que já sou maior.

— Mas filha, você devia, é... Ao menos ter... Ter... — escutei-a respirar fundo também — Tudo bem, não estou chateada.

Recostei-me no balcão da cozinha, mudando o peso de uma perna para outra.

— E como estão as coisas por aí?

— Está tudo bem... Mas, tenho uma coisa para falar para você.

Pensei em um bilhão de possibilidades. Fiquei um pouco tensa, mas instintivamente perguntei o que ela tinha para falar. Não obtive resposta, o que me deixou ainda mais angustiada. Depois de mais alguns segundos de silêncio, ela soltou de uma vez:

— Acho que você e o Henrique vão ganhar um irmãozinho, ou irmãzinha, ainda não sei o sexo.

Senti meu coração parar de bater, e o meu estado de choque quebrou-se logo que exprimi meus sentimentos com a voz carregada de irritação e horror:

— Mãe! Você está grávida? Vô-você falou que está grávida, é isso mesmo que eu entendi? — Comecei a esfregar as têmporas, ela só podia estar brincando. Uma criança correndo pela casa e virando tudo de cabeça para baixo não era uma das coisas que eu mais queria naquele momento — Eu não estou acreditando.

— Pensei que iria gostar de saber da notícia, mas percebi que errei em ter contado.

Tencionei o maxilar. Odiava ser interpretada mal.

— Não é que eu não tenha gostado, só acho que... Bem, não levo muito jeito com crianças, eu acho que...

— Eu acho que você deveria tentar gostar das coisas de que não gosta. Pode ser uma questão de esforço.

Revirei os olhos. Que ótimo, no meu quarto é que ele não iria dormir.

— E o papai, como está? — tentei mudar de assunto.

— Ah, está mais feliz do que nunca, não para de falar nisso, já até estava planejando comprar berço e tudo. Parece que a única que não gostou foi você.

— Não é isso mãe... — suspirei — foi mal, se dei a entender isso. Foi mal mesmo, parabéns pela gravidez... Eu só achava que eu e o Henrique já estamos quase adultos, não era muito...

Escutei minha mãe suspirar de chateação e então ela falou:

— Filha, só liguei para dar essa notícia mesmo, estou no hospital trabalhando. Então, tenho que desligar. Beijo. Eu te amo.

Eu não costumava dizer "eu te amo" aos meus pais. Mas mesmo assim falei com a voz notoriamente sincera:

— Eu te amo. Desculpa por ser assim.

Quando Henrique chegou, contei a ele a notícia que acabara de receber. Ele ficou tão alegre que me deu inveja. Como conseguia ficar feliz sabendo que seu quarto poderia virar um fraldário?

Mais tarde, quando estávamos à mesa comendo, ele olhou para o meu pulso, que segurava uma faca, enquanto me esforçava para cortar uma fatia de pizza e exclamou:

— Tatuagem legal!

~*~*~*~*~*~*~*~*~*~*~

Os dias passaram se arrastando até o início das aulas. Alguns dias antes de elas começarem, liguei para o Guilherme, à noite. Ficamos conversando até umas quatro da manhã e, como aquele era um dos raros dias em que estava frio, deixei a janela do quarto aberta, porque não há nada melhor, pelo menos para mim, em ficar recebendo correntes geladas de vento. Foi quando, ao desligar o telefone e no ato de ir fechar a janela para que finalmente pudesse dormir, escutei batidas de porta de carro no estacionamento do prédio, já que não morávamos muito alto, qualquer barulho feito lá embaixo podia ser ouvido.

Coloquei discretamente a cabeça para fora da janela, pois o barulho da porta se fechando foi bastante violento. E não se tratava de outra pessoa, a não ser Rafael, o meu vizinho. Claro, só podia ser ele, óbvio. Ele era incapaz de respeitar alguém, mesmo àquela hora da manhã. Fiquei-o observando trancar o carro na chave, apresentando algumas dificuldades para fazer isso e para andar, então pude perceber que ele estava embriagado. Também percebi que aquele não era o seu carro.

Rafael se enrolou um pouco no trajeto, cambaleando e sem conseguir se equilibrar em pé. Fiquei a imaginar onde ele estava, ou melhor, onde a cabeça dele estava, para dirigir naquele estado. Quando ele sumiu de vista, fiquei atenta aos barulhos, pois eu estava aguardando um estrondo quando ele caísse no chão. Mas, alguns minutos depois, escutei o som do elevador, muito distante. Como o apartamento dele ficava bem ao lado do meu, o estrondo que eu esperava veio do outro lado da parede do meu quarto.

Depois desse episódio, passei uns três dias sem vê-lo. Até que uma vez, vi-o no elevador. E ele estava com uma mancha roxa no olho e com cheiro de cigarro. Ele não implicou comigo, como nas outras vezes, apenas se manteve distante, como se eu tivesse algum tipo de doença contagiosa.

Henrique já havia me alertado antes que ele vivia se metendo em confusão e que era para eu evitar ter conflito com ele. Depois de vê-lo embriagado, com uma mancha roxa ao redor do olho, com cheiro de cigarro e fora aquela cicatriz que ele carregava perto da sobrancelha, que parecia muito com o risco de uma faca, tive certeza que ele não era "da paz".

O meu primeiro dia de aula havia chegado, e eu, como sempre, cheguei atrasada por ter dormido demais. Aliás, não havia dormido quase nada, fui me deitar seis e meia, depois de ter assistido a uma série de filmes de terror, e acordei às oito. Apesar de uma pequena ajuda do Henrique para encontrar a sala, cheguei com um atraso de vinte minutos. Dei "bom-dia" à classe e fui me sentar em uma cadeira ao fundo. Eu estava com muito sono, tentei me manter acordada, mas o cansaço foi tomando conta de mim gradativamente, e a voz do professor, ao fundo, mais parecia uma canção de ninar. E contra meus esforços, fui adormecendo ali mesmo, de bruços sobre a mesa.

~*~*~*~*~*~*~*~*~*~*~

— Oi? Oi, você está bem? — escutei alguém me chamar, cutucando-me delicadamente.

Abri os olhos e levantei de súbito, então percebi que não havia mais ninguém na sala, exceto eu e uma menina de pele extremamente branca, cabelos castanhos e ondulados, usando uma tiara com um laço rosa na cabeça e segurando seu caderno com estampa de flores, juntamente com um livro tão volumoso quanto uma Bíblia intitulado *Crime E Castigo — Dostoievski*.

— Ai meu Deus — falei, esfregando a testa — eu sou uma inútil.

Ela riu, e depois falou:

— Tudo bem, o professor nem reclamou. Você quer alguma coisa? Você parece bem cansada.

— É que eu fui dormir seis e meia e tive que acordar oito para a aula — fiz uma pausa, ficando de pé — ei, que horas são?

— São onze e quinze, a aula acabou agorinha mesmo.

— Ah. E quando é a próxima aula?

— Só a tarde, depois do almoço — ela olhou no seu relógio rosa — Eu estava indo lanchar, você quer ir também?

— Tanto faz. — falei rispidamente, fazendo menção de levantar e arrancando uma cara de horror daquela garota.

Mesmo que tivesse dado a entender que sua companhia não faria a menor diferença para mim, ela me seguiu, puxando conversa.

~*~*~*~*~*~*~*~*~*~*~

— Mas você não gosta disso e de outras coisas gordurosas? Eu adoro. — falei, enquanto encharcava minha coxinha de frango com *ketchup* na frente da Maria Alice, a menina cheia de frescuras e que preferia comer um sanduíche natural a uma deliciosa coxinha.

— É claro que eu gosto. Mas — ela deu uma mastigada no sanduíche — eu tenho cálculo renal então... É. Não posso.

— Poxa, que pena. — fiquei observando Maria Alice terminar seu sanduíche e abrir seu livro enorme. — Não sei como você consegue ler esses livros. Só de olhar, já dá uma preguiça...

Ela riu involuntariamente, e sua face pálida por natureza ficou ligeiramente vermelha.

— Eu sou viciada em livros. De verdade. Já li um de trezentas e cinquenta páginas em vinte e quatro horas — disse, com uma expressão de orgulho e arqueando as sobrancelhas perfeitamente desenhadas — foi meu recorde.

— Ele tinha gravuras?

— Não.

— Poxa. Menina, você merecia um prêmio. Isso não dá para mim. Já pensou em escrever um? Dizem que quem lê muito assim escreve divinamente bem.

Ela tornou a fechar o livro, interessando-se pelo rumo que a nossa conversa ia tomando. Como se falar de livros a fascinasse tanto que ela pararia de fazer tudo o que estava fazendo para discutir aquele assunto.

— Eu penso em escrever um sim. Eu já publiquei uns artigos no jornal, e já ganhei vários prêmios de melhor redação. Já pensei em fazer letras, ou jornalismo ao invés de medicina, mas meu pai falou que eu não iria ter futuro nenhum.

Mas que revoltante! Isso é coisa que um pai fale para um filho?

Dei um gole do meu refrigerante e então eu, inexplicavelmente, lembrei-me do Guilherme. — Ei! Você não viu um garoto meio loiro que usa óculos, na aula?

— O Guilherme?

— Esse mesmo! — eu falei dando uma risada, derramando mais *ketchup* no meu lanche.

— Nós havíamos feito as apresentações na aula, mas como você estava dormindo... — ela deu de ombros, rindo com os cantos da boca. — O Guilherme está bem atrás de você.

Olhei para trás e o enxerguei numa mesa bem próxima, conversando com uma menina. Ele me viu também e, instintivamente, veio se juntar a nós, trazendo a pessoa com quem conversava.

— Oi, tudo bem? — falou nos cumprimentando e puxando uma cadeira para se sentar. — Essa aqui é a Helena. Ah, a Maria Alice já conhece, porque ela se manteve acordada durante toda a aula, não é mesmo, Malu?

Dei de ombros, tomando mais um gole do meu refrigerante deliciosamente gelado.

— Prazer em conhecê-la, Helena. Meu nome é Maria Lúcia, mas pode me chamar de Malu. — falei, limpando a mão suja de gordura e *ketchup* na minha calça para poder estendê-la.

Enquanto a Alicinha era comportada, cheia de enfeites no cabelo, falava baixo e delicadamente, Helena era totalmente entrosada, falava alto e usava roupas curtas. Isso me fez gostar dela de súbito, muito embora eu tivesse a injusta mania de fazer julgamentos prévios sem nem conhecer a pessoa direito.

E, sem minha percepção e sem nos conhecer direito, começamos uma conversa bem agradável sobre as primeiras impressões na nossa classe. E eu me senti muito feliz em fazer novos amigos.

Almoçamos juntos, com a presença do Henrique na nossa mesa e de alguns amigos dele. Na hora de voltar para a sala depois de almoçar, tive que enfrentar o sacrifício de me manter acordada durante a aula. Dormir a tarde inteira era essencial para minha rotina e para meu bom humor.

Meu primeiro dia de aula foi bem leve. Houve somente apresentações, algumas orientações e especulações sobre quem deveria ser o representante de turma. Pelo que percebi, Helena era muito bem relacionada na sala e se candidatou ao cargo, quase impondo que ela seria a representante. Maria Alice sentava-se na frente, e quase todos os rapazes prendiam a atenção naquele rostinho doce e delicado, e sempre havia algum cavalheiro para pegar seu lápis quando caía no chão, e uns cinco levantaram-se para ceder o lugar quando chegamos atrasadas depois do almoço. Apesar de ser nosso primeiro dia de muitos anos de convivência, todos na turma se deram muito bem, interagindo entre si e, é claro, implicando comigo por ter muito sono e dormir na aula.

Na volta para casa, Henrique baixou o volume do rádio para conversar comigo e perguntar como tinha sido meu dia.

— Foi muito bom. — respondi satisfeita — fiz amigos, e minha turma é muito boa, os professores também são excelentes.

— Todos aqueles que estavam na mesa do almoço você conheceu hoje?

— Sim. Ah, menos o Guilherme, eu o conheci no dia da matrícula.

— Nossa! — ele exclamou, passando a marcha — você é bem comunicativa, hein?

Balancei a cabeça negativamente, rindo com os lábios, como um gesto de modéstia.

— Que é isso! É que o pessoal lá é bem enturmado mesmo.

— E já elegeram o representante de turma?

— Ah. Sabe aquela morena de olhos claros que estava com a gente no almoço? A Helena? Ela praticamente se declarou a representante.

— E aquela branquinha que também estava com vocês? — ele riu.

— Uma toda delicadinha com um laço na cabeça? É a Maria Alice. Todos os meninos lá da sala a amam. Sabe, ela conseguiu ser cortejada por todos. — eu dei uma leve risada, coçando o nariz — Já sei o segredo de sempre conseguir um lugar quando chegar atrasada. É só chegar com ela, porque, no mínimo, uns dez rapazes vão levantar.

O Henrique riu mais uma vez.

— Que exagero, Malu! Mas o certo é que ela é mesmo linda. Meus amigos todos acharam.

— Hmm. E você também achou, né? Lógico.

— Claro. Achei sim.

Ele riu timidamente, com certo brilho no olhar, e eu fiquei observando aquilo. Recostei minha cabeça no vidro da porta, como costumava fazer, e aumentei novamente o volume do rádio, agradecendo mentalmente por meu dia ter sido melhor do que esperava.

~*~*~*~*~*~*~*~*~*~*~*~

Mal as aulas haviam começado e já estávamos nos organizando para nossa calourada, uma festa que os calouros fazem para comemorar e, também, dar lucro para começar os investimentos para a formatura já no primeiro período do curso.

Exatamente três dias depois do início das aulas, fomos surpreendidos pelos veteranos com ovos, tinta guache, café, terra, maisena e outras coisas que impregnaram nossas roupas, cabelos e a pele toda.

Não me incomodei com o fato, foi uma verdadeira guerra, mas de um modo um tanto espontâneo e até terapêutico. Fomos pedir dinheiro no sinal naquele estado, e nos surpreendemos ao contar o dinheiro, conseguimos arrecadar muito mais do que esperávamos. Talvez pelo charme da Maria Alice, ou da malícia da Helena, como brincaram alguns colegas de classe. Alugamos um sítio afastado da cidade e marcamos para fazer um churrasco.

No dia em que meu cabelo estava fedendo a ovo, e eu estava coberta de tinta e café, encontrei de novo o Rafael no elevador. Ele entrou comigo e, como da última vez em que nos encontramos assim, ele manteve-se longe. Mas talvez por causa do mau cheiro que exalava de mim. Normalmente, eu me sentiria extremamente desconfortável em uma situação assim, mas senti-me completamente normal, como se não estivesse incomodando ninguém, embora o odor de ovo não fosse culpa minha.

Depois que entrou, Rafael posicionou-se ao meu lado, mas espremendo-se contra a parede. O elevador era muito pequeno, então ele não tinha escolha. Querendo ou não, teria que dividir o mesmo metro quadrado comigo. Ele não estava cheirando a cigarro dessa vez, mas assim que o percebi, vi-o retirar um maço de cigarros do bolso. Virei-me automaticamente para ele.

— O que você tem na cabeça? Não sabe que é proibido fumar em local fechado?

— Claro que eu sei, mas eu pegar em um maço de cigarros não quer dizer que eu vá fumar um — ele me fitou de modo bem hostil com aquele par de olhos claros.

Rolei as órbitas oculares. Era claro que ele pretendia fumar um, só para me provocar e, quanto à palavra "proibido", provocava certa adrenalina naquela pessoa, que amava fazer tudo que fosse proibido.

— Além disso, fumar causa câncer nos pulmões. — falei calmamente, encarando meu reflexo na parede metálica do elevador.

— O que seria um cheiro de cigarro comparado a esse fedor horrível de ovo podre que eu estou sentindo, hein, Malu?

Já estarrecida com a situação e com a simples, mas incômoda, presença dele, virei-me na sua direção outra vez antes de me explicar:

— Não pude fazer nada. Fui bombardeada. Mas, pelo menos, cheiro de ovo não causa outra coisa a não ser repugnância nas pessoas, e a fumaça do cigarro causa câncer, e eu não pretendo me tornar fumante passiva simplesmente porque meu vizinho super-responsável e altruísta fuma quando pega elevador comigo — o elevador fez o sinal de que, finalmente, havia chegado ao nosso andar. — E outra coisa, como é que você sabe meu nome?

— Eu escutei o Henrique te chamando — ele respondeu, saindo do elevador. — Só acho que um apelido mais apropriado seria Maluca.

Saí logo em seguida, observando o Rafael entrar em casa. Antes de fazê-lo, retirou um isqueiro e acendeu um cigarro, introspectivo.

~*~*~*~*~*~*~*~*~*~*~

— É impressionante, eu não sei qual é a dele.

O assunto ainda rendia até o dia do churrasco, e percebi que o Henrique já estava um pouco cheio de me escutar falar mal do Rafael. Ele apenas falava "hm" e continuava a pôr as coisas no carrinho de compras.

Depois de passarmos na casa da Maria Alice, na da Helena, além de passar na casa do Felipe, um amigo do meu irmão, estávamos agora comprando o que seria consumido no churrasco, antes de pegarmos a estrada para lá.

A lista de compras tinha uns cinquenta itens e subitens incluindo muitos litros de bebidas alcoólicas diversas, muitos quilos de carne, que eu percebi que iria sobrar, e o Felipe simplesmente se encantou com umas taças que brilhavam no escuro, que eu achei totalmente desnecessárias, porque o churrasco seria em plena luz do dia.

Quando estávamos na fila do caixa, peguei uma batata frita e fui comendo até chegar nossa vez de passar nossas compras, enquanto Helena se afastou alegando ter esquecido alguma coisa.

Eu já havia percebido que o Henrique olhava a Maria Alice de um modo diferente, como se admirasse até o jeito como ela respirava. Por isso ele não estava dando muita atenção ao que eu falava do Rafael, ou ao que eu sugeria para o churrasco. O tempo todo ele queria ficar perto dela. Nunca fui ciumenta com os relacionamentos do meu irmão, mas desde que ele não me deixasse de lado.

Continuei mastigando a batata e escutando, a contragosto, o Felipe cantar um pagode enquanto batucava no balcão das compras.

Quando Helena voltou, veio depositando no carrinho mais um item: uma bola de vôlei.

— Ótima ideia, Helena! — O Felipe falou, interrompendo a música dele.

— Claro, eu sempre tenho ótimas ideias — respondeu, gabando-se ao modo jovial e bem-humorado dela.

Henrique, por sua vez, olhou-me como se falasse:

"Parece que hoje você vai ter que jogar, Malu".

~*~*~*~*~*~*~*~*~*~*~

— Vem, Malu, só falta você para completar o time! — Helena gritou.

O lugar era paradisíaco. Um sítio enorme, com uma casa de dois pavimentos também enorme, com varanda ao redor dela inteira, uma quadra de futebol, outra de tênis, piscina e um jardim lindo, com a grama mais macia e verde que eu já vira e sentira na vida. Colocamos as mesas na grama, embaixo de uma árvore, e improvisamos uma rede de vôlei, também na grama verde. A maioria dos veteranos e dos calouros estava bebendo e dançando. O dia estava ensolarado e a música bem alta, já que estávamos fora da cidade.

— Malu! — Helena me gritou de novo — quicando a bola no chão e a segurando junto ao quadril com o pulso, logo em seguida.

Hesitei um pouco, mas acabei aceitando o convite.

Dei início à partida fazendo um saque. O contato com a bola era um prazer que há muito não sentia, então cada segundo do jogo eu aproveitava. Queria fazer todas as defesas, todos os levantamentos, todos os bloqueios e todos os ataques. O Guilherme, que estava no time adversário, só conseguiu marcar um ponto por cima do meu bloqueio e, fora isso, só ganharam um ponto por um saque para fora do nosso time.

— Não sabia que você jogava tão bem — Maria Alice veio sentar-se junto a mim, Helena e Guilherme depois da partida, segurando um copo de refrigerante.

— Eu fazia parte de um time de vôlei em Parnaíba. — falei, olhando os outros se divertirem jogando também. — Mas não jogo mais.

— Por causa do curso? — Guilherme perguntou.

— Também. Mas não costumo falar sobre isso.

— Ah, me desculpe. — Maria Alice se desculpou, tomando um gole.

Helena começou a se remexer na cadeira, puxando Guilherme logo em seguida para dançar, dizendo que amava a música que estava tocando.

— Maria Alice — Felipe apareceu entre nós duas, segurando uma flor e entregando a ela. — você não queria me conceder o prazer desta dança?

Ela me olhou, rindo e me perguntando com o olhar o que ela responderia a ele. Limitei-me a rir também, porque o nosso amigo já estava em um estágio um pouco avançado de embriaguez, em que a língua não emitia mais os sons corretamente.

— Vai, Maria Alice, aposto como ele não vai bambear — falei, rindo.

Ela riu. Depois levantou, foi até a mesa onde estavam as bebidas e encheu um terço do copo virou o mesmo de uma vez, sem nem fazer careta. Depois puxou Felipe pela mão e começou a dançar um forró bem agitado, que ele surpreendentemente soube, enquanto eu era solicitada mais uma vez a jogar outra partida.

Quando meu jogo acabou, procurei pela Maria Alice e a encontrei virando, mais uma vez, seu copo.

A música estava muito mais alta. Já era por volta das cinco da tarde e já havia chegado muito mais gente. Eu me limitava a beber somente refrigerante, dançar com o Guilherme ou qualquer outro amigo meu, e a vigiar Maria Alice, que já havia bebido bastante e estava bem soltinha. Presenciei algumas vezes Felipe tentando roubar dela um beijo, mas não obteve sucesso. Aliás, ele não era o único a fim dela ali.

— Malu, me dá um beijo? Eu te acho a maior gata, pode perguntar para o Henrique. — Disse o Felipe, quando esbarrou comigo uma vez.

— Nesse estado de embriaguez, qualquer uma fica bonita, meu filho.

Para minha surpresa, Henrique não ficou rondando Maria Alice no churrasco. Até porque, ela estava irreconhecível, é impressionante como as atitudes de uma pessoa mudam quando ela começa a beber. E ele estava ocupado demais dispensando quase todas as meninas da minha sala que tentavam ficar com ele.

Enchi meu copo mais uma vez, de refrigerante, claro, e fui em direção à piscina. Quando me aproximei, vi que tentavam agarrar alguém à força, alguém que se debatia e gritava no chão, agarrando-se à grama. Não era nenhum ato de violência, era só uma tentativa de tentar jogá-la na piscina, porque logo que a ergueram do chão, contaram até três e a jogaram, fazendo um barulho e molhando todos ali perto, inclusive a mim. Quando a vítima finalmente emergiu da água, sorrindo, mas ao mesmo tempo zangada, percebi que era Helena.

Quando a reconheci, fiquei parada, olhando-a, e vi que ela tentava me dizer algo. Tarde demais. Senti ser erguida do chão pela cintura, enquanto eu arremessava meu copo cheio no chão, debatendo-me. É desesperador saber que você está prestes a ser arremessada na água com o celular no bolso. Quando me lembrei desse detalhe e estava prestes a avisar, senti o baque na água, e imergi até o fundo da piscina, quase chorando pelo meu aparelho celular no bolso. Lá no fundo, quase não escutava a música e a voz das pessoas. Empurrei o piso da piscina com os pés e fui à tona.

— DROGA! MEU CELULAR! — eu berrava, quando vi que mais alguém caía na água. Era Maria Alice, mas ninguém a jogou. E ela estava rindo até do vento.

~*~*~*~*~*~*~*~*~*~

— Eu falei pra ela não beber tanto — reclamei, cruzando os braços.

O relógio do carro marcava vinte e uma horas em ponto, e eu ainda estava molhada, porque, como se não bastasse ter sido arremessada na água, tive que cair outra vez, quando escorreguei no *deck* molhado. Para o meu celular, as esperanças eram mínimas, apesar das minhas preces para que ele, inexplicável e milagrosamente viesse a funcionar.

Maria Alice estava adormecida no banco de trás, sob o efeito de várias e várias doses. Parecia tão certinha, comportada e reservada. Durante o churrasco, vomitou duas ou três vezes, e na hora de irmos embora, simplesmente deitou no sofá da sala da casa e adormeceu. Henrique teve que carregá-la até o carro, e agora estávamos indo para casa com ela dormindo profundamente.

Henrique teve de carregá-la também do carro até o elevador, e do elevador para minha cama. Ainda bem que ela já não estava tão molhada.

Fui até a cozinha fritar um ovo. Fora a batatinha que eu havia comido na fila do supermercado, e algumas raras vezes em que eu comera no churrasco, eu não havia comido desde o café da manhã.

— Onde é que você vai dormir? — Henrique perguntou enquanto eu mexia o ovo na frigideira.

— Vou dormir na sua cama.

Ele me encarou com um pouco de incredulidade no olhar, embora o que eu acabara de proferir não fosse nada de absurdo.

— E onde EU vou dormir?

— Ah, tem o sofá, o tapete, o chão... — virei-me para ele com um sorriso torto — você não vai me deixar dormir de modo tão desconfortável, né?

Ele resmungou e foi até a geladeira pegar uma maçã.

— E a mãe dela?

— Ela mora sozinha aqui. Os pais moram no interior — apaguei o fogão — não teremos problemas com isso. Embora a mãe dela devesse saber o que a filha anda fazendo. Você está interessado nela? — finalmente perguntei.

Henrique terminou sua maçã, lavou as mãos, bebeu água, e quando eu já estava prestes a repetir a pergunta, ele virou-se para mim, com uma expressão de indecisão, numa mistura de surpresa e desagrado e falou:

— Você me conhece muito bem, não é, irmãzinha?

E se retirou.

~*~*~*~*~*~*~*~*~*~*~

Escutei Maria Alice me chamar por volta das onze horas da manhã. Eu estava no telefone com a minha mãe. O bebê estava ótimo e embora ela sentisse algumas frequentes indisposições e fraquezas, era notória a sua satisfação e o seu contentamento de estar carregando dentro dela mais um filho. Quando me perguntou se estava tudo bem, hesitei um pouco, ao analisar a imagem da Maria Alice deitada na minha cama, com o rosto afundado no meu travesseiro. Tive vontade de responder "Não, mãe, tem uma amiga minha dormindo há quinze horas, ininterruptamente. Não sei se está dormindo ou em coma". Mas, para evitar um possível sermão sobre como se comportar em festas, e encobrir atitudes inadequadas, apenas murmurei um "umrrum".

Quando Maria Alice acordou e me chamou, desliguei e joguei o telefone sem fio em cima da cama, sentando-me na beirada e contando-lhe como ela foi parar na minha casa e mais algumas informações complementares. Ela ficou um pouco assustada quando descobriu as coisas que havia feito no dia anterior, e o arrependimento ficou evidente na sua expressão facial.

Ela começou falando que não sabia exatamente por que havia bebido tanto, visto que tomava somente refrigerante, mas uma vez experimentando a bebida, logo se viu exagerando no consumo, e a última lembrança que guardava era do momento em que tinha se jogado na piscina pela segunda vez.

Não a julguei pelo seu comportamento. Não porque eu já havia enchido a cara também, na noite do acidente, mas porque ela era livre para fazer suas escolhas, não importando a opinião dos outros.

Já havia mencionado o Fred no meu pensamento, ao me lembrar da noite do acidente, mas essa menção foi reforçada, de um modo um tanto curioso por parte de Maria Alice, e um tanto doloroso por minha parte, quando ela apontou para o meu pulso me questionando:

— Você gosta de cantar?

Não esperava aquele tipo de pergunta, então logo me peguei gaguejando na tentativa de explicar a origem daquela tatuagem. Mas logo em seguida me calei. Se eu começasse a falar de Fred Albuquerque, minha voz iria embargar, sob meus inúteis esforços de tentar manter as lágrimas dentro dos olhos.

— Se não quiser falar, tudo bem — ela falou, parecendo perceber meu embaraço.

Eu assenti. E nesse momento percebi que estava enganada. Pensei que já tinha superado tudo. A perda do meu melhor amigo, o acidente, minha interrupção na carreira de jogadora de vôlei. Mas quase tudo me fazia lembrá-lo e, quando lembrava que nunca mais iria vê-lo ou abraçá-lo, sabia que a superação ainda não havia se consolidado. Era difícil segurar o choro.

— Sabe, Malu... — Maria Alice começou, com as mãos unidas no colo e olhando para seus polegares, que giravam em torno um do outro — Eu queria me desculpar.

— Você já fez, não tem como voltar no tempo.

Ela deu de ombros, parecendo ofendida com meu tom de voz ou simplesmente pelo que eu dissera, e elevou o olhar para mim.

— Eu não costumo agir daquela forma. Mas eu fui criada de uma maneira tão... — ela desviou o olhar rapidamente, voltando a olhar para mim logo em seguida — tão rude.

Eu me ajeitei na cama, esperando-a continuar a falar.

— Maria Alice, não faça isso! Maria Alice, não coma aquilo! Maria Alice, você não pode, nunca, em hipótese alguma, jamais, beber! Maria Alice, eu queria que você fosse como a filha da fulana — ela falou, demonstrando e rindo tristemente. — qualquer pessoa tinha mais liberdade que eu. Eu era tratada como uma irresponsável, que não tinha nenhuma perspectiva de vida, mas não era isso! Eu só queria... Um pouco de vida, me divertir, sair. E todo o esforço que eu fazia para ser uma boa filha era em vão.

— Mas isso mudou, não é? Digo, agora você mora sozinha e tal...

— Eu queria morar com meus pais ainda. Mas não posso, o trabalho deles é lá, e meu curso é aqui. Além da medicina, acabar com essas brigas, que muitas vezes não tinham motivos, foi uma das razões pelas quais eu queria vir para cá, mas não queria que fosse assim... — ela suspirou — Malu, eu sou muito insegura, influenciável, medrosa, chorona... Sabe quantas vezes eu acordo querendo que tivesse alguém comigo? Eu tive que aprender a não ter medo. Eu sei como não ter medo, o problema é que não sei como colocar isso em prática. Tenho medo do escuro. Tenho medo de ter uma crise de cálculo renal e não ter para quem pedir ajuda. Mas uma coisa boa é que, quando vou visitar meus pais no final de semana, eles não arranjam motivos para brigar comigo, eles falam que a casa ficou vazia de repente depois que fui embora.

Meu coração se parte em mil pedaços quando escuto isso. Mas não há nada que eu possa fazer...

Fiquei apenas observando, sem saber o que falar, até que ela prosseguiu.

— Você deve estar se perguntando a que ponto eu quero chegar com isso tudo. É que ontem eu só queria, pela primeira vez na vida, fazer algo sem ter ninguém que me proibisse. Mas passei dos limites, eu sei. Queria ser como você. Você é atrevida, corajosa, responsável pelos seus atos.

Senti-me um pouco desconfortável quando ela me elogiou.

— Não é tão simples, Maria Alice. — balancei a cabeça negativamente — sou atrevida por natureza. Corajosa por necessidade. Responsável pelos meus atos porque aprendi que nunca, jamais devo ser irresponsável. Meus pais também me impunham regras. Mas eu lhes desobedecia. E um dia, um dia eu achei que desobedecer-lhes não faria diferença. Mas fez uma grande diferença. — comecei a falar com dificuldade, engolindo seco — nesse dia, eu sofri um acidente. Eu estava com meu melhor amigo, que estava dirigindo. Eu, no banco do passageiro, ligeiramente bêbada. — senti as lágrimas brotarem — ele era tão... Prudente. Mas outra pessoa, que era tudo que ele não era, veio na contramão e, no ato de desviar, ele perdeu o controle do carro e nós capotamos. Ele se foi. — Baixei a cabeça para que ela não visse minhas lágrimas, mas percebi que fora um gesto inútil — Ele era meu melhor amigo... Assistia a todos os meus jogos de vôlei... Eu era jogadora de vôlei na minha cidade Natal. — ressaltei rapidamente antes de continuar — Mas depois que ele morreu eu enfrentei uma depressão e não quis mais jogar.

Maria Alice estava em choque me olhando incrédula e piedosamente.

— Depois do acidente, eu acordei no hospital mais de um mês depois. Havia ficado em coma. — aparei com o dedo indicador uma lágrima que escorria pela minha bochecha — Quando acordei, a primeira cena que vi foi minha mãe agradecendo por eu estar viva. Ela poderia ter me enchido de tapas ali mesmo, por ter lhe desobedecido, mas ela só agradeceu por eu finalmente ter acordado. — Fiz uma pausa, olhando para o meu pulso — E essa tatuagem... — continuei — fiz em homenagem a ele. Ele era um cantor muito talentoso.

— Eu sinto muito, eu não sabia.

Enxuguei as lágrimas rapidamente, no esforço de não demonstrar minha fraqueza.

— Não reclame do jeito que seus pais tratam você, Maria Alice. Quem não quer liberdade na vida? Todo mundo. Mas todo esse "cuidado" — fiz sinal de aspas com a mão — que eles têm com a gente é medo de nos perder.

~*~*~*~*~*~*~*~*~*~*~

O domingo estava ensolarado e muito agradável. Junho começava a se aproximar com ventos fortes e na temperatura certa para que eu já não tivesse mais do que reclamar do clima quente de Teresina.

Muito embora Maria Alice quisesse pegar um táxi e ir para casa, Henrique e eu conseguimos persuadi-la a ficar conosco até o almoço. Na hora de preparar a refeição, saí de casa para comprar refrigerante, com o intuito de deixar os dois a sós. Quando retornei, eles riam alto, enquanto ele tentava frustradamente ensiná-la a cozinhar.

No instante em que colocávamos a mesa, o telefone do Henrique tocou e, assim que terminamos de comer, adentraram no nosso apartamento Helena, Felipe e Guilherme, que traziam alguns filmes, um bolo delicioso de chocolate e um violão.

O bolo desapareceu em poucos minutos, e com exceção de Maria Alice, que evitava chocolate por causa do problema dela de pedras nos rins, todos nós ficamos muito satisfeitos.

— Então, o que vocês tanto conversaram quando eu saí? — perguntei ao Henrique na cozinha, quando fomos fazer pipoca para ver o filme.

— Muitas coisas. Ela é chocólatra, mas não pode comer chocolate... Gosta de tocar violão... Deixa eu ver... Ah! Ela é viciada em livros e quer ser escritora.

Demonstrei surpresa, embora eu já tivesse conhecimento daquela informação.

— Estranho, não é? — ele questionou rindo e pegando o saco de milho no armário.

— Ela é uma pessoa muito especial.

Mantivemo-nos em silêncio enquanto ele despejava o milho na panela e pude escutar as gargalhadas dos meus amigos na sala, onde assistiam ao filme de comédia que Helena trouxera. Henrique tampou a panela e foi se juntar a eles, encarregando-me de levar as pipocas.

— Com licença — pedi alguns minutos depois, abrindo caminho.

Coloquei a pipoca sobre a mesa e afundei no sofá entre Felipe e Helena. Guilherme estava sentado em uma cadeira, ao lado dela, que ocupava a ponta do sofá. Henrique e Maria Alice estavam deitados no tapete, um ao lado do outro. Tomei um gole da minha cajuína, tentando acompanhar o filme.

— Você acha que eles estão ficando? — Felipe sussurrou para mim, apontando os dois que estavam deitados.

— Não, eles não estão.

— E você acha que ele está a fim dela?

— Não sei.

— Pois eu acho que sim. Não acredito que vou ter que esquecer a Maria Alice.

Uma cena engraçada se passou, cortando nossa conversa em gargalhadas.

— Felipe, assiste ao filme, tá bom? — pedi, revirando os olhos.

Senti-o pôr o braço por trás de mim, no encosto do sofá, mas tentei ignorar aquilo.

— Olhando assim... — ele começou — até parecemos três casais.

Limitei-me a levantar do sofá e deitar no chão junto com Henrique e Maria Alice.

"Era só o que me faltava", pensei.

Capítulo 8

— Vocês acreditam que o Felipe teve a cara de pau de me falar isso ontem? — eu falei, na fila do Restaurante Universitário, enquanto o feijão era vagarosamente depositado no meu prato.

Maria Alice franziu o cenho, e Helena e Guilherme riram de mim.

— E eu não sei de onde ele tirou essa ideia de três casais — Guilherme conseguiu falar por entre as gargalhadas — o único casal aqui é a Maria Alice e seu irmão, Malu.

— Nós não somos um casal! — Maria Alice protestou.

— Ainda. — ele completou.

Pegamos nossas bandejas e fomo-nos sentar. Logo que o fizemos, um grupo de menininhas passou por trás de Maria Alice, que estava sentada à minha frente. Elas soltaram risadinhas falsas, como se tivessem achado minha amiga um tanto engraçada. Fiquei acompanhando-as com o olhar, enquanto Maria Alice baixava a cabeça, envergonhada.

— Estavam rindo de mim, eu sei. Que ótimo, agora eu sou a piada da Universidade, a santinha do pau oco.

— Maria Alice — Helena interveio, remexendo sua comida com o garfo — tem que aprender a não se importar com a opinião dos outros.

Finalmente começamos a comer, mas o grupo maldoso que estava sentado atrás de Maria Alice ainda ria pelas costas dela.

— Malu, para de olhar! — ela pediu.

Não atendi ao seu pedido, eu olhava fixamente para aquelas meninas. Estava começando a sentir uma certa raiva, que era extravasada quando mastigava com tamanha força, que era capaz de triturar um pedaço enorme de carne em menos de dois segundos.

Eu era muito boa em leitura labial e, assim que uma das garotas parou de rir, pude discernir a seguinte frase sendo proferida por ela:

"Eu soube que ela tomou todas! Passou o maior vexame. Essa aí é dissimulada, viu? Se faz de santinha, mas é a maior vadia".

— Malu, por favor... — Maria Alice me pediu antes de eu me levantar.

— Com licença — falei educadamente, mesmo sentindo vontade de estrangular cada uma delas — não quero atrapalhar a conversa de vocês, mas... Vocês perderam alguma coisa em cima da mesa onde estou almoçando?

— Está incomodada porque falamos a verdade? — uma delas disse, levantando-se e aumentando o tom de voz e todo o burburinho do refeitório cessou subitamente.

— Não quero brigar. Só vim pedir que parassem de falar mal dos meus amigos.

— Falar mal é diferente de falar a verdade.

— É a mesma coisa que insultar que você nem conhece.

— Insultar? — ela indagou, com um olhar cínico.

— É, você chamou minha amiga de vadia porque ela bebeu demais e passou o maior vexame, mas e aí? O que é que você tem a ver com isso? Em que parte da história você entra? Ela vomitou em você? Beijou seu namorado?

Todos agora olhavam para nós, mas não me senti nem um pouco intimidada por isso.

— Fiquei sabendo que... — ela continuou, mas eu a interrompi bruscamente.

— O que você ficou sabendo foi fofoca. Fo-fo-ca. As pessoas aumentam os detalhes. Não aconteceu nada para que ela mereça ser chamada de vadia.

Senti Guilherme me puxar pelo braço, mas me desvencilhei dele. Eu não estava alterada, estava tudo sob controle naquela ocasião.

— Tudo bem, meninas, eu a conheço. Atrevida, machona. E tipo, se mete onde não é chamada. — escutei alguém falar, e antes que eu identificasse o "tipo" como estranhamente familiar, virei-me para o rumo da voz e dei de cara com Natália Negreiros, no instante em que senti meu sangue fugir da face.

— Santo Deus! Isso é perseguição! Tanta faculdade, tantas cidades nesse mundo e você veio parar justo aqui?

— Malu... O que eu faço, onde moro, para onde vou... Nada disso é da sua conta.

Bati três palmas quando ela terminou de falar.

— Uma frase inteira sem "tipo". Parabéns.

— Malu, vamos embora. — Guilherme me puxava novamente.

— Eu sei por que você defende sua amiguinha vadiazinha — Natália falou, chegando mais perto — você já fez a mesma coisa não foi?

Comecei a sentir uma onda de raiva se espalhar pelo meu corpo à medida que ela falava.

— Você já fez a mesma coisa! — ela continuou, enquanto eu cerrava os dentes e os punhos — você sabe o que aconteceu, não sabe, Malu?

Então ela chegou mais perto e, à medida que se aproximava de mim, eu sabia que não suportaria, sem qualquer reação de defesa, o que ela estava prestes a me falar. E eu estava certa, ela chegou bem perto, olhou no fundo dos meus olhos e proferiu as seguintes palavras:

— A diferença é que, tipo... Sua amiga não causou a morte de ninguém.

— MALU!

Era tarde demais quando Guilherme tentou me impedir. Pulei em cima da Natália com toda a força que aquele ódio me permitiu acumular dentro de mim. Ela tentou revidar, mas eu já a havia derrubado no chão, e estava prestes a estapeá-la quando o Guilherme conseguiu tirar-me de cima dela, enquanto ela se debatia e gritava.

— VOCÊ NÃO ESTAVA LÁ! VOCÊ NÃO SABE, NEM NUNCA, NUNCA VAI SABER PRA ME DIZER UMA COISA DESSAS, NUNCA! — gritei com força antes de sair correndo.

~*~*~*~*~*~*~*~*~*~*~*~

Ao chegar ao meu apartamento, eu já não chorava mais. Quando voei no pescoço da Natália, eu sentia ódio. Depois, quando chorei, o ódio se transformou em tristeza. E agora nem sabia mais o que estava sentindo.

Tentando descontar toda a frustração do meu dia ruim o bastante para me fazer chorar, coloquei meu filme de terror favorito e preparei um brigadeiro de panela.

A Natália merecia muito mais do que uma surra. Nunca fui de guardar tantas mágoas a ponto de desejar a morte de alguém, mas, pela primeira vez na vida e me sentindo um tanto rancorosa, eu quis que ela estivesse se dado mal, um tempo atrás, no lugar do Fred. Como ousava me dizer algo daquela natureza, falar-me com tamanha audácia que eu tinha provocado a morte de uma das pessoas mais importantes da minha vida? Era tudo que eu pensava enquanto devorava toda a panela de brigadeiro.

Depois de um tempo desejando que ela não existisse, repugnei a ideia. No fundo, não sentia tanta raiva dela assim. Sentia mesmo era pena. Pena, porque meu melhor amigo, em suas últimas horas de vida, falou-me que ela estava longe de ser alguém por quem alguém se interessaria. Tudo que ela sabia falar era sobre marcas de roupas famosas além daquele irritante e vicioso "tipo", que fazia meus nervos ficarem à flor da pele.

A panela de brigadeiro acabou na metade do filme e não tive mais paciência para assistir ao restante. Minha cabeça latejava muito, então desliguei a televisão e tomei um remédio, deitando-me no sofá logo em seguida, sem a intenção de pegar no sono.

Acordei três horas depois, às cinco da tarde. O Henrique ainda não havia chegado e minha cabeça já não doía, embora meu rosto ainda estivesse vermelho e inchado.

Minhas provas se aproximavam e os trabalhos escritos e seminários a serem apresentados faziam meu tempo para estudar se reduzir à metade, então decidi lavar o rosto e começar a me preparar para meus primeiros exames daquele período.

Peguei meu pesadíssimo livro de anatomia e uma xícara de café que havia preparado e no momento em que ia iniciar meus estudos, escutei um *rock* metálico vindo do outro lado da parede do meu quarto, onde ficava o apartamento do Rafael.

— O que você tem na cabeça? — falei assim que ele abriu a porta. Ele segurava um cigarro entre os dedos médio e indicador e estava sem camisa.

— Hm? — Foi tudo que ele conseguiu dizer.

Suspirei, dizendo mentalmente para mim mesma: *Malu, não jogue o café nele, controle seus nervos.*

— Eu estou tentado estudar, estou em período de provas, você pode diminuir o volume do seu som irritante?

— Não.

— Rafael, não me faça jogar essa xícara de café em você.

— Eu não vou diminuir o som, porque eu não quero.

Ele fechou a porta de madeira branca no momento em que eu jogava o café nela, quando meu alvo, na verdade, era ele. Bati na porta mais uma vez, e muito forte, gritando seu nome até ele aparecer novamente. Quando abriu a porta e viu o café escorrendo por ela inteira, gritou:

— Sua louca! Você vai limpar isso!

— Então diminua a droga dessa música!

Ele estreitou o olhar, analisando-me de perto.

— Você estava dormindo ou chorando?

— Não te interessa.

— Bom, se você estava dormindo, não está nem um pouco a fim de estudar. Se estava chorando, não precisa descontar em mim a sua frustração.

Ele iria conseguir, ele iria conseguir me tirar do sério.

— Meu dia foi ruim, e a última coisa que eu queria encontrar hoje para fechar com chave de ouro é meu vizinho mal-educado, que não respeita ninguém e pensa que só ele mora nesse prédio!

— Mal-educada é você. Você não sabe de nada, menina.

— Não sei? Como é que você tem coragem de me falar isso? Você nem me conhece, não sabe pelo que já passei — dei uma leve pausa, suspirando — você é que não sabe de nada, pelo visto. É um *playboy* egoísta. Você que não sabe de nada, não sabe o que é perder nada, nem ninguém porque tem tudo nas mãos.

Eu esperei que ele gritasse comigo quando terminei de falar. Estava me preparando psicologicamente para outra discussão, mas tudo que ele fez foi assentir, baixar a cabeça e fechar a porta delicadamente. Fiquei observando-o enquanto o fazia. Não sei se foi coisa da minha cabeça, mas tive a impressão de que ele enxugava o nariz e os olhos à medida que a porta se fechava.

~*~*~*~*~*~*~*~*~*~

— Maluzinha! Como você está linda! Está gostando do curso? — Fred me interrogou com aquele olhar brilhante e profundo e com seu sorriso inebriantemente encantador.

Eu o abracei por um longo tempo, sentindo uma paz interior tomar conta de mim, ele cheirava a roupa limpa.

Conversamos por alguns minutos à beira da praia, escutando as ondas quebrarem e vendo o sol se pôr na linha do horizonte. Eu lhe contei sobre meus novos amigos, Guilherme, Helena e Maria Alice, sobre meu curso, sobre minhas suspeitas de que Maria Alice e Henrique estivessem se envolvendo e, é claro, sobre o Rafael.

— Fred, eu nunca o vi daquele jeito. Parece que eu falei alguma ofensa.

Meu melhor amigo suspirou, olhando o mar, franzindo a testa por conta dos raios do sol que batiam diretamente no seu rosto.

— É porque, Malu, você tocou em uma ferida aberta.

Eu o encarei, confusa.

— Mas eu não falei nada demais!

— Você acha que não foi nada demais. Mas, para ele, foi o bastante para que não tivesse forças para gritar com você. Você tem que pedir desculpas.

— Ah, isso é impossível — cruzei os braços.

— Lembra-se daquilo que a Natália Negreiros falou para você?

— Sim. — respondi, emburrada.

— Doeu?

— Sim.

— Então. O Rafael também se sentiu bastante mal com o que você falou para ele. A propósito, Malu, a Natália um dia pode ajudar você, quando você precisar.

— Isso também é impossível, Fred. Ela nunca me ajudaria. Se ela me visse morrendo, ela não mexeria um dedo.

Ele sorriu, involuntariamente.

— Nunca diga nunca, Maluzinha. Ah, outra coisa. — sua expressão assumiu uma certa seriedade — O Rafael já fez muitas coisas erradas na vida. Mas é uma boa pessoa.

— Como você sabe? Nem o conhece.

— Malu, quero que me prometa que não vai se meter em confusão com ele.

Um sorriso irônico me escapou.

— E por que eu me meteria em confusão com ele?

Fred não respondeu nada. Ele ficou a fitar as ondas do mar, com seus olhos cor de mel que eu reconheceria até em outro planeta.

— Preciso ir, Malu.

— Não Fred, por favor.

Ele me deu um beijo na testa e começou a se afastar, brilhante.

— FRED! — gritei quase sem fôlego, no breu do meu quarto, afastando os lençóis e coberta de suor. Levantei subitamente e pisei, descalça, o chão gelado. Desliguei o ar-condicionado e olhei as horas: cinco e quinze da manhã.

Até o amanhecer, minha mente divagou sobre todos os pensamentos possíveis. Já havia sonhado com o Fred antes, mas era tudo muito rápido, e dessa vez pareceu mais real, como se, de fato, estivéssemos nos abraçando, em espírito. E parecia que ele queria me dizer algo mais, além de me pedir que não me metesse em confusão com meu vizinho idiota.

E quanto a pedir desculpas ao Rafael? O Fred só poderia estar brincando comigo. Eu não sabia como ou se iria fazê-lo. Mas, pensando bem, talvez eu tivesse mesmo tocado em uma ferida aberta quando falei aquilo, porque eu tinha quase certeza de que ele fechou a porta chorando. E o Rafael chorando era uma coisa inexplicável, um fato inenarrável, porque se tratava de alguém inacreditavelmente marrento e frio, que não chorava por nada, nem levava desaforo para casa.

Ainda custava a acreditar que eu estava cogitando a possibilidade de pedir desculpas para ele. Não acredito que iria ter que vencer meu orgulho.

Passamos muitos dias sem nos ver, o que me deu uma sensação de paz e quietude naquele andar, mas, por vezes, torcia para que o encontrasse no elevador, ou na portaria, ou no corredor, para que, de alguma forma, pudesse falar com ele e, quem sabe, nós chegássemos a um acordo a parássemos de brigar com tanta frequência.

Quanto à Natália Negreiros, felizmente, não a avistei mais em nenhum campus da Universidade. Isso me fez ficar bem mais tranquila, porque não tinha mais domínio sobre meus nervos quando eu a via. Era bem melhor que nem nos víssemos. Mas, e aquilo que o Fred falara sobre ela? Era impossível. Im-pos-sí-vel. Nós nos odiávamos há anos. Primeiramente porque ela acreditava que eu e Fred éramos mesmo namorados e eu passei a odiá-la desde a noite de reiveillon em que ela o traiu, e depois daquilo que ela me falara no refeitório, mesmo que estivesse disposta a me ajudar, eu jamais aceitaria sua ajuda.

Durante muitos dias, minha cabeça martelava esses assuntos, e eu ainda estava em época de provas. Alguns exames foram até fáceis e, depois de receber as notas, percebi que valeram a pena todas as madrugadas em claro que eu passara estudando.

Helena nos avisou que a calourada seria dia sete de junho e, muito embora eu ainda estivesse preocupada com o resto das provas e os trabalhos escritos, não pude me escusar de me envolver na organização da festa, como melhor amiga da representante de turma.

Recebemos os ingressos em uma semana e, para cobrir o custo da calourada, cada um de nós ficou responsável por vender uma cota mínima de quinze ingressos. Junho se aproximou como um raio e, antes que chegasse o dia da nossa calourada, eu já estava quase atingindo a minha cota, faltavam apenas três ingressos para serem vendidos, mas já não sabia a quem oferecer.

Em uma segunda-feira qualquer, dessas que tudo o que se deseja é voltar para cama e dormir por mais algumas longas horas, encontrei o Rafael no elevador. Tive que engolir meu orgulho ao começar a falar.

— Oi — comecei, mesmo sem saber o que falaria logo em seguida.

— O que você quer? — ele esfregou os olhos, com cara de sono.

— Eu só... — continuei, torcendo as mãos — queria pedir desculpas pelo jeito como tratei você naquele dia. Quem sou eu para falar que você tem tudo nas mãos.

Ele ficou me olhando com os olhos claros semicerrados, como se me perguntasse se eu o achava idiota o bastante para acreditar que ele fosse aceitar minhas desculpas.

— Tá.

— Tá o quê?

— Tá, ora.

— Então tá.

Ele continuou me olhando.

— Tá bom. — Cocei a cabeça, confusa e desconfortável. — Então... Até mais, tá?

O elevador havia concluído a descida e já ia abrindo quando eu falei:

— Rafael, eu faço medicina na Federal. — falei, andando atrás dele enquanto saíamos do elevador. — E vamos fazer uma calourada.

Ele virou-se para mim, prestando atenção.

— Eu estou vendendo ingressos e preciso atingir minha cota. Você não quer comprar um?

Não acredito que eu estava fazendo aquilo. Droga, eu o estava chamando para minha calourada, a última pessoa no mundo que eu queria ver nesse dia tão alegre e tão importante para mim. Eu não devia ter feito aquilo e, como ele era muitíssimo gentil e educado, era bem provável que a sua resposta fosse "não, porque eu não quero". E aí ele viraria as costas e me deixaria falando sozinha no meio do nada, com cara de tacho.

— Quanto é? — ele finalmente perguntou, quebrando o raciocínio dos meus devaneios paranoicos.

— Vinte.

Ele abriu a carteira e retirou sessenta reais.

— Me dá três.

— Perfeito! — comemorei, sem conseguir conter minha satisfação, e pegando os últimos ingressos que ainda estavam comigo na bolsa. — Os outros dois são para os seus amigos?

Ele recebeu os ingressos da minha mão, guardou-os, depois olhou para mim e, só para não perder o hábito, falou:

— Não te interessa.

Geralmente, eu gritaria com ele e manifestaria minha raiva cotidiana sempre que ele não demonstrava respeito, mas só virei as costas e saí. Ao contrário das outras vezes, não me senti irritada, ele já me havia feito um grande favor.

Capítulo 9

Naquele momento, eu tentava, frustradamente, passar um lápis de olho, enquanto Henrique, Maria Alice, Helena e Guilherme cantavam em coro uma música eletrônica.

Eram onze horas em ponto, e estávamos indo para a nossa calourada. O carro cheirava a sanduíche com ketchup e refrigerante, desde quando passamos em um *fast food* e comemos dentro do veículo.

Quando eu saía com meus amigos, sempre acompanhada do meu irmão, é claro, eu sentia aquele sabor de libertinagem, e era um dos raros momentos em que eu me sentia totalmente feliz. E mesmo que eu tentasse me maquiar com o carro em movimento, sem conseguir me concentrar por causa da música alta e ainda por ouvi-los cantando em coro totalmente fora do ritmo, era bom estar na companhia deles. Mesmo que me fizessem passar vergonha.

A noite estava estrelada, e a lua redonda e brilhante. Perecia um grande comprimido branco no céu. A cidade fervia no sábado a noite: bares, boates e restaurantes lotados, no ritmo acelerado de capital.

Finalmente consegui terminar meu trabalho, minha maquiagem ficara pronta no exato momento em que paramos em outro sinal, ao mesmo tempo em que Helena baixava o vidro do banco de trás e gritava para o motorista do carro ao lado:

— EI! Me passa seu número!

Olhei rapidamente para o sujeito, e quando o vi, percebi que era o Rafael. Provavelmente estava indo para a calourada também. Olhei em seguida para o meu irmão, mas ele não o havia visto como eu. Afundei no banco antes que ele me visse, corando levemente.

A noite de curtição com os amigos, ao que tudo indicava, havia começado. Ou havia começado desde quando saímos de casa.

Era uma boate enorme, com dois pavimentos. Do teto pendiam lustres luxuosos, e as paredes eram revestidas com espelhos. Havia dois bares centrais, em forma de meia lua, e o palco era ao fundo, como todos os lugares casualmente projetados para festas. O jogo de luz estava bem forte, a música muito alta e o local bem lotado.

Assim que chegamos, fomos cumprimentar nossa turma, e a maior parte do meu tempo se resumiu a tirar fotos. Não havia encontrado o Rafael ainda, mas ao que tudo indicava, ele estava lá.

Henrique e Maria Alice se afastaram, e Helena fora pegar uma bebida, mas não havia retornado no tempo em que eu esperava que ela o fizesse. Eu rezava para que ela não reconhecesse o "motorista gato".

Fiquei dançando com o pessoal da minha turma, perguntando-me mentalmente onde estariam meu irmão e a minha melhor amiga, ou respondendo as perguntas do Guilherme sobre a Helena, que havia sumido, e estava se comportando, segundo ele, "como uma adolescente que se empolgava com qualquer um".

Não entendi essa expressão do Guilherme para descrever Helena naquele momento, afinal de contas ela sempre fora empolgada e, definivamente, sem nenhum tipo de vergonha, nem alheia, nem própria. Ela fazia o que tinha vontade de fazer sem se importar com a opinião alheia, e nesse exato momento, desejei ser como ela.

Afastei-me em direção ao bar.

— Um refrigerante, por favor.

— Oi, Malu — alguém falou comigo, e vi o Felipe pegar minha mão e beijá-la.

O Felipe era o tipo de pessoa legal, sabia agitar qualquer ambiente, era engraçado e muito alto astral. Ele também era bonito, e se dava bem com todos. Mas ele era o melhor amigo do meu irmão mais velho, e que dava em cima de mim. Não que isso fosse um defeito, mas bloqueava algum tipo de relação afetuosa, como a amizade, entre nós porque eu não era nem um pouco a fim dele.

— Tudo bem? — ele perguntou, soltando minha mão.

Peguei meu refrigerante no balcão e me limitei a abrir um sorriso.

A música havia passado de eletrônica para um forró, e ele me girou e começou a dançar comigo, e eu tive que largar o refrigerante no balcão sem nem ter tomado um só gole.

Dançamos muito, até meus sofridos pés, que se equilibravam em um salto de doze centímetros, começassem a doer. Uma hora se passara bem rápido, e eu ainda dançava com o Felipe, que me girava a todo momento, até eu me sentir um pouco enjoada e tonta. Afastei-me, mas ele veio atrás de mim.

— Malu, vem cá, eu cuido de você.

— Não, Felipe, tá tudo bem, relaxa.

Ele estreitou o olhar, como se estivesse tentando ler minha mente.

— Você não gosta de mim, não é?

Ele tentou ler minha mente, mas pelo visto não havia conseguido. Eu não odiava o Felipe, como todos pensavam. Eu só não me imaginava ficando com ele.

— Claro que não que eu não gosto de você — tentei sei muito simpática ao dizer isso.

— Então... Porque você não fica comigo?

Mordi o lábio inferior, tentando reproduzir uma resposta plausível.

— Porque... Eu estou quase namorando, sabe?

Ele piscou os olhos, perplexo.

— Mas, o Henrique nunca me falou isso.

— Pois é, é que... Faz muito pouco tempo, eu nem tive tempo de dizer a ele.

— E cadê ele?

— Ele quem? — perguntei confusa.

— Seu namorado, oras. Não vá me dizer que ele deixou você vir para essa festa sozinha.

Muito bem, Malu. Cadê seu namorado. Mentira tem pernas curtas, não vá se enrolar ainda mais. Inicialmente, eu me apresentei calma, mesmo tendo que dispensar o Felipe com uma mentira, mas naquele instante eu estava começando a ficar nervosa.

Olhei em volta, procurando ajuda. Eu tinha certeza de que o Felipe não estava acreditando em mim, porque ele se aproximava cada vez mais.

De repente, através do gelo seco que vinha do palco, eu vi uma pessoa alta, de cabelo preto, e que usava uma camisa social verde, segurava um copo e conversava alegremente com os amigos, ao redor de uma mesa. Não havia dúvidas, era o motorista que Helena achara gato, era meu vizinho idiota, era o Rafael. Ele estava a pouco mais de dois metros de mim, mas se eu me esforçasse, conseguiria puxá-lo.

Não tive escolha.

— A gente ainda não oficializou, mas só falta isso. — falei, após puxá-lo bruscamente para o meu lado.

— Oi? — ele virou-se para mim, atônito.

— Esse meu amigo estava perguntando por você, eu falei que a gente está quase namorando. — falei rindo descaradamente.

O Rafael não estava me ajudando, então eu tive que beliscar as costas dele com força para que ele colaborasse.

— Pois é, cara — ele falou, soltando um gemido de dor — só falta a gente oficializar. Tudo bem? Eu sou o Rafael. — ele falou, esticando a mão.

Felipe semicerrou os olhos, como se não acreditasse naquilo, mas decidiu apertar a mão do meu suposto namorado.

Um segundo depois, Helena surgiu, com um sorriso de orelha a orelha. Ela veio por trás do Felipe, que estava de frente para nós, e encostou-se no ombro dele. Senti meu rosto ficar tão pálido quanto a pele extremamente clara da Maria Alice.

— Malu! Você não falou que conhecia aquele motorista! — ela chegou perto do Rafael — Oi, tudo bem? Eu sou a Helena, amiga dela.

— Oi, prazer.

— Eles são quase namorados, Helena. — Felipe entregou e me fez fechar os olhos e apertar os lábios. Eu havia me enrolado toda naquela situação.

— É? E posso saber por que a senhorita não me falou nada a respeito? — Helena me interrogou, desequilibrando-se. Ela estava um pouco embriagada.

O Felipe se despediu de mim e se afastou, sumindo na multidão, e logo depois, Helena fez o mesmo.

— Está vendo? Dói ser educado uma vez na vida? — falei, batendo palmas.

— Dói sim. — Rafael falou, esfregando as costas no lugar onde eu beliscara — já falei para você que um apelido mais apropriado seria Maluca, não já?

~*~*~*~*~*~*~*~*~*~*~*~

Às quatro horas da manhã, já havia perdido todos os meus amigos de vista, não tinha celular para me comunicar com eles lá dentro, e meus pés doíam tanto que eu estava quase impossibilitada de andar sem mancar. E enquanto eu procurava, em vão, algum dos meus amigos naquele lugar escuro e lotado, eu encontrei o Rafael novamente. Mas ele estava muito pior que a Helena, ele estava muito embriagado.

— Rafael! — Eu falei alto, estalando os dedos diante dele. — Já chega, tá bom?

Lembrei-me do dia em que ele chegou bêbado em casa. Se ele dirigisse naquele estado, era bem provável que provocasse alguma tragédia.

— Ah... O que *voxê* quer?

— Você nem está pronunciando as palavras direito, e ainda está com cara de sono, quase caindo. Você vai de carona, não vai?

— Não, não preciso de carona.

Eu realmente não sabia qual o problema do Rafael. Parecia que no lugar do cérebro ele tinha uma grande quantidade, em massa, de... Nada. Lembrei-me do dia em que sofri aquele acidente. Alguém, por mero descuido, ou embriaguez, fez meu melhor amigo ir embora para sempre. Embora houvesse a possibilidade do "mero descuido", eu acreditava muito mais fielmente na segunda opção. E eu não deixaria que o inimigo da direção — o álcool — fizesse mais alguém sofrer aquela noite. As consequências de dirigir embriagado eram drásticas e permanentes.

Olhei ao redor, mais uma vez procurando ajuda, alguém que pudesse levar o Rafael a salvo para casa, embora ele merecesse arcar com as consequências dos seus atos irresponsáveis.

Quando vi meu reflexo em uma das paredes revestidas com espelhos, algo passou pela minha cabeça e, logo em seguida, percebi que era o mais correto a fazer.

~*~*~*~*~*~*~*~*~*~*~*~

— Tem certeza, Malu?

— Tenho.

Depois de muito tempo procurando o Henrique, finalmente o encontrei, sentando em um dos pufes redondos, com a Maria Alice.

— Mas com quem você vai para casa? — meu irmão perguntou.

— Com umas amigas que podem me dar carona. — Respondi prontamente e, embora estivesse um pouco apreensiva se ele iria ou não acreditar em mim, tentei não deixar transparecer minha insegurança, mas ao mesmo tempo torcendo para que ele não percebesse que minhas falas eram proferidas como se eu estivesse decorado todas.

Henrique custou a acreditar, mas acabou assentindo.

— Tudo bem, tenha cuidado então.

— Tchau, Maria Alice — falei, abraçando-a — depois você me conta tudo, tá?

Ela sorriu, e meu irmão me puxou para me dar um beijo na cabeça.

— Vem cá. — falei puxando o Rafael. — você, definitivamente, não pode dirigir assim.

— É claro que eu posso.

— Não! Você não pode! — falei impaciente. — Me dá a chave do carro.

— Mas o quê? Eu não sou *crianxa*, Malu.

— Me dá a chave!

— Não!

— Rafael, você tem três opções. Letra A: Ser preso por dirigir embriagado. Letra B: Ser preso por atropelar alguém. Letra C: Ser vítima de um acidente de trânsito.

Ele suspirou bem forte, largou o copo em uma mesa próxima, baixou a cabeça e começou a tatear os bolsos em busca das chaves.

— Bom garoto — falei quando ele as depositou na minha mão — agora vem comigo.

Fomos até a saída da boate e, após pagarmos a conta do bar, finalmente saímos. Quando nos dirigimos até o carro dele, olhei ao meu redor com cautela, certificando-me de que nenhum conhecido me via, para evitar possíveis desentendimentos com Henrique depois.

Era lógico que eu não precisava fazer aquilo. E qualquer pessoa normal se eximiria da responsabilidade de levar um bêbado para casa. Mas não podia me omitir em uma situação daquelas, não podia deixar que o Rafael fizesse o mesmo que o irresponsável que causou o acidente do Fred.

O carro dele era preto e bem comprido. Logo que entrei, vi que os bancos eram de couro vermelho, tinha teto solar, e o câmbio era automático. Nunca havia dirigido um carro automático, mas não poderia ser mais difícil do que o de câmbio comum.

— Põe o cinto. — falei, enquanto tentava decifrar qual posição do câmbio era a correta para sair.

— Eu não uso cinto.

— Pois comigo vai usar.

— Quem *voxê* pensa que é para mandar em mim?

Depois de mais dez minutos de discussão, finalmente ele cedeu e pôs o cinto, no momento em que eu finalmente descobrira como tirar o carro.

— Onde aprendeu a dirigir? — ele perguntou.

— Um amigo meu me ensinou.

Fred me deixava dirigir o carro dele sempre que eu pedia. E, é claro, sempre que as circunstâncias eram favoráveis. Ele me ensinou a dirigir quando eu tinha dezesseis anos, em umas ruas isoladas perto da praia.

— Você não precisa fazer isso. — O Rafael falou.

— Eu perdi um amigo em um acidente de trânsito. Não posso deixar que você coloque em perigo outra pessoas ou até você mesmo.

Ele apenas concordou devagar e olhou para frente, analisando o percurso a ser feito por nós.

Ficamos um bom tempo em silêncio, e senti que, naquele momento, tudo o que nós queríamos saber era o que o outro estava a pensar. Ele provavelmente queria saber como, exatamente, eu perdera um amigo. E eu queria saber se ele estaria grato a mim por eu estar fazendo aquilo.

Na metade do caminho para casa, um carro esportivo prata, semelhante ao dele, só que conversível, ultrapassou-nos veloz e deu um cavalo de pau na nossa frente, cantando pneu. Freei bruscamente, sentindo minhas pernas tremerem de tão nervosa e tendo a certeza de que iríamos bater. Fechei os olhos e, quando o carro do Rafael parou, faltavam apenas alguns centímetros para uma possível colisão.

— Cara, você se esqueceu do nosso racha? — Disse um rapaz loiro de camisa vermelha, que desceu do carro e se dirigia ao Rafael. Eu ainda estava estado de choque, segurando o volante fortemente.

— Oh, droga! — Rafael reclamou, dando um leve soco no painel do carro. — Malu, me desculpe, eu já tinha combinado um racha com os meus... Amigos.

Fiquei perplexa.

— Eu deveria te deixar se dar mal, sabia? Eu devia ir embora daqui e esperar seu nome aparecer na manchete dos jornais amanhã. Quer saber? Pode se divertir com seus amiguinhos.

Tirei o cinto de segurança e abri a porta. Outros carros apareceram, estacionando próximo a nós. Como eram quase cinco horas da manhã, a avenida estava completamente vazia, exceto por nós.

Comecei a sentir um certo arrependimento. Onde eu estava com a cabeça para tomar aquela decisão? É claro que aquilo não poderia dar certo.

Eu ainda não havia saído do carro, e os amigos do Rafael começaram a se reunir em volta dele. Um deles, um moreno forte, eu reconheci. Lembrei-me dele ao lado do Rafael quando o puxei para fingir ser meu namorado.

— Deveria escolher melhor suas companhias. Mas a vida é sua. Desisto de você.

Eu tinha o discernimento necessário para fazer aquilo. Mesmo sem celular, às cinco horas da manhã, em uma avenida deserta. Como eu iria para casa, não tinha a mínima ideia. Mas não senti, por mais que as circunstâncias parecessem me apavorar, medo.

Quando desci do carro, Rafael também o fez e veio até mim com um olhar de desafio.

— Se o meu celular não estivesse descarregado, pediria um táxi para você. Mas você poderia vir comigo, depois eu te deixo em casa.

— Não, obrigada. — recusei prontamente.

— Tudo bem, então. — Ele falou, abrindo a porta do motorista para entrar. — A vida é sua, desisto de você.

Mordi o lábio com força quando ele entrou e ligou o carro. Olhei ao redor e todos os amigos dele fizeram o mesmo. Quando eles já estavam prestes a sair, reconheci o perigo que eu correria se ficasse ali, sozinha, àquela hora. O medo veio gradativamente até me fazer bater no vidro do carro do Rafael e falar:

— Tudo bem, eu aceito.

Ele riu e falou:

— Relaxa. Não é nada demais.

~*~*~*~*~*~*~*~*~*~*~*~

Todo o medo que eu sentia antes de entrar no carro se transformou em adrenalina quando, dois a dois, os carros começaram a apostar corrida. E o Rafael se apresentou um pouco mais sóbrio quando assumiu o volante.

Até aquele momento eu me perguntava milhões de vezes se estaria agindo corretamente, roí todas as unhas e o meu estômago estava todo revirado. Depois que nos aproximamos do local para os famosos "rachas", eu me acalmei mais, e aceitei melhor a situação, já que era aquilo ou vagar sozinha àquela hora pelas ruas desertas da cidade. Também me perguntava onde estaria o Henrique, e qual seria a reação dele quando ele chegasse ao nosso apartamento e eu não estivesse lá. Ele ficaria desesperado, sem saber meu paradeiro, nem ter como me ligar. Provavelmente chamaria a polícia. Foi nesse ponto que achei melhor parar de pensar nisso.

— Relaxa, Malu. — Rafael falou quando nos emparelhamos com o carro do "amigo" dele.

— Eu só quero ir para casa — falei, fechando a cara e cruzando os braços — espero que não me meta em confusão.

Uma moça muito bonita desceu do carro ao lado e se dirigiu para a frente dos dois carros.

Rafael acelerou ao máximo que pôde, e minhas suprarrenais começaram a trabalhar de modo bem intenso, fazendo meu nervosismo diminuir um pouco.

Eu escutava o rugido do motor, como uma fera enjaulada prestes a se soltar. Quando foi dado o sinal de largada, meu corpo foi lançado para trás bruscamente. Olhei pela janela e tudo o que eu via eram borrões, tamanha era a nossa velocidade. Inclinei-me para ver onde estava o ponteiro do velocímetro. Estávamos a cento e sessenta quilômetros por hora em uma área urbana.

Embora eu não estivesse com medo, senti certo receio, afinal de contas, mesmo que a rua estivesse isolada, havia casas próximas e não era correto pôr em perigo a segurança alheia.

Rafael olhou pelo retrovisor e comemorou quando viu que o adversário havia ficado para trás e, logo em seguida, tive que me agarrar ao banco e à porta quando ele deu um cavalo de pau, fazendo o carro rodopiar duas ou três vezes.

Escutei os pneus cantarem, senti cheiro de borracha queimada e vi subir fumaça, quase tudo ao mesmo tempo.

Ele comemorou por ter vencido a corrida, enquanto eu ainda sentia um resquício de adrenalina correr nas minhas veias juntamente com o alívio de termos parado.

— Você se acha por fazer isso, não é? — falei.

— É meu passatempo.

— Passatempo de filhinho de papai, esse.

Ele riu voluntária e sarcasticamente.

— Eu aposto que você não venceria de mim.

— Hahaha. Você está me desafiando?

— Hmm... — ele estreitou o olhar — E se eu estiver?

Aproximei-me, também estreitando o olhar e sussurrei:

— Mas não tenho carro.

— Contanto que não destrua o meu, pode correr nele. — sussurrou de volta, destravando o cinto de segurança.

Estremeci, destravando o meu também.

— E em qual você vai?

Ele apontou para fora do carro, em direção ao amigo de camisa vermelha, que dera um cavalo de pau na nossa frente alguns minutos atrás.

— Tá vendo aquele cara ali? — perguntou, enquanto eu fazia que sim com a cabeça — o carro dele na verdade não é dele. É meu.

Lembrei-me subitamente do Henrique quando o Rafael me falou aquilo. Onde ele desembolsava tanto dinheiro? E, de repente, um *flash* veio à minha memória, quando ele chegou uma noite em casa embriagado. Ele chegara em outro carro diferente do seu. Ele trocava de carro como quem troca de roupa, e eu, despretensiosamente, pensava nisso antes de assumir o volante.

Eu me considerei um pouco hipócrita por criticar o passatempo do Rafael e depois fazer exatamente o mesmo. Mas, em razão do meu orgulho e da minha autoconfiança, precisava provar que também era capaz de fazer aquilo.

Quando o Rafael apareceu do meu lado, dentro de outro automóvel, eu suspirei e segurei o volante com força.

No instante em que foi dado o sinal, senti meu corpo ser jogado para trás, mas a adrenalina foi ainda maior pelo fato de eu estar no volante. Estava com cento e vinte quilômetros por hora, com o Rafael ao meu lado, o tempo todo, aumentando a velocidade gradativamente.

Pisei um pouco mais fundo e tive que admitir que a sensação de velocidade era inebriante. Era quase como voar.

Ele passou por mim e, quando eu pensei em acelerar mais, algo no retrovisor me chamou a atenção. Olhei rapidamente e vi uma luz vermelha. Olhei novamente e vi que era uma sirene girando. E ela ficava cada vez mais próxima. Eu estava perdida.

Pisei firme no acelerador até onde pude e sentia uma mistura de ansiedade e pavor. Eu não poderia deixar que, pelo menos eu, fosse detida. Se já estava correndo demais durante a aposta, agora a sensação que tinha é que estava literalmente voando.

Eu olhava para trás a todo momento e, pelo que pude perceber, apesar da falta de atenção e do meu nervosismo, é que as luzes vermelhas das sirenes ficavam cada vez mais distantes, diminuindo de tamanho no meu retrovisor. O Rafael corria mais que eu, sempre à minha frente, e a uns cinco metros de mim, ele passou por cima do meio fio com tudo, e aí tive o reflexo e virar todo o volante na direção em que ele ia, passando também por cima do meio fio, fazendo o carro "pular" bruscamente.

Depois de passar para o outro lado da avenida, vi que a polícia havia ficado para trás e tive uma onda de alívio, mas que durou muito pouco tempo. Ao nos aproximarmos de uma rua paralela, vi no muro da esquina, a luz de outra sirene vermelha girando. Droga. Era outra viatura que viria nos encurralar e, nesse momento, senti que dali a poucos minutos eu estaria completamente encrencada.

Nós, atônitos e nervosos, fizemos mais uma curva entrando em outra rua, evitando a viatura. Uma curva acentuada, e com a alta velocidade em que estávamos, fez os carros derraparem, cantando pneu e produzindo fumaça, e eu acabei saindo na frente do Rafael.

Olhei de novo no retrovisor e vi a porcaria da sirene nos perseguindo. Até aquele momento, o alerta era somente visual, com a luz vermelha girando. Mas assim que entrei naquela rua escura e ameaçadora, que me deixou encurralada, a polícia ligou a sirene sonora e aí meu coração deu um pulo, e o meu nervosismo esteve no ápice. *Não adianta, Malu, você perdeu*. Freei um pouco, mas ainda não tinha controle completo do carro. Com meu apavoramento, passei por cima da calçada de uma casa, e aos gritos, acabei freando tarde demais.

Eu senti um baque seco e, quando dei por mim, havia arrancado do muro o portão da residência da qual eu havia invadido a calçada.

Quando fiz minha proeza de causar dano ao patrimônio alheio, não tive tempo suficiente para perceber que o carro que o Rafael dirigia estava em altíssima velocidade bem atrás de mim, confiado no meu bom senso de encontrar caminhos rápidos e não deixar que a polícia nos pegasse. Por isso, ele também bateu o carro, atrás de mim, fazendo o portão da casa, que já estava amassado e arrebentado o bastante, amassar ainda mais, aumentando o estrago inicialmente causado por mim.

Senti meu coração na garganta quando puxei o freio de estacionamento e pus as mãos no volante.

Um policial veio até mim, com uma lanterna apontada para dentro do veículo, enquanto eu observava pelo retrovisor o Rafael ser forçado a descer do carro.

— Acabou a festa. — O policial falou e eu mordi o lábio inferior — pode descer.

Capítulo 10

Comecei a avistar os primeiros raios de sol quando chegamos àquele lugar claustrofóbico e fedendo a mofo. Nunca havia estado em uma delegacia de polícia na vida, e a sensação foi de que eu era uma criminosa, embora não estivesse algemada nem algo do tipo, algo que me conferisse uma certa periculosidade.

Em minha opinião, pessoas que têm que lidar com outras pessoas em seu local de trabalho deveriam passar por um teste de simpatia e autocontrole. Digo isso porque o delegado era quase um velho, barrigudo, e mil vezes mais grosso que o Rafael, fato considerável por mim impossível até aquele momento. Eu sei que trabalhar em uma delegacia não era fácil, porque ali vinham pessoas acusadas dos mais variados tipos de crimes. Mas nem sempre era assim. Eu, por exemplo, estava apenas apostando uma corrida ilícita e dirigindo sem habilitação. Tinha plena consciência de que aquilo era estritamente proibido, mas não era nada considerado a um estupro ou um assassinato. Por esses e outros motivos, achei que merecia um "desconto".

Eu tinha todos os motivos para me sentir neurótica, com a sensação de que eu estava mesmo perdida e totalmente encrencada. Mas, ao descer do carro, e pedido do policial, todo o meu nervosismo desapareceu subitamente, e no lugar dele, comecei a sentir a velha e frequente irritação.

O delegado me olhava como se eu fosse inferior ou, como se eu fosse uma dos marginais que ele tantas vezes espancara dentro da sua salinha minúscula, mal organizada e abarrotada de papeis sem a mínima organização.

Por causa da minha irritação, acabei sendo rude com ele igualmente como estava sendo comigo. O Rafael foi rude com ele porque era da natureza dele ser assim com todo mundo. E pensei em perguntar-lhe se ele era bacharel em Direito, como era exigido. Mas tirei minhas próprias conclusões apenas observando a sua ignorância. É claro que ele não tinha a mínima noção de Direito e não tinha o exato discernimento de como proceder à minha detenção, além de ameaçar o tempo todo nos prender por desacato à autoridade. Minha língua coçava para que eu fizesse uma pergunta que talvez me encrencasse ainda mais: "que autoridade?".

— Oi, Henrique, aqui é a Malu — falei ao telefone, olhando por cima do ombro a cara de pau do Rafael rindo ironicamente para mim.

— MALU! — a voz dele estava trêmula e muito alterada — Onde você está! Meu Deus do céu! Faz uma hora que eu cheguei e você não está aqui, eu já estava entrando em desespero!

Fechei os olhos devagar e suspirei.

— É que... Aconteceu um problema.

— QUE PROBLEMA?! ONDE É QUE VOCÊ ESTÁ?!

— Eu estou na delegacia — soltei de uma vez, e logo em seguida escutei os berros do meu irmão, exigindo mais explicações.

~*~*~*~*~*~*~*~*~*~*~

— O QUE EU FAÇO COM VOCÊ, MARIA LÚCIA?! — meu pai gritava comigo — DEPOIS DE TUDO QUE EU FIZ POR VOCÊ É ASSIM QUE ME AGRADECE? SENDO PRESA?

— Eu não fui presa, só fui detida, é diferente — falei corajosamente, com o dedo em riste, sentada no sofá da sala e olhando para ele, que estava em pé — Pai, me desculpe, sei que não esperava isso de mim, mas foi um acidente.

E foi mesmo um acidente. Um acidente de percurso, um imprevisto.

Meu pai olhou para o meu pulso, que estava erguido, franziu o cenho e agarrou-o, sacudindo-o e me interrogando com o olhar assustadoramente inquisitivo:

— E desde quando você tem essa tatuagem?!

Livrei meu braço, escondendo a tatuagem com a outra mão.

— Faz um tempinho. Pensei que mamãe tinha lhe contado.

Eu nunca havia visto meu pai com tanta raiva de mim. Eu era acostumada a sair sem permissão, brigar na escola, mentir descaradamente, mas ele nunca se apresentara naquele estado. Pela sua expressão, percebi que queria mesmo era me dar uma boa surra.

Depois de me tirar da delegacia, com as devidas providências, de um sermão de duas horas quando soube que eu tinha ido parar na delegacia na companhia do Rafael, e de um interrogatório sobre quem eu estava namorando, ao qual tive que responder contando a verdade, exceto que eu tinha usado o nosso vizinho imbecil, Henrique me declarou que nossos pais deveriam ser avisados do ocorrido. Embora eu tivesse implorado para que ele não o fizesse, eu sabia que era justo que eles soubessem. Já menti para eles inúmeras vezes, mas aquela situação era um pouco mais grave, e eu deveria demonstrar sinceridade, afinal, eles confiavam muito em mim. Pelo menos até aquele momento. Por isso contei tudo ao meu pai, que chegou a Teresina em menos de quatro horas. Claro que ele ficou quase fora de si quando falei que estava apostando uma corrida. E ele nem tinha conhecimento de que eu sabia dirigir.

— Me dê o celular, você vai ficar de castigo. — ele falou.

Fiz uma careta.

— O meu celular queimou, caiu na piscina.

Meu pai me olhou de cima a baixo, trincando os dentes.

— Você está me dizendo que aquele celular novinho que eu te dei um dia desses já pifou? ESSE ERA O SEGUNDO DO ANO, MARIA LÚCIA! VOCÊ ACHA QUE EU ARRANJO DINHEIRO ONDE?!

Ele não precisava frisar que era o segundo do ano. O primeiro eu havia quebrado sem querer, quando soube da morte do Fred. Já era bem doloroso para mim, ao me lembrar dessas informações com tamanha precisão.

— Eu sei, pai! Mas eu não tive culpa! — levantei-me do sofá, ficando à mesma altura que ele — Eu sinto muito, mas é isso. Não dá para mudar os fatos!

— Você tem que pedir desculpas é para a pessoa que teve o portão de casa amassado por sua culpa, mas ainda hoje vou depositar o valor do prejuízo na conta do sujeito. Pelo menos reze para que o juiz não declare a você alguns meses de prisão, já está de maior, não pense que vai ficar impune quanto a isso.

— Ah, pai. — cruzei os braços, revirando os olhos — até parece que nesse país as pessoas pagam pelos seus erros. No máximo vão calcular uma multa qualquer para você pagar. E tão cedo não vou tirar minha certeira de motorista.

— Sabe qual é o seu problema? — ele olhou nos meus olhos — é o excesso de autoconfiança.

~*~*~*~*~*~*~*~*~*~*~*~

Em algumas situações eu era muito pessimista. Pessimista não, realista. Eu percebia a verdadeira dimensão dos problemas e decretava a mim mesma que o que eu queria que acontecesse seria bem difícil de ocorrer. Se não, impossível de ocorrer. Mas em algumas outras vezes, tinha a capacidade de me manter racional sempre e ter a certeza de que tudo que fizesse iria dar certo. Excetuando-se alguns casos em que o medo apoderou-se me mim de forma a me fazer parar de pensar e agir corretamente, eu sempre fui, assídua e, orgulhosamente, autoconfiante.

Relacionando a palavra ao que eu havia feito naquele início de manhã, percebi, com uma misteriosa compreensão dos fatos, que eu estava ali, encrencada e sujeita a algum tipo de penalidade significantemente rigorosa, por causa dela: A minha intensa e abusada autoconfiança.

Quando decidi levar o Rafael para casa, dirigindo o seu carro, eu estava autoconfiante. "Não há motivos para ficar nervosa, Malu. Tudo vai dar certo", a voz da minha consciência ecoava em minha mente. A mesma voz ecoou novamente quando decidi participar de um racha. E naquele momento, ela continuava a se repetir, como uma espécie de lavagem cerebral.

Não era culpa minha. Fazia parte da minha natureza de "adolescente rebelde e sem jeito", como dizia minha mãe toda vez que me pegava mentindo ou fazendo outra coisa de errado. Meus pais chamavam isso de irresponsabilidade, mas, a meu ver, era só um tipo de... Segurança incorrigível.

Os dias que se seguiram foram resumidos a essas reflexões inúteis. Digo inúteis porque, embora eu estivesse mesmo consciente de que aquilo só estava acontecendo porque eu era uma inconsequente jovem de dezoito anos, no auge da inebriante libertinagem, eu tinha quase certeza de que eu nem precisaria me preocupar tanto.

Tudo o que eu sabia era decorar nomes de artérias, ossos, músculos e outros elementos do corpo humano. Eu era uma estudante de medicina que não tinha a mínima ideia de Direito. Eu nunca, nem por uma quase inexpressiva curiosidade, abrira um Código Penal ou Processual Penal na vida. Até porque todos aqueles artigos, subdivididos em parágrafos, detalhados em incisos... Aquilo tudo me dava uma dor de cabeça e logo uma desesperança em entender uma só palavra do que estava escrito ali. Mas uma coisa eu sabia: Já houve casos em que participantes de rachas atropelaram e mataram pessoas durante as corridas e não tiveram a pena devida, que é a de homicídio. Por que, logo eu, que não deixei vítima alguma, iria sofrer algum tipo de sanção a não ser a multa? Aquilo não fazia o menor sentido.

Quanto ao prejuízo do portão da casa alheia, meu pai, felizmente, conseguiu resolver. Reparou o dano causado por mim. Sim, fiquei muito grata a ele por isso. Mas fiquei notoriamente insatisfeita porque me parecia que o meu carinhoso pai estava me odiando naquele momento. Minha mãe falava comigo diariamente por telefone. E se eu já estava autoconfiante o suficiente, ela dobrava esse sentimento. Mesmo contra as acusações do meu pai, falando que ela sempre "passava a mão na minha cabeça oca".

O Henrique não se portava diferente do meu pai. Quando soube que eu estava metida naquela confusão até o pescoço com o nosso vizinho mau-elemento, ele faltou ter um infarto. Deu-me um sermão enorme e um gelo de alguns dias. Que ótimo, minha família agora estava contra mim, com exceção da minha mãe e do meu irmão ou irmã que estava dentro dela.

No início não demonstrei que estava muito triste com o que estava acontecendo comigo. Mas depois comecei a sentir isso quando lembrei que o Fred nunca esperaria isso de mim. E, quando conversei com Maria Alice a respeito, ela falou com o Henrique, que na mesma hora veio atrás de mim e pediu desculpas por não estar me apoiando quando eu mais precisava. Deus sabe o quando meu coração pulou de felicidade ao ouvir aquilo dele. Meu irmão era tudo para mim.

~*~*~*~*~*~*~*~*~*~*~

Autoconfiança. É mesmo uma palavra bonita. Mas fui traída por esse termo quando, algum tempo depois, o Excelentíssimo Senhor Juíz, como se dirigiam a ele, proferiu com um discreto e quase imperceptível sotaque pernambucano aquela sentença tão enorme e monótona quanto a aula do meu professor mais insuportável. Confesso que nem escutei o que ele disse. Mas consegui captar, no final, o que teríamos que fazer. Pagaríamos multa por sermos participantes de corrida ilícita, e, no caso do Rafael, por dirigir com concentração de álcool no sangue acima do permitido por lei. *OK*. Mas aí veio outra coisa: Teríamos que cumprir seis meses de serviço comunitário. Seis meses. De serviço comunitário.

— O QUÊ?! Não, não, não — falei confusa e indignada, ao escutar a decisão judicial — Eu faço medicina, não posso conciliar com trabalho, ainda mais... Serviço comunitário! — Balancei a cabeça negativamente — O que teremos que fazer? Capinar praças?

Rafael, que estava próximo a mim, deteve um riso.

— Pelo menos não fomos em cana.

Quando me virei na direção dele, fuzilei-o com o olhar.

— Você me meteu nessa — falei, afundando o dedo indicador no seu peito — Vai me pagar por isso. Ah, se vai.

Parte 3
O amor, em todas as suas formas

Capítulo 11

Uma vez, um pensador muito inteligente e relevante para o estudo5 do desenvolvimento do raciocínio humano, chamado René Descartes, afirmou que os problemas da nossa vida são como uma expressão numérica. Para resolvê-la, devemos fazer o passo a passo que aprendemos na escola até chegar à solução da expressão matemática. É uma metáfora interessante e foi uma das poucas coisas que aprendi na disciplina de Filosofia.

O fato de eu ser, perceptivelmente, fraca em matérias de cálculos, não fazia com que não conseguisse resolver a expressão numérica da minha vida, que, no momento, estava cheia de números exorbitantes, com raízes quadradas, frações, cheia de parênteses, colchetes e chaves. Ou seja, não seria nada fácil chegar ao resultado, mas eu precisava dar o primeiro passo. A questão é que não sabia por onde começar.

Meu pai voltou para Parnaíba no mesmo dia em que recebi a notícia, raivosa, de que teria que prestar serviços comunitários por seis longos e torturantes meses. Ele ficou um pouco triste por mim, mas falou que, às vezes, eu precisava levar tombos como aqueles, para que aprendesse a andar na linha e não inventasse de desviar meu caminho por outros duvidosos, cheios de obstáculos que talvez me fizessem cair. E agora, segundo ele, tudo que eu devia fazer era cumprir logo minha pena e me esforçar para não ter meu nome sujo de novo. Recebi bem o conselho, quando estava entrando no estágio de aceitação. Mas, horas depois que ele partiu, voltei para o estágio de negação, em seguida passei para o de irritação, de ódio e depois para o de depressão e aceitação, considerando-me um ser humano horrível e indigno do amor dos meus pais. Mas esse estágio durava cerca de dez minutos, e eu voltava para o estágio inicial, começando um novo ciclo.

No estágio de raiva, a única pessoa que vinha à minha mente era o Rafael. Por que, eu tinha que ter oferecido carona àquela criatura que vinha atormentando minha vida?! Onde eu estava com a cabeça?!

Todas as vezes que eu fazia menção a ele dentro das minhas reflexões que se sucederam, lembrava-me de um pequeno detalhe, que talvez me teria passado por despercebido se não estivesse tão interessada em observá-lo enquanto o considerava culpado por aquela situação toda. Quando estávamos na delegacia no dia em que fomos detidos, fui liberada primeiro que ele, por isso não pude constatar quem foi tirá-lo dali. Mas, no dia em que recebemos aquela infeliz notícia de que deveríamos prestar serviços comunitários como forma de pagar pelos nossos atos impensados, percebi que a única pessoa que o acompanhava era o seu advogado. Nada de pai, nada de mãe, nada de irmãos. Fiquei uma boa parte daquela enfadonha audiência pensando sobre isso. Será que ele tinha pais? Ou talvez eles morassem muito longe e não puderam marcar presença no dia do fracasso do seu menininho mimado?

O fato é que ele parecia se importar um pouco com isso. Quando, um momento em que analisei seu rosto, aparentemente sereno, ele olhou para o meu irmão e meu pai. O olhar dele era como se ainda não estivesse acostumado com a ausência de um pai, ou uma mãe, que pudessem responder pelas suas burrices, assim como eu tinha meu pai, que pagou o prejuízo do portão que eu acidentalmente quase destruíra.

Lembrei-me subitamente da imagem do Fred naquele sonho que tive uma vez. Não sei se aquilo foi realmente um contato espiritual entre nós, mas, segundo meu melhor amigo, Rafael havia se sentido atingido como um golpe certeiro quando falei que ele não sabia como era perder alguém. Será que ele perdera os pais?

Outra coisa que me incomodava no Rafael era como ele conseguia tanto dinheiro. Mesmo que ele tivesse uma reserva ostentada em alguns milhões de dólares herdada dos pais, algum dia esse dinheiro iria acabar e, pelo que eu já havia observado, ele não tinha empreendimento nenhum. Ele saía de domingo a domingo, ia às festas mais sofisticadas da sociedade, frequentava os restaurantes mais nobres e caros, tinha mais de um carro, todos muito valorizados no mercado de automóveis, só usava roupa de marca estrangeira, relógio e perfumes de primeira. Eu não sabia se ele trabalhava, mas descartei a hipótese quando lembrava que ele chegava ao seu apartamento todos os dias seis da manhã, aparentemente, bêbado e acordava sempre à tarde, umas quatro horas, quando às vezes, eu cruzava com ele e sua fisionomia inegável de sono e os olhos mais ressacados que os de Capitu.

Apesar de estar com muita raiva do Rafael e, insistentemente, tentar transferir a responsabilidade para ele por eu estar no fundo do poço, sentia muita curiosidade para saber o que ele fazia da vida, e admiti para mim mesma que eu me pegara pensando muito sobre a vida dele nos últimos dias. Eu também queria saber sobre sua família. O Rafael aparentava ter vinte anos e com certeza não estudava. Quem o bancava daquela maneira? Quem pagava suas roupas caras e seu cigarro cotidiano? E por que ele era tão irresponsável e parecia ser revoltado com a vida, escolhendo sempre as opções erradas, quando sabia qual era a certa? Por mais que eu tentasse encontrar uma resposta aceitável e também plausível, não conseguia fazê-lo.

~*~*~*~*~*~*~*~*~*~*~

— Então, quer dizer que você vai ter que cuidar de crianças com câncer? — Maria Alice indagou, abrindo cuidadosamente um livro, passando seus olhos grandes e negros pela sinopse, na orelha interna.

Aquela já era a terceira e última livraria do *shopping* a que nós íamos, e Maria Alice simplesmente não se cansava de comprar livros. Era como uma compulsão, e, embora ela tivesse comprado quase todo o estoque literário do SALIPI (Salão de Livros do Piauí), que acontecia todo mês de junho, parece que ela nunca satisfazia aquela sede por novas histórias para ler. E eu duvidava fielmente que ela fosse ler tudo aquilo.

— É — confirmei, ajeitando no colo todos os livros que ela havia comprado e pedido para que eu segurasse. — Você acha que eu mereceria algo pior?

— Você devia agradecer. Podia ter sido presa ou algo do tipo. — Disse ela, fechando o livro e o colocando de volta na prateleira.

Helena veio até nós com três sorvetes. Embora ainda estivéssemos na metade do ano, que geralmente era marcada por ventos agradáveis que amenizavam o calor daquela cidade sufocante, a umidade do ar estava perceptivelmente baixa, fazendo-nos sentir sede e muito calor.

— Então, Malu. — Helena se interessou, provando do seu delicioso sorvete de chocolate. — Quando você começa?

— Amanhã. — Declarei cabisbaixa.

— Malu, você vai adorar, vai ver! Interagir com crianças é muito bom. — Maria Alice tentou me animar, sem êxito. — Quando eu dava aulas de reforço para criancinhas eu adorava. Elas são muito divertidas e simpáticas, além de serem sempre muito sinceras.

— Ah, não, Maria Alice, sinto muito. Mas só de pensar em ficar o dia todo limpando catarro de criança chorona já me dá uma agonia. — Revirei os olhos — Não vejo a hora de esse pesadelo acabar.

— Hm... E o que o Henrique falou?

— Ele quase arrancou minha pele. Quando soube que eu estava envolvida até o pescoço nisso junto com o Rafael. Ele odeia o Rafael.

— O motorista gato? — Helena perguntou. — Não sabia que estavam namorando.

— É claro que não estamos namorando. Só fingi isso para que o Felipe me deixasse em paz — neguei com a cabeça — Ele é só um vizinho. E Helena... Só estou avisando que o Guilherme parece que tem ciúmes de você, hein? Ele não parou de reclamar a festa inteira do fato de você ter achado o Rafael bonito — comentei, deixando escapar uma leve risada.

Ela limitou-se a suspirar e revirar os olhos como resposta.

Depois que Maria Alice finalmente se deu por satisfeita e resolveu sair da livraria depois de uma hora inteira folheando todos os livros, seguimos para o seu apartamento. Foi um típico dia só de meninas. Falamos sobre tudo, inclusive do Henrique, se iria pedir Maria Alice em namoro, já que há um mês estavam juntos, e quando o Guilherme tomaria coragem de se declarar para Helena.

Maria Alice nos mostrou algumas de suas anotações, textos e poesias lindas, mais especificamente. Fiquei encantada com o jeito como lidava com as palavras no papel, dispondo-as de um modo tão doce e criativo, prendendo a quem ousasse iniciar a leitura de qualquer coisa que ela tivesse escrito. Uma poesia em especial, chamou minha atenção:]

"Pedras no caminho encontrei
Com a ajuda de alguns eu contei
Tive medo, mas enfrentei.
Tive mágoas, mas superei.
Tive razões, mas não gritei.
Para depois de muito tempo,

Consolar o meu lamento
Com as coisas em que acreditei
E nas quais sempre acreditarei."

É um dom para poucos, e ela precisava realizar o sonho de escrever um livro. *Tive mágoas, mas superei.* Mágoas eu tinha de sobra. Mágoas de uma pessoa que eu nem conhecia, mas justificáveis. Mágoas de quem fez a minha vida ser marcada de um modo tão horrível. Mas a superação, mencionada na poesia, essa talvez eu demorasse a conhecer.

~*~*~*~*~*~*~*~*~*~*~

O lugar era como uma casa de bonecas, composta por dois pavimentos, janelas redondas de vidro, com uma fachada tingida de rosa bebê com branco. Havia uma grade que a cercava, servindo como muro, um gramado que acompanhava toda a extensão do terreno e, no jardim, roseiras de todas as cores, além de um banquinho de madeira e alguns balançadores pendurados em uma imensa árvore. Eles se agitavam com o vento que cortava o jardim. Esse mesmo vento trouxe um cheiro insuportável de flor. Eu não gostava de aromas florais. Lembravam enterros.

Quando entramos na casa, uma senhora alva, nos seus prováveis cinquenta anos, e já com cabelos grisalhos, veio nos receber. Ela se apresentou como Clara e nos apresentou também Elisa, a cozinheira, o seu João, o jardineiro, e Victória, que era sua ajudante. Esta era uma loira linda, precisei admitir. Deveria ter uns vinte anos e tinha um sotaque paraibano. Rafael ficou momentaneamente empolgado com a ideia de vê-la ali todos os dias. Até sussurrou para a moça alguma cantada infeliz, à qual ela se limitou a responder com uma bela e audível cortada, arrancando de mim risadinhas de provocação.

O interior do lar era bem silencioso e calmo. Parecia não haver indícios de crianças por ali. Os móveis eram de madeira antiga e reciclada, pintados de branco. As paredes eram verde-água, com alguns quadros de paisagens brasileiras. O chão era de madeira clara e o teto de gesso.

— Esta é a sala de lazer, onde as crianças brincam para passar o tempo — Clara falou, enquanto nos conduzia para uma sala mais afastada e com uma área muito maior do que a dos demais cômodos. Havia algumas bonecas e carrinhos espalhados pelo chão, tintas guache em prateleiras e uma infinidade de livros em estantes muito bem dispostas.

Rafael estava o tempo todo a meu lado, por vezes respirando fundo e trocando o peso de uma perna para outra, e outras vezes coçando a cicatriz que carregava próximo à sobrancelha, como se quisesse sair dali o mais rápido possível.

Enquanto Clara falava sobre como funcionava a instituição, eu pensava em como queria que os seis meses subsequentes fossem os mais rápidos da minha vida. Ficara acordado que nós teríamos de trabalhar ali por duas horas diárias, de segunda à quinta, por conta da compatibilidade dos meus horários na Universidade. Ir para aquele lugar todos os dias, servindo de babá, definitivamente não seria muito divertido. A começar pela monotonia do lugar, o silêncio quase inquebrável, o clima de sonolência no ar... Eu podia escutar lá de dentro se alguém passasse no jardim lá fora.

Depois de conhecermos as dependências do térreo, fomos surpreendidos por uma pequena gritaria que começava distante, ecoando pela escada e chegando até nós como um redemoinho forte e intimidador.

Crianças, dez delas. O grupo tinha exatamente cinco meninos e cinco meninas igualmente eufóricos como se estivessem indo para um parque de diversões. Algumas meninas tinham lenços que envolviam suas cabeças. Pude deduzir terem perdido os cabelos nas sessões de quimioterapia para combater o câncer. Outras tinham o cabelo ralo, mas ainda assim a doença estava na expressão delas, mesmo que estivessem notoriamente alegres.

Quando desceram correndo pela escada em companhia da Victória e se amontoaram em volta de mim e Rafael, fitando-nos com os olhos curiosos, querendo saber sobre os novos visitantes, fiquei estática.

— Crianças, essas são Maria Lúcia e Rafael — Clara nos apresentou. — Eles vão nos ajudar a cuidar de vocês por um tempo.

Uma menininha de olhos castanho-claros e com um lenço de seda rosa na cabeça que segurava uma boneca de pano se aproximou e perguntou para nós:

— Vocês podem ficar para sempre?

Eu e Rafael nos entreolhamos, ambos incomodados com a situação. Não queríamos ficar ali nem pelos seis meses que nos foram designados, quem diria para sempre.

— Ainda bem que não. — Rafael respondeu secamente, recebendo logo uma advertência de Clara pela rispidez com a qual respondera à inocente pergunta daquela criança.

— Então, o que faremos agora? — Perguntei, querendo me livrar o mais rápido possível dos meus trabalhos ali.

— Vocês podem ir brincar com a gente! — A mesma menina falou, sendo aprovada pelos demais colegas.

Logo em seguida, não sei como, todos nós já estávamos na sala de lazer, sentados no chão e rodeados de livros e brinquedos diversos, mesmo contra a minha vontade. Alguns meninos brincavam de carrinho, três das cinco meninas estavam sentadas em uma mesinha rosa de plástico brincando de tomar chá. Eu estava bem no centro da sala, sentada sobre as pernas pensando se podia, ou pelo menos merecia estar em um lugar ainda pior.

— Oi, meu nome é Nicole. — A mesma menina de lenço rosa que carregava uma boneca de pano sentou-se a meu lado. — Você tem quantos anos?

— Dezoito.

— Hmm... — Ela catou uma escova de brinquedo no chão e começou a passar nos cabelos de lã da boneca. — Eu tenho sete.

— Que legal. — Concluí, forçando um meio sorriso.

— Vocês são namorados? — Ela apontou para o Rafael, que tentava, com a cara emburrada, abrir um pote de tinta para um garotinho.

— O quê?! Não! Nós somos apenas... — tentei encontrar a palavra certa, que me fugiu no ar, como vapor — Bom, nós dois fomos forçados a ficar aqui com vocês.

Ela franziu o cenho e me encarou, interrompendo a penteação na boneca.

— O que é "Forçados"?

Cocei a cabeça. Lidar com crianças realmente não era meu forte.

— Ser forçado é fazer o que a gente não quer.

— Ah, entendi. É que nem quando tive que raspar minha cabeça — ela apontou para o lenço rosa que usava, falando calmamente, como se estivesse falando de uma terceira pessoa, e não dela mesma. — Eu não queria fazer aquilo. Mas a Victória e a Clara me falaram que, se eu não raspasse a cabeça, iria ficar muito doente, por isso me enchi de coragem.

Tentei disfarçar que meu corpo havia estremecido quando ela fez essa pequena narrativa.

— Você tem pais? — ela indagou.

— Sim — respondi um pouco incomodada com o rumo que aquela conversa ia tomando.

— Isso é muito bom... Eu não tenho pais. — Virou-se para mim com um sorriso triste no rosto. — Aliás, ninguém aqui tem. Estamos todos esperando por alguém que nos adote.

Dobrei minhas pernas e as abracei, pousando lentamente o queixo nos joelhos enquanto escutava Nicole falar como é ter leucemia e não ter pais. Pelo que pude perceber, ela era bem precoce e madura, encarando os problemas percebendo a verdadeira dimensão deles, e não como um conto de fadas, na crença de que haverá sempre um final feliz. E eu não sabia se estava agindo corretamente, porque não estava conversando com ela. Estava sendo uma mera ouvinte, sem palavras para argumentar sobre tudo que ela proferia.

— Ei! — ela levantou-se subitamente, puxando-me pela mão. — Vocês sabem brincar de palavra errada?

— Não.

— É assim: A gente faz um círculo. Aí alguém começa dizendo o nome de um lugar e as pessoas vão ter que continuar falando nomes de coisas que tem naquele lugar e que tenha a ver com a última palavra que foi falada. Aí quem errar ou demorar demais é todo sujo de tinta pelos outros. — Ela fez uma careta divertida. — A Clara odeia quando a gente brinca disso, ela fala que suja a sala toda!

— Ah, então é melhor a gente brincar de outra coisa — falei, tentando me desvencilhar daquela pequena criatura, não muito animada com a ideia de me sujar.

— Não... — ela insistiu. — É legal, você vai ver!

Meia hora depois eu, Rafael e uma boa parte daquelas crianças estávamos parecendo um arco-íris. Além da própria sala de lazer, é claro. Havia respingos e pingos enormes espalhados desordenadamente pelo chão de madeira, além de brinquedos e livros.

Pude perceber o desespero das crianças quando escutaram os passos firmes e ritmados de Clara por trás da porta, e assim que ela se deparou com a cena, sua cara foi impagável.

— Eu já não falei que não queria que fizessem bagunça?! — Ralhou ela, pondo as mãos no quadril largo. — Vamos, vão se limpar para o lanche.

Seguiu-se uma pequena algazarra para que elas saíssem do recinto e, quando suas vozes sumiram pelo corredor, Clara fechou a porta atrás de si e veio até mim e Rafael com uma expressão de decidida. Aquela velha iria nos dar a maior bronca sem termos culpa.

— Fiquei feliz que tenham interagido com eles tão bem! — falou, unindo as mãos.

Nós dois arqueamos as sobrancelhas.

— Você chama isso de interação?! — Rafael questionou indignado, estendendo a camisa polo, que antes era branca, mas naquele momento mais parecia a reprodução de uma pintura abstrata, confusa e insensata.

— Não se preocupe, querido. Logo, logo vocês vão se acostumar... — ela olhou no relógio — Agora preciso sair para resolver umas coisas. Será que seria demais se eu pedisse para vocês limparem a sala?

— Seria, sim. — respondi com a rispidez que aquela pergunta retórica exigia. Era só o que me faltava.

— Estou percebendo que vocês não estão colaborando. Será que vou ter que falar com a autoridade competente?! — Clara ameaçou, enquanto eu e Rafael nos entreolhávamos — Bom — ela continuou, andando de costas para a porta — o material de limpeza está na área de serviço. Até mais tarde!

~*~*~*~*~*~*~*~*~*~*~*~

— Malu, acorde! — Guilherme me cutucava delicadamente durante a aula de Bioquímica.

Depois de ter passado minutos intermináveis de joelhos na sala de lazer, esfregando o chão na tentativa de remover todas as manchas de tinta com o Rafael, eu tomei um banho super-rápido no orfanato mesmo e parti correndo para a Universidade, chegando aos vinte minutos da segunda aula. Ainda bem que na minha bolsa ainda tinha a muda de roupa que levei para a casa da Maria Alice no dia anterior. Como eu não havia tido uma boa noite de sono, meu corpo pedia cada vez mais por uma pausa antes que ele, acidentalmente, fosse controlado por um sono incontrolável na hora da aula.

— Oi, oi, tô aqui. — falei atônita, sem saber ao certo onde estava. Minha cabeça também doía bastante.

Guilherme soltou uma risada despretensiosa, apertando os lábios e ajeitando seus óculos que escorriam pelo nariz.

— E aí? Como foi lá?

Apontei para minha cara inchada, tentando exaltar o cansaço que imaginava estar mais do que evidente.

— Isso responde a sua pergunta? — soltei o ar dos pulmões com força — não sei até quando vou aguentar isso. E é porque foi só o primeiro dia.

Finalmente o professor havia encerrado a aula e, quando estava se aprontando para ir embora, lançou-me um olhar de total reprovação por eu ter dormido a aula inteira, além de ter chegado muito atrasada.

— Então — Guilherme falou, pegando seu material para sair — você vai para o arraiá hoje?

Eu havia esquecido completamente que naquela noite seria o "arraiá" dos cursos da área da saúde. Era uma festa junina para arrecadar fundos para as formaturas.

— Oh, meu Deus! Eu esqueci completamente — levantei da cadeira, sobressaltada. — E eu não tenho nem roupa. É a caráter?

— Só se você quiser — ele respondeu, dando um sorriso torto.

— Ai, que droga! Tá vendo?! Esse negócio de cuidar de crianças não está dando certo. Estou exausta, não tenho nem um pouco de energia para dançar quadrilha e pular fogueira hoje à noite.

— Qual é, Malu! Você precisa ir... Hoje são vinte e sete de junho, quase o último dia de festas juninas. E até agora você não foi a nenhuma.

É verdade. Com toda aquela confusão que acontecera na noite da nossa calourada, eu não havia ido a festa junina alguma. E o período junino era o de que eu mais gostava em todo o ano.

— Tudo bem, você venceu. — Falei, antes de sair com ele.

~*~*~*~*~*~*~*~*~*~

Havia várias barraquinhas muito bem dispostas ao longo do campo aberto e sob várias bandeirinhas coloridas que se agitavam com a brisa noturna. Não era muito longe da cidade, mas não se podia considerar que ali ainda era zona urbana. Uma banda de forró pé de serra tocava em um palco improvisado, enquanto alguns casais trajados de caipiras dançavam alegremente no ritmo agitado do triângulo e da sanfona.

O céu estava mais estrelado do que nunca, e o clima agradavelmente maravilhoso. Ventava bastante, e a lua, como todas as vezes em que eu saía noite, colaborava para que tudo saísse perfeito, com seu brilho magnífico. Se tudo dependesse apenas daquele astro deslumbrante, eu nunca teria motivos para reclamar. Desejei que a aquela noite de junho me surpreendesse e que eu não amanhecesse em uma delegacia, como ocorreu na última vez em que saíra de casa para me divertir.

Logo que nos aproximamos da festa, eu dei um jeito de me afastar do meu irmão e minha melhor amiga, que naquele momento estava prestes a aceitar namorá-lo. E eu não queria passar minha noite segurando vela para os pombinhos.

Andei pela grama seca e, apesar de estar calçada, pude perceber que era espinhosa. Alguns jovens jogavam coisas em uma fogueira, pra atiçar o fogo como se ele já não estivesse grande o bastante. Outros soltavam bombinhas de São João.

Fui até uma barraquinha que vendia maçãs do amor e comprei uma. Não me surpreendeu passar em frente à barraca do beijo e ver Helena lá. Seria uma noite perfeita para ela, mesmo que passasse o tempo todo em pé e dando selinhos nos veteranos de medicina. Sorri para mim mesma.

— Por que será que achei que esse seria o emprego perfeito para você, hein, Dona Beijoqueira? — falei, esgueirando-me pela lateral metálica da barraca.

Ela pegou a maçã da minha mão e deu uma mordida.

— Sabe aquele ali? — apontou com o queixo para um moreno alto, musculoso e de olhos verdes, que trajava uma camisa xadrez. — Gostou de mim. Já veio aqui três vezes.

Sorri involuntariamente, lambendo o caramelo grudado na ponta dos dedos.

— Bem, então vou ali... Já viu o Guilherme?

Ela soltou o ar com força.

— Sim. Você acredita que ele está revoltado com o fato de eu ficar na barraca do beijo? Disse que eu vou ficar mal falada depois de beijar tantos caras em uma única noite.

— Já falei para você que ele está a fim... — eu disse enquanto me afastava.

A música estava muito alta e agitada. Deu-me uma vontade muito grande de dançar. Mas com quem? Esquadrinhei com os olhos a pista de dança, na esperança de encontrar algum amigo desacompanhado.

Arqueei as sobrancelhas quando vi o Felipe todo animado, girando em torno de si uma loira linda. Ele sabia dançar muito bem. Em um dos giros, direcionou o olhar para a multidão da festa e deu de cara comigo. Olhando para ele. Droga.

Dei um sorriso e acenei, quando ele já estava empurrando seu par para dançar com um amigo e veio na minha direção, esfregando as mãos com um sorriso largo.

— Oi — ele deu um beijo no meu rosto. — Soube do negócio do serviço comunitário. O Henrique me contou que você foi pega apostando racha com um vizinho de vocês.

Senti minhas pernas bambearem. Ainda bem que meu irmão não tinha mostrado para o Felipe a cara do Rafael ou algo assim. Seria bem trágico se ele declarasse para o Henrique que eu estava namorando o sujeito desde a calourada.

— Por que você e seu namorado estão separados? — perguntou, dando um sorriso torto, sem mostrar os dentes.

Pensei em uma resposta bem rápida.

— Não deu para ele vir.

Ele franziu o cenho, confuso.

— Mas ele está bem ali.

Arregalei os olhos quando me virei para onde o Felipe havia apontado. Rafael estava conversando com uns amigos. Um deles estava presente na noite em que nos encrencamos. Meu vizinho usava uma camisa social xadrez verde-escuro com preto, e comia algo parecido com mingau de milho.

— Ah, é — dei um sorriso forçado — ele deve ter melhorado da dor de cabeça e veio sem me avisar.

O Felipe continuou na minha frente, observando-me dar uma mordida na maçã.

— E você não vai falar com ele?

Quase engasguei. Eu não estava sabendo fingir ser namorada do Rafael e não queria dizer ao Felipe que era tudo mentira.

— Ah, claro... Eu só... — tentei pensar em algo — quero terminar essa maçã primeiro. Quer um pedaço?

— Não, obr... — ele ia falando, quando enfiei metade da maçã na boca dele.

— De nada — eu disse antes de ir em direção ao Rafael.

— O que você está fazendo aqui? — perguntei, puxando-o pelo braço.

Ele me olhou como se eu fosse uma louca, livrando seu braço.

— Sua mão está grudenta! E desde quando te devo satisfações?!

— Grosso! — exclamei, batendo o pé. — Me dá esse mingau aqui, estou com fome.

Ele passou a língua pelos lábios.

— Tenho um amigo que faz odontologia na Universidade, ele me chamou.

— Hm... — murmurei com a boca cheia.

Ele deteve uma risada quando pegou uma trança do meu cabelo.

— Está engraçada assim — pegou o mingau de volta — Agora me dá meu mingau, você vai devorar tudinho.

— Larga de ser egoísta, *playboy* — falei, limpando a boca com as costas da mão.

O lugar estava bem mais lotado do que quando eu havia chegado. Parece que a Universidade toda estava ali. Havia um casal se enroscando, na maior pegação, bem do nosso lado. Quando estava prestes a sair dali, porque eu ainda não havia descoberto o motivo de ficar a festa toda ao lado do Rafael, vendo-o consumir um simples mingau, eu a vi passando. Ela, orgulhosa e prepotente. Fútil, como sempre. Os cabelos loiros também estavam trançados em duas partes, como os meus. Usava os saltos, que ela nunca dispensava e o vestido era todo florido e cheio de babados. Também segurava um copo.

Quando Natália Negreiros passou por mim, também me viu e desfilou na minha frente vagarosamente, passando as mãos na trança, fazendo uma cara de desdém, o queixo forçosamente empinado e um olhar imperioso numa forma de demonstrar superioridade. Limitei-me a encará-la com desprezo enquanto a criatura passava na minha frente, em uma tentativa frustrada de me intimidar.

Eu pude prever o que ela estava prestes a fazer, quando "esbarrou" sem querer em mim e derramou, notoriamente de propósito, todo o conteúdo do líquido do copo que segurava com a mão esquerda.

— Ah, Malu... — Ela falou descaradamente, colocando as duas mãos no peito e inclinando-se para mim. — Eu sinto muito...

Apertei a mandíbula com força. Eu iria voar em cima dela mais uma vez. Com os olhos semicerrados, tomei bruscamente o resto do mingau das mãos do Rafael e derramei tudo no alto da cabeça daquela perua oxigenada.

— Ah, Natália... — imitei seu jeito de falar, enquanto olhava seus olhos me fuzilarem — eu sinto taaaaaanto...

— Sua louca! — ela gritou, dando um passo a frente e levantando a mão para mim.

O Rafael pôs-se rapidamente entre nós, detendo a loira.

— Ninguém mais do que eu sabe o quanto ela é louca. — ele disse alto, enquanto ela gritava comigo. — Mas isso não é motivo para querer lhe dar uns tapas.

Finalmente Natália parou de resistir e começou a choramingar, lamentando seu cabelo estragado por mim.

— Você vai tipo me pagar! — esbravejou antes de sair.

Rafael ajeitou a manga da camisa até o cotovelo e me olhou, sério.

— O que é? Ela veio me provocar e depois não aguenta.

— Está me devendo um mingau e um "muito obrigado".

— Eu pago outro mingau — cruzei os braços — mas era sua obrigação me defender. Você não podia ver uma dama como eu ser agredida, sem fazer nada.

— Uma dama como você? Você não se comporta como uma dama.

— Você entendeu — respondi, dando uma olhada no meu vestido molhado.

O cantor da banda de forró anunciou animadamente que estava na hora da quadrilha e, antes que eu percebesse, eu e Rafael fomos arrastados pelos outros tantos casais até a pista de dança.

— Vamos lá! É um, é dois... É um, é dois, é três! — ele cantava, animado, e sua voz rouca era acompanhada por um ritmo de quadrilha.

— O QUE A GENTE TEM QUE FAZER?! — O Rafael gritava, dançando comigo, como faziam os outros casais.

— SEI LÁ! VAI FAZENDO O QUE ELE MANDA... E... AI! — olhei para o chão, irritada — VOCÊ PISOU NO MEU PÉ!

— *Olha o passeio na cidade!* — o animador gritou, e nós vimos os outros casais andando de braços dados, em círculo.

Fizemos o mesmo, e eu estava me sentindo ridiculamente obrigada a fazer aquilo.

— *Balancê*! — Observei as meninas balançarem o vestido e os meninos dançarem ao redor delas. Não pude conter minha risada alta, mas mesmo assim inaudível.

— O QUE É?! — Rafael perguntou, raivoso e já suando, quando o animador da quadrilha gritou "agora o cumprimento!"

— NADA! — respondi enquanto ele se afastava de costas e só então percebi que os casais tinham que se separar, mulheres de um lado, homens do outro.

— *Dama cumprimenta o cavalheiro!*

Olhei para os lados e fiquei um pouco perdida. Só então, já atrasada, percebi que o cumprimento era feito se aproximando do par e se abaixando, segurando a barra do vestido.

Voltei para o meu lugar com o Rafael na minha cola, quando o animador gritou para que os cavalheiros cumprimentassem suas respectivas damas. Ele fez uma reverência diante de mim, rolando os olhos e dizendo:

— É só essa vez que farei isso por você. Reverência... Era só o que me faltava.

— *Anarriê!*

Todos voltaram acompanhados dos seus pares aos locais de início. Como eu e a Rafael estávamos totalmente perdidos naquela brincadeira sem graça, acabamos bem perto do palco, a voz estridente do animador explodindo pelas caixas de som próximas de nós.

— QUE DROGA, ESSE BARULHO! — gritei — VAMOS PARA MAIS LONGE! — saí arrastando o Rafael pelo braço, bem na hora em que escutamos "Balancê", aí as damas agitaram o vestido e os cavalheiros dançavam animadamente ao redor delas.

— Muito bem! — o animador gritou — preparar para a cesta!

Ficamos um pouco perdidos nessa parte, mas observando os demais, acabamos fazendo o passo, atrasados novamente.

— AI, MEU BRAÇO, RAFAEL!

— EU NÃO TENHO CULPA! ESSAS PESSOAS TODAS DANÇANDO AQUI... EU TENHO QUE TE PUXAR PARA NÃO TE LEVAREM COM ELES!

— *Cestinho de flor!*

Quando olhei para trás, já não vi o Rafael, e sim o rapaz que a Helena tantas vezes beijara na barraca do beijo. Mal pude olhá-lo atentamente, quando ele me empurrou para o próximo. E para o próximo. E para o próximo.

— Malu?! — dei de cara com o Henrique. — Quem é seu par?!

Antes que ele respondesse, fui parar na frente de outro rapaz. Um lindo, de olhos azuis. Mas aí eu logo passei, como se estivesse em uma roleta.

Depois de ter rodado por todo o círculo, incluindo o Guilherme, parei novamente na frente do Rafael.

— *Anarriê!*

Depois de alguns minutos naquela brincadeira sem rumo, a única coisa que eu havia aprendido era que "Anarriê" significava que todos deveriam voltar para os seus lugares. Eu estava craque nisso. Mas só nisso. Depois que a voz rouca do animador gritou "balancê", concluí que também aprendera o que fazer naquela parte.

Durante a parte do túnel, quando cada casal tinha que passar pelo túnel feito com os braços dos outros casais, ele quase me arrastou pelo chão. Estava muito mais animado que eu.

Quando finalmente o animador declarou o fim da dança, eu e Rafael nos entreolhamos, ofegantes e molhados de suor.

— Até que foi divertido — comentei com sinceridade, enquanto me abanava.

— É. Nunca tinha brincado disso, mas até que foi legal.

Capítulo 12

Na segunda-feira, apresentei-me ao orfanato com pontualidade, provocando uma certa admiração por parte de Clara. Naquela manhã, recebi uma notícia não muito agradável: O jardineiro João havia faltado e a cozinheira Elisa iria se ausentar por uns longos quinze dias, para tratar de um assunto pessoal. Se apenas servir de babá estava esgotando meu tempo e minha paciência, que já eram curtos, imagine com outros afazeres. Eu já podia imaginar meu futuro psiquiatra assinando meu atestado de loucura.

— Maria Lúcia... — percebi que iria me pedir algum favor, mas eu a interrompi de repente.

— Só Malu.

Clara deu um sorriso amarelo, tentando transparecer que não se importava com meu jeito grosseiro.

— Queria que você fosse apanhar aquelas folhas secas no gramado. As crianças ainda estão dormindo. E... — ela olhou no relógio, arqueando as grossas sobrancelhas — Cadê o Rafael?

— Eu sei lá. Agora tenho que dar conta da vida dele também?

O sol estava um pouco quente, apesar de ser apenas sete da manhã. Fiz um coque frouxo rapidamente e encarei o gramado. Além ser bem grande, a grama precisava ser aparada. Felizmente não havia indícios de ervas daninhas ou outras espécies de mato que Clara talvez me obrigasse a capinar. Peguei a vassoura e comecei a varrer aquele grande tapete verde.

Dez minutos depois, escutei o Rafael bater no portão de grade.

— Agora você é a nova jardineira?

— Idiota — falei, abrindo o portão para ele — aposto que a Clara vai mandar você cozinhar. A Elisa não veio hoje.

— Ótimo — ele passou por mim, rindo — vou perguntar à Victória se ela não quer cozinhar comigo.

Eu revirei os olhos enquanto fechava o portão. Terminei de varrer tudo no momento em que enxerguei de rabo de olho o Rafael todo mal-humorado indo em direção à torneira do jardim, apanhando a ponta da mangueira, enrolada no chão.

— Oh, Rafael... Eu sinto muito. Parece que Victória não quer companhia para cozinhar. — Um inevitável sorriso me escapou pelos lábios.

— Cale a boca — ele resmungou.

Pus uma mecha do cabelo para trás da orelha e ajoelhei-me na grama, diante daquele monte de folhas secas, pegando um punhado delas e depositando em um saco plástico.

Escutei Rafael ligar a mangueira atrás de mim, e a pressão da água fez um barulho até agradável.

— Está me molhando — avisei de costas, quando ele jogava água no canteiro de rosas próximo a mim.

Ele pareceu desviar a direção da água, mas logo depois senti respingos nas costas, novamente.

— Que droga, Rafael! Já falei que está me molhando! — gritei, virando-me para ele.

Um jato de água atingiu minha barriga, espalhando-se por todo o meu corpo. Ele retirou rapidamente a mangueira da minha direção, mas não evitou que eu ficasse extremamente molhada, pingando água na grama verde e macia. Rafael tapou a boca com a mão fechada, tentando controlar os risos.

— Qual é o seu problema?! — quase grunhi, dando um passo a frente, encharcada da cabeça aos pés e irritada o bastante para não querer escutar seus argumentos.

— Não sei — ele disse por entre as gargalhadas — só queria te dar um susto.

— Isso não teve graça, agora você vai ver — falei, indo em direção ao canteiro e me abaixando para pegar um bocado de terra.

Ele recuou tarde demais. Eu já havia vencido a distância que nos separava a passos largos e rápidos, despejando a terra molhada no alto da sua cabeça, com uma agilidade impressionante.

— Malu e Rafael. — Clara nos chamou da porta da sala. — Venham aqui, por favor.

~*~*~*~*~*~*~*~*~*~*~*~

— Vocês estão sendo fiscalizados! — ela falou alto, inclinando-se sobre a mesa do seu escritório, enquanto nós estávamos sentados do outro lado — Se continuarem assim, terei que informar tudo à autoridade competente!

Ah, que ótimo. Eu me sentia uma verdadeira protagonista da obra prima de George Orwell, o livro 1984, que descrevia um mundo no qual todos eram vigiados constantemente pelo Estado, obrigados a fazer o que não queriam e proibidos de fazer o que queriam. E, naquele momento, o que eu mais queria era sair dali.

Odiava aquele lugar. Odiava aquela velha me dando ordens.

— Malu, vá se trocar. Tem algumas roupas que devem servir em você lá em cima. As pessoas às vezes doam roupas de adulto por engano, e nós sempre guardamos para casos como este. — Depois ela virou-se para Rafael. — E você, vá se lavar.

— E porque você também não me ofereceu uma roupa naquele dia que fiquei toda suja de tinta? — Perguntei rapidamente, estreitando o olhar e inclinando-me para ela.

— Porque — ela suspirou, entrelaçando as mãos em cima da mesa e girando os polegares. — Não me lembrei deste detalhe. Há uma cômoda no quarto das meninas, primeira porta à esquerda, depois da escada.

Levantei subitamente e saí, bufando. As crianças já haviam acordado e escutei o burburinho delas tomando o café da manhã ao passar pela porta da cozinha. A escada íngreme com o corrimão de madeira me levou até um corredor calmo e com cheirinho de bebê. Só havia duas portas: Uma à esquerda, com uma plaquinha rosa com letras brancas, que indicava ser o quarto das meninas, e outra à direita, com uma placa azul, que indicava ser o dormitório masculino. Ao final do corredor havia uma janela baixa e estreita, por onde entrava uma fresta de luz e embaixo havia um aparador com um jarro de flores. Uma decoração romântica e sutil.

Virei-me para a porta, girei a maçaneta e entrei. As paredes e o teto eram tingidos de rosa bebê e a parede oposta à porta era coberta com um papel de parede de estampa floral. Havia cinco caminhas muito bem arrumadas, todas dispostas em fila em uma larga parede, adjacente à parede da porta. Na outra extremidade do quarto, um guarda-roupas enorme com espelhos tomava conta de toda a extensão da parede e, embora fosse perceptivelmente projetado para crianças, achei o seu tamanho um tanto desproporcional. Do teto, pendia um móbile com figuras de bailarinas, e havia algumas prateleiras fixadas acima das camas. Uma delas estava cheia de bonecas de pano, exatamente cinco, e eu pude reconhecer a de Nicole. Da janela eu podia enxergar a copa das árvores do jardim.

Após um minuto observando atentamente todos os detalhes, finalmente dirigi-me à cômoda descrita pela Clara e fechei a porta atrás de mim. Abri a primeira gaveta e retirei de lá uma regata preta e um *short jeans* claro. Até que estavam bem conservados e não pareciam ser roupa já usada, a não ser pela cor desbotada da blusa. Troquei de roupa em menos de um minuto, deixando minhas vestimentas originais molhadas no chão de madeira do quarto.

Aproximei-me do espelho para verificar minha imagem. A blusa estava bem justa, destacando meus seios e minha cintura. O *short* era curto, mas um pouco folgado na parte das coxas. Meus cabelos longos e pretos caíam pelos ombros, ainda úmidos.

— Você está linda! — Escutei Nicole dizer, e vi que ela estava com a cabeça enfiada pela porta entreaberta. Não pude deixar de sorrir diante daquela afirmação.

No primeiro dia em que a vi, ela tinha um lenço na cabeça. Não que aquilo fosse esconder o fato de ela ter câncer, mas era menos impactante do que vê-la com a cabeça raspada exposta como estava naquele momento.

— Você acha? — perguntei, virando-me para o meu reflexo.

— Claro! — ela entrou, fechando a porta atrás de si e quase correu para sentar-se à beirada da cama mais próxima de mim. — Queria ter cabelos longos, pretos e lisos como os seus. Mas eu não tenho.

Engoli em seco.

— Você está gostando? — ela indagou.

— De quê?

— Daqui.

Hesitei antes de ser sincera. Mas tentei formular uma resposta que não a ofendesse.

— Bem... Não vou mentir para você. Está sendo difícil para mim. Eu também estudo e meu tempo está bem apertado.

— Então você não está gostando?

Abri a boca pronta para proferir exatamente a verdade, mas não consegui. As palavras não quiseram fluir, e apenas me limitei a fechar a boca lentamente.

— Não tem nada. Ninguém gosta daqui.

Eu não sabia o que dizer em uma situação daquelas. De repente, tudo ficou tão silencioso. Eu escutava somente os pássaros cantando lá fora e o barulho dos galhos da árvore arranhando a casa por fora.

— Sabe o Joaquim? — ela questionou.

Balancei a cabeça negativamente.

— Aquele que tem o cabelo loiro e enrolado...

Ainda não havia decorado o nome e a fisionomia de cada um deles, mas lembrei-me vagamente da figura que Nicole estava me descrevendo, por isso assenti para que ela continuasse.

— Ele falava até um dia desses que odiava esse lugar. Que queria a mãe dele. Mas acho que ele já até se esqueceu dela. — ela suspirou, cruzando as pernas como uma mocinha — A mãe dele falou que era pobre e não podia cuidar dele, depois foi embora. É triste, não é?

Ri por dentro da inocência daquela criança. *É, é bem triste quando uma pessoa irresponsável faz um filho só para abandoná-lo depois*, pensei.

— Quando chegou aqui, ele tinha câncer — ela continuou — mas agora está curado. Ele tinha leucemia, como eu. Na verdade, não sei o que é leucemia, só escuto meu médico falando. Só sei que mata, e tenho que ir para o hospital fazer quimioterapia — ela me olhou muito orgulhosa por saber me explicar aquilo.

Nicole tinha apenas sete anos e não sabia muito bem o conceito das coisas. Mas com certeza sabia encarar o mundo melhor que muitos adultos. Mesmo sabendo que tinha uma doença grave que poderia matá-la qualquer dia, a qualquer momento.

— A Victória me falou que ele se curou porque recebeu uma medula. — ela franziu a testa, curiosa — Você sabe o que é uma medula?

— É o lugar do nosso corpo onde as células do sangue são feitas. — respondi prontamente, como se estivesse fazendo uma prova oral de anatomia.

Ela fez uma careta diante da explicação.

— E por que eu também não posso ganhar uma?

Eu cocei a cabeça como de costume e sentei-me na cama junto a ela, estranhando um pouco a nossa proximidade. Eu não tinha muito jeito com crianças. E isso de certo modo me preocupava, porque era bem lógico e justo que eu ajudasse a minha mãe na criação do meu irmãozinho ou irmãzinha que estava por vir.

— Nicole, existem vários tipos de medula e cada pessoa tem um tipo diferente. Mas, às vezes, duas pessoas podem ter o mesmo tipo. Aí uma delas doa a medula para a outra, que fica curada, se tiver leucemia.

Ela demorou um pouco como se estivesse tentando entender a explicação.

— Então eu tenho que encontrar uma pessoa que tenha o mesmo tipo de medula que a minha?

— Exatamente.

— E onde ela está?! — ela me olhou ansiosa, como se quisesse sair perguntando aquilo para todo mundo na Terra até encontrar alguém que tivesse a medula compatível com a sua.

— Eu não sei. — tentei parecer franca, olhando-a nos olhos — Mas vamos encontrar.

~*~*~*~*~*~*~*~*~*~*~*~

— Que história é essa que você está namorando o Rafael?!

Essa foi a pergunta com a qual fui recebida quando cheguei da Universidade. O Henrique estava todo esparramado no sofá, tomando cajuína e jogando videogame. Embora estudássemos no mesmo campus da Universidade, algumas vezes minhas aulas acabavam mais tarde, e nem sempre voltávamos para casa juntos. Naquele dia, não nos encontramos na hora do almoço e percebi, pelo seu semblante que ele passara o dia inteiro louco para me fazer aquela pergunta. E seu tom de voz não soou muito inquisitivo.

— O quê? — franzi o cenho, fazendo-me de desentendida. — Você está louco. Nós só... Estamos um pouco próximos porque nos vemos no orfanato todos os dias, só isso.

Joguei minhas chaves em cima da mesa de centro com tampo de vidro, fazendo um barulho breve e agudo, enquanto o meu irmão dava um *pause* no jogo. Levantou-se do sofá e veio até mim.

— Hoje o Felipe veio para cá. — Começou, de braços cruzados, fazendo meu estômago revirar — Nós fomos fazer caminhada na avenida. E então — girou os calcanhares rapidamente, mas virando-se para mim logo em seguida — Rafael passou por nós com um cigarro fedorento. Só nos falávamos o essencial, mas depois da encrenca em que ele meteu você, perdi a vontade de falar com ele.

Fiz um leve maneio com a cabeça, esperando que continuasse sua narrativa.

— E aí o Felipe falou amigavelmente com ele. Eu apenas acenei e, quando ele se afastou, perguntei de onde se conheciam. O Felipe respondeu que ele era seu namorado.

Respirei fundo, massageando minhas têmporas.

— Olha, no dia da calourada, o Felipe queria ficar comigo. Aí eu inventei que tinha um namorado, e ele não acreditou. Estava quase me beijando quando eu reconheci o Rafael perto de mim, aí eu falei que ele era meu namorado só para o Felipe largar do meu pé.

Henrique me fitou, mordendo o lábio inferior, não muito convencido.

— Tem certeza?!

— É claro que eu tenho! — Tirei a bolsa do meu ombro e a arremessei no sofá, por cima dele.

— Hum... Então não estão namorando?

— É claro que não... — olhei para o teto, tentando imaginar se o Henrique realmente fora inocente até o ponto de acreditar em uma ideia tão absurda como aquela — Essa cidade é cheia de gente bonita e bacana, apesar de ser uma capital tão pequena que talvez quase todo mundo se conheça. Não pretendo namorar meu vizinho, ainda mais do jeito que ele é. — Indiquei com o queixo em direção do apartamento do Rafael. — O máximo que eu iria sentir por ele seria... Uma aversão.

— Uma aversão?

— É.

— Que bom. — O Henrique falou, pegando o controle e se jogando no sofá de novo. — Não gosto dele. Nunca fui ciumento com você, mas sabe que não admitiria que namorasse alguém como ele.

Bufei, indo em direção à cozinha.

— Ei! Posso contar isso pro Felipe? — ele gritou da sala.

— Claro que não! Se ele pensar que não estou namorando, vai ficar no meu pé de novo! Diz só que a gente deu um tempo, mas não estou a fim de ninguém.

— Ah — falou, voltando a jogar — pelo menos é mentira. Fiquei bem mais aliviado.

— Henrique — falei, aparecendo pela porta da cozinha — Nunca vou me apaixonar pelo Rafael. Nunca.

Capítulo 13

Eu torcia o nariz, por causa da minha tentativa mal sucedida de fazer uma calda para o pudim. Ao invés de virar um mel, como a Victória havia me instruído, o fundo da panela estava duro e coberto por uma placa impenetrável de algo cristalino, como um bloco de açúcar. Parecia mais uma rapadura.

Enxuguei o suor da testa com o antebraço, enquanto suspirava e lamentava pelo pudim e pela minha vida.

Victória entrou pela cozinha rindo da minha falta de jeito e da figura da calda, ou melhor, tentativa de calda, dentro da panela. Resignei-me a encará-la.

— Você tinha que ter posto mais água e deixado ter aquecido mais — falou, passando por detrás de mim e pondo-se a meu lado, no fogão.

— Não sei cozinhar — falei secamente.

— Mas precisa tentar — ela pegou a panela e a jogou na pia, pegando outra limpa, logo em seguida. — Olhe, vou fazer para você.

Afastei uns cabelos que grudavam na minha testa e observei, a contra gosto. Em menos de dez minutos, a calda estava pronta.

Ela me pediu que eu ajudasse a fazer o resto, e eu, em uma tentativa de fazer o tempo passar mais rápido nas minhas duas horas diárias no orfanato, concordei.

— Vocês parecem muito mal-humorados. — comentou com um sorriso, enquanto dispunha os ingredientes em cima da mesa.

— É porque não é você que tem acordar todos os dias seis da manhã, vir para cá, depois ir para a Universidade e só voltar para casa à noite.

— Sei que deve ser bem cansativo, mas faz parte do processo.

— Que processo? — parei de fazer o que estava fazendo e inclinei-me para ela.

— O de melhoramento das pessoas. Já recebemos outros réus aqui, e todos eles melhoraram o caráter depois de interagirem certo tempo com as crianças. Essa é a intenção da pena alternativa.

— Não tenho um mau caráter — fui bem ríspida.

— Sei disso. Dei apenas um exemplo. Uma pessoa que roubou um pão para se alimentar, por exemplo, pode cumprir pena aqui. E não em uma prisão cheia de criminosos porque, assim que sair, vai ser muito mais violento do que quando entrou lá. E ninguém vai aceitá-lo na sociedade.

Ela falava com convicção enquanto preparava a massa para o pudim, e tive que concordar com tudo que ela defendia.

— Você precisa admitir que está tornando o processo mais difícil — continuou.

— Não estou tornando nada difícil. Só estou sendo eu mesma. Sou mesmo mal- -humorada, principalmente de manhã. Não estou nem aí para quem me critica. — Rebati, escutando-a dar um longo suspiro.

Mantivemo-nos em silêncio e pude escutar o filme de desenho animado ao qual as crianças assistiam na sala. Tentei adivinhar a cara do Rafael, sentado entre elas. Ele devia estar se sentindo muito patético.

— Eles não têm família — Victória falou.

— Eu sei.

— Eles ficaram muito felizes quando souberam que teríamos ajudantes. Eles são muito carentes. Há pouco voluntários aqui — Lambeu a ponta do dedo indicador — Dê uma chance a eles, Malu.

Eu olhava sem piscar para algum canto aleatório da cozinha. Quando dei por mim, mais precisamente para um azulejo decorado com a figura de uma galinha com seu pintinho debaixo da asa. Subitamente, senti um arrepio percorrer minha espinha ao me lembrar de quão ruim seria minha vida sem meus pais, sem ter com quem contar nos momentos mais difíceis, ou acertarem as coisas quando eu fazia alguma burrada.

— Talvez... — falei calmamente, tentando escolher as palavras — talvez seja porque eu não tenha muito jeito com crianças.

— Então treine, Malu — ela começou a depositar os ingredientes já todos batidos em um líquido grosso e cor de creme na forma. — As crianças são anjinhos de Deus. Elas merecem toda a nossa atenção.

Concentrei-me naquelas palavras. Não percebi quando Victória deixou-me solitária na cozinha, com meus pensamentos soltos. Lembrei-me do dia anterior, quando Nicole me perguntou muito ansiosa onde estaria a pessoa com uma medula compatível com a sua. Alguém que ela nem conhecia, mas a quem já era grata. Recostei-me na pia, fechando os olhos. Respirei fundo, tudo aquilo me incomodava. Era como se eu estivesse em uma missão, mas não sabia o que fazer para executá-la da maneira correta. Talvez eu estivesse mesmo dificultando o processo. E, ao pensar nisso, dei-me conta de que, pela primeira vez na vida, esquecendo todo o meu orgulho habitual, eu havia escutado e aceitado uma crítica construtiva de alguém.

Eu repassava várias vezes a nossa conversa, quando escutei um choro inconsolável vindo da sala. Aproximei-me da porta e vi o Joaquim, cuja história triste Nicole tivera a oportunidade de me narrar na manhã anterior. Ele chorava alto, soluçando e fazendo todas as demais crianças se amontoarem ao redor dele, consolando-o em vão.

Não tive reação nenhuma. Não sabia o que fazer. Perguntava-me onde estaria Clara, ou Victória, que há pouco estava comigo na cozinha. Elas, com certeza, saberiam o que fazer. Então, aproximei-me cautelosa como quem está prestes a fazer alguma negociação com alguém perigoso. Aquilo, de certo modo, me machucava.

Foi quando desviei os olhos para a televisão e deparei-me com a cena de um filhotinho de coelho chorando diante do corpo desfalecido da mãe, morta por caçadores. Um desenho animado comum, mas que atingiria como uma faca certeira quem não tivesse mãe. O nó na minha garganta aumentou ainda mais, ao voltar novamente o olhar na direção do Joaquim. Ele chorava agarrado na camisa do Rafael. Do Rafael. Este o consolava acariciando a cabeça da criança, que soluçava em seus braços. Nunca pensei que fosse vê-lo agindo daquela forma.

Fui decidida até onde as crianças estavam. Nenhuma delas chorava, mas me olhavam esperançosas, como se eu tivesse o poder de arrancar do coração delas toda a angústia e a tristeza que carregavam. Olhares carregados de sofrimento. Além de serem órfãs, tinham câncer. Realmente era um fardo pesado demais. Muito mais pesado que a perda do meu melhor amigo.

Ajoelhei-me perto delas e, sem que eu percebesse, alguém se atirou nos meus braços. Meus olhos marejaram levemente e envolvi com meus braços a pequenina que procurava em mim um abrigo. Era Nicole.

Escutei as vozes da Clara e da Victória ecoarem pelo corredor, perguntando o que havia acontecido.

Mirei o olhar na direção do Rafael. Ele, sem querer, encontrou meu olhar e pude perceber que ele chorava tanto quanto o Joaquim. Como se conhecesse bem a dor que este sentia. E as suas palavras embargadas confirmaram a minha hipótese:

— Calma, rapaz, calma... Eu sei o que é isso. Sei muito bem.

~*~*~*~*~*~*~*~*~*~*~*~

O restante da semana passou-se de forma bem serena. Depois do episódio com o Joaquim na sala de estar, tive a leve impressão de que o Rafael passou a se empenhar mais no trabalho com as crianças. Não parecia o Rafael de uma semana atrás. Não que ele estivesse agindo perfeitamente como Clara e Victória esperavam, porque, de vez em quando, ele tinha uns chiliques. Como quando fui perguntar-lhe no jardim o motivo pelo qual chorava tanto enquanto consolava o Joaquim. E, como de costume, recebi uma cortada. Não doeu. Mas senti-me bem atingida com a resposta, sem coragem de repetir a pergunta que alfinetava minha incômoda e sagaz curiosidade.

Ele raramente dirigia a palavra a mim, e eu não quis forçá-lo a falar comigo, embora eu achasse que desabafar seria bom para ele. Nós nos concentrávamos cada um nos respectivos afazeres diários. Quando eu chegava ao nosso prédio, encontrava sua porta sempre fechada, como se ele tivesse deixado bem claro que não queria falar com ninguém. Senti uma pontada de incômodo comigo mesma quando percebi que estava me importando com ele demais. Ele já era adulto, sabia o que fazer para espairecer. Mas, no minuto seguinte, eu me pegava olhando ansiosamente pela janela do quarto, à procura dele, que poderia estar fazendo caminhada na avenida. Ou entrando no prédio. Ou simplesmente andando pela área de lazer. Quando não fazia isso, eu encostava o ouvido na parede do meu quarto, tentando ouvir qualquer vestígio de que ele estava lá, do outro lado.

Queria poder afirmar que finalmente estava sabendo lidar com as crianças. Mas eu precisava admitir que, a meu modo, tentava encontrar o caminho certo. Ser menos rude. Ser mais solícita. Mais carinhosa com elas. Eram essas as minhas metas, porque, no que dependesse de mim, nunca mais assistiria a uma cena triste como a que vi naquela manhã de segunda-feira.

Clara já não reclamava tanto de mim, e isso me fez, de certo modo, sentir uma espécie de estabilidade e, se não for exagero, uma vaga felicidade de conseguir esse resultado. Uma vez ou outra, eu reclamava de ter que fazer biscoitos, já que Elisa ainda não havia retornado aos seus trabalhos, ou reclamava de regar o jardim, repleto de flores e plantas diversas, que me proporcionavam uma certa calma. O jardim era o meu lugar preferido no orfanato.

À medida que os dias avançavam, percebi que minhas duas horas diárias já não se passavam tão devagar como antes e pude conhecer melhor todas as crianças e a história de cada uma delas. Nicole havia me contado uma por uma, ela era minha guia e fiel ajudante para encontrar a forma correta de como não receber broncas e sermões da Clara.

No dia em que ela passou a manhã fora para fazer a quimioterapia, eu até senti sua falta. Embora eu cuidasse de todas as crianças, ela era a mais próxima a mim, mesmo que essa proximidade não fosse tão grande.

— Você e Rafael estão brigados? — ela me perguntou, na segunda seguinte, quando entrávamos no quarto enquanto eu a arrumava após o banho.

— Não, ele só está um pouco triste pelo que aconteceu na semana passada.

— Poxa. Não pensei que ele fosse ficar tão triste assim. Eu já me acostumei com essas coisas. Ele estava chorando! Fiquei muito assustada quando vi aquilo!

Deixei um sorriso fraco e triste tomar conta dos meus lábios. Essa também era uma diferença entre a Malu do primeiro dia de serviço comunitário e a Malu depois daquele acontecimento: Eu já sorria mais, mesmo que fosse algo raro de acontecer.

— Ele é daquele jeito, mas na verdade é uma manteiga derretida — falei, em tom de humor.

— Uma manteiga derretida? Parece que você está falando de uma mulherzinha!

Sorri novamente, abrindo a porta do guarda-roupa e pegando um dos lencinhos dela para pôr em volta da sua cabeça e uma roupa. Abaixei-me diante dela para vesti-la.

— Malu? — ela chamou, sussurrando. — Gosto muito da sua companhia.

Eu não costumava escutar coisas daquele gênero. Eu era sempre a Malu rebelde, a Malu malcriada, a Malu mal-educada e mal-humorada. Embora tivesse amigos, como a Maria Alice, a Helena e o Guilherme, o meu gênio era de uma natureza bem difícil, o que afastava um pouco as pessoas. Pela primeira vez, senti aquele lugar acolhedor. Pela primeira vez na vida, agradeci ao juiz por ter me dado a chance de conhecer uma pessoa tão adorável como a Nicole.

— Sabe... — ela falou — ontem eu sonhei com uma mulher... Não sei quem era, mas era linda! Parecia uma rainha. E ela me chamava de filhota. — Nicole me fitou com os olhinhos brilhantes, que demonstravam que ela se sustentava em um fio tênue de esperança, quase imperceptível — Malu, você acha que um dia eu vou ter uma mamãe? Não só eu, mas todos nós. Eu queria tanto que isso acontecesse.

Pisquei demoradamente, sem saber o que falar.

— Às vezes — continuou — não sei o que quero mais: se é me livrar do câncer, ou ter uma família.

Aquilo era demais para mim. Tentei manter a compostura, tentei não chorar. Algumas lágrimas ameaçaram sair, mas eu as forcei para que ficassem dentro de mim, intimidadas pela minha frieza súbita. Alguns segundos se passaram até eu perceber que tinha uma coisa muito importante para dizer a Nicole.

— Senti sua falta quando foi para a sessão de quimioterapia, Nick — ergui o olhar para ela — posso te chamar assim?

— Claro que pode! — ela falou entusiasmada, unindo as mãos — amei esse apelido!

Fiquei feliz em poder arrancar dela um momento de felicidade tão breve e com um ato tão insignificante como aquele.

~*~*~*~*~*~*~*~*~*~*~*~

O Henrique havia saído com Maria Alice, deixando-me em casa sozinha, à noite.

Rolei de um lado para o outro no sofá tentando encontrar uma posição confortável para assistir àquele filme. Larguei o controle remoto no chão junto com o balde cheio de pipocas. Elas estavam tão salgadas que meus lábios latejavam.

Levantei-me indo em direção à varanda, inquieta. Encostando a barriga no parapeito, minha mente divagava sobre muitos assuntos. Eu via os carros se movimentarem lá embaixo, todas as pessoas que lotavam a avenida, praticando esportes e fazendo caminhadas. Pela primeira vez, percebi que gostava daquilo. Aquele ar de cidade grande, onde as pessoas não conheciam todos ali. Se eu tivesse apostado um racha e depois ter sido condenada em Parnaíba, cidade pequena e antiga como era, com certeza todo mundo já estaria sabendo. Era bom ter essa certeza de que somente minha família e meus amigos mais próximos tinham conhecimento do que eu fizera.

Sorri triste e involuntariamente. Era óbvio que sentia saudades de casa. Eu nasci praticamente na praia, tinha saudade de ficar horas e horas exposta ao sol, jogando vôlei na areia quente e fina, sentindo o vento bagunçar meus cabelos. Sentia falta da minha casa. Meu quarto, minha cama. Do vento balançando as redes na varanda, ou chacoalhando as cortinas feitas de conchas. Sentia falta de ficar esperando o Fred para irmos a alguma festa na qual ele tocaria. Sentia falta de jogar conversa fora com ele e meu irmão no terraço. Esfreguei a tatuagem com o polegar.

De repente, tudo começou a invadir minha cabeça, como um tornado invade um país. Lembrava-me de Nicole. Nossas conversas. Uma criança de apenas sete anos me mostrando o que é superar de verdade algo. Lembrei-me da cena do Joaquim. Lembrei-me do Rafael chorando. Nunca pensei que fosse presenciá-lo chorar tão inconsolavelmente. Provavelmente porque não tinha mãe. Nem uma família.

Eu me sentia tão distante de tudo. Observei os prédios acesos, que se dispunham ao longo de aquela imensidão de Teresina, até onde minha vista podia alcançar. Caminhei de volta para a sala e peguei o telefone. Disquei o número de casa.

— Oi, mãe — falei assim que reconheci sua voz, carregada de preocupação por eu ter ligado fora do horário em que costumava ligar.

— Oi, filha. Aconteceu alguma coisa?

Demorei um pouco para responder.

— Não. Só... Estou em casa sozinha, pensando besteira. Sinto sua falta para me distrair ou conversar comigo.

— Meu amor, não fique assim... Em que você estava pensando?

Andei pelo apartamento vazio em círculos, até sentar no chão, próximo à porta da varanda.

— Em várias coisas. Mas... Quero saber como você está. E o seu bebê.

Ela pareceu suspirar do outro lado da linha.

— Estou bem. Ontem tive vontade de comer morangos com mel. Seu pai teve que sair de casa às doze depois de um longo dia no hospital.

— Mãe! — deixei escapar um sorriso. Estava quase esquecendo como era bom conversar com ela. — Eu te amo.

— Eu também. Sempre te amarei, não importa em que situação você se meta. Ou que tipo de preocupação me traga. Eu te amo muito.

Conversamos mais por alguns minutos. Quando desliguei, já não me sentia tão sozinha e tão preocupada com ela. Percebi que não dava muito valor aos meus pais. Estava sempre me metendo em confusão e já havia mentido muito para eles.

Olhei pela varanda mais uma vez. A área de lazer do prédio era linda. Enorme. Havia uma piscina e uma churrasqueira, uma quadra esportiva e um gramado muito extenso. Dei-me conta de que já morava ali há três meses e nunca desfrutara daquela estrutura. Inspecionei atentamente o gramado e acabei vendo a figura do Rafael. Ele estava com uma camisa preta, fumando. Mordi o lábio inferior enquanto o fitava. Depois desci.

Aproximei-me com cautela. Não queria que ele achasse que eu estava ali só para puxar assunto e saber da sua vida, até porque aquele não era o meu intuito. Só queria lhe fazer companhia.

— Posso?

Ao reconhecer minha voz, assentiu e deu uma enorme tragada, enquanto eu me abaixava para me sentar ao seu lado.

— Também veio aqui para pensar? — ele indagou.

— Não, na verdade eu estava pensando lá em cima... Aí vi você aqui e...

— Achou que eu precisasse de companhia?

Fiquei surpresa com a pergunta. Eu era tão previsível assim?

Rafael soltava a fumaça do cigarro quando começou a falar:

— Sempre venho aqui para pensar na minha vida. Parece que eu sou feliz, que tenho tudo o que quero, mas na verdade não — ele finalmente olhou para mim — acredite.

Ficamos nos encarando em silêncio, até ele dar outra tragada e desviar o olhar.

— Quando começou a fumar?

— Eu tinha dezoito anos. Estava numa festa, com uns amigos. Um deles me ofereceu um baseado, mas não aceitei. Sempre gostei de fazer o que era proibido, mas usar drogas ilícitas, com certeza, não estava na minha lista. Então, para não ficar de fora e manter as aparências, aceitei um cigarro comum. Nunca tentei parar de fumar.

— Mas se você tentasse, conseguiria.

— Eu sei. Assim como quando tive o impulso de consolar o Joaquim. Pensei que nunca fosse capaz, mas até que fui bem — os lábios dele formaram um sorriso bem pequeno, quase imperceptível.

— Queria dizer que admirei sua atitude. Você está melhorando — dobrei os joelhos, abraçando minhas pernas e fitando a piscina — nós estamos.

— Eles são tão carentes. E precisam de nós. Eles não têm família, e isso me lembra um pouco da minha história — o olhar dele era insondável, os olhos verde água brilhando na penumbra da noite. — Ah, é claro que você percebeu.

Mais silêncio. Por um momento, senti-me estranha por estar ali, conversando pacificamente com ele. Geralmente nós gritávamos um com o outro.

— Foi mal — ele disse.

Eu levantei uma sobrancelha, confusa.

— Por ter te metido na história do racha. Faço isso há dois anos e nunca fui pego — ele continuou — pensei que desta vez não seria diferente.

— Eu decidi apostar com você. Não fui forçada a nada.

Comecei a amarrar meu cabelo em um coque, enquanto o observava arremessar o toquinho do cigarro longe.

— Pensei que iria gritar comigo e dizer: Claro que a culpa foi sua, eu te odeio! — ele tentou me imitar.

Não me dei conta quando começamos a rir. Quem diria, eu e Rafael rindo juntos.

— Não sou tão injusta como você imagina.

— E eu não sou tão irresponsável quanto você imagina. Já fiz milhares de coisas erradas, mas eu sei que tenho a culpa e pelo menos tento arcar com as consequências.

— Também já fiz muita coisa errada. Quase morri uma vez. — olhei discretamente para a minha tatuagem.

— Eu também — completou, apontando para sua cicatriz próxima à sobrancelha. — Briguei em um bar. O outro cara tinha uma faca. Eu treino há muito tempo sobre como se defender, imobilizar e desarmar alguém, essas coisas... Mas eu quase falhei nesse dia. Eu poderia ter sido esfaqueado. Durante a luta para arrancar a faca das mãos dele, acabei recebendo um golpe na testa. Quase foi profundo e levei alguns pontos — inalou com força, absorvendo o ar puro da noite — Sangrei pra caramba.

— Poxa... — foram minhas primeiras palavras. — E por que vocês brigaram?

— Eu dei um tapa na parte de trás da namorada dele, se é que me entende.

— Rafael! — exclamei quase rindo novamente e sentindo-me livre e íntima o bastante para desferir-lhe um leve tapa no braço. Ele era inacreditável.

— Ah, eu nem sabia que ela tinha namorado.

— E o que aconteceu com ele?

— Sei lá. Isso foi nas férias, em uma viagem com uns amigos. A gente estava em Parnaíba.

— Ei! — falei surpresa — Eu sou de lá — tentei parecer bem calma, não queria que ele pensasse que eu estava feliz simplesmente por saber que ele esteve na minha cidade.

— Lá é ótimo. Vou todo ano.

— Eu que o diga. Sinto tanta falta.

Então, pus-me a falar sobre como minha cidade era. Embora ele tivesse confessado que era um turista frequente, não me importei. Amava falar de Parnaíba. Ao dizer que a Natália Negreiros, de quem ele me defendeu na festa junina, era minha conterrânea, tomei cuidado para não mencionar o Fred quando fui lhe explicar os motivos de eu a odiar tanto. Não queria entrar em detalhes e dizer que ele simplesmente se fora. Não queria falar dos meus problemas pessoais para o Rafael.

Fiquei surpresa ao olhar as horas. Estava muito tarde, e eu nem me dera conta de como o tempo passara tão rápido. Comecei a me levantar quando ele me chamou.

— Aquele seu amigo da calourada falou comigo.

Inclinei a cabeça. O Felipe.

— Eu sei, meu irmão falou. Mas está tudo certo, mandei dizer a ele que nós demos um tempo — dei uma piscadela, sorrindo.

— Ah, que bom então — ele também sorriu.

— Então boa noite — levantei-me de vez, pegando no seu ombro de leve.

— Malu! — chamou de novo quando eu já estava um pouco distante.

Virei-me para ele.

— Você é uma péssima parceira de quadrilha.

— Acredite. Você é mais — rebati, em tom de humor.

Em seguida, retomei meu caminho, deixando-o solitário naquela noite estrelada.

Capítulo 14

— Agora é a vez do Rafa! — Algumas crianças gritaram em coro.

A brincadeira "palavra errada" já havia rendido naquela manhã uma boa sujeira na sala de lazer. Estávamos quase todos sujos da cabeça aos pés, com exceção do Joaquim e da Rita, uma menina ruiva que tinha câncer de tireoide, mas, graças aos tratamentos, estava curada. Fiquei surpresa que aquelas crianças raciocinassem mais rápido que eu. O nome do lugar era "quarto" e não havia mais nenhum objeto que eu pudesse dizer. Então fui atingida com tinta guache de todas as cores, e minhas roupas estavam tão manchadas que mal podia reconhecê-las. E podia dizer a mesma coisa do meu rosto.

Na vez de Nicole, ela falou "lenços". Rafael tentou argumentar, mas com um sinal meu, ele concordou em ficar quieto. Ele só entrava no quarto dos meninos, e talvez lá não tivesse lenços para cobrir suas cabeças. Mas, no quarto das meninas, isso era indispensável.

— Tá — O Rafael falou, sob o olhar curioso de todas as crianças, que esperavam que ele errasse mais uma vez. Como regra da brincadeira, ele teria que dizer algum objeto que tivesse a ver com "lenços", que foi dito pela Nicole anteriormente. Pensei em cabides. Ou guarda-roupa. Mas essas palavras já haviam sido ditas.

— Acho que tem no quarto... — ele inspecionou a sala à procura de qualquer coisa que o livrasse de mais tinta. — Quadros.

— Quadros? — Meia dúzia das crianças falou em coro.

— É. No meu tem.

— Mas não tem nada a ver com lenços! — Nicole quase gritou, contorcendo-se de rir, enquanto o Rafael dava um tapa na própria testa por se esquecer das regras do jogo.

Então assisti ao Rafael ser alvo de mais tinta. Ele protestava em tom de brincadeira, dava para perceber que estava gostando. Até eu estava me divertindo, sujar-nos fazia bem não só para a saúde das crianças como para nós também. Já havia me acostumado a levar mais uma muda de roupas na bolsa todas as manhãs, porque era quase certo que fôssemos convidados a jogar "palavra errada".

Victória abriu a porta, pegando todos no flagra. Mas dava para perceber que, ao contrário de Clara, ela não ficava irritada quando sujávamos toda a sala.

— Arrá! Peguei vocês! — falou brincando.

— Por favor, Vic. Não conte à Clara — Rita implorou, enquanto melava a cara do Rafael de tinta preta.

Eu ri da cena.

Victória fechou a porta e veio até nós, como se quisesse participar da brincadeira. Seus cabelos dourados estavam presos em um rabo-de-cavalo.

— Agora vocês vão para o quarto, devagar e sem fazer barulho. Preciso falar com a Malu e o Rafael — ela ordenou, ajoelhando-se no assoalho de madeira — daqui a pouco vou limpá-los.

Todos se aprumaram perto da porta entreaberta, com o maior cuidado do mundo. Fiquei a imaginar que eles temiam que Clara passasse pelo corredor e os visse naquele estado. Eu e Rafael seguramos o riso até ver todos eles saírem.

— Então, meninos... — Victória começou, olhando para nós. — Depois de amanhã a Rita faz sete anos.

— A ruivinha? — Rafael perguntou.

— Exatamente — ela falou colocando para detrás da orelha uma mecha do cabelo que escapara do rabo-de-cavalo. — Queria saber se posso contar com a ajuda de vocês para fazermos uma festinha para ela amanhã.

Eu e Rafael nos entreolhamos, perguntando-nos mentalmente se devíamos topar.

— Claro! — fui a primeira a falar, observando-o concordar com a cabeça.

— Ótimo! — Victória uniu as mãos — tenho uma lista de compras e de coisas para fazer, e vocês poderiam me dar uma mãozinha. Vocês podem ajudar fazendo os docinhos, ou comprando os ingredientes, ou limpando a casa, vocês que sabem...

— Nós podemos comprar os ingredientes hoje, depois da nossa "jornada de trabalho".

Os dois riram com o termo que eu usara para descrever o serviço comunitário. Não era muito elegante afirmar que estava ali cumprindo uma pena.

— E aí, amanhã nós ajudamos você e Clara a preparar tudo. — Rafael falou cortando as risadas.

— Obrigada — ela olhou para cada um de nós, atentamente — eu sabia que iriam se afeiçoar a elas. É impossível não se apegar.

Respirei tão fundo que talvez acabasse com todo o oxigênio que havia ali. E percebi, de canto de olho, que o Rafael fazia o mesmo. Mas, diferentemente das outras vezes, esse ato não era um sinal de que nossa paciência estava acabando. E sim um sinal de orgulho. Orgulho de nós mesmos.

— Ah, Victória... — ele a chamou, retomando o assunto da festa. — Queria dizer que eu mesmo pago as compras.

~*~*~*~*~*~*~*~*~*~*~*~

Nossa manhã foi bem cansativa. Depois de comprarmos os ingredientes que Victória nos pedira, encarando uma fila quilométrica para passar as compras, na qual pela primeira vez não tive um pré-ataque de nervos quanto a filas, tivemos que ir até uma loja de brinquedos no centro da cidade. Estávamos dependendo de táxi, já que o carro do Rafael havia sido apreendido na noite do racha, e ainda não tinha sido liberado, e sua habilitação também havia sido recolhida. Compramos uma boneca de pano para a aniversariante e outros brinquedos para as demais crianças, afinal, não era um aniversário que as tornava especiais. Elas mereciam ganhar presentes todos os dias porque todas eram especiais.

Agradeci secretamente por termos elevador no prédio quando o Rafael apertou rapidamente o botão correspondente ao nosso andar. Já passava de uma da tarde e ainda não havíamos almoçado, além de andarmos sob o sol escaldante típico daquela hora do dia. Isso sem mencionar o nosso cansaço físico de ter que carregar todas as sacolas aonde quer que fôssemos. Quando o elevador fez o típico barulho nos indicando que havia chegado ao nosso destino, ele virou-se para mim, pegando as sacolas que brevemente largara no chão.

— Você divide o apartamento com seu irmão... É melhor deixar tudo no meu, amanhã de manhã eu levo para o orfanato.

— Tudo bem — concordei, saindo do elevador.

Recostei-me na parede enquanto o observava procurar as chaves no bolso. Assim que ele conseguiu abrir a porta, nós entramos. O apartamento dele era impecável. O piso de porcelanato brilhava e havia móveis de primeira linha planejados para aquele lugar. Notei um barzinho próximo à sala de jantar e, na de estar, uma televisão que cobria quase toda a parede vermelha, juntamente com um móvel moderno e um jarro de planta artificial. Havia um sofá em L de couro preto e um tapete tão macio e tão alto que mais parecia um campo de centeio. Era um luxo, coisa de novela.

Larguei as sacolas perto do sofá, como ele havia me dito.

— Pensei que seu apartamento era uma bagunça.

Ele riu, indo em direção à cozinha.

— Eu posso ser tudo, menos desorganizado — escutei-o abrir a geladeira — Quer uma água?

— Sim, por favor. Por que está sendo legal comigo? — soltei de uma vez.

— Quer que eu aja como antes? — indagou, rindo e me trazendo um copo com água. Até os copos eram luxuosos — Posso te chutar para fora do meu apartamento, se quiser.

Engraçadinho. — retruquei, pegando o copo da sua mão. Bebi o conteúdo gole após gole, longos e sedentos. — Valeu — agradeci a meu modo, devolvendo o copo vazio e limpando a boca com as costas da mão — Você não tem empregada?

— Não, eu faço tudo de casa desde os dezoito anos, quando comecei a morar sozinho.

Tentei fazer as contas, querendo adivinhar quantos anos exatamente ele tinha. Mas me perdi nos meus cálculos quando ele me chamou mais uma vez:

— A propósito, eu cozinho muito bem...

— Ah, é? Pois você quem deveria ter feito aquele pudim de leite que a Victória me obrigou a fazer. Sou péssima nisso — suspirei, cruzando os braços — Quem cozinha para mim é o Henrique. Ele também manda muito bem.

— E quem vai cozinhar para você hoje? Ele está na Universidade, não?

Mordi o lábio inferior.

— É. Acho que vou pedir por telefone algo em algum restaurante.

Rafael pôs o copo que ainda segurava no móvel perto da televisão.

— Pode almoçar aqui, se quiser.

~*~*~*~*~*~*~*~*~*~*~

Não era nada em especial: Arroz branco, feijão, bife e batatas fritas. Nada de salada. Nada de sobremesa.

Cada bocado que eu mastigava, eu me sentia no céu, mas não tinha muito a ver com a notória afinidade do Rafael com a culinária. E sim porque eu estava faminta. A fome é uma excludente para qualquer degustação, pois ela sempre irá fazer você amar o que está comendo.

Tomei um longo gole do refrigerante quando terminei de comer, observando o Rafael empurrar o seu prato vazio a sua frente. Ele suspirou, passando a mão na barriga.

— Chega. Não aguento mais.

Eu ri involuntariamente, quase me engasgando.

— Lógico. Você repetiu duas vezes!

— E você comeu bem umas quatro.

Joguei nele um pano de prato que estava em cima da mesa.

— Bem, muito obrigada, de certa forma — agradeci.

Ele deu de ombros, com uma expressão de quem sabia se garantir. Limitei-me a observar discretamente seu apartamento. Julgando o Rafael pelo seu jeito, pensei que aquele lugar era um lixo. Preparei-me para ver cuecas sujas espalhadas pelo chão, restos de comida no tapete, meias no sofá. Esperei até por cheiro de cigarro. Mas ele era impecável e notoriamente organizado. Por um tempo, ficamos em silêncio, até ele decidir retirar nossos pratos. Eu me ofereci para ajudar, mas ele recusou. Há uma semana, ele não era tão prestativo. Queria saber sobre ele. Queria saber por que havia mudado e ter as respostas de todas as perguntas que eu tinha a fazer. Mas aquilo estava tão divertido, tão... Espontâneo. Tive medo de estragar tudo.

— Em que está pensando? — perguntou voltando da cozinha e sentando-se novamente, com os cotovelos sobre os joelhos, os dedos entrelaçados e os olhos grandes e verdes vidrados em mim.

— Nada — dei de ombros, observando a paisagem da sacada dele. Era bem diferente da minha, dava para ver muito mais ruas, prédios, enfim, quase a cidade inteira.

Eu o escutei abafar um riso, e depois me virei para ele novamente. Nunca pensei que fosse tão difícil encará-lo. Já o havia encarado antes, mas ali, daquela forma, eu quase não conseguia sustentar o olhar.

— Pode perguntar, Malu. Sei que está pensando em alguma coisa.

Endireitei-me na cadeira.

— Naquele dia do racha... Você me falou que o carro do seu amigo era na verdade seu. O que queria dizer?

Os lábios dele formaram uma linha reta, e percebi que ele queria sorrir.

— Não apostávamos racha. Apostávamos carros. Muitos deles eram roubados.

— Rafael... — Comecei.

— É errado, eu sei. Eu sei... Mas era minha diversão... Quando me chamaram pela primeira vez, eu só tinha o carro que foi apreendido. Aquele em que você estava correndo. Então eu ganhei outro. Muitas pessoas vendem no mercado negro os carros que ganham de rachas e conseguem uma boa grana. E foi isso que eu fiz. — ele desviou o olhar para a varanda, arqueando somente a sobrancelha da cicatriz — Então eu apostei de novo. E ganhei. Mas o dono do carro quase chorou para mim, dizendo que o pai dele o mataria se descobrisse. Então eu falei que não queria o carro. Mas ele não poderia me negar se eu pedisse em alguns casos.

Assenti minimamente, tentando absorver cada detalhe da sua narração.

— Entendi... Mas... — franzi o cenho — uma vez eu vi você chegar em um carro diferente. Não era o que foi apreendido.

— Era um que eu vendi. Esse era roubado. Eu o tinha conseguido em um racha da noite anterior. Eu cheguei com ele em casa umas cinco da manhã. Às seis, já estava livre dele e fui buscar o meu no lugar onde eu tinha deixado, em um posto. Eu estava tão bêbado que quase não acordei para vendê-lo. Acho que depois da venda, eu voltei dormindo no meu enquanto dirigia.

— Então é assim que ganha a vida? — minha voz saiu com um marcante tom de sermão. — Apostando rachas e vendendo carros roubados?

— Mais ou menos isso, também jogo pôquer a dinheiro nesses cassinos ilegais, faço apostas na roleta russa... — ele contou nos dedos.

— Roleta russa? — perguntei quase estarrecida — aquele jogo imbecil que você gira uma arma sem saber onde está a bala nem para quem ela irá apontar?

— Exatamente. Eu já participei, mas foi só uma vez, e ninguém morreu. A arma estava descarregada para a sorte de todos — sorriu ligeiramente, logo depois assumindo uma expressão de seriedade — mas eu sobrevivo mesmo é com o dinheiro do canalha do meu pai — ele fechou o punho, batendo-o com força contra o tampo de vidro da mesa. Fiquei momentaneamente assustada.

— Seu pai mora aqui? Em Teresina? — arrisquei, com receio de que ele ficasse com raiva em tocar no assunto.

— Não. Ele fugiu com a amante. Eu tinha quinze anos — a voz dele era carregada de nojo e desprezo.

Não queria perguntar sobre a mãe dele. Após a cena com o Joaquim, era lógico que ele perdera a mãe. Eu teria vontade de chorar se alguém perguntasse como o Fred morreu, por isso, permaneci calada, com um nó que não queria descer pela garganta.

— Se quer saber — continuou — minha mãe morreu quando eu fiz dezoito.

Perguntei a mim mesma se ele tinha o poder de ler minha mente.

— Eu já havia percebido, quando...

— E no enterro dela — ele fechou os olhos, com raiva, como se aquilo fosse cessar o ódio que estava expresso nele — meu pai apareceu. Teve a cara de pau de me dar os pêsames. Como um estranho. — Ele parou de falar por um tempo, mas depois abriu os olhos. Aqueles olhos verdes que eu odiava ver há alguns dias, mas que naquele momento estavam úmidos de sofrimento. Tive vontade de chorar também. — Então ele simplesmente falou que me ajudaria financeiramente. Já que eu já era maior, poderia morar sozinho. Ele me deu um carro e esse apartamento.

Fiquei tão revoltado com a minha vida que desde esse dia gastei todo o seu dinheiro em bebida, cigarro, noitadas e prostitutas.

— Rafael, eu... — balancei a cabeça, sem saber o que dizer. O que eu diria? Então me lembrei de uma coisa que embora já tivesse feito, não havia sido com a compaixão que me dominava naquele momento. — Eu peço desculpas por ter gritado com você naquele dia, ter dito que você não sabia como é perder alguém...

— Não esquenta, Malu. Relaxa — falou com a voz embargada — Ele foi tão omisso. Traía minha mãe o tempo todo e a abandonou para ficar com outra. Ele pagava minha pensão, já que é dono de uma empresa enorme e rico o bastante para manter duas casas... Mas a pensão não era muito para nós dois. Aí ela teve um derrame. Sobreviveu, mas ficou com algumas sequelas. Eu cuidava dela. Cuidava com todo o carinho do mundo, ela era a única pessoa que eu tinha na vida. — virou-se para mim, com os olhos rasos de lágrimas — Você tem noção do quão doloroso foi para um garoto, que nem era maior de idade ainda, ver a mãe morrer aos poucos?

Eu definitivamente não sabia o que fazer. Não sabia o que dizer. Não sabia o que pensar. O nó na minha garganta só aumentou e o meu peito apertou de forma visceral. Limitei-me a escutá-lo sem dizer uma só palavra.

— Ela teve um segundo derrame. Dessa vez foi fatal...

Não podia mais aguentar. Ele não podia mais aguentar. Enterrou a cabeça nas mãos, como se estivesse desesperado. Eu o escutei soluçar. Eu o escutei se esvair em lágrimas. Em um impulso fraterno e emocional, pulei da minha cadeira diretamente para o seu colo. Encostei a cabeça dele no meu peito e a afaguei carinhosamente enquanto chorava. E me arrependi profundamente de ter lhe perguntado sobre sua vida. Eu havia estragado nosso dia.

Capítulo 15

—... E as partes do corpo humano, por sua vez, podem ser, relativas às outras, laterais, mediais, anteriores, posteriores, craniais ou caudais. Por exemplo — Guilherme folheou o livro, mordendo a ponta da caneta. — A coluna vertebral localiza-se posteriormente em relação ao coração, enquanto o osso esterno está anterior ao mesmo. — Ele fechou o livro, satisfeito pela explicação. — Sua vez, Helena.

— Posso falar a mesma coisa que você? — ela deu um suspiro audível, demonstrando um intenso receio. — É tudo que sei para essa prova.

Faltavam apenas algumas horas para nossa prova de anatomia, e eu havia estudado apenas... Nada. Uma pontada de fracasso invadiu minha mente, deixando-me ainda pior. A verdade é que eu não estava muito preocupada com o exame, pois minha cabeça insistia em reviver toda aquela cena de comoção no apartamento do Rafael, na noite anterior. E naquele momento eu estava, frustradamente, tentando aprender alguma coisa de última hora, na biblioteca da Universidade, em uma sala reservada para estudos em grupo. Helena, Maria Alice e Guilherme estavam muito empenhados em estudar, ainda que a prova fosse muito difícil e o assunto não ajudasse muito. Meu queixo estava apoiado sobre os braços, que se cruzavam sobre a mesa de estudos, abarrotada de papéis, livros, mapas anatômicos e até anotações nela mesma. Senti uma mínima inveja dos meus amigos, que estavam ali para aprender alguma coisa. Eu, infelizmente, não conseguia tirar o menor proveito, mas não era culpa minha. Eu mascava vagarosamente um chiclete, olhando para um ponto fixo da sala, e por uns minutos, parei de escutar as vozes dos demais.

Eu estava profunda e amarguradamente arrependida por ter puxado tanto assunto com o Rafael na noite anterior. Lembrava-me dele soluçando. Só de pensar, minha garganta embargava. Que história triste a dele. O pai o abandonara com a mãe para ficar com uma amante. E depois a mãe dele faleceu. Não sei como ele aguentava toda aquela situação. Talvez só por causa dos seus "passatempos". Festas, bebidas, o cigarro e as prostitutas. Será que ele gostava mesmo de tudo aquilo, ou era só para esquecer os fardos pesados que a vida, cruelmente, lhe impusera?

O mais intrigante, e até cômico, de tudo, é que há exatamente uma semana, eu odiava o Rafael. Tinha vontade de que ele levasse uma surra. Ou que se metesse em uma confusão tão grande que ficasse preso por muitos anos. Pensava que ele era mimado. Pensava que ele tinha tudo nas mãos. Pensava que ele nunca tinha provado da minha dor de perder alguém especial. Ele não era nada do que eu julgava que fosse. Não conseguia parar de relembrar a cena em que ele tentava acalmar o Joaquim. E de quando insistiu em pagar a conta do supermercado. Ele tinha coração. Um coração bondoso, ainda que fizesse as coisas que costumava fazer. Vender carros roubados. Ri só de lembrar.

— Malu — Maria Alice me cutucou gentilmente, arrancando-me dos meus devaneios — está tudo bem?

Pisquei algumas vezes e só então retomei a postura, ficando ereta na cadeira.

— Ah, desculpa, gente. É que meus horários estão me apertando cada vez mais. Não consegui estudar nem um pouco para essa prova.

Helena puxou um dos cantos da boca, esboçando um meio sorriso de solidariedade.

— Eu também não consegui estudar, mas estou tentando ver se sei alguma coisa. Você nem está escutando o que a gente fala.

— Foi mal — desculpei-me com um olhar triste para cada um, enquanto estourava uma bola de chiclete.

— Por que você não veio ontem?

— É que amanhã é o aniversário de uma das crianças, e eu e Rafael tivemos que ir ao supermercado comprar algumas coisas depois que ficamos livres no orfanato.

— Você está gostando não é? Sabia que iria acabar gostando delas. — Maria Alice disse em tom divertido, o que acabou me arrancando um sorriso, por menor que fosse.

— Eu já amo aquelas crianças. Todas elas.

— É, mas você não tem mais tempo para a gente, só anda com esse Rafael. — Guilherme me acusou, fazendo um biquinho.

— Ah, qual é! — joguei nele uma papelada que estava diante de mim e aproximadamente trinta folhas caíram quase em câmera lenta na mesa e no chão, todas espalhadas.

Nós rimos da cena.

— Já chega, agora vamos nos concentrar. — Guilherme falou dentre as gargalhadas, catando rapidamente, e totalmente fora de ordem, todas as anotações da prova. — veja só o que você fez, Malu!

Eu ergui os braços em sinal de inocência, tentando controlar os risos.

— Vamos continuar — ele disse, pegando uma folha aleatória e olhando para mim — explique os termos de comparação. Vou te dar uma dica: Os órgãos também podem ser proximais, distais, homolaterais, contralaterais...

Antes que ele terminasse de falar eu afundei na cadeira, com a bolsa na cara para abafar o meu grunhido de frustração, pois estava percebendo que seria uma péssima médica por não saber o conteúdo de uma simples prova de anatomia.

~*~*~*~*~*~*~*~*~*~*~

A festa da Rita foi um sucesso. Há tempos eu não me divertia tanto e fazia muito tempo que ninguém me arrancava risadas altas, contagiosas e despretensiosas. Senti isso quando algumas crianças se sujaram de bolo, que estava delicioso, por sinal. Elisa, que havia retornado aos trabalhos na véspera da comemoração, superou-se no preparo e na ornamentação do bolo.

Rita me ofereceu o primeiro pedaço, que recebi ainda sem acreditar que merecia mesmo um gesto tão significativo como aquele. Sempre imaginei que quem receberia o primeiro pedaço seria Clara, que era como a mãe daquelas crianças. Ao ver que elas me consideravam tanto, senti uma pontada de orgulho e satisfação. Orgulho delas. Satisfação comigo mesma.

Depois de termos tirado milhares de fotos, comermos, sujado e limpado tudo, eu me permiti tomar um ar no jardim.

Rafael estava sentado no banquinho, próximo ao gramado, fumando. Olhei em volta. Tudo parecia calmo, contrastando com a pequena algazarra causada pela aniversariante e seus amigos dentro da casa. Lá fora, eu só escutava seus gritos de alegria, algum "silêncio!" ocasional de Clara e os passarinhos cantando em cima da enorme árvore. Seu João estava visivelmente focado no trabalho, plantando em um canto da grama algumas roseiras brancas.

Fiz um coque frouxo no cabelo, pois fazia um pouco de calor. Semicerrei os olhos, fitando a figura do Rafael, de costas. Não havíamos conversado muito no dia anterior, e a correria da festinha também não nos permitiu trocar muitas palavras, a não ser sobre os preparativos. Por isso senti uma estranha vontade, ameaçadora e quase indomável, de sentar-me ao seu lado e simplesmente conversar com ele. Perguntar como ele estava se sentindo. Fechei os olhos e balancei rapidamente a cabeça. Por que eu estava tão preocupada com o que ele sentia ou deixava de sentir?

— Valeu a pena — falei, sentando-me a seu lado a uma distância que indicasse proximidade, mas que também demonstrasse espaço.

Ele tirou o cigarro da boca com os dedos médio e indicador, levantando suavemente os cantos da boca.

— Parabéns.

— O quê? Quem está de aniversário é a Rita.

— Você recebeu o primeiro pedaço.

Eu sorri despretensiosamente, sem falar nada. Meu coque começou a escorregar, e em poucos segundos minhas madeixas escuras se espalharam pelas minhas costas e algumas caíram pelos ombros. O cheiro do cigarro foi momentaneamente amenizado pelo cheiro do meu xampu. Percebi que o Rafael observou atentamente esta cena e respirou fundo, não sei se para sentir melhor o cheiro do meu cabelo.

— Então... Como você está? — interroguei.

— Vou levando... — deu mais uma tragada, desviando os olhos de mim — obrigada por anteontem. Você foi... Muito... Gentil comigo.

Dei de ombros.

— Ah, eu só me senti na obrigação de fazer aquilo.

Ele riu mais uma vez, olhando fixamente para um ponto aleatório do gramado. Por um instante não dissemos nada. Finalmente, virou-se para mim. Mais uma vez, pensei que não iria conseguir sustentar o olhar. Os olhos dele eram tão verdes que eu podia ver meu reflexo neles.

— Ei, Malu! Ei, Rafa! Achei vocês!

Nicole veio quase correndo e quase tropeçando na mangueira que estava enrolada no meio do caminho. Ela segurava a boneca que eu lhe dera aquela manhã.

— Olá, Nick! — eu a saudei.

Nicole chegou até nós ofegante, embora a distância que havia percorrido não fosse grande o suficiente para causar aquele resultado. Mas seus pequenos pulmões eram frágeis, e ela sentia falta de ar com frequência. Por um minuto fiquei preocupada com ela.

— Ei, Rafa. — ela torceu o nariz e apontou para o seu cigarro aceso — Isso faz mal.

Rafael e eu nos entreolhamos, levantando as sobrancelhas e rindo de surpresa. A Nicole era uma criança espetacular.

— Você tem razão — ele falou, analisando atentamente o cigarro, que segurava próximo ao seu rosto — faz mal.

Dito isso, ele jogou no chão e pisou em cima. O cigarro rapidamente se apagou, deixando somente suas cinzas, sua fumaça e seu cheiro espalhados pelo ar.

— Não vou mais fumar — declarou.

Eu e Nicole abrimos dois sorrisos enormes. Ela pulou no meu colo, e eu dei um beijo carinhoso na parte de trás da sua cabeça. Vi de canto de olho o Rafael chegar mais perto, e um segundo depois, senti sua perna encostar na minha, causando-me um estranho formigamento. Ele começou encher o rosto da Nicole de beijinhos e depois a atacou de cócegas fazendo-a sorrir quase que incontrolavelmente. Ela começou a se contorcer no meu colo entre as risadas, as risadas mais gostosas que alguém poderia escutar. Não percebi em que exato momento nós três começamos a rir juntos. Nem que o sorriso do Rafael era o mais lindo que eu já vira em meus dezoito, mas experientes, anos de vida.

~*~*~*~*~*~*~*~*~*~*~

Meu irmão tinha um ar preocupado e introspectivo. No fim daquela tarde, ao voltarmos para casa, ele não ligou o som do carro. Nem puxou assunto comigo, perguntando como havia sido meu dia. Ele parecia incomodado com alguma coisa. E isso me deixou igualmente preocupada.

Embora eu fosse a irmã mais nova do Henrique, eu sentia essa responsabilidade de ajudá-lo no que fosse preciso e essa necessidade de ter certeza absoluta de que estava tudo bem com ele. Nós sempre fomos muito próximos, e não havia segredos entre nós. Por isso, depois de muito tempo de um intenso e incômodo silêncio, resolvi questionar.

— Henrique, — chamei-o com cautela, quase sussurrando, quando passávamos por debaixo de uma das várias pontes da capital — aconteceu alguma coisa?

Ele mudou a marcha do carro sem piscar. Decidi aguardar sua resposta quando paramos em um sinal, ele virou-se para mim. Mesmo com os óculos escuros, enxerguei seus olhos.

— Maria Alice terminou comigo.

Resignei-me a acreditar.

— O quê?! Ma... Mas o que aconteceu com vocês?

Ele hesitou em responder, fitando através do para-brisa o céu amarelado com os últimos raios de sol.

— Acho que você vai ficar brava.

Meu maxilar ficou tenso. Então era alguma coisa a ver comigo? Ou o Henrique havia feito alguma coisa muito feia e sabia que eu ficaria irada se me contasse. Afinal, ele namorava a minha melhor amiga.

— Me fala. O que você fez?

Ele agarrou o volante com força e fechou os olhos.

— Na verdade, não fui eu. Foi a Natália.

Meu sangue começou a ferver. Por que aquela menina insistia em perturbar nossas vidas?

— Ela... — o sinal abriu e ele acelerou antes de continuar — ela me beijou.

— ELA O QUÊ?! — minha voz saiu carregada de raiva — E VOCÊ A BEIJOU TAMBÉM?

— Não! Não, ela me pegou de surpresa! Malu, não foi culpa minha.

— A culpa nunca é de vocês — falei ironicamente — e deixa eu adivinhar... A Maria Alice apareceu bem na hora?

— Exatamente — sussurrou — depois que você saiu com o Guilherme para lanchar, a Maria Alice foi buscar um livro que tinha esquecido na sala. Eu bem que falei que iria voltar com ela... Aí a Natália apareceu e... Bem, você deve saber o resto — ele encostou o braço na porta do carro e passou a mão pelos cabelos claros — Ela me beijou e justamente na hora em que eu ia recuar e fazê-la parar, a Maria Alice apareceu. É claro que não acreditou em mim.

— Eu. Vou. Matar. A. Natália. — falei pausadamente, evidenciando cada palavra.

— Ela era a namorada do nosso melhor amigo...

— Ela traiu o Fred, Henrique! Ela o traiu! E depois me culpou pela morte dele, e ainda quer estragar seu namoro? Quem ela pensa que é?

— Ainda não terminei de contar... — ele continuou, parando mais uma vez devido ao engarrafamento — o namorado dela também apareceu.

Esperei que ele continuasse, mas calou-se subitamente.

— Fala, Henrique! O que houve depois?

— O namorado dela é o Eduardo.

— O QUÊ?! O EDUARDO? O EDUARDO, MEU EX-NAMORADO?!

— Não sabia que ainda ligava para esse cara.

Tive vontade de dar um tapa no meu irmão quando ele falou tamanha estupidez. Desde o dia em que encontrei o Eduardo na festa do Orla Naite, quando o vi totalmente embriagado, perguntando-me com sarcasmo os motivos de eu estar namorando Fred Albuquerque, depois de um rompimento brusco do nosso namoro por ele ter me traído, passei a sentir nojo daquele completo imbecil.

— Claro que não! Eu quero mais é que os dois se danem. Eu sei por que ela fez isso... Ela quer me atingir de qualquer forma porque ainda hoje ela acredita que eu e Fred éramos mesmo namorados, ela me odeia por isso. Aí ela está namorando meu ex achando que eu vou sentir ciuminho. Mas que idiota.

Cruzei os braços, bufando de ódio. Minha cabeça latejava e eu sentia uma vontade avassaladora de dissipar minha raiva batendo em alguma coisa. Ou em alguém. E como o Eduardo fora parar ali, meu Deus? Nem me lembrava mais da existência dele.

— Posso continuar? — Meu irmão falou, interrompendo meus pensamentos.

— E ainda tem mais?! — indaguei incrédula, mas ao mesmo tempo me interessando para saber qual o desfecho daquela história tão ridícula.

— Depois que o Eduardo apareceu e me reconheceu, ela tentou se explicar, mas, antes que falasse, ele lhe deu um tapa tão forte na cara, que ela caiu — ele virou-se para mim, erguendo os óculos escuros acima das sobrancelhas, e então eu pude ver um hematoma próximo ao seu olho direito — você sabe que eu odeio quem bate em mulher.

Estremeci. Meu irmão tinha apanhado, tentando defender uma pessoa que havia acabado de destruir seu namoro. Senti uma estranha sensação. Senti uma indecisão entre orgulho e incômodo porque a pessoa em questão era quase uma inimiga nossa.

— E o que aconteceu depois?

— Bem, quando nós estávamos brigando, não vi quando a Maria Alice e a Natália foram embora... Mas depois de tudo, eu encontrei a Maria Alice já entrando em um táxi. Ela só falou que não queria conversar. E que, por enquanto, era melhor a gente ficar separado para ela pensar em algumas coisas. E isso é tudo.

— Henrique...

— Eu sei o que vai dizer, Malu — interrompeu — você vai dizer que era a Natália. A Natália! Eu deveria ter deixado o namorado dela espancá-la à vontade, porque, afinal de contas, ERA A NATÁLIA! — o tom de voz dele aumentou.

— Claro que você deveria deixá-la lá! — a minha voz saía espantosamente irritada — Porque é isso que ela merece! O tempo que você passou defendendo a Natália era o tempo que você teria levado para explicar tudo à Maria Alice, porque, ela sim, é digna de toda essa sua... Proteção.

Ele tencionou ainda mais o maxilar. Pude perceber sua raiva.

— Já chega — falou entre os dentes — ela já fez e ainda faz muitas burrices e coisas ridículas, mas espero que um dia mude. E nenhum homem deve bater em mulher. Faria isso por ela, pela Maria Alice, por você, pela Helena, enfim, por qualquer outra pessoa!

— Para de ser inocente, Henrique! As pessoas nunca mudam do dia para a noite. E, mesmo que demore muito tempo, ela nunca vai mudar.

Cessamos a pequena discussão por alguns longos minutos. Eu odiava quando isso acontecia, mesmo que fossem raras as vezes. Parecia que ele estava defendendo a Natália, depois de toda a dor que ela me causou, quando atribuiu a mim a causa de o carro do Fred ter capotado. Eu não conseguia sentir pena dela, mesmo sabendo que levara um tapa do namorado, que já havia sido meu namorado também, e era um grande cafajeste. Mas isso era apenas consequência da sua infidelidade. Sua histórica infidelidade. Cerrei os punhos ao me lembrar da dor que causou ao Fred, quando o trocou por outro.

Olhei para o meu irmão de lado. Ele estava aparentemente concentrado na direção, mas eu sabia que, por dentro, estava arrasado. E ele preferiu deixar a namorada em segundo plano, para defender alguém que queria, injustamente, complicar tudo para ele. Henrique não era covarde. Ganhara um hematoma na tentativa de defender uma pessoa. Não importava lhe se essa pessoa era amiga ou inimiga, boa ou má. Era uma pessoa.

Lembrei-me de quando, há algumas horas, ele apareceu na praça de alimentação da Universidade para me buscar e irmos embora, de óculos escuros, para esconder o saldo do seu dia. Percebi que estava triste, mas não perguntei. Achei que fosse passageiro. Mas estava enganada. Ele tinha machucado o olho e o coração. Por que Maria Alice não acreditaria nele? Quais motivos ela teria?

Eu era sua melhor amiga, assim como ele era o meu. E, quando revelara a mim o que acontecera, minha constante teimosia fez-me analisar toda a história apenas do meu ponto de vista. Eu só queria que a Natália fosse mesmo agredida, mas me esquecera de que aquilo não mudaria seu caráter. Nem a tiraria das nossas vidas. Enquanto os sentimentos do meu irmão tinham ficado em segundo plano.

— Odeio brigar com você — eu disse.

Seus músculos se retesaram, e ele novamente apertou o volante com força.

— Também odeio. Você é a pessoa mais importante para mim — Henrique finalmente sinalizou com o carro para entrarmos no nosso prédio — não vou pedir para que você fale com ela. Se não acreditar em mim, é porque não me merece.

Aquiesci, ele estava coberto de razão. E, depois daquele dia, passei a ter muito mais orgulho dele do que antes.

~*~*~*~*~*~*~*~*~*~*~*~

Três horas depois, quando fui colocar o lixo do meu apartamento para fora, encontrei o Rafael na escada. Ele também levava um saco plástico, usava uma camisa branca e uma bermuda vermelha na altura dos joelhos. Percebi que também tinha cortado o cabelo.

— Oi — ele quase sussurrou no corredor vazio.

— E aí — falei tristemente.

— Ei — ele me segurou pelo ombro, forçando-me a encará-lo — o que houve?

— Nada — respondi com sinceridade. Eu não estava triste, apenas pensativa.

Ele se afastou, analisando-me de cima a baixo, como se em alguma parte do meu corpo encontrasse uma resposta plausível, mas, pelo que pude constatar, ele não encontrara nada.

— Malu, somos amigos, lembra?

Ri sem querer. Não queria rir. Estava adorando vê-lo preocupado comigo.

— Eu só tive um desentendimento com meu irmão, mas já está tudo bem.

Ele mordeu o lábio inferior, mudando o peso de uma perna para outra.

— Sei...

— Você se lembra daquela loira que derramou refrigerante em mim na festa junina? Ela estragou o namoro dele hoje — cocei a testa, piscando lentamente.

— Ah, sim.

Andamos em silêncio até deixarmos o lixo no local apropriado, depois nos movimentamos em direção à piscina, aquele mesmo lugar onde nós conversamos sobre nossas vidas.

Eu podia escutar a respiração dele. O corte no cabelo bem feito acentuava ainda mais os traços do seu rosto, eu precisava admitir. Ele continuou caminhando ao meu lado, cabeça baixa, perdido em pensamentos que eu daria tudo para saber. Fechei os olhos, apertando-os bem. Além de me preocupar com o que ele sentia, também me preocupava com o que ele pensava.

— Rafael, você já fez alguma coisa imperdoável?

Riu de lado, meio sem jeito. Um sorriso meigo, carinhoso, leve. Suspirei.

— Já. Mas foi sem querer — deu de ombros e em seguida sentou-se na grama.

— E o que foi?

Rafael negou com um gesto de cabeça, comprimindo os lábios.

— Fui muito irresponsável, há um tempo... E... Acabei causando um resultado horrível, sem querer. Desculpa, Malu. É que não gosto de falar disso.

Concordei, também me sentando com as pernas cruzadas. Minha curiosidade, minha sagaz curiosidade, pedia que eu perguntasse sobre o que de tão imperdoável ele havia feito. Mas eu não cometeria o erro que eu cometera há uns dias atrás e que o fez chorar tanto.

— Tudo bem. Perguntei isso porque sou uma pessoa muito rancorosa. O nome daquela loira é a Natália, a gente não se dá muito bem...

— E ela te fez uma coisa imperdoável?

— Esse é o problema... Não sei se é algo besta e que eu deveria apenas ignorar. Mas ela me irrita tanto... — apertei os olhos, já dominada pela raiva só de pensar na loira — mas pretendo mostrá-la que sou superior e sou capaz de ignorá-la. Pelo menos fingir que lhe perdoei.

Rafael dobrou um joelho e apoiou o braço.

— Malu... Acho que ninguém é capaz de perdoar totalmente. Vai muito além das forças humanas. É como uma cicatriz — virou-se para mim rapidamente, a alguns centímetros de mim — olha para a minha cicatriz. A pele se fechou, se regenerou. Mas ainda ficaram marcas. Perdoar é difícil. Esquecer, impossível.

— Só Jesus Cristo pode perdoar totalmente, então... — balbuciei olhando para um ponto aleatório.

— Ah, você acredita.

Voltei a encará-lo, defensiva.

— Em Deus? É claro que eu acredito.

— Eu não.

Inclinei a cabeça. O Fred também não acreditava em uma força divina, mas quando sua carreira começou a deslanchar, passou a depositar sua confiança em Deus. Aquilo me deixou imensamente feliz. Ver o meu melhor amigo se apegando a algo que não podia ver, nem tocar, nem escutar. Tendo fé. Aquilo foi um presente para mim. E naquele momento eu desejava sentir a mesma coisa pelo Rafael.

— Por que você não acredita?

— Acho que minha vida me mostrou os motivos.

Eu me ajeitei, até ficar quase frente a ele. Não foi minha intenção ficar tão próxima de modo que eu inalasse seu perfume. Desconcentrei-me por alguns minutos.

— Rafael... Você não pode deixar os acontecimentos interferirem ou dominarem sua fé.

Tive a sensação de que o mundo parou de girar. Ele semicerrou os olhos, fitando os meus. Chegou mais perto, mordendo o lábio inferior, com os olhos ainda cravados em mim. Encostou a perna na minha, causando-me uma sensação prazerosa, mas desconfortável. Meu estômago revirou uma vez, e eu finalmente consegui sustentar o olhar.

— Malu... — ele sussurrou — eu sofri tanto... Você viu naquele dia. Por muito tempo eu rezei, eu supliquei para que Ele não levasse a minha mãe, mas não adiantou nada. Por isso perdi as esperanças.

— Eu sei que você sofreu muito, mas há pessoas que sofreram muito mais e não perderam a fé — tentei argumentar e sem querer baixei o olhar para os seus lábios. Ele percebeu — por exemplo, a Nicole. Ela tem câncer, não tem família, mas um dia eu a vi orando. Quase chorei de emoção.

O braço que ele apoiava no joelho se moveu até mim. Pegou no meu queixo delicadamente. Sempre imaginei o Rafael tratando as mulheres como simples objetos, e esse gesto me fez sentir uma coisa indescritível. Como uma espécie de admiração por ele.

— Quem sabe um dia aconteça alguma coisa que me faça acreditar.

Finalmente desviei o olhar. Ele imediatamente retraiu o braço, mirando o chão. Estávamos tão próximos que o vento que soprava levemente não tinha espaço para passar entre nós. Então ele deu boa-noite e se levantou rapidamente, deixando-me perdida nas minhas dúvidas e certezas. Deitei-me na grama de costas, analisando o céu escuro. Não sabia o motivo de me sentir daquele jeito toda vez que conversava com ele.

Capítulo 16

Os dias avançavam de forma rápida, porém calma. À medida que o tempo passava, eu me sentia mais distante daquela ríspida forma de lidar com as pessoas no orfanato e, como já mencionei, minhas duas horas diárias não eram tão torturantes como havia imaginado. Eu passava o tempo brincando com as crianças, que felizmente não quiseram mais brincar de palavra errada nos dias que se sucederam. Quando eu não estava com elas, ajudava na cozinha ou no jardim.

Nicole, como sempre, não desgrudava de mim. Passei a me sentir na responsabilidade de protegê-la e ajudá-la sempre que possível, pois ela não era uma criança comum. E eu amava aquele seu jeito carinhoso e otimista de ser. Mesmo tendo uma doença grave, ela nunca perdia as esperanças de se curar e encontrar uma família, e ainda tinha tempo de me dar lições de vida, quando deixava implicitamente nas suas doces e sinceras palavras que eu deveria dar valor ao que tinha. E quando ela foi ao hospital fazer quimioterapia novamente, tive a nítida sensação de que faltava alguma coisa naquele lugar. Nunca pensei que me acostumaria tanto com aquela vozinha no meu ouvido todas as manhãs.

Quanto ao Rafael, a distância entre nós estreitava-se gradativamente. Tanto no sentido figurado quanto no sentido literal. Nós passávamos mais tempo juntos, ríamos mais juntos, brincávamos e conversávamos o tempo inteiro. Não tocamos mais em assuntos subjetivos, como a existência de Deus, da qual ele duvidava. Resolvemos não deixar as opiniões interferirem na nossa relação. Raramente brigávamos. E eu continuava com aquela estranha sensação todas as vezes que ele, ocasionalmente, roçava o braço no meu, ou chegava tão perto que eu podia sentir seu cheiro agradável e inebriante, ou toda vez que ele falava muito próximo do meu ouvido. Tentei encarar como algo normal, afinal de contas, o Rafael era muito bonito, era quase impossível não ficar desconfortável toda vez que ele ficava a uma distância suficientemente próxima para incomodar com a sua beleza. Não era uma coisa que me deixasse totalmente boba e tirasse o meu raciocínio. E não me sentia atraída por ele, apenas tinha um carinho muito especial por ter se tornado meu amigo em tão pouco tempo.

O hematoma no olho do Henrique desapareceu em alguns dias, após sessões noturnas de compressas de gelo, que ele insistia em não querer fazer, sob meus argumentos de que aquilo era essencial se ele quisesse voltar a ter o rosto que tinha antes daquele inchaço horrível. Quanto à sua namorada, Maria Alice, as coisas melhoraram quando, numa noite nublada e fria, ela apareceu no nosso apartamento disposta a ter uma conversa. Os dois reataram naquela noite.

Minha mãe ligou em uma manhã, quando eu ainda estava dormindo. Ela só queria avisar que o bebê, na verdade, era uma bebê. E também para avisar que ela ficaria no meu quarto. Se isso tivesse acontecido há alguns meses, eu teria surtado e dito que aquela tinha sido a pior notícia do século. Mas minha rotina com a Nicole me fez perceber que crianças são as melhores pessoas para conviver e que eu costumava surtar por tudo, quando as coisas eram muito mais simples e, dependendo do modo como eram vistas, maravilhosas. Seria muito bom eu ter uma irmãzinha para ter com quem brincar e conversar. Minha mãe surpreendeu-se quando não fiz nenhuma objeção quanto às pretensões dela.

Julho logo indicou que estava no fim, faltavam apenas alguns dias para agosto. Nesse meio tempo, nós, universitários, tivemos direito a, pelo menos, um recesso, já que ninguém era de ferro. Embora estivesse gostando de passar as manhãs no orfanato, fiquei muito triste quando meu irmão me avisou que iria passar aqueles dias de folga em Parnaíba. Quase chorei. Eu sentia aquela necessidade incontrolável de ir ver minha mãe, meu pai, dormir na minha caminha, ir à praia, jogar vôlei na areia quente... De repente, senti-me abandonada e distante de tudo o que mais gostava de fazer, em prol de cumprir minha sentença condenatória.

— Por favor, não se meta em encrencas, ok? — Henrique pediu enquanto abria a porta do carro, pronto para sair rumo a nossa cidade natal, para minha cruel frustração.

Eu pensava em tantas coisas naquele momento que demorei muito para responder à sua pergunta.

— Não estou inspirada para fazer minhas artes. Isso é injusto! Por que não fica para que eu não me sinta tão mal?

Ele levantou um dos cantos da boca, pondo os óculos escuros. Já passava das duas da tarde.

— Malu, Malu... A mamãe está grávida, ela precisa de atenção... Pelo menos um de nós tem que ir, e como você está impossibilitada de...

— Viver minha vida, porque tenho que completar meus meses de serviço comunitário — completei, revirando os olhos.

— É isso aí — ele me puxou para um abraço — tem comida e dinheiro o suficiente para você aí. Cuide do apê. Não aceite nada de estranhos e, por favor, Malu...

— Não vou me meter em encrenca! Nada de rachas, nada de sair de casa de madrugada, nada de brigar na rua, eu sei. Vou só de casa para o orfanato, do orfanato para casa...

— Boa menina — ele me deu um beijo carinhoso na testa, como se fosse meu pai. Em seguida entrou no carro e saiu.

Fiquei um tempo pensando na minha vida depois que perdi o carro do meu irmão de vista. Eu me encontrava sozinha, naquela cidade caótica, longe de tudo o que eu mais gostava. Meus amigos tinham viajado, porque todos eram do interior e, logo que tinham notícias de um feriado prolongado, ou recesso, todos seguiam viagem para suas respectivas cidades. O que era para ser o meu caso, mas, por um imprevisto, eu tinha que ficar ali.

Subi pensativa, ainda imersa no meu desânimo. Com certeza, até a vaca da Natália estava em Parnaíba naquele momento, enquanto eu estava ali, solitária e procrastinando em meio às minhas divagações inúteis.

~*~*~*~*~*~*~*~*~*~*~*~

— Mas que droga! POR QUE NÃO CONSIGO PROGRAMAR ESSE JOGO?! — perguntei a mim mesma e também para o videogame, que insistia em me desobedecer.

Na tentativa de passar o tempo, tentei jogar um jogo de terror no qual meu irmão era viciado. Mas até aquele momento eu não havia tido a curiosidade de jogá-lo, portanto apresentei algumas dificuldades para configurar o jogo até que ficasse conforme minhas vontades, como vestimentas do personagem, cenário e esses outros detalhes que os criadores dos jogos inventam para que fique tudo mais atrativo para o jogador. Claro que eu já havia jogado videogame antes, mas me limitava a competir com meu irmão os jogos de corrida e futebol, os quais eu sempre vencia. Mas aquele ali, francamente. Há muito tempo não me sentia tão irritada com alguma coisa.

Finalmente, quando estava prestes a desistir e lamentar a minha vida mais uma vez, lembrei que no apartamento do Rafael havia um videogame. Por isso, ele deveria jogar. E, como um bom jogador, talvez me ajudasse em alguma coisa. Pulei do sofá e, sem querer, o balde de pipocas virou, espalhando tudo pelo chão. A sala estava um caos, mas não me importei.

— Oi — eu falei, assim que ele abriu a porta, sem camisa. Isso tirou um pouco da minha atenção. Seu tórax era divinamente esculpido.

— Sim? — questionou, coçando a nuca. Parecia que estava dormindo, e logo minhas suspeitas se confirmaram depois que ele esfregou os olhos e bocejou.

Comecei a torcer as mãos, explicando-lhe os motivos do meu breve incômodo.

— Não acredito! — ele me cortou, e subitamente todo o seu sono se transformou em empolgação — VOCÊ TEM ESSE JOGO?!

— Te-tenho — gaguejei, um tanto espantada pela sua animação — mas toda vez que eu escolho o cenário, vou para um menu que não tem a opção “iniciar jogo” nem “voltar ao menu inicial”.

Ele riu de lado, fitando-me.

— Posso ir lá te ajudar? Cara, não acredito que vou jogar isso! Sou viciado, mas o meu videogame não quer mais reconhecer esse jogo. Espera aí, vou só colocar uma camisa.

— Tá — respondi assim que ele sumiu dentro do seu apartamento — eu espero.

O tempo que for preciso, meu subconsciente gritou.

~*~*~*~*~*~*~*~*~*~*~*~

— Não, Malu! Por aí não! — ele voou em cima do meu controle remoto, para fazer meu personagem sair de um beco escuro e assustador.

— Espera aí, Rafael! — empurrei o braço dele com o meu — estou conseguindo. Olha! Uma pista.

A sala estava uma desordem total: havia pipoca espalhada pelo chão, vários cd's e dvd's também desorganizadamente dispostos pela mesa de centro, além de copos e pratos empilhados ao lado da televisão, tudo resultado de eu ter um apartamento todinho só para mim por somente vinte e quatro horas.

Nós estávamos tão focados no videogame que nem demos importância ao ambiente que nos cercava. Estávamos quase conseguindo completar nossa quarta missão do jogo, quando, por um descuido meu, um espião das bruxas nos capturou, dando fim à partida iniciada há quase duas horas, levando todo o nosso esforço por água abaixo. Resignei-me a acreditar enquanto encarava as letras grandes e garrafais formando a expressão "Game Over".

— Vamos de novo — Rafael falou em tom decisivo, enquanto eu reclamava e afundava no sofá.

Começava a anoitecer e, com as portas da varanda abertas, a brisa noturna começava a invadir a sala, fazendo-me sentir a calmaria e relaxar tanto que começava a sentir sono, de modo bem repentino.

— Ah, Rafael... A gente já perdeu duas vezes... — reclamei, bocejando e esfregando os olhos.

— Malu, por favor!

— Joga sozinho aí...

— Mas só tem graça se jogar com alguém... — ele quase implorou, fazendo um biquinho.

Então, no segundo seguinte, quando relaxei mais ainda e pensei, erroneamente, que estava prestes a adormecer no meu confortável sofá, sentindo a brisa fria da cidade, o Rafael me atacou de cócegas.

— Vamos, Malu! — ele convidava, fazendo-me cócegas cada vez mais intensas em lugares cada vez mais sensíveis, enquanto eu me debatia e minhas gargalhadas ecoavam pelo prédio inteiro.

— Só vou parar quando você disser que vai jogar de novo.

Passou a me fazer cócegas no pescoço e, em seguida, pulou para minhas costelas, fazendo-me perder o controle das gargalhadas e dos espasmos.

— Vamos, Malu!

— Pá... — eu tentava encontrar o fôlego para dizer alguma coisa — para, por favor, Rafael...

— E aqui, você tem cócegas? — ele passou para a minha barriga e, despretensiosamente, deitei-me no sofá, por cima das suas pernas, contorcendo-me toda.

Eu começava a sentir falta de ar, mas estava impossibilitada de buscá-lo rindo tanto.

— Vamos, Malu... Por favor!

Aquilo tinha que parar ou eu ia acabar desmaiando de tanto rir. Ele estava sendo cruel. Com esforço, sentei-me novamente, mas um pouco tarde, quando ele já havia puxado um dos meus pés e me atacou na minha parte mais sensível quando o assunto era cócegas. E o pior de tudo é que eu não conseguia falar para que ele parasse.

Percebi que ele estava sentado quase na ponta do sofá, quando, num impulso, eu me contorci de forma que projetasse o meu corpo de encontro ao dele, que já estava na ponta e não suportou meu peso, então, como numa cena de vídeo cacetadas, nós caímos no chão, por cima das pipocas.

Demorei um pouco para perceber que caíra por cima dele, nossos rostos virados um para o outro. Afundei o meu rosto no seu peito. Percebi que era duro como pedra ao fazê-lo. Continuamos a rir por alguns minutos, mesmo que ele não me fizesse mais cócegas. As risadas foram cessando aos poucos, até que restaram apenas o som dos carros passando na avenida e as batidas dos nossos corações. Reunindo minhas forças, ergui a cabeça e olhei para ele. O Rafael já não ria, tinha um olhar que eu, até então, desconhecia. Ele nunca me olhara daquele jeito.

Eu poderia ter pedido desculpas, ter me levantado e aceitado jogar mais uma vez com ele. Mas, naquele instante, a única coisa em que eu pensava era em como seus olhos eram hipnotizantes e em como seu corpo era tão definido. Depois de tê-lo visto sem camisa, no momento, eu estava debruçada sobre ele, o que me permitiu confirmar que ele tinha saúde. E que saúde!

Ficamos nos olhando, sem dizer nem fazer nada. Senti sua mão deslizar pelas minhas costas, parando na minha cintura, segurando firme meu corpo para que não escapulisse de cima do seu. Esse gesto me fez sentir um arrepio ao longo de toda a minha espinha. Ele tencionou o maxilar e, com a outra mão, pôs uma mecha do meu cabelo para trás da orelha. Depois acariciou levemente meu rosto. Senti meu coração bater mais forte.

— Pare de ser linda.

Engoli em seco, sem saber o que responder.

— Eu... Não sou linda — comentei, quando finalmente encontrei a voz.

— Ah, você é... — ele falou umedecendo os lábios, quando deslizava a mão do meu rosto para o meu pescoço — uma morena linda. Já tive o prazer de conhecer muitas mulheres nessa vida. Mais de cem. Nenhuma delas é tão bonita como você — começou a passar o polegar no meu rosto, com a mesma mão que segurava firmemente o meu pescoço.

— Rafael... — comecei, tentando ignorar a possibilidade de que ele talvez fosse me beijar ali mesmo — eu aceito jogar mais uma vez com você.

Ele riu com o canto da boca, olhando para a minha. Nossos lábios estavam tão próximos que se eu suspirasse, eles se encostariam, o que só fazia aumentar meus batimentos cardíacos; tentei controlá-los, já que estava por cima dele e não queria que ele sentisse meu coração aos pulos simplesmente por estarmos tão próximos. Tive a breve sensação de que ele estava brincando comigo. Como se quisesse me deixar balançada para depois agir como se não quisesse nada.

Ele ergueu os olhos de encontro aos meus, causando-me mais um leve arrepio, que aumentou quando ele sussurrou:

— Que bom. Pensei que ia ter que apelar.

~*~*~*~*~*~*~*~*~*~*~

No dia seguinte, como não havia muita coisa para fazer no pequeno orfanato, todos nós combinamos fazer um piquenique no Parque Zoobotânico de Teresina. A grande toalha quadriculada vermelha foi estendida no chão, abaixo de uma mangueira enorme. Seu tamanho era suficientemente grande para que eu, Rafael, Victória e as crianças pudéssemos nos sentar sobre ela e saborear o nosso delicioso piquenique.

Peguei a cesta e a abri, dispondo o suco, os sanduíches, o bolo e as frutas pela toalha, juntamente com os copos, lenços e pratinhos descartáveis, quando todos já se sentavam em forma de círculo.

Acomodei-me entre Nicole e Joaquim, fazendo o costumeiro coque, porque, embora o vento soprasse agradavelmente, o sol passava por entre as folhas da grande árvore sob a qual nos abrigávamos, fazendo-nos sentir um pouco de calor. Enquanto prendia os cabelos, corri os olhos pela roda de amigos que estavam ali comigo. Aquela era minha segunda família, eu finalmente tive a certeza, mesmo tardia. Capturei na memória a imagem da Victória servindo suco para algumas crianças, que esticavam o copo, ansiosas para beber o líquido. Observei Rita comer prazerosamente uma maçã. Um gesto simples, mas o sorriso que ela exibia fez-me sentir no meu íntimo uma pontada de satisfação. Eu estava conseguindo trazer um pouco de felicidade para aqueles pequeninos. Nicole sentou no meu colo, pedindo que eu abrisse a embalagem de um sanduíche natural, quando percebi que ainda não havia comido nada. Faltava-me apetite diante de uma cena tão linda como aquela.

Então eu voltei a observar cada um dos presentes para ter certeza de que todos estavam gostando do momento e que meu esforço para agradar-lhes não foi em vão. Foi quando, passando o olhar de pessoa em pessoa, eu o vi. Ele mordia uma pera, com o olhar estreito, meio sorrindo, meio sério, encarando-me minuciosamente. Tentei retirar o olhar, mas não consegui. Aquele não parecia o Rafael que eu conhecera há algum tempo. Estava mais decidido, mais experiente, mais maduro, mais... Atraente. Sorri com o canto da boca, inclinando levemente a cabeça, em um gesto de cumprimento, afinal, com a agitação de mostrar a todas as crianças todos os animais, acabamos por não nos falar muito.

Servi-me de uma fatia de bolo de milho, delicioso, por sinal. Eu com certeza sentiria falta do sabor da comida de Elisa quando completasse meus meses de serviço comunitário. Mas não só daquilo. Sentiria falta de momentos como aquele, de brincar de palavra errada, de plantar flores no jardim, das brincadeiras, dos sorrisos mais modestos, de cada uma daquelas crianças. Sobretudo de Nicole. A menina que abriu meus olhos e me fez enxergar as coisas boas que a vida tinha a me oferecer.

Sorri de satisfação, orgulhosa. Um orgulho que não me cabia no peito e precisava, desesperadamente, expressar-se, escancarando um sorriso enorme no meu rosto.

Comemos bastante, tiramos fotos, rimos, contamos piadas, cantamos e conversamos sobre assuntos diversos. Depois de mais de uma hora com as pernas cruzadas no chão, permiti-me dar uma caminhada para esticá-las. Quando eu era uma atleta, não tinha cãibras nem dores ao ficar muito tempo em uma mesma posição. Mas começava a sentir a diferença depois de muitos meses sem praticar vôlei.

Andei na direção de um pequeno jardim, próximo a uma placa que indicava a direção dos leões. Fiz um rápido alongamento e dei algumas batidinhas na parte traseira do meu *short jeans* para não deixar nenhum resquício de que estava sentada no chão. Discretamente, ajeitei meu sutiã por cima da minha regata preta, que eu adorava. Um traje julgado por mim compatível com o ambiente e a ocasião.

Relaxei o pescoço, sentindo o clima agradável. Mas o que me agradou mesmo foi uma voz que surgiu por trás de mim.

— Uma flor para uma flor.

Sorri e peguei a margarida que me oferecia. Estava ainda mais lindo de perto.

— Sei que é clichê, mas... É o que eu tinha a oferecer. — disse Rafael, colocando as mãos nos bolsos.

Como no dia da festinha da Rita, quando estávamos conversando no jardim, o meu coque começou a escorregar, até deixar meus cabelos espalhados pelos meus ombros. Ele ficou observando tudo como se aquilo fosse um espetáculo ao vivo.

— Eu adoro quando isso acontece — falou, aproximando-se. Pude sentir seu delicioso perfume.

— É?

— Arrã — ele baixou a cabeça e me fitou de lado. — adoro o cheiro do seu xampu.

— Você... Gosta?

Ele assentiu minimamente, analisando-me com um olhar intimidador. Sorri mais uma vez, respirando fundo. Por que era tão difícil ficar próxima dele? Na tentativa de fazer alguma coisa, para que ele não interpretasse que eu ficava tão boba diante da sua bela imagem, coloquei a flor no cabelo. Ele arqueou as sobrancelhas.

— O que foi?

— Você. É linda.

— Muito obrigada — senti minha pele corar e tentando disfarçar este pequeno detalhe, espiei por cima do seu ombro as crianças, que ainda estavam sentadas, ainda se servindo do nosso piquenique. — elas estão tão felizes, não é?

Ele olhou para trás, analisando a cena por alguns segundos.

— É. Nunca pensei que fosse gostar de crianças... Eu amo todas elas.

— Eu também.

Silêncio profundo entre nós. Limitamo-nos a conversar com o olhar. De vez em quando eu ria, às vezes era ele quem ria e, por fim, acabamos nos encarando seriamente. Por muito tempo. Senti minha pulsação triplicar quando ele tomou a minha mão e se aproximou.

— Malu... Sobre ontem... — ele suspirou, olhando a minha mão, que parecia calma por fora, mas por dentro ela tremia toda, só de estar em contato com a pele dele — eu não consegui parar de pensar naquilo.

— Nem eu — deixei escapar.

Ele ergueu o olhar para mim, aquele olhar que eu desconhecia até cair por cima dele no meu apartamento. Aquele olhar que me tirava o fôlego.

— Quando voltei para casa casa, fiquei me perguntando por que eu não te beijei — meu estômago revirou — nossa segunda partida de videogame não rendeu muito. Pelo menos não para mim. Eu fiquei te olhando de canto de olho, jogando. Malu, eu não consigo mais parar de pensar em você.

Nem eu, repeti no meu íntimo mais profundo.

— Mas uma coisa eu percebi — ele soltou minha mão e tocou levemente meu queixo com o polegar e o indicador — antes de ter toda essa confusão de racha, serviço comunitário, enfim... Antes de eu mudar, costumava paquerar qualquer mulher, não importava idade. E eu não seguia nenhum ritual para conquistá-las. Era só no papo. Horas depois que eu as conhecia, nós chegávamos ao último estágio de intimidade, se é que me entende — sorriu torto, depois dessa última afirmação — mas agora eu quero fazer tudo direito. Seguir os passos direitinho, ser romântico, dar presentes... Eu quero fazer tudo isso por você. Para você.

Suspirei, sem saber o que responder. Quando finalmente consegui dizer alguma coisa, ele me interrompeu abruptamente:

— Quer jantar comigo hoje?

A resposta saiu instantânea, embora não fosse a minha vontade.

— Quero. Quero sim.

Rafael sorriu, chegando mais perto e baixando os olhos para os meus lábios.

— Então eu te espero hoje. Às oito. No meu apartamento.

Assenti compreensivamente, enquanto ele me dava um beijo carinhoso na bochecha. Quando se afastou, eu me virei, com o olhar perdido e a mente mais perdida ainda em pensamentos.

— E agora, Fred? Acho que eu estou... Acho que eu vou...

Antes que eu terminasse de falar aquilo, a voz do Fred ecoou pela minha cabeça, da mesma forma de antes, a mesma voz imutável, a voz que eu reconheceria até em outro mundo:

Você está, Maluzinha. Você está.

~*~*~*~*~*~*~*~*~*~*~

Passei uma hora no banho. Esfoliei e hidratei bem a pele, para que ficasse macia e cheirosa. Sequei o cabelo e depois fiz pequenos cachos, que logo desmancharam porque o meu cabelo era muito liso, mas acabou ficando com algumas ondinhas, que até aceitei no lugar dos desejados cachos. Não pesei na maquiagem: sombra azul clara, lápis, rímel e um batom rosa bem discreto. Optei por uma saia cintura alta azul que batia na metade das minhas coxas, justa na barriga e soltinha embaixo. Combinei com uma blusa preta de paetê, de alcinhas, e uma sapatilha também preta. Perfumei-me sem exagero e me adornei com algumas joias, todas bem discretas.

Por fim, quando o relógio marcava sete e cinquenta e nove, dei minha última olhada no espelho só para conferir. Eu não era vaidosa, embora algumas pessoas me achassem atraente, na minha cidade natal. De fato, o vôlei me fez ter um belo par de pernas e uma barriga bem definida, modéstia à parte. Meus cabelos e meus olhos eram negros, mas do tamanho ideal para causar uma boa impressão. Meu nariz não era muito afilado, mas era arrebitado, como o de uma boneca. A única coisa que eu tinha de menos era seios. Apalpei-os por cima da blusa e revirei os olhos.

Mudei de posição no espelho, ensaiando como o cumprimentaria quando abrisse a porta. Decidi colocar as mãos para trás, pondo levemente uma perna na frente da outra, para parecer bem casual. Dei uma conferida no meu hálito, estava tudo *ok*, mas joguei mais uma bala de menta na boca só para garantir. Treinei o sorriso também, tinha que ser o mais irresistível. Respirei fundo depois de tudo isso. Peguei minha bolsa e saí.

Os poucos metros que separavam o meu quarto da porta do Rafael pereceram quilômetros. A cada passo, meu coração acelerava, meu estômago revirava e, no meio de todo o nervosismo, acabei engolindo a bala que acabara de enfiar na boca. Quando finalmente parei na frente da sua porta, ajeitei o cabelo, jogando uma mecha para frente, abri o sorriso e fiz a pose que ensaiara, antes de tocar a campainha.

Quando o Rafael abriu a porta, eu parei de respirar. Ele vestia uma camisa social branca, com as mangas dobradas até o cotovelo e uma calça jeans escura. O cabelo, como sempre, impecável, leve e sedoso.

— Uau. Quer dizer que só agora vim perceber o quanto a minha vizinha é gata?

Sorri, enquanto adentrava na sua sala.

— Ora, muito obrigada. Você também não está nada mal.

Quando ele fechou a porta, observei o ambiente, fiquei sem ar mais uma vez. A varanda estava ocupada com uma mesa e duas cadeiras, uma mesa de apoio com vinho e algumas velas. Do teto pendiam pequenas luzinhas vermelhas em forma de coração, e eu pude escutar uma música ambiente, calma e em um volume baixo.

— Nossa, Rafael... Está tudo muito lindo!

— Eu disse que queria ser romântico — sorriu, esfregando as mãos — ah, um segundo.

Caminhei até a varanda, enquanto ele foi até a cozinha. Encostei-me no parapeito, recebendo algumas pequenas lufadas de vento. A lua, como sempre, mais linda do que nunca.

— Prontinho — ele voltou, depositando uma travessa bem grande e ainda tampada na mesa de apoio, ao lado do vinho.

— Ah, pelo cheiro deve estar delicioso, Rafael... — falei, aproximando-me da mesa e pronta para destampar a travessa.

— Na-na-ni-na-não — deteve-me com o braço — é uma surpresa. Antes nós vamos apenas conversar e... Aproveitar a noite.

Estreitei o olhar.

— Ah, é? Então comece logo a falar que eu estou faminta.

Ele soltou uma gargalhada, depois foi até o interruptor de luz e desligou a lâmpada. Pegou o vinho e duas taças e me conduziu até o sofá.

— Desculpa, Rafael... Está tudo muito lindo, e sei que teve trabalho para arrumar tudo, mas eu não bebo.

Ele me olhou, sério.

— Malu, quando você começou com "Desculpa, Rafael, está tudo muito lindo...", não tem noção do minienfarto que provocou em mim. Isso não é problema, eu pego um refrigerante para você — ele se afastou, dando uma piscadela.

— Obrigada.

A conversa se seguiu tranquila e agradável, ao som de uma música lenta que eu desconhecia, mas que estava adorando. Ele tinha um ótimo gosto musical.

— Você gosta de medicina? É o que sempre sonhou? — ele questionou.

— Eu gosto. Eu me identifico com o curso e tal... Mas eu tenho uma grande influência dos meus pais, que são um médico e uma enfermeira, e do Henrique, ele faz o segundo período de medicina.

— Entendi — ele falou, concordando com um maneio de cabeça.

— Você não tem vontade de estudar? Fazer uma faculdade...

Rafael chegou mais perto de mim, para me explicar melhor. À meia luz, ficava ainda mais bonito, e o cheiro dele... Ah, eu poderia passar a noite toda naquela posição só para inalar o seu perfume.

— Malu, depois do que aconteceu com a minha mãe, não consegui me interessar por nada.

— Mas não há nada e que você goste? Algum esporte, hábito... Nada? — insisti.

— Bem... Eu gosto de judô, boxe... Já fiz por um tempo. Gosto de treinar autodefesa, dar uns socos, essas coisas... — ele riu.

— Sei... E por que você não faz faculdade de educação física?

— Não sei, Malu... Não tenho vontade, falta foco, esforço...

— Mas você precisa tentar alguma coisa... — peguei levemente no seu braço.

Ele ficou pensativo por um tempo. Depois virou-se para mim.

— Mas, e você? Fora ser médica, tem alguma outra coisa que gostaria de ser?

Cocei a cabeça, pousando meu copo no colo.

— Bem, eu jogava vôlei, na minha cidade natal.

— Ah, é por isso que você tem esse corpão.

Arregalei os olhos e agradeci mentalmente a sala estar escura, pois assim ele não veria minha face ridiculamente ruborizada. Depois de sorrirmos algum tempo, ele me falou que eu continuasse.

— Só que aconteceram algumas coisas... Eu tive depressão depois que um amigo meu... — balancei a cabeça negativamente, fechando os olhos. Não queria falar das minhas tristezas. Eu não iria falar do Fred, se não iria chorar e estragar tudo.

— O que houve com ele? — Rafael perguntou.

Fiquei olhando no fundo dos seus olhos, que brilhavam ainda mais sob as trêmulas luzes das velas. Não precisei falar mais nada.

— Eu sinto muito.

— Tá tudo bem. Foi... No ano passado.

Ele desviou o olhar para a parede da sala. Eu, por minha vez, encarei o céu estrelado que a varanda nos permitia ver.

— Que engraçado, não é? — perguntou, quebrando o silêncio.

— O quê?

— Nós — pegou no meu queixo, fazendo-me olhar para ele. — Nós nos odiávamos. Eu costumava sonhar com você sendo atropelada na linha do trem, que seu avião caía, que era eletrocutada enquanto trocava a lâmpada da sua casa... — começou a rir novamente, acompanhado das minhas gargalhadas, muito mais audíveis que as dele — Mas aí nós temos passado muito tempo juntos e eu... Aprendi a gostar de você.

Eu inclinei-me para frente, apoiando um dos cotovelos no joelho e pondo o queixo na mão.

— No dia em que nós ouvimos a decisão judicial, eu queria te matar quando estivesse dormindo. Ia ser um crime perfeito — semicerrei os olhos — mas eu não queria ser presa... E, além disso... Nicole me ensinou coisas das quais nunca me esquecerei, como... — foi a minha vez de chegar mais perto — como... Ter mais paciência com as pessoas. Inclusive com você.

— Hum... — ele ajeitou charmosamente a manga da camisa, que já escorregava — é uma menina de ouro, não? Não só ela, mas todas as outras.

— É verdade. Não acredito em como fomos rudes com ela no primeiro dia — um sorriso triste tomou conta dos meus lábios.

Rafael relaxou no sofá, afundando as costas no encosto macio.

— Fico imaginando quando nós terminarmos isso tudo. Não sei você, mas eu vou sentir falta.

— Eu também.

Mais silêncio. E mais olhares. Alguns acompanhados de sorrisos. Finalmente, nós fomos jantar. E estava uma maravilha. Não só a comida, mas a ocasião. Nós comemos ainda conversando agradavelmente, sob a luz das velas e da lua.

— Em todos os meus vinte anos de vida, nunca tive uma noite tão boa como esta.

— Vinte anos?

— É — pousou na mesa o copo que segurava, passando vagarosamente o dedo indicador pela borda — e você?

— Tenho dezoito — balbuciei antes de dar um gole no refrigerante.

Ele me encarou, surpreso.

— Malu... Eu jurei que tinha pelo menos vinte e dois. Não parece que tem dezoito. Não mesmo.

— Então... Você gosta de mulheres mais velhas?

— Não necessariamente. Pelo menos você é maior de idade, isso não vai me complicar.

Eu olhei para ele, séria. Minha voz saiu quase inaudível, parecendo mais um sussurro, que se misturou ao barulho da rua que penetrava no prédio pela varanda.

— Você só iria se complicar se fizesse alguma coisa contra a minha vontade.

Ele riu com um olhar irresistivelmente sedutor. Desviei o olhar rapidamente, sorrindo também, e dando um mais um gole.

— Malu... — Rafael aproximou-se de mim, arrastando a sua cadeira até a minha — nós temos passado muito tempo juntos, como eu já disse... Eu não consigo... Não importa o que eu faça, onde esteja, não consigo parar de pensar em você. Sabe, minha vida mudou para melhor depois que nós fomos parar naquele orfanato. Não só por causa das crianças, mas por sua causa também — inclinou-se para mim, olhando fundo nos meus olhos — Malu, eu nunca senti isso antes. Eu conto as horas para te ver, para ter essas conversas tão agradáveis... Quando eu estou com você, parece que o mundo para de girar, que só existimos nós dois.

Meu peito subia e descia mais rápido que o normal, foi quando percebi que meus batimentos cardíacos estavam acelerados. Inclinei-me mais ainda, mas, mesmo assim, mantendo uma distância razoavelmente distante dos nossos rostos.

— Rafael, eu pensei que você era um... Que você não tinha coração, entende? E desde o dia em que você chorou junto com o Joaquim... Eu fiquei tão comovida com aquela cena que não consegui parar de pensar no assunto. Nem em você.

Ele acariciou novamente o meu queixo. Eu adorava quando ele fazia aquilo. Nossos olhos se encontraram, nossos lábios se aproximaram... E, quando pensei que ele iria puxar carinhosamente o meu rosto para um beijo mágico, quando eu já estava fechando os olhos...

— Você me ajuda a tirar a mesa? — perguntou na penumbra.

— Rafael, por que você faz isso comigo?

Ele riu, roçando o nariz na minha bochecha.

— Isso é muito clichê... Dar um beijo depois de um jantar... — comentou, aproximando o nariz do meu pescoço, causando-me um arrepio tão profundo, que por um instante esqueci onde eu estava.

— Ah, e para que me chamou aqui?

Malu, sua idiota. Acabou de dizer que só aceitou jantar com ele para dar uns beijinhos, eu me reprimi mentalmente.

Ele abriu um sorriso inebriante antes de começar a pegar os pratos e levar para a cozinha. Fiz o mesmo com a travessa, os copos e o vinho. A cozinha dele era impecável, nenhuma louça na pia, exceto as que acabávamos de depositar na mesma. Os azulejos eram dos mais variados tons de verde. Bem acolhedor.

Pensei em perguntar se queria ajuda para lavar as louças, já que ele era notoriamente maníaco com organização e limpeza, mas ele já me conduzia para a sala novamente. Foi a passos largos e lentos até a varanda, apagou as velas e as luzinhas de coração. Deixou o apartamento banhado somente pela luz fraca da lua, que adentrava pela varanda, juntamente com o vento frio que soprava naquela noite tão linda.

Aguardei-o bem no meio da sala, sem saber o que ele faria a seguir. Vi sua sombra caminhando na minha direção e, quando se aproximou, sua proximidade me fez parar de respirar. Ele tencionou o maxilar, estreitando os olhos de um modo provocativo. E veio se aproximando mais.

Quando parou diante de mim, ele tomou minha mão, dando-lhe um beijo demorado nas costas. Pôs a mão na minha cintura, e logo eu percebi o que queria fazer. Pus uma mão no seu ombro e a outra, ele continuou segurando de um modo firme, mas ao mesmo tempo delicado. E, assim, à luz da lua, nós começamos a rodopiar vagarosamente pelo tapete da sala, ao som de uma música agradavelmente romântica. Encostei a cabeça em seu ombro, sentindo sua respiração. Fiquei feliz em segredo, ao perceber que o coração dele pulava, em contraste com a música lenta.

Depois que a música acabou, ele me abraçou e começou a caminhar, ainda abraçado comigo, até encostar minhas costas na parede.

— Hum... Colocar contra a parede... Isso sim, não é nada clichê — comentei.

Fiquei esperando que ele risse, ou dissesse que eu era idiota, como costumava fazer antes. Respirei fundo. Nossos corpos estavam tão colados que tive uma certa dificuldade para fazê-lo.

— Shhh... — ele fez, afastando os cabelos que caíam na minha testa, pegando firmemente no meu pescoço logo em seguida.

Tentei prender a respiração, mas não consegui. Ele começou a roçar o nariz na minha bochecha, e depois pelo meu pescoço novamente. Fechei os olhos e tive a sensação de que estava voando, sendo guiada pelo cheiro do seu perfume.

— Ah, Malu... Malu. — falava, com a boca no meu pescoço, espalhando beijinhos por ele todo — o que eu faço para tirar você da minha cabeça?

Rafael enlaçou minha cintura com um braço, enquanto eu passava a mão trêmula pela sua nuca. Continuou a beijar meu pescoço, depois voltou para a minha bochecha, minha testa, a ponta do meu nariz... Até parar com os lábios diante dos meus. Analisou-os por um momento. O mais longo da minha vida. Tencionou o maxilar mais uma vez.

Por mais que eu já tivesse beijado outras pessoas muitas vezes, senti que faria aquilo pela primeira vez, por isso me senti pré-adolescentemente nervosa. Meu coração pulava, e o que ele estava fazendo me causava arrepios e suspiros que eu teimava em mantê-los na garganta, sem êxito. Estava quase implorando para que ele me beijasse logo, quando senti sua boca na minha. E foi... O melhor beijo da minha vida. Ele pressionou ainda mais meu corpo contra o dele. Foi suave, inebriante, mágico.

Com os olhos fechados, meus outros sentidos se aguçaram. Por onde a sua mão passava, eu sentia minha pele queimar. O cheiro dele estava ainda melhor do que quando eu mantinha os olhos abertos. O silêncio no qual estávamos imersos era o único barulho que eu escutava. E ele tinha um sabor doce de vinho.

Acariciei a barba por fazer, sentindo os músculos dele se retesarem e a solidez do seu corpo pressionando o meu contra a parede. Desejei nunca mais sair dali.

Tive a nítida sensação de que o mundo parou de girar enquanto o beijo durou. Quando nos afastamos, ele engoliu em seco, olhando nos meus olhos.

— Malu... Eu estou apaixonado por você.

Não queria dizer que também estava, embora eu tivesse certeza disso. Apenas me limitei a encostar a minha testa na dele e depois o puxei para mais um beijo. O segundo foi tão encantador quanto o primeiro. Eu mal podia esperar para darmos um terceiro, um quarto, um quinto... Passaria a minha vida toda daquele jeito, nos braços do Rafael, se fosse possível. Sim, eu o amava. Não tinha mais volta. Pela primeira vez na minha vida, tive aquela sensação perfeita de como era bom amar alguém.

Capítulo 17

Revivi mil vezes aquela noite nos meus pensamentos pelos dias que se sucederam. Eu fazia questão de relembrar cada palavra, cada gesto, cada olhar. Cada sorriso do Rafael. A partir daquele dia, não nos desgrudávamos um segundo sequer. Passávamos a manhã juntos e prazerosamente muito ocupados com todas as crianças.

Victória chegou a me perguntar se estávamos namorando. Tentei ao máximo controlar algum comentário que nos entregasse. Estava amando aquela fase às escondidas, aquele sentimento de que ninguém sabia sobre nós, por isso ninguém para nos importunar. Mas acabei deixando escapar um "ainda não".

Ele me beijava na cozinha, quando estávamos a sós. Dava um jeito de me roubar um beijo no jardim, com aquele sorriso no rosto, que me encantava totalmente. Só Victória sabia do nosso romance, mas isso era, de certo modo, inútil. Todos percebiam como eu ficava diferente e boba toda vez que ele aparecia. Até o jardineiro João comentou que nunca me vira ser tão educada e carinhosa com Rafael.

Quando chegávamos ao prédio, despedíamo-nos brevemente no corredor vazio para nos encontrarmos no apartamento de um de nós dois no minuto seguinte. Geralmente no dele, porque era lá que almoçávamos, já que eu não sabia cozinhar. Depois víamos filmes, inicialmente sentados e muito bem comportados no sofá, e nos créditos finais, já estávamos enlaçados no tapete claro e macio.

Ainda tinha algumas dúvidas sobre ele. Um clássico exemplo disso era minha curiosidade para saber o que de tão imperdoável ele havia feito uma vez. Mas não queria perguntar-lhe. Queria que depositasse confiança em mim a ponto de me confessar todos os seus segredos. Queria ser sua melhor amiga, sua confidente, além de ser sua companheira.

Foram os dias mais lindos que eu vivera. Mas pouco tempo depois, meu irmão retornou e as aulas reiniciariam em breve. Nossa liberdade naquele andar do prédio diminuiu. Não passamos mais tanto tempo juntos. E, mesmo sabendo que ele morava bem ao meu lado, que havia somente uma parede nos separando durante a noite, às vezes eu não conseguia dormir, contando as horas para que logo amanhecesse e pudesse ver seu sorriso outra vez.

~*~*~*~*~*~*~*~*~*~*~

— Você e o Rafael o quê?

Mordi o lábio inferior, torcendo as mãos. Encarei o Henrique por um momento. Ele tinha um semblante de surpresa misturada com decepção.

— Eu sei que você não gosta dele — inalei com força, tentando organizar as ideias — Olhe, ele apostava rachas, bebia muito, fumava, enfim... Ele fez muitas coisas erradas, mas ele não faz mais. Ele mudou.

— Malu — meu irmão pegou no meu ombro, fitando-me nos olhos — as pessoas não mudam do dia para a noite, como você mesma disse. Mas eu sabia que isso iria acabar acontecendo, vocês têm passado muito tempo juntos, e eu preciso admitir que ele está mais...

— Educado?

Ele assentiu.

— Ele me deu bom-dia. — Henrique sorriu, fazendo meus músculos relaxarem a ponto de eu achar que iria cair no chão — fiquei assustado, sério. Olhei para trás para ter certeza de que estava falando mesmo comigo.

Um sorriso ocupou meu rosto.

— Por que não me falou isso?

— Ah, eu nem lembrei, foi uma semana antes de viajar. E também pensei que era só uma fase, que estava louco, ou algo do tipo — ele parou de sorrir, encarando o chão da sala, depois voltando o olhar novamente para mim — você está feliz?

— Estou. — respondi deixando transparecer meus sentimentos com relação ao Rafael.

— Então eu também estou. Minha única preocupação é que ele não tenha mudado e coloque você em encrencas.

— O que ele fez ficou no passado.

— Eu sei, irmãzinha — ele afagou meu rosto levemente — mas se não fosse pelo passado, o presente não existiria. Isso quer dizer que o que aconteceu pode sim, interferir no que acontece. Ou no que ainda vai acontecer.

~*~*~*~*~*~*~*~*~*~*~

Embora eu não tivesse passado um período significativamente longo afastada daquele clima universitário, o retorno às aulas e a velha rotina me fizeram perceber que, de certa forma, eu sentia falta de estar sempre ocupada, mesmo que isso diminuísse meu tempo para ficar com o Rafael.

Passei um tempo maior do que o necessário para contar à Helena e Maria Alice como eu havia me envolvido com uma pessoa que há tão pouco tempo eu odiava, e como meu coração me traiu e permitiu-se ser roubado de uma forma tão brusca. Soube, logo depois de contar minha quase interminável narrativa, que Helena e Guilherme finalmente haviam dado um primeiro beijo. Esse mero acontecimento me deixou mais feliz do que eles mesmos, porque era bom saber que o amor, aquele sentimento estranho, que eu nunca sentira na vida, também se manifestava em outras pessoas, e sentir aquele clima de romance pairando no ar fez meu mundo ficar mais colorido, causando-me uma certa estranheza. Eu estava tão ridiculamente romântica!

No dia seguinte ao reinício das aulas, era meu aniversário. Fiz dezenove anos e, apesar de a minha idade não ser tão avançada, senti-me adulta. Não porque há um ano eu já era maior e sim porque para tão pouco tempo eu já havia passado por tantas coisas. Coisas boas, coisas ruins. Senti-me que era muito mais velha do que realmente era. A idade tem mais a ver com as experiências do que os aniversários já comemorados. Conheço adultos de dez anos e crianças de trinta.

No orfanato, Clara e Victória prepararam uma pequena comemoração. Recebi das crianças um desenho meu feito com muita dedicação e amor, eu logo pude perceber. Rafael deu-me uma pulseirinha de ouro com dois pingentes: Um em forma de M e outro em forma de L.

Quando cheguei à sala de aula, naquela tarde, fui surpreendida com um bolo, balões e todos os meus amigos. Inclusive meu irmão, que me recebeu com um abraço apertado assim que entrei.

~*~*~*~*~*~*~*~*~*~*~

Já estávamos quase no fim de agosto, eu estava a caminho da biblioteca à procura de um livro específico. Eram por volta de quatro horas e os raios do sol, embora com a temperatura amena, penetravam fortemente por entre as várias árvores da Universidade. Então eu a vi.

Dei uma longa olhada na Natália Negreiros. Eu esperava que ela se levantasse do banco no qual estava sentada e me atacasse mais uma vez, verbal ou fisicamente. Pensei em dar-lhe um tapa na cara. Pensei em cuspir no chão ou xingá-la de um nome tão baixo quanto a sua fútil personalidade. Cerrei os punhos e olhei fixamente para a sua expressão facial. Ela sustentou o olhar, causando-me um arrepio ao notar que havia algo de errado.

Desviei o olhar, seguindo orgulhosamente meu caminho até a biblioteca, desejando fortemente parar de pensar no que acabara de ver. A superfície abaixo de um dos seus olhos estava inchada, roxa, como se alguém, que tivesse uma alma pior do que ela, houvesse lhe desferido golpes. Balancei a cabeça e fechei os olhos, logo após que a vi colocar rapidamente seus óculos de sol.

Pare de sentir pena dela, Malu, ela merece, eu tentava me convencer, enquanto caminhava a passos largos até dobrar em outro corredor. O campus estava deserto. Recostei-me em uma parede tentando lutar contra minhas forças. O que havia acontecido com ela?

Num impulso condicionado por muitos sentimentos, dentre eles compaixão, voltei decidida até o banco onde ela se encontrava.

— Foi seu namorado, não foi? — a pergunta fluiu rapidamente, antes mesmo de pensar sobre qual seria a melhor maneira de fazê-la.

Natália ergueu a cabeça, literalmente arrancando, com uma só mão, os óculos. Sua voz estava carregada de sarcasmo.

— Agora você veio, tipo, dar uma de boazinha?

Bufei, cruzando os braços.

— Não, sua idiota. Eu vim te oferecer ajuda.

— Não preciso dela.

— Ah, não? E o que você vai fazer? Apanhar até...

— CALA A BOCA! — ela pulou do banco, ficando a centímetros do meu rosto, e pude perceber claramente seus olhos rasos de lágrimas — VOCÊ NÃO SABE! CALA A BOCA!

— Natália — falei cautelosamente, sem sentir nada que indicasse ódio ou rancor — sabe que nós não nos damos bem. Sabe o que sinto por você. Mas eu sou como meu irmão, odeio injustiças, principalmente uma desse tipo. Bater em mulher é...

— Ridículo, horrível, cruel. — ela completou em voz baixa, sentando-se novamente e enxugando as lágrimas. — Mas o Eduardo não era assim — ela ergueu olhar para mim — é claro que o Henrique te contou...

Esfreguei as mãos, assentindo minimamente, sem saber o que fazer, nem o que dizer.

— Se sua intenção foi mesmo tipo me ajudar, pode ficar tranquila. Já liguei para o meu motorista, ele está vindo me buscar — ela falou.

— Natália — ajoelhei-me diante dela — não estava falando disso... Ele precisa ser denunciado!

— Se eu fizer isso, ele me mata, Malu. — ela abafou um soluço — ele me mata. E tipo, eu acho que mereço. Tive uma pessoa maravilhosa e não soube dar valor — ela cravou os olhos em mim — você sabe do que estou falando.

É claro que eu sabia de quem ela estava falando. Meu melhor amigo não era somente um anjo no céu. Ele também fora um anjo na terra. Amava aquela menina com todo o coração de ouro que ele tinha. Até que ela fez questão de despedaçá-lo.

— Tenho certeza de que você foi uma namorada muito melhor do que eu, e soube fazer o Fred feliz. Deve ser por isso que eu te odeio — ela disse.

Aquela declaração fez meu estômago revirar. Esqueci por um momento que eu e o Fred fingíamos ser namorados para que ele não tivesse tantos ataques de fãs e também para que a Natália parasse de persegui-lo depois que tê-lo traído na frente de todos.

— Ninguém merece passar por isso — comentei, tentando consolá-la de alguma maneira.

— Ele não estuda aqui — ela declarou a respeito do meu covarde ex-namorado — mas de vez em quando vem tipo só para me vigiar. Eu faço moda, se quer saber.

— Isso não pode continuar.

Estranhei a natureza da situação. O que eu estava fazendo? Tentando ajudar uma pessoa que eu odiava? Lembrei-me subitamente do Rafael, ao identificar que tanto ele quanto Natália provocavam em mim uma mudança de sentimento tão repentina que até o "tipo" dela não me irritava mais. Pensei em perguntar como ela se envolvera com o

Eduardo, ou o motivo de ela ter beijado meu irmão há alguns dias. Mas eu tinha coisas muito mais importantes para dizer naquele momento.

— Isso não pode continuar — repeti.

Ela não falou nada. Encarou o chão como se desejasse sumir dali para sempre. Para que ninguém visse que a modelo encantadora, social e financeiramente bem sucedida era vítima de maus tratos e não podia gritar por ajuda. Vi-a puxando da bolsa seu celular que vibrava tão forte que pude escutar as vibrações no corredor silencioso.

— Preciso ir, meu motorista está avisando que já chegou — levantou-se do banco, posicionando-se a minha frente.

— Quer eu vá com você? Eu sei que estava aqui porque este corredor é deserto e assim ninguém a veria. Mas posso...

— Não Malu, tá tudo bem — falou pausadamente — obrigada, de certa forma. Só quero pedir a você que não conte a ninguém.

— Não contarei — eu disse com convicção.

~*~*~*~*~*~*~*~*~*~*~

Ainda não conseguia entender ao certo o que havia se passado no dia anterior. Desde que vira Natália pela primeira vez, eu senti que não seríamos amigas. Ou melhor, que nunca seríamos amigas. Essa impressão evoluiu para uma antipatia. Depois que ela traiu o meu melhor amigo, para uma raiva controlável. Após ela declarar que a culpa da morte do Fred era atribuída a mim, eu já não sabia descrever o que sentia por aquela loira mimada. Até mesmo depois que soube que ela beijara meu irmão, o ódio e aversão eram tão grandes, que eram incapazes de evoluir para algo mais forte. E, quando tomei conhecimento de que ela estava namorando meu ex-namorado então... Senti pena, para falar a verdade. Até que a vi naquela situação. Pela primeira vez na vida, pensei na possibilidade de ajudá-la.

Eu costumava torcer para que o Eduardo quebrasse a cara de forma dolorosa, humilhante e intensa. Mas desde que eu perdera meu melhor amigo, minha vida simplesmente continuou a correr de uma forma tão rápida, e tantas coisas aconteceram depois que o vi pela última vez, que eu simplesmente havia esquecido que ele ainda era vivo. Mas, após o episódio com a Natália, lembrei-me do seu jeito cafajeste e dos seus ataques repentinos de ciúme injustificáveis. Eu senti muita raiva dele.

Parece que todo o ódio e o nojo que eu sentia pela namorada dele haviam sido transferidos para o Eduardo. Eu tinha plena consciência de que a Natália não era nenhuma santa. Mas era uma pessoa. Uma mulher. Não se deve bater em mulher nem com uma rosa, que dirá da forma como ele a agrediu. E não, eu não tinha nenhum tipo de ciúme ou qualquer outra espécie de incômodo por estarem juntos. Eu sequer perdia meu tempo imaginando como e quando eles começaram a namorar. Talvez após aquela noite no Orla Naite. Também me peguei tentando adivinhar há quanto tempo ele estava morando na mesma cidade que eu. Eu só sentia uma coisa: Pena da Natália e alívio por ter me livrado do Eduardo antes que ele virasse um completo psicopata e a tempo de não sofrer as consequências da sua incrível e lastimável mudança.

Lembrei-me de um sonho que eu tivera com Fred. *A propósito, Malu, a Natália um dia pode ajudar você, quando você precisar*, ele falou. Falou com uma seriedade tão grande e expressando a mesma no olhar que, por algumas horas, após eu ter acordado, pensei que talvez estivesse certo. Mas a Natália Negreiros me ajudando? Só em sonho mesmo. E o mais intrigante em tudo aquilo é que no final das contas, eu é que estava disposta a oferecer-lhe minha humilde ajuda.

Estava imersa em pensamentos e devaneios a cerca de tudo isso, enxugando desconcentradamente a louça do orfanato quando senti alguém me abraçar forte por trás. Fechei os olhos e pousei sobre a pia o prato que segurava. Rafael começou a beijar meu pescoço daquele jeito que me fazia ir para outro mundo.

— Finalmente a sós.

— Rafael... — falei, pegando outro prato para passar o pano — é melhor tomarmos cuidado, alguma das crianças pode aparecer aqui...

— Relaxa, Malu... — ele afastou meus cabelos, de modo a deixar minha nuca exposta. Arrepiei-me toda só de sentir o toque dele na minha pele.

Ele continuou beijando minha nuca enquanto apertava o abraço.

— Rafael... — repeti seu nome, falando tão baixo quanto o barulho do vento lá fora — você não está me deixando trabalhar.

Como se eu tivesse pedido exatamente o contrário do que deixara implícito nesse comentário, ele começou a beijar novamente meu pescoço, depois mordiscou levemente minha orelha. Foi o ápice.

Larguei a louça e o pano e me virei, com as mãos segurando a grossa borda da mesa da cozinha.

— O que você quer? — indaguei antes de passar a língua pelo lábio superior.

Ele me olhou sugestivamente, puxando-me mais ainda para o seu corpo pela minha cintura. Aproximou a boca do meu ouvido, causando-me mais arrepios.

— Sinto sua falta.

— Eu moro do seu lado — um sorriso modesto ocupou meus lábios, e eu envolvi seu pescoço com os braços.

— Um rum. Mas quero você do meu lado. O tempo todo. Estou viciado, é sério. — ele sussurrava, roçando o seu nariz no meu.

Respirei fundo antes de dar-lhe um beijo carinhoso e demorado. Ele envolveu minha cintura ainda mais, fazendo nossos corpos, que antes estavam colados, ficarem totalmente pressionados um contra o outro. Senti seu coração mais uma vez e percebi que nossos batimentos estavam sincronizados.

Rafael deslizou as grandes e firmes mãos pelas minhas costas, descendo pela cintura até pararem na parte traseira das minhas coxas. Com um leve empurrão, ele elevou meu corpo até a altura da sua barriga, a qual enlacei com as pernas. Tive medo de cair, mas não pensei nem um segundo em interromper o beijo por aquilo, era viciante. Meus batimentos cardíacos aceleravam gradativamente só de pensar o que ele faria comigo no segundo seguinte. Tentei afastar meus pensamentos maliciosos e curtir o momento.

Imaginei que ele tivesse percebido que eu estava com medo de cair, porque com muito cuidado, ele me colocou sentada sobre a mesa, passando novamente as mãos da minha cintura até minhas coxas, mordiscando meu lábio inferior.

Depois ele parou e ficou me observando com a testa encostada na minha.

— Eu te amo.

— Eu te amo — correspondi prontamente.

Rafael tomou minha mão e ficou observando a minha tatuagem.

— Sabe que antes de comprar sua pulseira pensei em te dar algo a ver com vôlei? Depois lembrei que você tinha essa tatuagem, mas se você gostasse de música, teria me falado há mais tempo. — ele largou minha mão e me olhou nos olhos — Por que nunca me disse que gosta de música?

— Eu não gosto. Quer dizer, eu não sei cantar nem tocar nenhum instrumento.

Ele franziu a testa, confuso.

— Então... Por quê...

— É que aquele meu amigo que morreu era cantor. Só por isso. — falei mirando o chão.

Ele pareceu captar os vestígios de introspectividade na minha expressão e na minha voz. Abraçou-me de modo carinhoso, encaixando-se entre os meus joelhos. Eu beijei seu rosto e desviei o olhar para a entrada da cozinha para ter certeza de que ninguém nos veria daquela maneira. Estava quase falando para que nos separássemos logo quando Nicole irrompeu pela porta. Empurrei o Rafael para trás e saltei da mesa, ajeitando os cabelos e dando um sorriso sem graça.

— Oi, meu amor, bom dia! — saudei-a, passando por ele e indo na direção dela. Percebi que estava mais pálida.

Ajoelhei-me diante de Nicole e encostei a mão na sua testa. Estava gélida.

— Nick, o que você tem?

Ela ergueu o olhar vagarosamente, e falou mais devagar ainda:

— Chame a Clara...

— Nick, Nick! — comecei a puxá-la para o meu colo enquanto o Rafael se aproximava rapidamente.

— Malu... — chamou ela, com o olhar perdido — acho que estou...

Ela não pôde terminar de falar. Desmaiou nos meus braços, sob meu olhar desesperador e impotente, que logo evoluiu para um choro inconsolável. Tinha certeza de que acontecera o que eu mais temia.

Parte 4
A fé contra o medo

Capítulo 18

Um dia, um gênio chamado Albert Einstein elaborou uma teoria chamada Teoria da Relatividade. Segundo ele, o tempo pode ser comparado ao espaço. Os segundos são pequenas distâncias que avançamos conforme o tempo vai passando, e juntos, formam outra distância, que é o minuto. Os minutos são distâncias um pouco maiores, e, portanto, precisa-se de mais tempo para percorrê-los. Consequentemente, formam as horas, que são ainda mais lentas.

Mas ainda que sejam períodos significativamente longos, as horas, os dias, os meses, os anos e toda essa infinidade de unidades representativas de tempo nem sempre têm a mesma duração.

Para os que festejam, o tempo é rápido. Para os que lamentam, ele é tão lento quanto o desabrochar de uma flor. Para os que esperam, ele é cruelmente longo e devassador. Ele cria nervosismo, aflição, e o cérebro vai criando hipóteses, justificativas e questões enquanto a pessoa vai caindo, inconscientemente, em uma gradativa paranoia, e parece que a distância dos segundos é ainda maior do que a das horas.

E, naquela recepção de hospital, eu me encaixei perfeitamente na espetacular teoria de Albert Einstein, que inaugurou uma série de conceitos nos quais ninguém havia parado para pensar a respeito e que faz parte da rotina de todos.

Senti que meus segundos de vida duravam séculos inteiros. Enquanto esperava por notícias de Nicole, os minutos eram os mesmos, o tique-taque do relógio tinha o mesmo ritmo e a mesma frequência, mas, para mim, quando pensei que tinham se passado duas horas inteiras, ainda acabava de fazer dez minutos desde a última vez que eu olhara para o relógio.

Olhei com atenção para a recepcionista, que teclava quase que impacientemente em um computador. Mesmo que estivesse louca para encerrar o expediente e ir para casa, o tempo, com certeza, passava mais rápido para ela, que estava trabalhando, enquanto eu estava ali, sentada no sofá e pensando mil e uma coisas, mas sem sair do lugar.

Depois olhei para fora da janela. Já eram dez e quinze, e o sol castigava naquela época do ano. Enxerguei, em uma casa em frente ao hospital, um casal de namorados saindo de mãos dadas pelo portão e entrarem em um carro. O tempo, naquele dia, com certeza, passaria como um raio para eles.

Rafael veio sentar-se ao meu lado, trazendo-me um copo com água. Depois de bebê-la, encostei a cabeça no seu ombro e permiti ser acariciada por ele e acreditar fielmente em um "vai ficar tudo bem".

Clara andava de um lado para o outro, ainda mais nervosa que eu, se é que aquilo fosse possível.

Finalmente, sob meu olhar esperançoso e emotivo, o médico veio até nós, depois de ter feito mais alguns exames e medicado Nicole há algumas horas. Levantei-me prontamente, rezando para que ficasse tudo bem a partir daquele momento.

— Bom dia. — saudou-nos, esfregando as mãos no jaleco — Nicole já acordou e está sendo devidamente medicada.

Sim, isso eu já sabia. Não foi uma informação muito eficaz.

— Mas... Ela está bem? — Clara questionou antes que eu abrisse a boca.

— Bem, o caso dela é delicado... — ele falou mecanicamente e eu respirei fundo, cruzando os braços — a leucemia dela é do tipo linfoide, que é mais comum em crianças, e pode ser combatida com tratamentos. O problema é que as células cancerígenas não foram tão sensíveis à quimioterapia como nós esperávamos. E a doença já está em estágio bem avançado.

Estremeci rapidamente, olhando para o Rafael, que tinha o mesmo semblante que eu.

— E... Qual a solução que você sugere? — ele perguntou.

O médico nos encarou sério, como se não quisesse nos dizer que não tinha solução. Seu olhar foi bastante claro.

— A cura para pacientes com leucemia que não tiveram uma boa reação aos tratamentos é uma doação de medula óssea. A medula é doada por pessoas anônimas, que se cadastram em um banco de dados justamente para esses casos, mas é muito raro o paciente encontrar uma medula compatível, principalmente se ele não tiver irmãos, que podem ter maiores chances de compatibilidade.

— Ela não tem irmãos — Clara declarou em voz baixa.

Naquele instante, tive vontade de me esvair em lágrimas. Mas tinha que me manter forte. Tinha que encarar tudo aquilo de cabeça erguida.

— Bem... Ela precisa ficar aqui no hospital recebendo bolsas de sangue, porque a anemia dela está muito forte. Vai ajudá-la por um tempo, mas não vai resolver o problema. Ela precisa urgentemente de um transplante de medula óssea. — ele parou de falar momentaneamente, olhando-nos de um modo bem profissional — infelizmente, nós já consultamos o registro de doadores, e... — lamentou com o olhar — não há nenhuma medula compatível com a dela.

Senti meu mundo desabar. Umedeci os lábios antes de sentir lágrimas brotarem e então, quando dei por mim, estava chorando convulsivamente no peito do Rafael, sentindo uma dor tão aguda que pensei que também iria desmaiar.

— Rafael — eu disse entre meus soluços — ela tem que ficar bem. Já perdi o Fred, não posso perder a Nick.

~*~*~*~*~*~*~*~*~*~*~*~

— Malu, é você?

Tive vontade de chorar mais uma vez ao escutar aquela vozinha. Meu rosto ainda estava inchado de tanto chorar, mas eu tentei passar para ela a impressão de que estava tudo sob controle, que estava tudo bem.

— Oi, meu amor — joguei minha bolsa em uma cadeira e ajoelhei-me diante do seu leito — como você está se sentindo?

— Quero ir para casa. — ela encarou o teto. Pude perceber que respirava com dificuldade.

— Nós vamos. Vamos para casa — passei a mão delicadamente pela sua cabeça raspada, controlando a vontade de chorar — mas primeiro você vai ter que ficar aqui, sendo cuidada direitinho, até ficar boa, está bem?

— E quanto tempo eu vou ficar aqui?

— Bem... O médico não falou, mas ele disse que se você ficar, receber todos os cuidados e se comportar direitinho, você vai ficar bem.

Ela me olhou de lado, e percebi que seus olhinhos estavam rasos de lágrimas. Tive vontade de perguntar por que estava chorando, mas seria inútil. Fiquei encarando aquele rostinho de anjo, aquele rostinho que me mostrara que a minha vida poderia ser melhor no que dependesse de mim, e me deu um *show* de superação. Tentei falar alguma coisa, mas não consegui emitir som nenhum. Finalmente, balancei a cabeça antes de soltar o choro.

— Nick... — falei entre as lágrimas — eu te amo tanto... Por favor, melhore logo.

— Eu também te amo, Malu... Mas tenho que dizer uma coisa a você.

Enxuguei as lágrimas, mesmo sabendo que não iriam cessar.

— Antes de você entrar no orfanato, eu tinha uma amiga. Ela também tinha leucemia. A gente fazia o tratamento juntas, só que um dia ela morreu. Fiquei muito, muito triste — ela suspirou com dificuldade, voltando a encarar o teto — ainda sinto muita falta dela... E eu acho que também vou morrer.

Afundei meu rosto no braço, tentando abafar meu choro. Nicole sentia que iria morrer, aquilo me destruía por dentro. Por que aquilo estava acontecendo comigo? Por que, em um ano, eu teria que superar duas perdas tão grandes? Senti-me impotente. Queria fazer alguma coisa, eu precisava fazer alguma coisa.

— Pare, Malu... — ela pediu — não chore...

— Eu não quero te perder — falei soluçando, levantando a cabeça.

— Você se lembra daquele dia que você ficou toda molhada lá no orfanato?

Esfreguei minha testa. Naquele dia, pensei que eu não poderia ter um dia ainda pior, mas, algum tempo depois, vendo Nicole com poucas chances de viver, senti saudades. Saudades de quando eu ia jogar "palavra errada" de mau gosto com ela e as outras crianças, saudades de quando ela passava a manhã inteira falando perto de mim e me incomodando. Parecia um passado tão distante, mas tudo acontecera há apenas dois meses e, de uma hora para outra, tudo virara de cabeça para baixo.

— Sim, eu me lembro — respondi com a voz uma pouco mais firme, embora tivesse um nó na minha garganta.

— Você me disse que iríamos encontrar uma medula compatível com a minha. Fiquei tão feliz, pensei que logo, logo essa medula iria aparecer — Nicole me olhou de um jeito decisivo, como se fosse me dar um ultimato — mas ela não apareceu. Ninguém pode fazer mais nada, tenho que aceitar isso.

— Como você consegue ser assim? Como você consegue aguentar tudo isso calada?

Nicole ajeitou-se no leito. Não sei se estava sentindo alguma dor, mas pela sua expressão introspectiva, era difícil saber. Ela sabia controlar as sensações.

— Acho que Deus não gosta quando reclamamos da nossa vida, Malu.

Aquilo foi como uma bofetada para mim. Mais lágrimas rolaram pelo meu rosto. Lágrimas grossas e quentes. Minha cabeça latejava de tanto chorar, e, me apegando a um último resto de esperança que ainda insistia em manter-se existente no meu coração, eu disse:

— Essa medula vai aparecer, Nick. Ela vai aparecer.

~*~*~*~*~*~*~*~*~*~*~

Após minha breve conversa com Nicole, tomei a decisão de informar ao médico que queria fazer um teste de compatibilidade. Entretanto, ele me alertou que pessoas que têm tatuagens têm restrições de doar sangue ou medula. Rafael também tinha uma tatuagem recente em forma de sol nas costas e, assim, não pudemos fazer nada, e minha sensação de impotência só aumentou.

O saldo do meu dia foi uma enxaqueca tremenda provocada pelo meu choro quase incessante. Depois de chegar do hospital, dormi por algumas horas e só então, quando acordei, percebi que já era tarde e eu havia faltado à aula. Minha sorte era que naquele dia eu não tinha nenhuma prova, porque, com toda aquela situação, minha cabeça pensava em mil coisas, menos no meu futuro profissional.

Tomei um analgésico e preparei um sanduíche, muito embora não tivesse a mínima vontade de comer. Mas precisava me alimentar, já que minha última refeição tinha sido o café da manhã.

Em seguida joguei-me no sofá e liguei a televisão, na tentativa de me distrair. Mas não conseguia parar de repetir minha conversa com Nicole.

Não podia ser. Eu insistia em não aceitar o que estava acontecendo com ela. Ela não podia morrer, tinha que existir uma solução, não seria possível que alguém no mundo inteiro não tivesse uma medula compatível com a dela.

Rolei de um lado para o outro procurando uma posição confortável. De repente me lembrei da minha mãe. Com toda aquela aflição, eu nem tinha me lembrado de ligar para ela como de costume, para saber se estava tudo bem com seu bebê. Eu queria ter ligado, naquele exato instante, mas simplesmente não consegui. Minha cabeça latejava tanto, e meus olhos estavam tão inchados e, antes que percebesse, estava chorando outra vez. Afundei a cabeça no travesseiro tentando dissipar minha tristeza. Como, de um dia para o outro, tudo chegara até aquele ponto?

Levantei-me decidida e saí correndo do meu apartamento em direção ao lugar onde eu encontraria algum consolo: Nos braços do Rafael.

Sua porta estava destrancada, então eu entrei. Ele não estava na sala.

— Rafael? — chamei com a voz trêmula.

Achando que eu tinha liberdade o suficiente, tranquei a porta e caminhei até um pequeno corredor e bati em uma porta que talvez fosse o seu quarto. Ele abriu com um semblante de preocupação, o olhar angustiado e a testa franzida. Joguei-me dentro do seu abraço acolhedor.

— Eu não consigo parar de chorar — disse com o rosto afundado no seu peito — não acredito que isso está acontecendo, Rafael.

— Shhh... — ele acariciou meus cabelos — nós vamos dar um jeito, vai dar certo, você vai ver.

— Que jeito, Rafael?! — aumentei o tom de voz, afastando-me — nós não podemos fazer absolutamente nada! Não podemos nem fazer o teste de compatibilidade!

— Malu, várias pessoas doam medula óssea todos os dias, um dia alguém vai doar uma para a Nicole, você vai ver.

Pus as mãos na cintura fechando os olhos e respirando fundo. A dor no coração que sentia naquele momento estava tão forte que nem lembrei que minha cabeça estava prestes a explodir.

— Queria ser otimista como você.

— Tenho que ser — ele abriu os braços — é a única coisa que me resta.

— Para um ateu, você está indo bem.

Ele tencionou o maxilar, olhando-me de lado. Depois me puxou novamente para um abraço. Resolvi passar a mão pelo seu cabelo, percebi que estava úmido, como se tivesse acabado de sair do banho.

Rafael começou a me beijar levemente, conduzindo-me para o interior do seu quarto, enquanto escutei a porta ser fechada atrás de mim. Ele me recostou em uma parede, como fizera no nosso primeiro encontro.

— Vai ficar tudo bem, ok? Temos que acreditar nisso — disse com a testa encostada na minha.

Aquiesci vagarosamente enquanto fitava seus olhos verdes, perdendo-me nas profundezas deles.

— Agora trate de se acalmar — ele falou, me puxando pela mão até sua cama — vem cá.

Ele sentou-se, dando dois tapinhas do seu lado para que eu me sentasse também. Obedeci. Depois que o fiz, ele arrastou-se para detrás de mim e envolveu minha cintura com os braços, pousando o queixo no meu ombro. Joguei minha cabeça para trás, recostando-a no seu. E assim permanecemos por algum tempo, imersos em um silêncio absoluto.

— Então... — ele quebrou a quietude alguns minutos depois — quem é Fred?

Meu coração deu um pulo e perguntei instantaneamente:

— Quem?

— Você falou no hospital. Falou que já havia perdido o Fred.

Neguei com a cabeça.

— Não... Era meu melhor amigo. O... — engoli em seco — O que era cantor.

— Ah, sim. Por que você nunca me falou dele?

— É que eu não gosto. Eu o perdi de uma forma muito traumática, eu também estava lá. Foi um acidente de trânsito.

— Entendo... Foi por isso que quis me levar para casa naquela noite da sua calourada? Tinha medo de que alguma coisa acontecesse comigo?

— Tinha medo de que machucasse alguém.

Ele me apertou ainda mais, beijando meu ombro.

— Como foi isso? Digo, o acidente.

Fechei os olhos com força querendo não me lembrar daquela noite, mas arranjando forças para iniciar minha narração.

Contei-lhe tudo, desde quando Fred havia me chamado para uma festa no dia 26 de dezembro no Orla Naite até o dia em que acordei de um coma no hospital. À medida que eu ia descrevendo as cenas, os *flashs* daquele dia invadiram a minha mente com força, fazendo-me vislumbrar os mais minuciosos e terríveis detalhes. Quando terminei, não chorava, mas tive a sensação de que havia uma bola na garganta e que minhas vísceras estavam fora do lugar.

Senti Rafael engolir em seco. Esperei que ele dissesse alguma coisa. Mas não disse absolutamente nada. Em vez disso, apertou-me um pouco mais, de um modo que chegou a doer.

— Tá tudo bem comigo agora — tentei tranquilizá-lo, aninhando-me ainda mais no seu corpo — e você? O que fez de tão imperdoável? Deixou de ligar para alguma garota no dia seguinte? — ri pela primeira vez naquele dia, passando a mão na sua barba por fazer.

— Eu não gosto de falar disso...

— Tudo bem — retraí o braço — foi só uma brincadeira. Mas sou curiosa quanto a isso. Você bem que poderia confiar seus segredos a mim.

Ele me apertou mais forte ainda. Senti seu corpo sólido nas minhas costas.

— Eu sinto muito pelo seu amigo, Malu. Sinto muito.

~*~*~*~*~*~*~*~*~*~*~*~

Quando voltei para o meu apartamento, já passava das oito da noite, e encontrei Maria Alice, Helena, Guilherme e Felipe na sala de estar muito nervosos, e meu irmão quase em pânico.

— Malu! — ele veio ao meu encontro assim que entrei — o que houve? Estava preocupado, você não foi para a aula, e já estamos aqui há uma hora, até toquei na campainha do Rafael, mas ninguém atendeu. E o que você tem? Andou chorando?

De fato, a campainha havia tocado algumas vezes, mas o Rafael estava tão abalado emocionalmente e eu em uma das minhas crises de choro por conta de Nicole, que nos limitamos a escutar aquele único som que invadia nosso silêncio absoluto.

— Me desculpe, Henrique. Eu só tive uns problemas hoje, aí resolvi dar uma volta. — menti parcialmente.

— Malu, amanhã mesmo vou comprar um celular para você. Não está certo eu não ter notícias suas nem ter como te ligar.

Antes que eu dissesse mais alguma coisa, vi Maria Alice chegar até mim com os braços abertos. Ela me abraçou, massageando minhas costas, fazendo-me sentir o conforto de um ombro amigo.

— Malu, o que houve? Nós viemos aqui pensando que você estava em casa, queríamos te fazer uma surpresa. Ver uns filmes, pedir pizza, essas coisas...

Eu me afastei, enquanto Guilherme me dava um beijo carinhoso na testa, cumprimentando-me também.

— Vocês são os melhores amigos do mundo — declarei com sinceridade, olhando para cada um deles, que estavam em um círculo no qual eu era o centro — mas hoje foi um dia difícil para mim.

— Se aquele cara te fez alguma coisa... — Felipe disse, gesticulando um soco.

— Não foi isso, Lipe — falei quase rindo — é a Nicole.

— Ah, a menininha do orfanato? — Helena perguntou.

Confirmei. Respirei fundo para não chorar mais uma vez, mas não funcionou. Eu não sabia de onde surgiam tantas lágrimas e, quando dei por mim, estava me esvaindo nelas mais uma vez.

Henrique me puxou para o sofá, onde me sentei abraçada por Maria Alice.

— O que aconteceu com ela, Malu?

Comecei a contar tudo a eles, desde o seu desmaio na cozinha até quando ela me falou que achava que iria morrer. E, como eu já estava frágil o bastante para não conseguir terminar de falar, minhas últimas palavras quase não foram ouvidas, abafadas pelos soluços.

— Acalme-se, Malu — disse Helena, afastando-se rapidamente até a cozinha — vou buscar água para você, sempre ajuda.

Henrique me abraçou juntamente com Maria Alice. Naquela época do ano, o calor era sufocante, e a tendência da temperatura ambiente até dezembro era só aumentar. Mas senti-me momentaneamente protegida, sob todo aquele calor humano, mesmo que me encontrasse sufocada.

Depois que bebi a água que Helena me trouxera, eu me acalmei mais. Olhei para cada um dos meus amigos. Eles eram tão doces comigo.

Eu realmente não sabia o que tinha feito para merecer uma amizade tão prestativa como aquela.

— Nós vamos dar um jeito — Guilherme falou, ajoelhando-se diante de mim e tomando minha mão — nós vamos fazer esse teste de compatibilidade, vamos fazer campanhas na internet incentivando as pessoas a fazerem também e a doarem sangue, vamos arrecadar fundos para pagar os tratamentos dela.

— Você não está sozinha nessa, Malu — foi a vez de Felipe dizer alguma coisa — nós estamos com você. Vamos encontrar alguém compatível com ela. Vamos salvar Nicole.

— Eu amo vocês — disse serenamente.

— Também te amamos muito — Maria Alice e Helena falaram quase em coro, passando o máximo de forças que podiam por meio dos seus abraços reconfortantes.

— Hoje mesmo eu vou fazer uns folhetos no computador — Felipe continuou — vou dizer tudo direitinho, o hospital onde ela está internada, o tipo sanguíneo que ela precisa e também o número de uma conta que nós vamos criar para pagar todas as despesas, para as pessoas que quiserem colaborar com dinheiro.

Agarrei-me mais uma vez às minhas poucas, mas inesgotáveis esperanças.

— É bom saber que posso contar com vocês.

— Então... — Henrique falou, envolvendo meu pescoço com o braço, forçando-me a encostar a cabeça em seu peito — vamos começar a nos mexer. Temos muito trabalho, pessoal.

— Só que antes a gente tem que fazer um lanchinho — Helena interpôs — eu sei que a situação é complicada, mas precisamos de energia. Principalmente você, Malu.

Abracei meu irmão e sua namorada de modo bem fraterno, puxando para o abraço Guilherme, Helena e Felipe. Nada melhor do que sentir um aconchego daqueles.

Pedras no caminho encontrei
Com a ajuda de alguns eu contei.

— Eu amo vocês — repeti para deixar bem claro.

Capítulo 19

No dia seguinte, quando já havíamos adentrado no mês de setembro, senti como se faltasse alguma coisa em mim naquele orfanato. Senti como se tivessem arrancado algo de mim, algo essencial, algo ao qual eu já estava habituada e que eu não conseguia mais viver sem.

Depois de todo aquele tempo trabalhando naquele lugar que me ajudara a crescer e a ter mais noção das coisas, não conseguia parar de pensar como seria sem Nicole, a principal causa da minha mudança.

Há quase dois meses, eu estivera ali pela primeira vez, entrando naquele quarto de crianças, à procura de uma roupa limpa para vestir. Nicole apareceu, e nós tivemos uma breve conversa. Sobre a vida dela, sobra a vida das outras crianças, sobre sua fé em que, um dia, iria se curar. Naquele dia eu me senti tão forte. Procurei passar isso a ela. Mas, algum tempo depois, eu é que precisava de forças.

Arrependi-me de ser tão rude com ela no início. De tê-la tratado com tanta impaciência e ter deixado minha fútil irritação interferir na minha relação com as outras pessoas.

Sentada na sua cama, eu olhei pela janela, fitando o céu azul, sem nenhum vestígio de nuvem por conta do tempo seco de Teresina. Senti-me tão pequena quanto uma abelha que passava por ali. Desejei que aquilo tudo fosse um pesadelo, que Nicole estivesse bem, sem nenhuma doença.

Quando estava prestes a me levantar, Victória adentrou no recinto, caminhando na minha direção com um papel em mãos.

Ela sentou-se diante de mim sem dizer uma única palavra, e me deu um abraço.

— Ela sempre foi a minha preferida — falou emocionada — Eu trabalho como voluntária aqui há dois anos. Ela sempre me chamou a atenção, encara o mundo de uma forma muito mais madura do que eu mesma, que tenho três vezes a sua idade. Até quando sua amiguinha faleceu, há um ano, ela nos confortava, mesmo que estivesse com o coraçãozinho partido em mil pedaços. Nicole é uma menina de ouro.

— Eu que o diga.

— Ela também gosta muito de você, Malu. E do Rafael também. Fala de vocês o tempo inteiro e, quando fui visitá-la ontem à tarde, ela me mandou lhe entregar isto.

Victória esticou o braço, dando-me o papel que trazia consigo.

— Ela ditou uma carta, e eu escrevi. Falou que era para você ler com muito amor, porque foi dessa maneira que ela disse as palavras que aí estão.

— Obrigada, Vic. — agradeci, dando-lhe mais um abraço — Você também é uma ótima amiga.

Ela enxugou algumas lágrimas que brotavam dos olhos e retirou-se em silêncio, deixando-me sozinha com aquele papel.

Por alguns minutos, eu apenas o observei. Era bem fino, através do qual eu podia enxergar a caprichada caligrafia de Victória. Com cuidado, desdobrei-o, começando a chorar antes mesmo de absorver aquelas palavras.

Querida Malu,

Hoje estava me lembrando de quando você chegou para trabalhar no orfanato. Tive a impressão de que você não gostava muito de mim. Espero que eu esteja errada.

Bem, você foi um pouco grossa comigo quando perguntei se você poderia ficar lá para sempre, e eu quase chorei com a sua resposta. Eu poderia ter dito à Clara que queria você longe de todos nós, porque parecia que você odiava a gente. Mas alguma coisa dentro de mim dizia que eu não poderia fazer isso, porque um dia nós nos tornaríamos grandes amigas. Então foi por isso que eu te perturbei esse tempo todo, você deve ter percebido que eu não desgrudava de você um instante.

Aí teve aquele dia que você ficou encharcada, da cabeça aos pés. Foi a primeira vez que nós conversamos direito, e a primeira vez que tive a impressão de que você gostava da minha companhia. E gostei muito quando você disse que nós encontraríamos uma medula para mim.

Sabe, Malu, eu sou uma criança muito adulta, você já deve ter percebido. Gosto de dizer sempre a verdade, de saber tudo sobre os problemas, e acho que você já deve ter percebido também que eu já sei que não tenho cura. Eu sei que é muito difícil encontrar uma medula que dê certo para mim e que os médicos não acreditam que eu vá sobreviver.

Quando a minha amiguinha morreu, eu não soube para onde ela foi. Mas rezo para que ela esteja em um lugar onde não exista câncer e onde ela tenha uma família como sempre sonhou. E é para esse lugar que eu quero ir também.

Por falar em família, há muito tempo eu queria uma. Mas só agora eu descobri que já tenho: Você, o Rafael, Victória, Clara e todas as outras crianças. Eu amo muito vocês. E por falar em Rafael, queria do fundo do meu coração que vocês namorassem. Sempre quis lhe dizer isto: Vocês foram feitos um para o outro. Ele é um amor de pessoa, trata a gente como se nós fôssemos seus filhinhos, além de ser muito divertido. E você é linda, carinhosa, atenciosa, brincalhona, e cuida de todos nós muito bem.

Acho que já disse tudo que tinha para dizer. Quero que me prometa que vai ficar bem. Eu te amo muito.

Com amor,

Nick.

Notei que a partir da metade da carta, havia alguns respingos que borraram a tinta e dificultavam a leitura. Logo constatei que eram as lágrimas da Victória, que caíram no papel enquanto ela anotava tudo o que Nicole ditava.

Dobrei novamente o pedaço de papel e o apertei contra o peito. Não sabia que Nicole sabia se expressar tão bem. Nem sabia que ela tinha percebido que eu não gostava dela no início. Como pude ser tão idiota? Como pude ignorar um anjo que Deus me mandara e que estava o tempo todo ao meu lado?

Enquanto pensava sobre minhas atitudes anteriores, senti um abraço apertado por trás, embora provocado por alguém leve e frágil.

— Ela vai ficar bem, Malu... — Rita sussurrou.

Tentei ser um pouco mais forte para encará-la, enxugando as grossas e quentes lágrimas e retirando com cuidado seus bracinhos finos que estavam envolta de mim. Conduzi-a até meu colo.

— Vocês — falei olhando-a nos olhos e tentando não chorar novamente — foram a melhor coisa que já me aconteceu.

Analisei o céu através da janela, sentindo-me diminuta diante de toda a sua imensidão e de uma angústia como aquela. Quando pensei em prosseguir, observei todas as outras crianças entrarem no recinto. Elas vieram em silêncio, respeitando a dor umas das outras e o medo de perderem Nicole. Organizadamente, elas se sentaram ao meu redor, algumas nas camas, outras pelo chão. Começaram a me falar palavras de conforto, as quais eu não sabia se merecia escutar de anjos tão puros como aqueles.

— Vocês foram a melhor coisa que já me aconteceu — repeti a frase com dificuldade, minha voz estava embargada e meus olhos estavam úmidos outra vez. Havia uma bola enorme na minha garganta. — Tenho certeza de que não importa quantos anos se passem. Eu vou me lembrar de cada um de vocês. Vou me lembrar das coisas que aprendi aqui, neste lugar tão simples, mas tão acolhedor. Vou me lembrar de tudo.

— Também vamos nos lembrar de você, Malu. De você e do Rafael. — Joaquim afirmou com convicção.

Nesse momento, percebi que não estávamos sozinhos no dormitório feminino. Rafael entrou cabisbaixo, com as mãos nos bolsos, caminhando até a cama onde eu estava sentada. Sentou-se com cuidado na beirada da mesma enquanto limpava a garganta, escolhendo as palavras certas para proferir.

— Já que estão todos aqui... — ele olhou para cada um, enquanto eu enxugava pela milésima vez minhas lágrimas — queria dizer que nunca pensei que fosse me apegar tanto a vocês. Que fosse gostar desse lugar. Também queria me desculpar. Isso aí. Quero pedir desculpas a vocês pelo jeito como eu os tratava há dois meses. Vocês são maravilhosos, cada um tem qualidades... Únicas. — ele olhou para Rita — Rita, você é a pessoa mais doce, carinhosa e meiga que já conheci na minha vida. Continue assim, e você cativará muitas pessoas, assim como me cativou. — depois, Rafael olhou na direção do Joaquim — você tem veia de lutador. Continue assim, garotão. Vai se dar muito bem na vida...

E assim, ele elogiou uma por uma, dizendo coisas maravilhosas, enaltecendo a beleza interior e exterior daquelas pequenas pessoas, que embora tristes e abandonadas, rejeitadas e ameaçadas pelo câncer, desacreditadas e sofridas, tinham um coração e uma alma tão grandes que, por um momento, duvidei que na Terra existissem seres humanos tão bondosos.

Quando finalmente ele terminou de elogiar todas elas, virou-se para mim. Seus olhos estavam brilhantes. Já eram verde-água e, marejados como estavam, pareciam o oceano infinito.

— E você... Você é maravilhosa. Espetacular. Às vezes tem esse jeito de durona, de quem não se abate com qualquer coisa, mas é só mexer com alguém que ama que você vira o mundo de cabeça para baixo, se for preciso, para defender essa pessoa. — ele me arrancou um pequeno sorriso, fazendo meu coração se expandir a cada palavra que ele dizia — Você é corajosa, determinada e pensa sempre nos outros. É por esses e outros motivos que eu amo você, Maria Lúcia. E eu nunca, jamais, quero, nem posso deixar você ir embora da minha vida.

Quando ele terminou de falar, água brotava dos seus olhos enormes. Os meus, já vermelhos e inevitavelmente molhados, quiseram ficar com a missão de traduzir meus sentimentos. E o abracei e chorei mais uma vez.

— Eu sabia que eles estavam namorando — escutei o Joaquim falar.

Quando nos separamos, ouvi alguém bater à porta.

— Estou interrompendo alguma coisa? — Clara perguntou.

— Não, nós já estávamos... — eu me apressei em explicar, mas ela me interrompeu bruscamente.

— Meninos, tem um casal lá na sala. Eles disseram que foram autorizados judicialmente para levar dois de vocês. — Ela suspirou — Ou seja, dois de vocês serão adotados.

~*~*~*~*~*~*~*~*~*~*~

— A Rita e o Joaquim foram adotados?! — Nicole perguntou empolgada, embora estivesse visivelmente fraca.

— Calma... — falei, puxando a cadeira e sentando-me ao lado dela — eles ainda vão demorar um pouquinho para ir morar com a nova família. Eles ainda têm que esperar a aprovação do juiz para que sejam mesmo adotados.

Rita e Joaquim eram umas das poucas crianças do orfanato que já haviam encontrado a cura para o tipo de câncer que tinham. Era bem lógico que o casal que fora adotar dois filhos iria utilizar isso como um critério para a adoção.

— Estou muito feliz por eles — ela declarou com a voz carregada de sinceridade.

Nicole estava mais magra e pálida. Também tinha duas olheiras enormes. Além disso, o que mais me deixou assustada, na sua aparência, é que, naquele dia, diferentemente dos outros, ela tinha uma sonda no nariz. Pensei em mil explicações para aquilo. A mais plausível é que a doença dela havia avançado de forma que ela não conseguia mais respirar sozinha. Senti vontade de perguntar-lhe o que tinha havido assim que cheguei, mas resolvi tentar alegrá-la com a boa notícia que eu ansiosamente fora compartilhar. E, pelo jeito, tinha alcançado meu objetivo. Mesmo notoriamente abatida, ela demonstrou-se alegre quando soube que seus amigos finalmente tinham encontrado uma família, coisa que ela tinha consciência que talvez nunca tivesse.

— E então? — perguntei, passando a mão na sua cabeça — como você está hoje?

Ela assumiu um semblante de seriedade.

— Pensei que ia morrer.

— O quê?!

— O ar não entrava de jeito nenhum. Eu respirava, mas ele não entrava. Aí minha visão começou a ficar embaçada, e minha cabeça doía muito. Lembro que os médicos chegaram bem na hora, mas depois parece que eu dormi. Acho que desmaiei de novo. Quando acordei, tinha um troço enfiado no meu nariz — apontou para a sonda — incomoda.

Balancei a cabeça negativamente.

— Oh, Nick. Eu sinto muito por tudo o que está acontecendo com você...

— Agora eu estou bem, Malu. Quer dizer... Por enquanto.

— Não fala assim! — eu a reprimi levemente — a propósito, amei a sua carta.

— Eu sabia que você ia gostar. Você leu a parte do Rafael? Vocês estão namorando não estão?

Um sorriso abriu-se gradativamente, enquanto eu assentia com discrição.

— Eu sabia — disse vagarosamente, com dificuldade para respirar. — Naquele dia, antes de desmaiar, percebi que vocês estavam bem juntinhos assim...

— Você é muito esperta. E o Rafael é... Ah, eu o amo tanto, Nick, tanto... — encarei a parede como se estivesse falando aquilo diretamente para ele, olhando nos seus olhos claros — ele me surpreendeu, sabe. Pensei que ele era um idiota, que só pensava em festas e não estava nem aí para vocês... Mas ele se mostrou um doce comigo, com vocês, com todo mundo.

— Ele veio aqui ontem me visitar. Falou a mesma coisa de você.

Meu coração deu um salto. Era bom saber que ele também pensava e sentia o mesmo que eu.

— Nick, agora eu tenho mesmo que ir... — comecei a me despedir, mas ela fez um gesto com a mão para que eu ficasse onde estava.

— O que você vai fazer?

Suspirei, encarando seu semblante sério. O olhar de Nicole era o olhar mais persuasivo que eu já havia visto.

— Marquei com uns amigos de distribuir uns panfletos sobre você, para caso as pessoas queiram ajudar doando sangue, dinheiro, e quem sabe...

— Uma medula?

Não soube o que dizer depois e comecei a torcer as mãos no meu colo, sustentando o olhar pesado que ela mantinha sobre mim.

— Malu, não vai adiantar, é muito difícil...

— É difícil — foi a minha vez de a interromper, pondo o dedo em riste — mas não é impossível. E você precisa acreditar que vai dar certo. Energia positiva atrai coisas positivas — tomei sua mão pálida e gélida, fazendo um leve carinho nas costas da mesma — e, mesmo que não acredite, quero que saiba que eu nunca, jamais, em hipótese alguma vou desistir de você. Vou lutar cada segundo para salvar sua vida.

Levantei-me de súbito, depois dei um beijo na sua testa.

— Malu — ela me chamou quando eu já passava pela porta. — Não se pode ir contra a vontade de Deus.

Sem dizer uma só palavra, sorri para ela tentando segurar as lágrimas.

Quando saí do quarto e adentrei no corredor do hospital cheirando a éter, lembrei-me dos meus pais. Provavelmente estavam trabalhando naquele exato momento, fazendo as mesmas coisas que aqueles médicos e aquelas enfermeiras estavam fazendo. Cuidando das pessoas, por amor. Onde eles estariam exatamente? Queria dividir toda a minha dor com eles, mas eu sempre achava que podia ser forte o bastante e suportar qualquer tipo de dor. Quando dobrei em outro corredor, já cabisbaixa, deparei-me com o médico que nos informara tudo sobre o estado de Nicole.

— Desculpe-me por abordá-lo assim no corredor, em seu horário de trabalho, mas eu preciso mesmo saber sobre o quadro dela. — O pedido saiu antes mesmo de eu pensar em fazê-lo.

Ele ajeitou a gola do jaleco e passou a mão na testa.

— Ela teve uma falta de ar séria hoje. Os pulmões estão muito frágeis.

Concordei minimamente com a cabeça, enquanto o mirava.

— Pensamos que ela não iria escapar dessa parada respiratória, mas ela conseguiu restabelecer a respiração com a ajuda dos aparelhos.

— Ai, meu Deus...

Ele umedeceu os lábios e ficou mais sério ainda.

— A leucemia traz vários sintomas. Nunca é só um — pigarreou — além de os pulmões dela estarem tão frágeis, os rins estão parando de funcionar.

Respirei fundo, recostando-me em uma parede.

— Droga.

— Meu papel é passar segurança para os pacientes e fazer de tudo para mantê-los vivos — afirmou, aproximando-se de mim com cautela — mas não faz parte do meu trabalho não ser sincero... Tenho que dizer a verdade sobre as chances de eles sobreviverem, para que a família não se sinta decepcionada quando não conseguimos salvar as pessoas.

— O que quer dizer com isso? — perguntei com a voz trêmula, embora já soubesse a resposta e não quisesse ouvi-la.

— Nicole tem poucas chances de vida. Chances mínimas.

Ao ouvir aquilo, a incômoda e pertinente sensação de impotência diante daquela situação só aumentou. A voz da Nicole vibrou dentro da minha cabeça, *Não se pode ir contra a vontade de Deus*. Será que Deus queria que ela morresse? Ou será que aquilo era só mais uma prova de força para mim? Meu peito apertou, eu estava exausta. Então, sem mais, decidi recolher os vestígios da minha aflição.

Tive medo, mas enfrentei.

Fechei os olhos. Eu não iria chorar. Não podia chorar. Eu acabara de prometer a ela que nunca iria desistir e faria jus à minha promessa. Forcei as lágrimas a ficarem dentro dos olhos e falei com a voz firme:

— Não importa se ela tem noventa e nove por cento de chance de sobrevivência ou apenas um por cento — pus-me diante dele — vou fazer o possível e o impossível para que ela fique aqui comigo.

~*~*~*~*~*~*~*~*~*~*~

Quando me encontrei com meus amigos na frente da biblioteca da Universidade, percebi que há muito tempo eu não entrava lá. Estava totalmente desinteressada nos estudos e, para falar a verdade, queria que o meu maior problema fossem as provas. Seria uma coisa bem mais fácil de resolver, e eu não estaria ali, desesperada e correndo contra o tempo na tentativa de salvar a vida de alguém.

Henrique tinha em mãos vários folhetos explicando a situação de Nicole e como as pessoas poderiam ajudar. Ele distribuiu os folhetos e depois nos separamos em duplas.

Fui acompanhada do Felipe até um dos prédios da grande universidade.

— E então? Como ela está? — ele perguntou, de cabeça baixa.

— Teve uma parada respiratória, os pulmões e os rins não estão mais funcionando direito — respondi maquinalmente, olhando fixo para frente, mas deu para perceber que ele me fitou de lado.

— Que barra, hein Malu...

— Nem me fale — um sorriso triste e mínimo me escapou.

O campus estava movimentado. Os alunos andavam de um lado para o outro, alguns conversavam, outros aproveitavam para estudar enquanto a próxima aula não iniciava. Há apenas uma semana minha vida estava normal como a daquelas pessoas. Mas, naquele instante, a única coisa em que eu pensava era em como eu me sentia estranha no meio de todo aquele movimento, quando eu fazia parte daquilo.

— Malu, eu não sou muito em aconselhar as pessoas e nem sei o que dizer a elas quando estão precisando de ajuda. Mas eu quero que saiba que estarei aqui para o que der e vier, e para o que der e não vier também.

Eu parei de andar e abracei-o subitamente. Percebi que ele se assustou com meu gesto tão brusco e, ao mesmo tempo, delicado. Ele afagou minha cabeça enquanto me abraçava também.

— Você é um amigão. Eu nunca, nunca vou me esquecer de você. E você sempre terá meu respeito. Se não fossem vocês, eu já teria desistido.

Separamo-nos e continuamos a andar, enquanto os alunos entravam apressados nas respectivas salas de aula.

— Sabe, Malu... Quantas coisas nós poderíamos ter conseguido se tivéssemos insistido? — ele respirou fundo, com um ar de reflexão — bem, eu não sei quantas vezes Thomas Edison tentou para finalmente a lâmpada funcionar. Mas suponho que foram muitas. Muitas vezes. Se ele tivesse desistido, teria morrido e ninguém hoje se lembraria dele. Também não sei quantas dificuldades Abraham Lincoln enfrentou para um dia, tornar-se presidente dos Estados Unidos. Mas creio eu que ele perdeu muitas eleições. E teve vários problemas que seriam o suficiente para fazê-lo desistir. Mas se ele tivesse desistido, nunca teria conseguido o que queria. Eu não tenho a mínima ideia de quantas corridas Ayrton Senna perdeu para se tornar o maior piloto de todos os tempos. Nem sei quantos discos do Mamonas Assassinas foram recusados para que eles virassem estrela. Mas eu sei que se essas pessoas não tivessem insistido em seus sonhos, e seus objetivos, nunca teriam conseguido. Insistir, insistir, insistir, é a essência. Não desista, Malu, não desista. Você é guerreira. Sei que é difícil manter a fé diante do medo, mas não desista. Desistir não combina com você, faça como Thomas Edison e insista até dar certo.

Ele pôs a mão no meu ombro, enquanto andávamos no mesmo compasso.

— Você disse que não sabia dar conselhos — eu disse, rindo de lado — e acredite, esse foi o conselho mais lindo que já recebi.

Na verdade, o Fred já tinha me dado aquele mesmo conselho, na noite em estávamos indo para o Orla Naite. *Nunca desista do seus objetivos. Por favor.*

~*~*~*~*~*~*~*~*~*~*~

— Com licença, professora? — pedi com a porta entreaberta — posso entrar para dar um recado?

— Mas é claro! — A professora da classe, uma senhora no auge dos seus sessenta anos ou mais falou, interrompendo sua anotação no quadro.

— Muito obrigada. — Agradeci, entrando na sala com o Felipe atrás de mim.

Pus-me diante de todos e encarei a turma. Devia ser formada por uns quarenta alunos, ou melhor, alunas, porque, com exceção do Felipe, não havia uma única alma masculina no recinto. Ao olhar mais atentamente o quadro, constatei que aquele era o curso de moda, e, logo que me virei novamente para dar começar meu apelo, vi que Natália Negreiros estava sentada na primeira fila. O olho dela ainda estava um pouco inchado, mas não estava roxo.

Ela assentiu discretamente, esboçando um sorriso quase imperceptível. Retribuí de bom grado. Era estranho e ao mesmo tempo satisfatório nos tratarmos daquela maneira.

— Bom dia a todos. — Comecei, com a voz firme, enquanto o Felipe ia distribuindo os folhetos por fila e sua beleza para as estudantes — Meu nome é Maria Lúcia e esse é o Felipe. Fazemos medicina nesta Universidade e eu sou — pensei por um tempo qual palavra para melhor definir meu trabalho comunitário — voluntária em um orfanato. Uma das crianças, Nicole, tem leucemia em estágio já avançado está internada no hospital precisando urgente de bolsas de sangue, e mais importante: Uma medula óssea. — Dirigi rapidamente meu olhar para Natália, que tinha os olhos fixos em mim — Nesse folheto que o Felipe está entregando tem todos os dados que vocês precisam saber para ajudar. O Hospital onde ela está, o número da conta bancária para doações, e outras coisas. Então, esse é meu pedido. Por favor, sejam doadoras de sangue e de medula óssea, vocês podem salvar muitas vidas assim. Além dela, outras crianças do orfanato também têm câncer e, com um número grande de doadores, elas têm mais chances de cura.

Felipe terminou de distribuir os folhetos no exato momento em que eu terminei de falar. Olhei novamente para Natália, e percebi que ela engoliu em seco.

— Era só isso, obrigada pela atenção de todas vocês e obrigada pelo tempo, professora — falei antes de me dirigir à porta.

Quando estava prestes a sair, algo passou pela minha cabeça, então eu me virei na direção da Natália:

— Posso falar com você um minuto?

Ela aquiesceu e levantou-se rapidamente, pedindo licença à professora e saindo da sala juntamente comigo.

— Sim, Malu?

— Queria saber qual decisão tomou em relação a... — olhei discretamente para o Felipe para ter certeza de que ele não estava prestando atenção — àquilo.

Natália olhou para o chão e começou a contorcer as mãos.

— Eu terminei com ele. Não aguentava mais.

— E o que ele fez? — perguntei, tendo liberdade suficiente com ela para erguer seu queixo com meu dedo indicador, obrigando-a a olhar para mim.

— Ele falou que isso não vai ficar assim. Que era para eu aguardar.

— Oh, meu Deus, Natália. Ele te ameaçou! — falei tão angustiada quanto ela — eu não acredito que o Eduardo falou isso, ele não era assim...

Ela pigarreou, mudando o peso de uma perna para a outra e cruzando os braços. Percebi que não sabia o que dizer.

— Você o denunciou? — A pergunta praticamente voou da minha garganta.

Natália me fitou por um tempo antes de dizer que não com a cabeça.

— Você deve estar se perguntando quando nós começamos e namorar. É uma história meio louca, para falar a verdade — ela ficou com o olhar perdido por um determinado tempo, mas depois o focou em mim novamente — passamos a noite juntos naquela noite da festa do Orla Naite. No dia seguinte, quando soubemos que Fred estava morto e que você estava em coma, nós procuramos forças um no outro. Viramos amigos. Mas uma coisa era comum entre a gente: Ele odiava o Fred, e eu odiava você. E eu jurei que se você acordasse, eu iria perturbar sua vida para sempre. — Ela suspirou, mordendo o lábio inferior — vi quando ele saiu arrastando você do Orla Naite. Você estava embriagada. E aquilo me fez sentir que alguma coisa aconteceria com ele por você estar naquele estado. — Meu estômago deu um nó nele mesmo quando ela falou aquilo. Então foi por isso que Natália Negreiros havia me falado que eu era a responsável pela morte de Fred Albuquerque — então, eu fui chamada para cursar moda em abril, e ele transferiu a faculdade para cá. Nós começamos a sair, e ele me pediu em namoro em junho. Bom, eu não gostava dele. Mas imaginei que nada mais justo eu namorar seu ex-namorado, já que você havia namorado o meu. O problema é que ele foi ficando cada vez mais ciumento, estava até atrapalhando minha carreira de modelo. Até que suas crises de ciúme foram ficando cada vez mais sérias, e agora eu percebo em como fui idiota me metendo com alguém como ele, só para te causar raiva. Mas você é muito superior a mim, porque tentou me ajudar naquele dia... Pensei que iria dar na minha cara.

Passei um tempo maior que o necessário para digerir aquelas palavras. Eu não sabia o que pensar, nem mesmo o que sentir. Por que, um dia, ela me odiou tanto?

Quando pensei em dizer alguma coisa a respeito, foi a vez de o Felipe pigarrear atrás de mim.

— Malu, não estou querendo interromper nada, mas a gente precisa ir andando.

— Meu Deus, como eu sou mal-educada. — Reclamei de mim mesma, dando um passo para trás e permitindo que ela pudesse ficar frente a frente com meu amigo. — Natália, esse aqui é o Felipe, ele estuda comigo. Felipe essa é a Natália, ela é minha conterrânea.

Eles se cumprimentaram com beijos no rosto.

— Então, Malu — falou, ajeitando melhor as dezenas de folhetos que estavam em suas mãos — Eu vou indo, depois você me encontra. E... Prazer em conhecê-la.

Natália acenou e esboçou um sorriso simpático. Depois que ele sumiu de vista, ela aproximou-se de mim e falou:

— Espero que consiga mesmo alguém que possa ajudar Nicole. Acho que não tenho todos os requisitos para doar, mas vou divulgar o máximo possível o caso dela.

Confirmei com a cabeça.

— Natália, desculpa por perguntar, mas o que aconteceu com seu "tipo"?

— Ah — ela sorriu cordialmente, antes de ajeitar o cabelo loiro — estou tentando me policiar. Eu sei que é, tipo, bem chato.

Nós sorrimos juntas, depois que ela manifestara seu vício de propósito.

— Agora preciso entrar...

— Tudo bem — concordei.

Ela começou a se afastar, em direção à porta e, quando já estava com a mão no trinco, disse:

— Ah, obrigada por se importar comigo. E me desculpa pela que já fiz.

Tive mágoas, mas superei.

— Relaxa. Às vezes a gente precisa esquecer algumas coisas e... Fazer novas amizades.

Natália sorriu de modo sincero e entrou na sala de aula.

Fiquei parada naquele lugar por uns dez minutos ou mais. Passei a pensar em como tinha sido bom conversar com ela pacificamente, rir com ela. Percebi que estava torcendo, pela primeira vez, por sua felicidade, e para que o Eduardo a deixasse em paz e ela encontrasse alguém que a fizesse muito feliz. Talvez fosse apenas pelo orgulho besta de nós duas que nunca nos demos bem. Imaginei como o Fred ficaria feliz em nos ver daquela forma.

— Ei, Malu!

Balancei a cabeça, afastando meus pensamentos. Antes de olhar para o Felipe, tive a estranha sensação de que havia mais alguém conosco. Virei meu rosto rapidamente na direção oposta do corredor e depois para algumas plantas próximas. Mas não havia ninguém. Tive a impressão de haver alguém escondido ali, porque as folhas se agitaram de modo muito estranho, como se não fosse o vento. Um arrepio percorreu meu corpo, e eu tentei ignorar aquele estranho acontecimento.

— Já passei em duas salas e você ainda estava aqui... O que você tem? — Felipe questionou, analisando meu rosto.

Esfreguei os braços, tentando cessar os calafrios que sentia.

— Parece que você viu um fantasma — comentou.

— Não — respondi, olhando novamente na direção das plantas — não, é só impressão sua.

— Você demorou muito.

— Ah, é que perdi a noção do tempo conversando com aquela... — mais alguns segundos para que eu pensasse em um termo adequado para definir a minha relação com a Natália — minha conhecida.

— Hum... Vocês são amigas?

— Ela só era namorada do meu melhor amigo.

— Entendi... Por falar em namoro... Queria uma namorada, Malu...

— Ai, que fofo, Lipe! É muito raro encontrar um rapaz assim que dá valor a isso.

Ele deu uma gargalhada que ecoou pelo corredor.

— É sério! Mas essas meninas só dão valor para quem não dá valor a elas. Eu sou romântico, cavalheiro, dou presentes e só levo fora. Vou virar um cafajeste.

— Lipe, sei que está brincando, mas nunca mude por ninguém. E... Quer uma dica? — sussurrei, sem acreditar no que estava fazendo — sabe aquela loira ali, com quem eu falei? Ela está precisando exatamente de alguém como você.

Capítulo 20

Meus dias eram longos e minhas esperanças se esgotavam à medida que o mês de setembro passava vagarosamente. Distribuí folhetos em todas as escolas, faculdades, fiz campanhas na internet, e muitas pessoas se prontificaram a doar sangue, mas isso não era o suficiente. O estado de Nicole só piorava, e eu comecei a pensar em apenas aceitar o destino dela e parar de lutar contra algo que talvez fosse inevitável. Talvez ela estivesse certa. Talvez eu estivesse indo contra a vontade de Deus.

Como muitas pessoas na cidade ficaram sabendo da sua história, várias se comprometeram a se cadastrar como doadores de medula óssea. Não obstante, não havíamos encontrado uma compatível com a dela, mas uma das crianças do orfanato, que também tinha leucemia, teve a graça de receber uma medula e se curar. Dois dias depois, uma mulher, no auge dos seus trinta anos, solitária e rica o suficiente para sentir-se infeliz por ter tanto dinheiro e tão poucos amigos, também chegou ao orfanato com autorização para adotar uma criança. Ela afirmou que estava na fila para adotar há mais de dois anos, e com toda a burocracia brasileira, que definitivamente deixa as coisas mais complexas, estava a ponto de desistir. Mas como não especificara muitas características para o tipo de pessoa que queria adotar, e crianças com câncer ou que recentemente se curaram não atendem aos requisitos da maioria das pessoas, sua vez de adotar logo chegou. Foi um motivo para eu ver o sorriso que Nicole esboçou com o maior esforço do mundo, devido às fortes dores que ela sentia e à falta de ar.

Meu rendimento universitário caiu drasticamente. Não ia a todas as aulas, porque preferia ir ao hospital verificar se Nicole não havia tido alguma recaída ou coisa do tipo. Não conseguia me concentrar em nada, e o resultado foram notas bem baixas. Minha sorte é que o período já estava quase no fim e, como minhas notas iniciais eram boas, não tive muitos prejuízos.

Rafael também nos ajudou a divulgar o caso da Nicole. Estava notoriamente satisfeita de vê-lo interagir tão bem com meus amigos e com meu irmão. E, quando eu manifestava minha frustração e meu cansaço, ele me dava novas esperanças. Falava-me palavras belas e inspiradoras. Enxugava minhas lágrimas e me abraçava de um jeito tão doce, que eu podia jurar que nunca mais na minha vida encontraria alguém que me tratasse como ele me tratava.

Quanto ao Felipe, percebi que ele estava levemente interessado na Natália. Perguntava demais sobre ela, quando eu raramente comparecia às aulas. O Felipe era um dos meus amigos mais sinceros e românticos, embora no início ele não demonstrasse ser assim. E a Natália realmente estava precisando de alguém que a tratasse daquela forma, depois de ter rompido com o Eduardo, que havia se revelado um verdadeiro psicopata. O problema é que eu tinha um medo extranatural de o Eduardo tomar conhecimento do interesse do Felipe pela Natália e ir tomar satisfações ou fazer algo pior com ele.

O clima no orfanato era de uma tristeza só. As manhãs eram mais silenciosas e lentas. Mais uma vez, tive a impressão de que minhas duas horas diárias de serviço comunitário duravam dias inteiros, devido àquele clima que me martirizava gradativamente.

Umas dez vezes chorei trancada no banheiro. Chorei de saudade. Lembrei-me das manhãs do mês de julho, o melhor daquele ano, até o presente momento. Lembrei-me de quando nós fazíamos bolo de chocolate, assistíamos a desenhos animados e brincávamos de palavra errada. Era tudo tão fácil e alegre. Desejei com todas as minhas forças que tudo voltasse a ser como antes. Mesmo que para isso eu tivesse que voltar a ser a Malu mal-educada, que odiava trabalhar naquele lugar infantil e cheirando a talco.

Quando o mês de setembro se despedia, com um calor sufocante de quase quarenta e dois graus, eu já estava na iminência de jogar tudo para o alto e apenas aguardar a hora de Nicole partir.

No dia vinte e cinco, cheguei atrasada ao orfanato. Dessa vez foi Victória quem abriu o portão para que eu pudesse entrar e logo percebi que seu semblante não estava nada bem. Grossas lágrimas rolavam pelo seu rosto.

— Vic! — eu a chamei, sacudindo seus ombros e a obrigando a me olhar diretamente nos olhos — Vic, o que houve? Foi alguma coisa com a Nicole?

Ela assentiu, chorando ainda mais. Eu poderia tê-la abraçado, ter-lhe perguntado o que tinha acontecido. Mas não a abracei porque estava em choque. E não lhe perguntei o que havia acontecido, porque eu sabia o que tinha ocorrido. Senti meu coração parar de bater, e meus braços caíram inertes junto ao meu corpo. Olhei para céu e senti que fosse desmaiar. Não podia ser. Eu não acreditava que o que eu mais temia havia ocorrido.

As lágrimas não quiseram sair, então pude perceber que Victória sorria e chorava ao mesmo tempo.

— Me desculpe, Malu.

— Desculpa pelo quê?! — perguntei já estarrecida — o que está acontecendo aqui, Vic? Por que está sorrindo?!

— Desculpa por ter te dado esse susto, é que eu não consigo falar, estou tão emocionada.

— O que houve com ela?

Victória fechou os olhos e demorou por alguns segundos antes de responder. Os segundos mais longos dos últimos dias.

— Encontraram uma medula para ela.

Então eu comecei a chorar. Chorei de verdade. Senti como se um peso enorme tivesse sido retirado das minhas costas.

— Não acredito que ela vai sobreviver. Eu sabia que iria conseguir. Ainda bem que não desisti em nenhum momento.

Victória me abraçou enquanto eu me esvaía naquelas lágrimas de felicidade. Senti mais alguém pegar no meu ombro e, somente pelo toque na minha pele, percebi que era o Rafael. Eu o puxei pelo braço e ele também entrou no nosso abraço. Permanecemos assim um bom tempo, até que Victória resolveu se afastar.

— Ei, não precisa chorar. Já está tudo bem, agora — ele enxugou minhas lágrimas, depois pegou no meu queixo com o polegar e o indicador, como sempre fazia.

— Eu te amo, tanto, Rafael — falei soluçando — se não fosse por você, eu...

— Shh... — ele me puxou para junto do seu corpo, acariciando minha cabeça. — Daqui para frente vai ser só alegria. Você vai ver. As coisas já estão melhorando. E... Tenho uma coisa para dizer.

Afastei-me, fitando seus olhos verdes, que marejavam levemente.

— Não sou ateu. Quer dizer, não sou *mais* ateu.

— Eu sei.

— Sabe?

— Sim — abracei-o novamente, sentindo o conforto do lugar mais aconchegante do mundo, para mim — Quando me falou que era ateu, você disse que talvez acontecesse alguma coisa que fizesse você mudar de ideia. Imaginei que você estivesse falando de um milagre. E para que milagre maior que esse, como prova de que Deus realmente existe?

— Você tem razão — Rafael pôs uma mecha do meu cabelo para trás da minha orelha — Deus existe. E estou muito feliz com isso — ele sorriu graciosamente — sinto-me bem mais seguro sabendo que há um Ser que está cuidando da minha vida.

~*~*~*~*~*~*~*~*~*~*~

Entrei correndo na sala de aula. O professor ainda não havia chegado e os alunos estavam conversando bem alto. Meu coração pulava de alegria, minha pulsação estava três vezes superior que o normal, e eu não me aguentava de ansiedade para compartilhar aquela maravilhosa notícia com meus amigos e com o Henrique.

A primeira pessoa que encontrei quando adentrei foi Guilherme. Ele estava distraído conversando com Helena, fui correndo na sua direção, jogando-me contra o seu corpo e sufocando-o com um abraço. Ele me ergueu do chão e me girou no ar, dando-me um beijo no rosto.

— Eu amo vocês. Obrigada por terem me ajudado tanto.

— Eu falei que ia dar certo.

Quando ele me pôs novamente no chão, Helena aproximou-se, coçando cabeça, confusa. Mas depois de alguns segundos observando meu comportamento e minha expressão, a ficha dela caiu. Um sorriso enorme tomou conta do seu belo rosto, e ela mal pôde se conter de felicidade.

— Ela... A garotinha... — Helena engoliu em seco, sem saber como perguntar sobre a veracidade daquele fato — ela vai...

— Ela não vai morrer — falei rindo e quase chorando ao mesmo tempo. — Preciso encontrar meu irmão, Helena. Você o viu?

— Ele ainda não chegou. Nem Maria Alice. — Respondeu, enquanto negava com a cabeça — Malu, que coisa maravilhosa! Meu Deus, eu não acredito! Não acredito!

— Nem eu, Helena.

— É... — ela começou, puxando o Guilherme pelo braço — também temos uma coisinha para contar para você...

— E eu já posso até saber o que é... — dei uma piscadela — vocês finalmente se assumiram, não é? Estão namorando, não estão?

Apenas observei Helena confirmar meu palpite e, no segundo seguinte, Guilherme lhe deu um selinho, arrancando de mim um suspiro tão meigo e romântico, que nem combinou comigo.

— Eu sabia! — exclamei, unindo as mãos — vocês formam um casal lindo. Ai, como eu amo vocês. — eu me uni ao casal, abraçando os dois de forma sufocante.

Depois, dei um passo para trás, ainda sorridente, e mais uma olhada pela sala à procura da Maria Alice. Alguns alunos entravam pela porta entreaberta, e pude identificar alguns cabelos loiros do lado de fora da sala. Pareciam da Natália. Pude confirmar que era mesmo ela quando algumas pessoas finalmente passaram me permitindo vê-la. Ela acenou, rindo minimamente.

— Com licença, gente — pedi, com o dedo indicador em riste e me afastando de costas — volto em um segundo.

Fui ao encontro dela a passos largos.

— Oi, Malu.

— Oi, Natália.

Natália umedeceu os lábios como se quisesse me falar alguma coisa.

— Aconteceu alguma coisa? — Tomei a iniciativa de questionar.

— Não — ela respondeu deforma automática, fazendo-me relaxar de alguma forma — Só queria saber como estão as coisas... Se você conseguiu...

— Encontrar uma medula compatível com a Nicole? Sim, eu consegui. — Completei, radiante.

— Meu Deus... Isso é, tipo, maravilhoso! — Ela também pareceu radiante, e depois deu leves tapinhas na boca por causa do "tipo" que ela deixara escapar. É claro que aquilo me fez rir.

— Ainda não sei que dia ela vai receber essa abençoada medula. E eu faria tudo para descobrir quem a doou, preciso saber quem é essa pessoa — eu disse, trocando o peso de uma perna para outra e olhando o céu azul de outubro — bom, mas o que importa é que ela vai ficar bem. Não vou perder Nicole.

— Estou muito feliz por você, acredite. — Natália tomou minhas mãos, olhando diretamente nos meus olhos. Aquele gesto me fez cogitar por um instante se eu não estava confiando demais nela. Mas o que ela poderia me fazer de mal? Eu já havia superado os rancores que ela me provocara.

Quando soltou minhas mãos, senti um abraço apertado por trás e logo pude perceber que era meu irmão.

— Henrique, você não vai acreditar! — quase gritei, virando-me para ele.

— Eu sei! Helena acabou de me passar uma mensagem!

Seus olhos cintilavam felicidade. Maria Alice surgiu por trás dele, dizendo:

— Eu falei, Malu. Eu falei!

— Então, qual é a nova? — Felipe interessou-se quando também se aproximava.

Contamos a ele a melhor notícia do ano, e, não diferentemente dos outros, ele quase não conteve a alegria. Foi quando notou a presença da Natália.

— Oi, Natália, tudo bem? — ele a cumprimentou, beijando sua mão.

— Tudo bem — ela respondeu, corando quase imperceptivelmente.

Sem querer, voltei meu olhar para Maria Alice. Ela era tão meiga, doce e simpática. Mas, naquele instante, fuzilava Natália com o olhar. E o olhar só ficou mais sério quando Henrique aproximou-se da loira e perguntou se ela estava mesmo bem. Lembrei-me de que Natália, há algum tempo, em uma tentativa ridícula de me atingir, estragara o namoro do meu irmão, beijando-o à força na frente da sua namorada. Por causa dela o Henrique apanhara do Eduardo. Por causa dela Maria Alice terminara com ele.

Maria Alice começou a se afastar de costas, puxando Henrique pelo braço.

— Vem, já vai começar a aula — ela avisou rispidamente.

— Mas eu não estudo com você — ele argumentou.

— Então vai para sua sala!

Precipitei-me e me dirigi até ela, tirando levemente sua mão do braço do meu irmão.

— Podemos conversar um minuto?

Arrastei-a até um canto isolado do corredor.

— Não precisa ter raiva da Natália assim. Ela mudou. De verdade.

— Ah, agora vocês estão amiguinhas? — ela perguntou sarcasticamente — o que ela fez para acreditar nela, Malu?

— Não, Maria Alice. Nós não somos amiguinhas. Olha, eu sei que ela foi muito ridícula com você, desde o dia em que falou que você era uma vadiazinha no refeitório, e eu até briguei com ela tentando te defender, lembra? — perguntei seriamente, enquanto ela cruzava os braços e revirava os olhos — e você acha que eu iria tratar tão bem alguém que já me causou tanta raiva se eu não soubesse que essa pessoa realmente mudou? Você me conhece, sou muito rancorosa.

— Malu, não acredito que está me falando isso. Eu já vi você chorar por causa dessa menina, ela falou que foi culpa sua o seu amigo ter morrido, e... — ela bufou, revirando os olhos mais uma vez — eu vi quando o namorado dela bateu na cara dela. Eu fiquei com pena, claro, mas ela não vale nada!

— Maria Alice — segurei seus ombros fortemente — uma vez eu vi uma poesia sua, e por muito tempo eu lembrei-me dela. Em um trecho, você escreveu "Tive mágoas, mas superei". Minha relação com a Natália é muito mais antiga do que imagina. E já faz tanto tempo que nós nos odiávamos, que pensei em dar um fim nisso. O perdão é sempre a melhor saída. Nós nos tornamos melhores, eu me tornei uma pessoa melhor.

Ela mordeu o lábio inferior, em seguida tencionou o maxilar com força. Percebi que estava lutando para não ceder aos meus argumentos.

— Vou tentar ser legalzinha com ela — disse, por fim — mas se ela ousar roubar meu posto de sua melhor amiga, ou de namorada do Henrique, eu vou...

Comecei a rir antes que ela terminasse de falar.

— Relaxe. Esse posto é seu e ninguém tira. Afinal, não foi ela quem me ajudou a divulgar o caso da Nicole e nem enxugou minhas lágrimas quando chorei por causa dela. Foi você. Você é meiga, doce e altruísta. Ser rancorosa não combina com você. E se ela ousar ao menos tentar dar em cima do meu irmão, deixa que eu cuido disso — soquei uma mão na outra de brincadeira — Além do mais, ele é louco por você.

— Você acha? — ela perguntou, corando levemente.

— Claro que eu acho. Agora vamos voltar para a sala que a aula já deve ter começado — falei, puxando-a pelo braço.

— Com licença, seu nome é Maria Alice, certo? — escutei a voz da Natália atrás de mim, e eu soltei Maria Alice rapidamente, dando um passo para trás e permitindo que as duas se encarassem.

— Sim, o que você quer?

Natália começou a olhar para o chão, não sei se por vergonha ou porque estava procurando em algum lugar como ela poderia começar a se explicar.

— Não sei se lembra de mim, mas eu sou aquela garota que te chamou de vadia no refeitório e beijei seu namorado, além de acusar injustamente sua melhor amiga de uma coisa que eu não sei se é verdade.

Maria Alice estreitou o olhar, como se estivesse achando tudo aquilo uma verdadeira palhaçada.

— Só queria dizer que tudo o que eu fiz foi para chamar a atenção dessa garota aqui — ela continuou, pegando de leve no meu ombro — eu a odiava porque ela cuidou muito bem de algo que eu deveria ter cuidado. E quando eu precisei de ajuda, ao contrário do que eu pensava, ela me deu conselhos e se dispôs a me ajudar. — ela olhou rapidamente para mim — é por isso que eu estav... Quer dizer, estou em dívida com ela. Não é nada com você, Maria Alice. Nem com seu namorado. A propósito, ele é um anjo. Ninguém nunca me defendeu daquela maneira. Enfim, eu só vim aqui pedir desculpas por tudo isso... Fui muito idiota com vocês.

Tanto eu como ela ficamos esperando uma resposta na expressão da Maria Alice, que ainda a estudava com um olhar estreito e sem piscar. Se eu me senti desconfortável, imaginem a Natália, que estava sendo encarada daquela maneira.

— Tive mágoas, mas superei — ela finalmente falou, sem desviar o olhar.

— Sinto muito pelas mágoas — Natália disse.

— Já superei. Você tem sorte de eu não ser hipócrita. Escrevi isso em algum lugar para um caso hipotético, e também é um antigo conselho que dou para os outros. E acho que isso se encaixa perfeitamente neste verso — Maria Alice falou com a voz carregada de rispidez, embora estivesse aceitando as desculpas da loira, depois finalmente voltou seu olhar para mim, puxando-me pelo braço — vamos, Malu.

Enquanto era arrastada para a sala de aula, virei minha cabeça para trás, observando Natália solitária no corredor. Devia ser ruim não ter muitos amigos. Ela me pegou observando-a e acenou vagarosamente, enquanto eu fazia o mesmo.

~*~*~*~*~*~*~*~*~*~

— Eu falei que era difícil, mas não impossível — disse rindo, enquanto segurava forte a frágil mãozinha da Nicole.

Depois de ter sido liberada das aulas, fui correndo para o hospital falar com ela. Eu precisava encarar aqueles olhos outra vez, precisava dizer a ela que as coisas começavam a melhorar, como o Rafael havia me dito no início daquele dia.

— Obrigada, Malu — ela riu — se não fosse por você eu nem estaria aqui.

— Ei... — fiz um leve carinho no seu narizinho empinado — não fiz mais que a minha obrigação. O que interessa é que logo você estará com a gente de novo. Linda e saudável.

— Malu, posso te perguntar uma coisa?

— Claro, meu anjo.

Ela me fitou séria.

— Quando você terminar de cumprir seu tempo lá no orfanato, você vai continuar visitando a gente?

Eu ainda não havia parado para pensar naquele assunto. O tempo simplesmente correra desde o dia em que recebi a decisão judicial. E era totalmente o contrário do que eu esperava. Antes pensei que aqueles seis meses seriam os mais longos e massacrantes da minha vida, mas sem que percebesse, só faltava metade deles e, antes que acabassem, já estava com saudade. Eu poderia continuar no orfanato como voluntária, mas com certeza meus períodos seguintes da Universidade seriam bem mais rígidos que o primeiro, no qual eu estava. Isso implicaria dizer que eu não teria tempo de ser uma dedicada voluntária.

— Nick... Eu não prometo ir visitar vocês todos os dias, porque não sei se vou ter tempo... Mas eu juro que eu irei assim que puder. Não vou abandonar vocês nunca.

— Tudo bem, acredito em você.

Suspirei, apertando sua mão com mais força. Eu era capaz de estar mais ansiosa do que ela para que recebesse logo aquela medula. Mal podia esperar para que Nicole voltasse a sua rotina normal, a brincar de palavra errada, a pular, a fazer tudo que uma criança saudável faz. Como seriam os cabelos dela? Passei a mão pela sua cabeça raspada. Será que eram loiros? Lisos ou encaracolados? Bom, o tipo de cabelo nem importava tanto. Ela tinha um rosto lindo, parecia um anjo. Um anjo que Deus havia colocado na minha vida. E eu a amava tanto, de um modo que nunca pensei que meu coração fosse capaz de amar. E tudo que eu mais queria naquele momento era poder agradecer pessoalmente ao anônimo que iria salvar a vida daquela criança.

Capítulo 21

O transplante de medula óssea foi marcado para o final do mês seguinte. A cada dia que passava, meu coração ficava cada vez mais ansioso para que esse dia logo chegasse e, dessa maneira, outubro e as minhas férias passavam um pouco devagar.

Eu tentava não pensar no assunto, mas era impossível. E estava tão empolgada com isso que nem conseguia dormir direito. Mas ainda assim consegui recuperar minhas péssimas notas do mês anterior e até recebi os parabéns do meu professor de bioquímica pelo meu relatório quase perfeito. O período já estava no fim e, graças a Deus, não fiquei de prova final em nenhuma matéria.

Nicole teve que se submeter a mais algumas sessões de quimioterapia, como parte de todo o processo de transplante de medula. Isso lhe provocou uma onda de enjoos, e quase sempre vomitava o que comia chegava a dizer que preferia morrer a ter que passar por aquilo novamente. Mas eu fazia o possível para estar lá, do seu lado, encorajando-a seguir em frente. Era tudo para o bem dela.

Depois do encontro um tanto desconfortável entre Maria Alice e Natália Negreiros, eu só vi a loira uma vez, próximo à biblioteca, e Felipe, como sempre, não parava de perguntar por ela. Até que um dia, ele chegou dizendo que a encontrara e a chamara para sair. Não sei se fiquei feliz ou preocupada, porque, embora eu torcesse pelos dois, meu sexto sentido me dizia que Eduardo ainda não a havia esquecido e, ciumento do jeito que era, eu até tinha medo de pensar no que ele poderia fazer com o Felipe. Mas se ele ousasse fazer algum mal à Natália, ao meu irmão, ou a algum dos meus amigos eu não responderia por mim. Iria trás dele aonde quer que fosse, e o faria pagar por isso.

Helena e Guilherme não se desgrudavam. E isso, com certeza, era motivo para que eu ficasse mais feliz. Eles eram tão perfeitos juntos. Ela, a menina atrevida, ousada e popular. Ele, o certinho, o *nerd*, que procurava fazê-la andar na linha. Ela o divertia, com aquele senso de humor imbatível. Ele procurava corrigi-la em algumas situações, utilizando-se dos seus conceitos de certo e errado. Eram mais lindos até do que Maria Alice e Henrique. E mais uma vez, eu me senti ridiculamente romântica.

Por falar em romantismo, percebi também que Rafael tentava me provar que ele era a pessoa certa, com quem eu deveria compartilhar o resto dos momentos da minha vida. Porque ele me mandava flores quase toda semana, dava-me chocolates, levava-me para passear e me enchia de carinhos, dos mais diversos.

Nós não brigávamos, e eu de nada poderia reclamar da minha vida amorosa. Tudo ia bem, parece que, depois da tempestade, o sol voltara a brilhar na minha vida com toda a força, e percebi que tudo não passara de uma fase, ou melhor, de uma prova para testar meus limites. O limite da minha paciência, da minha persistência e, é lógico, da minha esperança.

No início das férias, meu desejo maior era de fazer as malas e pegar um ônibus para Parnaíba. Mas, por conta do serviço comunitário, eu estava impedida de fazer isso, para minha frustração. Eu queria muito ver minha mãe, mas precisava ficar em Teresina. Não só por causa do orfanato, mas também pela Nicole. Meu irmão, ao contrário de mim, e causando-me uma pequena inveja, viajara para nossa cidade natal, regressando cinco dias antes do início das aulas.

Quando finalmente chegou o dia do transplante de Nicole, e o meu penúltimo dia de férias, era um sábado, eu estava, às onze da manhã, no apartamento do Rafael, no seu sofá macio, esperando a hora de ir para o hospital acompanhá-la no procedimento.

— Não acredito que é hoje — declarei, acariciando sua barba por fazer, sentada no seu colo.

— Parece que o mês de outubro foi um ano inteiro.

Eu me aconcheguei, abraçando seu corpo quente e sólido.

— É lógico, nós contamos os dias para que esse momento logo chegasse — fechei os olhos, absorvendo profundamente o ar daquela manhã — nem parece que está tudo se ajeitando. Está tudo finalmente se encaixando.

— Isso é verdade. Só não consigo parar de pensar como será minha vida depois que nós não tivermos mais que cuidar das crianças. Só falta um mês e alguns dias para tudo isso acabar. Sinto que vou ficar muito entediado.

Aquiesci, com meu rosto colado no seu peito. Depois imergi profundamente nas minhas reflexões sobre o transcorrer do tempo. Eu simplesmente não acreditava que faltavam apenas dois meses para o aniversário de morte do Fred.

— Para completar minha felicidade, só faltava o Fred estar vivo — comentei baixinho, tentando esconder minha pontada de desânimo.

Os músculos do Rafael se retesaram intensamente. Ele parecia desconfortável, pois senti seus dentes serem pressionados um contra o outro. Ele afrouxou de leve o braço que mantinha ao redor da minha cintura, soltando um gemido audível.

— O que foi? — perguntei confusa e um tanto preocupada.

— Ele era muito importante para você, não era?

— Sim.

— Eu sei como é ruim perder alguém importante, e fico realmente mal quando você fala dele.

Estranhei um pouco. Mesmo que ele também tivesse perdido alguém importante, a pessoa que perdera era muito mais importante para ele do que o Fred para mim. Ele perdera a mãe. A mãe da gente é um pedaço de nós. E ele não precisava ficar mal simplesmente por eu me lembrar do meu melhor amigo.

— Por que você fica tão mal quando falo dele? Nem o conheceu.

Percebi que o havia ofendido. Ele estreitou o olhar e mais uma vez retesou os músculos.

— Já falei que sei como é ruim perder alguém. Desculpe-me por entender você.

— Ei! — fiz menção de me levantar — não vamos discutir por isso não, é?

Rafael virou o rosto, olhando o céu uniforme, sem nenhum vestígio de nuvem.

— Desculpa — pedi, deitando-me novamente no seu colo — desculpa, Rafael. Eu... Eu sei que você me entende e me apoia em tudo. Eu sou muito... Muito mal agradecida.

Ele percorreu lentamente o olhar até mim. Pensei que ia começar seu discurso para provar que tinha razão e não aceitava minhas desculpas, como fazia antes de namorarmos.

— Sabe qual foi o dia mais importante da minha vida? — perguntou repentinamente.

Acho que o brilho nos meus olhos foi evidente quando olhei para ele.

— Qual?

Rafael pôs a mão no meu pescoço puxando meu rosto para mais perto do seu.

— Aquele dia em que apostamos um racha. Se não fosse por isso, nós não seríamos obrigados a conviver todos os dias, e eu nunca teria me dado conta de que o amor da minha vida mora ao lado.

Sem esperar atitude nenhuma da parte dele, colei meus lábios nos seus. Ele envolveu minha cintura ainda mais, puxando meu corpo para cima do dele. Rafael tinha um cheiro incrível, inebriante e, naquele momento, ele não estava diferente.

Continuei acariciando a barba por fazer, e o beijo só foi aumentando de intensidade. Ele continuou me puxando, e percebi que começava a deitar de costas no sofá, pondo-me por cima dele. Ele começou a espalhar beijos quentes pelo meu pescoço, arrancando-me arrepios e suspiros que eu lutava em manter na garganta.

Nesse momento, escutamos alguém bater à porta.

Ele soltou um gemido de frustração, enquanto eu saía de cima dele, para que pudesse atender quem estava lá fora.

— A Malu está aí? — escutei meu irmão falar assim que Rafael abriu a porta. Seu tom de voz estava carregado de nervosismo.

— Oi, Henrique — apareci por trás do Rafael — aconteceu alguma coisa?

— Sim — respondeu decisivo, fazendo meu coração pular — precisamos ir à Parnaíba. A mamãe perdeu o bebê.

~*~*~*~*~*~*~*~*~*~*~

O sol de novembro, que se aproximava, já castigava a simplicidade da minha cidade natal. Depois de sete meses sem pisar lá, senti-me acolhida pela natureza das pessoas e dos locais que eu costumava visitar. E, é claro, o vento litorâneo me fez perceber como era bom estar em casa.

Eu só lamentava o motivo de ir tão depressa à Parnaíba. O sonho da minha mãe era ter mais um filho e, justo quando iria acontecer isso, ela perdera o bebê. Era mesmo lamentável. Passei a viagem inteira imaginando como ela estava. Chorando, por certo. Mas, será que ela estava em uma espécie de depressão, ou seria capaz de superar sua perda facilmente? Eu desejava poder, de algum modo, confortá-la diante de toda aquela situação.

Também lamentei bastante por não poder ficar no hospital esperando por notícias de Nicole quando recebesse a medula. Aquele era um dia muito importante para ela, mas, infelizmente, eu nada poderia fazer a não ser rezar para que desse tudo certo. Ademais, Clara estaria lá. Clara era como se fosse uma mãe para ela.

Quando estacionamos o carro em frente a nossa casa, percebi como estava com saudades daquele lugar. Limitei-me a observar o vento balançando as folhas das árvores e podia escutar as cortinas de conchas também balançando no terraço.

Henrique destrancou o portão e nós entramos.

Minha mãe sempre fora uma mulher linda. Independentemente da situação, ela mantinha sua beleza exuberante, e todos que para ela olhavam a admiravam constantemente. Inclusive no trabalho, por ser uma das enfermeiras mais atraentes do hospital. Mas, naquela ocasião, recostada na cabeceira da cama, ela tinha um semblante diferente, que eu nunca havia visto. Ela tinha olheiras. E estava mais magra e pálida. Seus cabelos negros não eram mais tão lisos e estavam um tanto opacos. Ela me pareceu fragilizada. Mesmo assim, abriu os braços quando me viu.

— Minha Malu!

Não consegui conter as lágrimas. Cheguei para junto da cama e a envolvi com os braços.

— Mãe, eu estava com tanta saudade. Faz tanto tempo que não te vejo!

Ela acariciou meu rosto, com o olhar fraternal. Ela não parecia querer chorar.

— Senti muito a sua falta.

Nesse momento, meu irmão também se aproximou dela e deu um beijo em sua testa.

— Sinto muito, mãe.

— Nós sentimos — corrigi rapidamente, apertando sua mão.

Meu pai, que também se encontrava no quarto, pigarreou um instante, então corri para abraçá-lo.

— Pai, como foi que isso aconteceu?

— Os médicos falaram que não posso mais ter filhos, Malu — minha mãe respondeu por ele, entrelaçando os dedos em cima do colo — mas eu queria tanto. Essa casa ficou tão fazia sem vocês.

— Mãe, me desculpa — falei abraçada ao meu pai, que massageava minhas costas.

— Eu não tenho nada que desculpar de você, meu amor. O que você me fez de tão grave?

Apertei os olhos com força. Como, algum dia, eu pude ser um ser humano tão horrível?

— No dia em que você me ligou para dizer que estava grávida, eu falei que não tinha achado uma boa ideia. Não tinha gostado da notícia. Como pude ser tão egoísta? Eu não pensava na importância que esse filho tinha para você.

Ela comprimiu os lábios em uma linha fina e levantou-se da cama, caminhando lentamente até onde eu estava.

— Pare com isso. Você nunca foi egoísta — ela soltou-me delicadamente dos braços do meu pai, envolvendo-me com os seus — você só é um pouco rebelde. Atrevida. Ousada. Mas nunca egoísta. Você move céus e terras para defender quem você ama.

— Ah, mãe — meu irmão entrou no elogio — ela já foi rebelde. Nunca mais se meteu em confusão e me dá bem menos trabalho.

O Henrique havia conseguido arrancar um sorriso de mim, por menor que fosse. E logo percebi que minha mãe também sorria, enquanto passava a mão pelos meus cabelos.

— Mas isso é maravilhoso! Estou orgulhosa de você.

— Isso merece até uma comemoração — meu pai declarou, fazendo-me rir mais uma vez.

— É mesmo, pai — meu irmão concordou, chegando mais perto — mas antes mesmo de ela parar de arranjar encrenca eu já havia dito — ele me olhou, esboçando um sorriso — nós a amamos do jeito que ela for.

Deus não poderia ter me dado uma família melhor. Fiquei a pensar naquela frase que o Henrique acabara de proferir, enquanto era mimada naquele colo maternal.

Não percebi quando meu pai e Henrique se retiraram do quarto, deixando nós duas a sós. Eu tinha muita coisa para contar a ela.

Então contei o que havia acontecido na minha vida durante os últimos meses. A única coisa que ela sabia era que eu havia sido condenada a pagar multa e a prestar serviços comunitários a uma entidade que cuidava de crianças com câncer. Mas ela não sabia que eu estava namorando justamente a pessoa que fora a responsável por tudo aquilo. Seu olhar de surpresa foi evidente e, ao contrário do Henrique, agradou-lhe muito a ideia de eu estar namorando uma pessoa que gostava de apostar rachas, vender carros roubados, beber, fumar, e muita, muita confusão.

— Não é inacreditável? — comentei.

— Inacreditável é alguém conquistar você.

— Para, mãe — dei um tapinha na sua perna — eu tenho um coração, sabia?

— Sim, um coração maravilhoso — ela respondeu, com os olhos brilhantes.

— Pensei que nunca mais iria namorar alguém depois do Eduardo... Eu tinha perdido minhas esperanças com relação a homens.

— Querida, vocês ainda tem muito o que aprender sobre homens. Eles são seres humanos como a gente. Têm sentimentos como a gente, amam como a gente, sonham como a gente. Mas nem todos eles são iguais. Tem uns que são românticos, outros não gostam de demonstrar que amam. Alguns são fiéis, outros não. Essa história de que homem é tudo igual é balela. Às vezes, só precisamos levar alguns tombos parar saber o que realmente é certo, o que realmente está a nossa altura e os erros que nunca podemos cometer novamente. O Eduardo não foi fiel a você, mas você não pode achar que todos são assim.

Um arrepio percorreu toda a minha espinha só de escutar o nome dele. Comecei a falar para ela o que ele havia feito com a Natália. Não sei se ficou mais surpresa em saber que ele era daquele jeito, ou porque estava namorando uma antiga rival minha. E ela também ficou muito feliz por finalmente eu e Natália termos nos acertado.

Depois que tagarelei muito a respeito da minha vida, o silêncio permaneceu entre nós duas por alguns segundos. Ela mantinha-se profundamente concentrada em algum tipo de pensamento que eu não sabia qual era. Por fim, para pôr fim a minha curiosidade e também a minha preocupação, indaguei:

— Mãe? No que está pensando?

Ela voltou seu olhar para mim. E estava pesado. Esticou melhor as pernas e pousou a xícara que tinha em mãos no criado-mudo.

— Depois que você foi morar com seu irmão, essa casa ficou muito silenciosa. Chega a ser perturbador chegar em casa depois de um longo dia de trabalho e não escutar os gritos de vocês dois brigando pelo controle remoto, ou pelo telefone... Ou mesmo sem escutar seu pai dizer para que você pare de brigar na rua — ela deu uma leve risada — enfim, Malu, eu queria muito ter outro filho. Eu ainda estou na idade e achei que fosse possível. Mas confesso que há muito tempo tento engravidar e não conseguia. Alguma coisa me dizia que poderia dar errado dessa vez, e deu mesmo. Eu não aguento mais essa casa vazia...

Tencionei o maxilar. Minha mãe queria um filho, mas não podia mais ter um. Era um fato triste, mas tinha que haver uma solução.

— Mãe, você já pensou em adotar alguém?

— Querida, é claro que já. Mas eu não posso simplesmente chegar em um orfanato e dizer que quero adotar uma criança. Isso é ilegal. Eu preciso primeiramente ir a um Juizado da Criança e do Adolescente, entrar em uma fila gigantesca e esperar minha vez de poder adotar alguém. E pode demorar anos.

— A burocracia acaba desanimando as pessoas, não é?

— Justamente. Bem, se nós conhecêssemos uma criança específica, seria bem mais fácil. Mas eu não conheço nenhuma...

Meu cérebro iluminou-se quando a minha mãe falou aquilo. Era lógico! Ela não conhecia nenhuma criança específica. Mas eu sim. Como eu não havia pensado naquilo antes? Meu coração se expandiu quando pensei na ideia, então a interrompi tão abruptamente e com o tom de voz tão alto, que ela se assustou por um momento.

— Mãe! — tomei suas mãos nas minhas — eu conheço uma pessoa que precisa de uma mãe tanto quanto você de um filho.

Capítulo 22

Tive que regressar ao final do dia seguinte por conta das aulas. Estava totalmente dividida entre ficar com a minha mãe e voltar para minha rotina e para Nicole. Na verdade, eu não estava nada dividida. Embora me preocupasse muito com a Nick, mãe é mãe. E tudo que eu mais queria era passar muitos dias com ela, até matar definitivamente toda aquela saudade que me assolava. Mas aqueles dois dias que passei com minha família valeram muito a pena. Há tempos eu precisava de uma boa dose de amor fraternal.

Infelizmente, minha mãe só poderia passar uns dias comigo em Teresina no mês de dezembro, quando tiraria suas férias do hospital. Ela, com certeza, teria uma licença depois de ter perdido o bebê, mas preferiria passar aquele meio tempo na casa da minha avó, sua mãe, que morava em um singelo e calmo povoado próximo a Luís Correia. E mesmo assim, Nicole só ficaria totalmente saudável e recuperada algum tempo depois. E minha mãe nem poderia conhecê-la se ainda estivesse no hospital.

Eu imaginava o melhor jeito possível de apresentar as duas. Mal podia esperar para que minha mãe logo se apaixonasse por aqueles olhos tão brilhantes e por aquele jeito encantador. Ainda me resignava a acreditar que nunca havia passado pela minha cabeça que as duas tinham sido feitas uma para a outra.

Como Nicole havia passado por uma cirurgia de transplante, segundo meu médico, ela não poderia mais receber visitas como recebia normalmente. Ela teria que ficar em um quarto especial, recebendo todos os cuidados possíveis para que não contraísse infecções nem qualquer outro tipo de contaminação, já que seu sistema imunológico ainda estava um pouco debilitado. Ela teria que ficar em observação até que a medula transplantada se adaptasse ao seu organismo e fosse capaz de produzir as células do sangue.

Além de algumas orientações sobre as visitas, escutei do médico que o que ele acabara de ver naquele hospital era um verdadeiro milagre. Nicole já estava morrendo, seus órgãos paravam de funcionar gradativamente, e os médicos duvidavam de que ela fosse escapar. Fora isso, encontrar alguém compatível para uma doação de medula óssea era muito difícil de ocorrer. Por isso, eu deveria levantar as mãos para o céu e agradecer. E eu já perdera a conta de quantas vezes havia feito aquilo.

~*~*~*~*~*~*~*~*~*~*~

— Bom dia, amores — saudei, enquanto me ajoelhava no dormitório feminino, permitindo-me ser abraçada por todos os lados.

Meu ânimo e minha intensa felicidade eram evidentes no meu tom de voz. A manhã estava linda, e percebi que aquele era um dos meus lugares favoritos no mundo.

— A Clara falou que a Nick vai voltar logo! — Rita declarou animada.

— Hum... Mas é claro que vai! — eu a ergui no ar, jogando-a em cima da cama.

Comecei a correr ao redor do quarto, atrás das outras três meninas. Elas tentaram ao máximo fugir de mim, mas agarrei todas de uma vez, jogando-as em cima da cama, juntamente com a Rita, cobrindo-as de leves cócegas. As risadas cortaram o silêncio profundo da casa, ecoando pelo quarto e talvez pelos corredores. Quando percebi que já as havia feito rir o bastante, joguei-me ofegante e risonha no chão gelado. As meninas escorregaram pela cama deitando-se junto a mim.

— Quanto tempo falta? — uma delas perguntou.

Pendi minha cabeça para o lado.

— O quê?

— Para você ir embora.

Mordi o lábio inferior, mirando o teto com uma pontada de nostalgia. Nunca tinha reparado que era decorado com borboletas fluorescentes.

— Dois meses.

— Vamos sentir sua falta — a voz da Rita entrou no meu cérebro.

Rolei para o lado apoiando-me no cotovelo.

— E eu também. Mas isso não é uma despedida. Virei aqui quando puder ver vocês. E tenho certeza de que em breve vocês três — falei apontando o dedo para elas, com exceção da Rita — também irão ser adotadas assim como essa ruivinha aqui. E serão muito, muito felizes.

Ficamos nos entreolhando, limitadas a escutar os passarinhos e os galhos da enorme árvore do jardim arranhar a janela por fora. Deitei-me de novo e fechei os olhos, percebendo que ficara muito naquela posição, apenas pensando, nos meus dias mais difíceis. Adorava refletir daquele jeito. O orfanato, quando ficava silencioso, era tão acolhedor.

Abri os olhos de imediato, quando escutei batidas na porta. Levantei a cabeça, quando vi a de Victória enfiada pela porta entreaberta.

— Malu, será que você se importaria de ir ao supermercado?

Levantei-me e fui caminhando a passos largos na direção dela.

— Claro que não — respondi prontamente, enquanto ela me entregava uma lista com apenas cinco itens.

— É que eu estou fazendo o almoço, a Elisa não veio hoje. Não tem mais macarrão, nem tomate para a salada, além de algumas coisinhas que estão faltando também. Clara não está, e o Rafael está ocupado com os meninos. Por favor.

— Tudo bem, Vic — virei-me na direção das três garotinhas, que ainda estavam deitadas no assoalho de madeira. — Comportem-se, meninas. A tia Malu volta num instante.

~*~*~*~*~*~*~*~*~*~*~

Peguei o macarrão e o depositei com cuidado na cestinha de compras. Com a caneta, risquei o primeiro item da lista.

Depois de pegar os ovos, dirigi-me à seção de frutas e legumes.

As maçãs não estavam muito boas, algumas tinham manchas escuras, e outras pareciam mesmo podres. Observei que um funcionário do supermercado estava repondo o estoque de maçãs, então esperei que ele depositasse algumas que estivessem realmente atraentes.

Depois que ele saiu, comecei a escolhê-las, selecionando as melhores dentro de um saco plástico.

— Escolha bem, Malu — escutei uma voz falar ao meu lado, e então imaginei que meu rosto subitamente ficou de moreno claro para branco pasmado — As frutas podres podem contaminar as demais.

O saco plástico escapuliu das minhas mãos, que tremiam. Mas não era de nervosismo. Era de raiva mesmo.

Virei-me e encarei Eduardo, trincando os dentes.

Os cabelos dele estavam mais compridos. Havia uma barba rala ao redor do seu queixo, e olhos negros me miravam furtivamente.

— Você com certeza é uma fruta podre, Eduardo. Mas não vai contaminar ninguém.

— Ah, é? — ele aproximou-se. Não tinha o usual cheiro de vodca, mas o odor de nicotina invadiu minhas narinas e eu senti uma intensa repugnância. — E será que eu posso entender isso como uma ameaça?

As pessoas que passavam por nós imaginavam que estávamos tendo um diálogo normal, ou nem notavam nossa presença, ocupadas demais para isso.

— Malu, há muito tempo eu esperava por isso. Ver você de novo.

Meu coração começou a pular de forma quase incontrolável, e percebi que ele provocava um certo pânico em mim. Mas eu não poderia, de forma alguma, demonstrar o que estava sentindo.

— Queria olhar nos seus olhos e dizer tudo que eu quero — ele chegou mais perto, e eu engoli em seco, dando um passo para trás, mas continuava a encará-lo como se não estivesse com medo.

— Vai em frente — minha voz saiu trêmula, e isso me causou muita raiva de mim mesma. — Diga o que quiser.

Ele sorriu de modo assustador. Seus dentes amarelados e pontiagudos me fizeram embrulhar o estômago.

— Eu sei que seu irmãozinho patético contou que eu estou namorando a Natália. Mas sabe o que vocês têm a ver com isso? Nada.

Engoli em seco mais uma vez e percebi que estava ficando ofegante, mas continuei a sustentar olhar.

— Eu dei uma boa surra nele, Malu. Para aprender a não mexer com quem não deve — ele deu mais um curto passo à frente, porém não mexi meus pés um milímetro sequer — e daria outra se fosse preciso. E mais outra, e mais outra. — Meu sangue começou a correr mais rápido nas minhas veias, e tentei imaginar se o limite do meu autocontrole estava próximo de ser atingido. — Mas não seria o suficiente. Ele vai me pagar por aquilo. Aliás, todos vocês vão. Ele, você, a vadia da Natália, por ter terminado comigo, para ficar com aquele seu amiguinho ridículo. E ele, é claro. Sim, ele também vai me pagar por ter tocado no que é meu.

Não era possível. Ele sabia do Felipe? Que droga. O pânico começou a tomar conta de mim outra vez.

— Sim, eu os vi ontem juntos — ele continuou — e sei que ele é seu amigo, porque um dia depois que ela terminou comigo, resolvi dar uma checada no corredor onde ela estuda. E adivinha? Eu vi vocês dois distribuindo uns folhetos.

Lembrei-me do dia em que tive a impressão de que havia alguém escondido por trás das plantas do campus onde a Natália estudava, em frente a sua sala de aula. Era ele. Eu sabia que meu aguçado senso de perceptividade não havia me traído. Mas, se eu soubesse que quem estava lá era o Eduardo, eu teria tomado todas as providências cabíveis para evitar que ele chegasse perto novamente.

Ele começou a tatear os bolsos e retirou de lá um papel dobrado, que logo reconheci ser um folheto sobre o caso de Nicole.

— Até peguei um. Então quer dizer que, depois de arrumar tanta confusão, de mentir para os seus pais, resolveu ser voluntária? Bem cínico da sua parte, Malu.

Meus olhos começaram a arder. Cerrei os punhos e tentei não chorar.

— Bem, essa criança aqui. Nicole. Bem, ela não tem nada a ver comigo, mas desejo profundamente que não tenha escapado.

Não, Malu, não faça nenhuma besteira. Controle-se.

— Você é doente — afirmei com a voz estranhamente firme. — Não sei onde estava com a cabeça para namorar você. Já faz um ano e meio que terminamos, e eu nem lembrava mais da sua existência. Aí você volta só para me atormentar? Por que não me deixa em paz, Eduardo? Por que não deixa meus amigos em paz?

Ele riu sarcasticamente, causando-me arrepios.

— Vocês mexeram com a pessoa errada. Como eu disse, você, a Natália, seu amiguinho imbecil e seu irmão babaca vão me pagar. Ah, me esqueci de uma pessoa também, mas essa já se ferrou há muito tempo. Que pena, seria um prazer acabar com — trinquei os dentes o máximo que pude. Não, ele não seria capaz. — Fred Albuquerque.

Dei um passo à frente, empurrando o corpo Eduardo com uma fúria quase incontrolável. Concentrei todas as minhas forças naquele ato violento. Minhas mãos tremiam de ódio. Meus olhos ardiam, querendo chorar só de raiva. Ele tombou, e em seguida eu o empurrei mais uma vez por cima das maçãs, fazendo-as rolar pelo chão. Vi de rabo de olho um segurança vir correndo na nossa direção, e algumas pessoas se apressaram para sair dali, temendo que eu fizesse alguma besteira. Outras apenas se limitaram a observar a cena. Ele não fez resistência alguma, enquanto ria com sarcasmo, o que só fez aumentar minha fúria. Sem me importar com o que as pessoas achariam da minha rispidez, eu agarrei a gola da sua camisa e o encarei, pondo seu rosto a centímetros do meu. Estava me controlando para não lhe apertar o pescoço.

— Se você ousar — minha voz estava carregada de nojo e desprezo — se você ousar chegar perto do meu irmão, da Natália, do Felipe ou de qualquer um dos meus amigos, eu vou te procurar nem que seja no inferno e vou te fazer pagar por isso — meus olhos começaram lacrimejar e minha saliva de repente, ficou muito grossa, e eu resisti contra a vontade de cuspir na cara dele — você despertou um ódio incontrolável em mim, Eduardo. Agora vai ter que aguentar. É guerra que você quer? Pois é guerra que vai ter.

O segurança do supermercado aproximou-se, reclamando comigo por causar distúrbios no estabelecimento, e segurando-me para evitar que eu matasse o Eduardo ali mesmo.

— Não precisa me segurar! — esbravejei, largando com evidente nojo aquele verme, que um dia fora meu namorado — Nem me expulsar.

E saí dali furiosa.

~*~*~*~*~*~*~*~*~*~*~

Não contei ao Henrique o episódio no supermercado. Percebi que estava imersa em um medo devastador de que o Eduardo aparecesse em algum lugar, quando estivéssemos todos juntos, e fizesse algum mal a ele, ou aos meus amigos. Eu não tinha medo do Eduardo. Tinha medo do que ele poderia fazer com quem eu amava só para me atingir. Por isso, precisei manter a calma e esconder minha íntima insegurança.

Quando o final de novembro se aproximou, meu medo repentino, incômodo e incessante do que o Eduardo poderia estar tramando foi sumindo aos poucos. Nos primeiros dias que se sucederam ao nosso tenso encontro, fiquei um pouco paranoica, sua voz ficou se repetindo na minha cabeça o tempo inteiro. Eu vigiava os caminhos por onde passava, principalmente os da Universidade. Ligava quase todos os dias para o Felipe para saber se estava tudo certo com ele e com a Natália. Também começava a imaginar mil coisas que poderiam ter acontecido ao meu irmão se ele se atrasasse alguns minutinhos. Umas duas noites, tive pesadelos com ele. Mas, depois de alguns dias, comecei a ficar mais tranquila,

Eu já havia me dado conta de que Nicole já estava em observação no hospital há um mês e me peguei imaginando se não era tempo demais, e se ela já estaria totalmente recuperada. E também me peguei percebendo que já fazia quinze dias que eu não a via, mas sempre pedia notícias suas para a Clara, que era a pessoa que mais a visitava.

Segundo ela, os médicos se surpreendiam a cada dia. Ela não apresentou nenhum tipo de rejeição e a medula transplantada já era capaz de produzir células do sangue. Meus olhos encheram-se de lágrimas ao ouvir aquilo. Em pouco tempo, ela poderia voltar a sua rotina normal.

Faltava apenas um mês. Um mês para eu ficar quite com a justiça depois de prestar seis meses de serviço comunitário. Fiz uma breve análise de tudo. Eu entrara naquele pequeno centro comunitário como um ladrão entra em uma prisão. Revoltada, de difícil convívio e louca para sair. Cinco meses antes, odiava o barulho e a bagunça provocados por aquelas crianças. Odiava brincar de palavra errada. Odiava Clara me dando ordens, os conselhos aparentemente inúteis de Victória, o modo como João podava as plantas do jardim, a comida preparada com esmero pela Elisa e, principalmente, a voz aguda de Nicole nos meus ouvidos todos os dias. Não obstante, cinco meses depois, sentia um vazio só de pensar que não teria que ficar lá por duas horas todas as manhãs.

Aquele orfanato, com certeza, foi um lugar muito importante para a minha formação como pessoa. Não que eu não me comportasse como uma pessoa de verdade antes, mas melhorei muito. Progredi. Aprendi a conviver com as diferenças. Aprendi que tenho muito mais o que agradecer do que o que pedir. Também aprendi a treinar a paciência. Aprendi a amar. Mas a maior lição que tive naquela pequena casa, nos meus dias mais difíceis, quando chorava inconsolavelmente no chão duro e frio do banheiro, pensando que Nicole estava nos seus últimos dias de vida, foi que a fé tem que ser maior que os medos.

A fé tem que ser maior que o medo. Quando o medo se aproxima, ameaçando chegar ao limite, precisamos de alguma coisa que possa nos manter firmes diante da situação. Bem, eu tenho fé em um Ser responsável por fazer tudo milimetricamente funcionar, desde a disposição dos astros no Universo, até as células do nosso corpo. Tenho fé nesse Ser principalmente quando quero que algo difícil — ou impossível — aconteça.

Fé é a palavra chave. Ela busca o equilíbrio, a paz interior, a crença de que ficará tudo bem. Significa confiar em algo que não podemos ver ou tocar. Mas é acreditar que esse Ser imaterial resolverá tudo por nós. Basta acreditar e esperar. Ou serão os milagres meros acontecimentos do dia-a-dia? Acho que não.

Há uma força muito maior que a nossa audácia, tecnologia e inteligência. E sem essa força, o impossível não aconteceria e, dessa forma, milagres não existiriam.

Bem, esse é apenas meu ponto de vista. É claro que existem pessoas que não acreditam em Deus, e eu não pretendo persuadi-las do contrário. Eu me acho às vezes meio hipócrita, até. Defendo vigorosamente a existência de Deus, mas não tenho muito o costume de ler a Bíblia, nem frequento cultos ou missas. Faço uma oração de verdade uma vez por semana e já fui bem rancorosa, sem seguir os ensinamentos de Jesus sobre o perdão. Mas gosto de acreditar que existe uma força, ou uma luz, ou outro tipo de energia imensamente grande que faz o mundo girar e minha vida seguir em frente.

O primeiro dia de dezembro caiu em um domingo nublado. E foi nessa mesma manhã que minha mãe, como havia prometido, chegou para passar suas férias em Teresina, comigo e com o Henrique.

Ela nos ajudou a fazer o almoço, que ficou uma delícia. Fiz questão de saborear cada pedaço, mastigando bem. Era tão bom provar da comida que a minha mãe, com esmero, preparava. Mas o que me deixou mesmo satisfeita foi a cena da nossa família toda reunida, com ausência apenas do meu pai.

Minha mãe teve a maravilhosa ideia de pedir para que eu chamasse o Rafael e o Henrique chamasse Maria Alice. Assim, todos nós almoçamos e conversamos agradavelmente.

Ela adorou conhecer e conversar com os dois, aprovando-os com uma notável satisfação. Fechei os olhos e desejei que minha felicidade não fosse passageira, que dali para frente, a alegria fosse rotina na minha vida.

Mamãe dormiu na minha cama naquela noite, e eu coloquei um colchonete perto dela, acomodei-me e adormeci dentro de poucos minutos, sentindo a presença maternal dentro do meu quarto e a segurança que ela me trazia.

~*~*~*~*~*~*~*~*~*~*~

No dia seguinte, ela preparou um café da manhã especialmente para mim, com tudo de que eu gostava: Pão de queijo, melancia, café, ovos e um delicioso bolo de laranja. Ela também prometeu me levar para o orfanato e ir me buscar lá quando eu tivesse que ir para a Universidade.

Quando paramos em frente ao orfanato, minha mãe ficou boquiaberta.

— Que lugar mais lindo, Malu! — exclamou, retirando os óculos de sol e debruçando-se sobre o volante de modo a observar o local — olhe esse jardim... Deve ser um prazer trabalhar aqui.

Concordei em silêncio. Era mesmo um prazer.

— Mãe, você não quer entrar? Vão adorar. Eu já falei tanto sobre você...

— Ah, eu também adoraria... Convite aceito — falou com um sorriso nos lábios e assentindo minuciosamente, enquanto desligava o carro e retirava a chave da ignição.

— Bom dia, senhoritas. — João saudou, abrindo o portão para nós duas.

— Bom dia, Seu João. Essa é a minha mãe. Ela veio conhecer a instituição, também adora crianças.

— Tudo bem, como vai o Senhor? — mamãe apertou amigavelmente a mão dele — é um prazer conhecê-lo.

Quando adentramos na sala, Clara veio nos receber. Ela apresentou-se a minha mãe e logo estavam conversando sobre o orfanato no sofá tomando café. Pelo que entendi, as crianças ainda estavam se alimentando, por isso, mantive-me na sala, participando da conversa.

Clara estava mais sorridente e já tinha percebido que João também estava.

Queria que a conversa com a minha mãe desse uma pausa, para que eu pudesse perguntar-lhe sobre o estado de Nicole. Mas as duas não paravam de falar.

Então o burburinho vindo da cozinha começou a aumentar, e eu me dirigi para o corredor para saudar as crianças, que, uma a uma, saíam de lá. Elas também estavam mais felizes.

Escutei a voz da Victória dentro da cozinha a conversar com alguma delas. Quando fiz menção de entrar, Joaquim veio correndo em disparada e se jogou nos meus braços. Eu o ergui no ar dando-lhe um beijo estalado no rosto.

— Você não vai acreditar! — ele falou empolgado, assim que o pus no chão.

— Não vou acreditar em quê?

Antes que ele respondesse, saiu correndo para junto das outras crianças. Então, decidi ir falar com a Victória na pequena cozinha, a fim de perguntar-lhe se ela sabia do que ele estava falando.

Quando passei pela porta, paralisei. Não consegui nem piscar. Meus olhos arregalaram-se e encheram-se de grossas e quentes lágrimas. Minhas pernas balançaram, meu coração deu um salto quando vi que Victória limpava com um pano os cantos da boca da pessoa cuja falta eu mais sentia naquele orfanato.

— Não acredito! — falei emocionada, transpondo os poucos metros que me separavam de Nicole e abraçando-a bem forte.

Eu a apertei bem, perguntando-me se não estaria sonhando. Se estivesse, com certeza não queria acordar. Chorei enquanto a pressionava contra meu peito, como se para não se afastar de mim e eu não corresse o risco de perdê-la outra vez. Pouco mais de um mês depois, ali estava ela, livre do câncer, de todas as dores que a afligiam, e de todo aquele medo de morrer.

— Senti muito a sua falta, Malu!

— Meu amor, eu quase morri de saudades — disse, afagando sua cabeça carinhosamente — você está ótima. Está recuperada. Finalmente está recuperada.

— Ela ainda tem que tomar alguns antibióticos, mas os médicos se surpreenderam com a sua recuperação em tão pouco tempo. — Victória explicava — no estado em que ela se encontrava, um mês não seria o suficiente para que a medula se adaptasse tão bem ao organismo dela.

— Por que vocês não contaram nada? — indaguei, sem nenhum ressentimento no tom de voz, enxugando o rosto ainda banhado de minhas lágrimas.

Nicole sorriu.

— Eu que pedi para ninguém contar. Queria fazer uma surpresa.

Ela ainda tinha a aparência de uma criança com câncer, por conta dos cabelos que ainda não haviam nascido. Mas, qualquer pessoa que olhasse para aquele sorriso, veria que aquela era uma alma bondosa que agora tinha toda uma vida pela frente.

— Com licença... — a suave voz da minha mãe ecoou pela cozinha. Virei-me e ela estava parada na porta. — Filha, eu já vou indo. Que horas você quer...

As palavras dela pairaram no ar. Ao me ver com resquícios de choro, sem nenhuma causa aparente, seu rosto se contraiu de preocupação. Com um leve aceno de cabeça, indiquei Nicole com o queixo, tentando dar a entender a causa do meu choro de alegria. Ela pareceu entender e observou Nicole por bastante tempo, até que teve a reação de vir até ela. Mamãe ajoelhou-se no piso da cozinha para ficar da sua altura.

— Parece que ainda não nos conhecemos.

— Meu nome é Nicole — ela apresentou-se, tímida.

— Você se lembra daquela criança de quem eu falei, mãe? — perguntei — é ela. A Nick.

— Tudo bem, Nick? — minha mãe inclinou-se e deu-lhe um beijo no rosto — eu sou a mãe da Malu. Olha, eu já estava de saída, mas adorei tanto te conhecer que vou ficar mais um pouquinho para a gente se conhecer melhor, o que acha?

— Eu vou adorar. Também amei te conhecer. — Falou, enquanto meu coração transbordava de alegria.

~*~*~*~*~*~*~*~*~*~*~*~

Durante as semanas que se seguiram, a rotina da minha mãe de ir me deixar e buscar no orfanato e, ocasionalmente, ficar mais um tempo brincando com as crianças, aproximava-a cada vez mais de Nicole. Era impossível não se apegar a ela.

Aos poucos, as duas foram desenvolvendo uma relação de amizade, que foi evoluindo para algo fraternal. No final do dia, minha mãe me contava como tinha sido o seu dia e, ao fazê-lo, proferia a palavra "Nicole", pelo menos dez vezes, o que não deixava de ser uma notícia boa para mim.

Uma noite, ela chegou ao nosso apartamento com várias sacolas, o que indicava que ela passara o dia no shopping.

— Boa-noite, senhorita — brinquei, abrindo a porta — isso são horas?

— Filha, no shopping, quase todas as lojas estão de promoção — falou empolgada, jogando as cinco sacolas que trazia em cima do sofá e sentando-se enquanto abria uma delas — olha só, comprei uma para você.

Ela me lançou uma blusa preta um pouco brilhosa.

— Sua cara! Imaginei que odiaria se eu trouxesse uma rosa com estampa floral.

— Ah, mãe, não é assim — reclamei baixinho enquanto analisava a etiqueta da blusa que ela me trouxera — eu sou romântica também.

Ela riu.

— E isso tem a ver com aquele rapaz que mora aqui do lado, o Rafael?

— Acho que sim. Sabe, mãe. Apesar do modo como nos conhecemos, apesar de ele ter me metido em um racha, eu sinto que isso não foi por acaso... Talvez se nós não fôssemos obrigados a conviver todos os dias, ainda hoje estaríamos brigando.

Ela me olhou com admiração.

— Estou muito feliz pelos meus dois filhos. Maria Alice também é uma menina de ouro. E quanto ao Rafael... Espero que ele não venda mais carros roubados — riu.

— É, mãe. A Maria Alice é um amor de pessoa. E ela combina tão bem com o Henrique...

Minha mãe aquiesceu e continuou a remexer o conteúdo das sacolas.

— Malu, esqueci de lhe falar... Vai ter uma missa de aniversário de morte do Fred.

Franzi o cenho, fazendo um biquinho de hesitação.

— Mas... Os pais dele são ateus...

Minha mãe uniu as mãos, suspirando discretamente.

— Mas o resto da família não. E nem ele era... Então os pais dele cederam em fazer uma missa. Pode ser que eles mudem de ideia sobre Deus, não é...

— O Fred era ateu até me conhecer. Ele me falava que aprendeu muita coisa com a gente...

— Eu fico muito feliz de ter-lhe ensinado alguma coisa. Enfim... Os pais dele querem que você escreva uma mensagem bonita para falar na missa. Pode ser?

— Uma mensagem? — meu tom de voz saiu calmo e inquisitivo — não tenho a mínima ideia do que falar. Vou dizer o que todo mundo já sabe: Sinto muito a falta dele, e que nunca pensei que aquela noite em que voltávamos do Orla Naite seria a última vez que eu veria.

Ela engoliu em seco. Eu mantive meus olhos sobre a blusa que eu ainda segurava em mãos.

— Ah, Malu! — ela exclamou, vasculhando uma das sacolas logo em seguida — Comprei uma coisa para a Nicole.

Ergui as sobrancelhas de surpresa. De uma das sacolas, ela retirou um vestidinho cor-de-rosa.

— O que achou? Eu também comprei para as outras meninas, claro. Para elas não se sentirem excluídas. E também comprei umas roupinhas para os meninos. Sempre adorei crianças, faço de tudo para agradá-las.

Suguei o ar com força. Eu sabia que ela estava falando do fato de não poder ter mais filhos, como era seu desejo.

— Malu, como é que uma mãe teve coragem de abandonar uma garotinha como a Nicole?

Franzi os lábios, sem saber dar uma resposta para aquela pergunta. Nicole fora encontrada na porta de outro orfanato às cinco da manhã quando ainda era um bebê. Ela chorava muito e, quando completou seis anos foi diagnosticada com leucemia. Por isso, foi transferida para um orfanato específico para crianças com câncer ou que se curaram dele recentemente. Eu nem podia imaginar sua dor.

— Eu realmente não sei, mãe. Mas o que importa é que ela está bem. Agora.

Minha mãe balançou positivamente a cabeça, olhando para o chão.

— Ela é fantástica — declarou.

Ficamos em silêncio. Eram sete da noite, e o céu estava estrelado. Abracei minha mãe e beijei seu ombro, sentindo a brisa fria entrar pela varanda.

— Quando... — ela balbuciou, escolhendo as palavras — quando você disse que talvez o racha no qual tenha se envolvido não foi por acaso... Eu comparei com a minha situação... Talvez o fato de eu não poder mais dar à luz, depois de inúmeras tentativas, me faça pensar que talvez isso tenha acontecido para que eu pudesse adotar alguém que realmente precisasse ser adotado...

— No caso...

— No caso, Nicole — ela completou, olhando para mim.

Observando-a bem, percebi que minha mãe era minha cópia fiel. Os cabelos longos e lisos, os olhos negros e profundos, os lábios carnudos e a pele morena. Imaginei que não teria muito difícil para ela conquistar o médico mais bonito do hospital onde trabalhava, há alguns anos.

— Estava pensando nisso hoje de manhã... Então, antes de ir ao *shopping*, fui ao Juizado da Criança e do Adolescente me informar sobra algumas coisas...

Eu aguardei ansiosa pelo que ela tinha a dizer.

— Bem, como eu já disse, para se adotar uma criança, eu precisaria me cadastrar e dizer quais as características que eu exijo para adotar uma criança. Aí eu vou entrar na fila de adoção, e quando surgir uma criança que atenda às minhas exigências, só então eu poderei conhecê-la e iniciar um processo de adoção. Então, eu não posso simplesmente chegar em um orfanato e querer adotar alguém que está lá, tenho que aguardar que o Estado encontre alguém para mim, e isso pode demorar anos. — ela assumiu um tom mais sério, ficando totalmente ereta — Isso em parte está correto, porque assim evita que pessoas com más intenções tenham tanta facilidade para conseguir crianças. A burocracia, apesar de atrasar tudo, é necessária. Mas eu estive pensando melhor... Crianças com câncer nunca são uma boa opção para quem quer adotar.

— Teve... — falei, recordando-me bem — teve uma mulher que chegou no orfanato dizendo que logo conseguiu adotar uma criança, porque ninguém quer as que têm câncer ou que recentemente se curaram de um. E como ela não tinha tantas exigências assim... — uma luz se acendeu na minha mente — mãe, você já pensou...

— Se tem muitas pessoas interessadas na Nicole? Já.

— Então, o que...

— O que eu estou esperando? — ela completou minha pergunta, com muita esperteza na voz. — Estou apenas esperando meu advogado me dar uma resposta. Já consultei a lista de pessoas que exigem as características da Nicole. E não tem nenhuma. Ninguém a quer.

Franzi a testa, tentando processar as informações.

— Então quer dizer que...

— Bem, tecnicamente eu só estaria adotando uma criança específica. Mas, como ela não tem nenhum vínculo familiar ou afetivo comigo há muito tempo, talvez, se eu disser que, apesar de não estar cadastrada nessa lista de adoção, ninguém está interessado em adotar a Nick. Enquanto eu estou. O que é muito injusto, porque ela está à espera de alguém que a queira, mas, se depender disso, ela não será adotada nunca. Acho que posso tentar.

Ergui mais uma vez as sobrancelhas demonstrando surpresa. Não acredito que minha mãe estivesse mesmo determinada a adotar Nicole. Fiquei sem saber o que falar.

— Não garanto que vá dar certo — ela se pôs de pé, dando uma piscadela — mas prometo que farei de tudo para conseguir.

Capítulo 23

As lojas fervilhavam de pessoas comprando enfeites de natal. Mal pude acreditar que já estávamos no final do ano e, dali a poucos dias, seria o aniversário de morte do Fred.

Eu tenho uma teoria sobre o tempo. Ela não é tão espetacular como a Teoria da Relatividade elaborada por Einstein, mas faz sentido. Creio que a cada ano que passa, a Terra gira mais rápido. Porque o que acontecera há um ano, parecia ter ocorrido no dia anterior.

Talvez isso também tenha a ver com a quantidade de coisas que, em apenas um ano, haviam acontecido comigo. Parecia que o Universo inteiro resolveu enviar vibrações para que, na minha vida, dentro de um ano, acontecessem coisas que deveriam acontecer em no mínimo três.

A questão é que eu não era mais a mesma pessoa que era há um ano, quando minha vida, aparentemente, ia bem. Há um ano, eu era a jogadora de vôlei mais popular do litoral piauiense, não me esforçava para conseguir o que queria, saàa de casa escondida pelo menos três vezes na semana, vivia brigando na rua além de não dar muito valor aos meus pais e aos meus amigos nem respeitava ninguém.

Um ano depois, após ter passado por essa série de acontecimentos, eu me considerava uma pessoa melhor.

Nós, da Universidade, entrávamos no recesso natalino, e o último dia de férias da minha mãe coincidiu com o meu último dia de serviços comunitários.

Cheguei cedo ao orfanato na manhã do meu último dia sem a presença da minha mãe. Pedi a ela que preferiria ir sozinha, para pensar em algumas coisas. Ao chegar, analisei bem aquele lugar. Olhei bem o jardim, a grama verde, as flores, a grande árvore. Caminhei lentamente em direção à entrada daquela casa que parecia de bonecas. Fui invadida por uma súbita onda de nostalgia. Não pensei que iria me apegar tanto àquilo tudo.

Na sala, o piso de madeira, os quadros perfeitamente nivelados à mesma altura decorando a parede verde-água.

— Bom-dia, Maria Lúcia. — Clara me saudou quando eu fazia menção de subir as escadas.

— Bom-dia — sorri gentilmente, embora estivesse um pouco triste.

Ela aproximou-se, com uma postura profissional, pondo as mãos atrás do corpo.

— Eu sei por que está tristinha assim. Seis meses passam rápido, não? Aposto que você nem percebeu como passaram tão depressa.

— Não mesmo. Clara, eu queria pedir desculpas pelo modo como eu me comportava aqui no início. Meu Deus! Eu era tão mal-educada! — levei as mãos ao rosto, como se quisesse me esconder de tanta vergonha.

— Querida... — delicadamente, ela tomou minhas mãos, apertando-as bem entre as suas. — É para isso que estamos aqui. Para mudar o caráter das pessoas. É para isso que serve a pena alternativa. Para que os réus percebam que podem ser muito mais do que realmente são.

Olhei para o chão. Como eu iria começar a dizer que, apesar da minha vontade, eu não pretendia continuar como voluntária?

— Clara... Eu realmente preciso agradecer-lhe por tudo. Obrigada por ter sido tão paciente comigo, por não ter desistido de mim e, principalmente, por nunca ter ido me dedurar para a autoridade competente. — Eu ri, lembrando-me de quantas vezes ela ameaçara de fazer aquilo.

— Não falei nada para a autoridade competente porque sabia que era apenas uma questão de tempo até você se adaptar e começar a se comportar como nós esperávamos.

— Ah, Clara — eu sentia um aperto no peito de saudades daquele tempo em que estivera ali todos os dias, importunando sua rotina — posso te dar um abraço?

Antes que ela assentisse ou dissesse qualquer palavra que confirmasse meu pedido, eu a envolvi. Clara, com certeza, fora uma das pessoas que mais contribuíram para minha formação pessoal.

— Vou sentir sua falta — ela falou e, quando nos separamos, vi que os olhos dela marejavam levemente.

— Oh, Clara. Não fique assim, eu também sentirei muito a sua falta. Eu virei visitá-los, não pense que vão se livrar de mim — eu sorri, mas senti meus olhos arderem, querendo marejar também — eu queria, de verdade, ser voluntária aqui. Mas meus horários da Universidade agora estão muito apertados. Mas farei o possível para vir pelo menos nos finais de semana.

— Não se preocupe, filha. Faça o que achar que for correto. É medicina que você faz, não é? Você será uma ótima médica.

— Deus te ouça, Clara. Deus te ouça.

— Bem, imagino que você queira conversar com as crianças. Elas estão na sala de lazer com o Rafael e a Victória.

Confirmei com a cabeça, esfregando a palma das mãos na minha calça jeans desbotada.

— Vou lá então — sorri amigavelmente, afastando-me de costas.

Quando abri a porta da sala de lazer, deparei-me com uma cena que me deixou mais nostálgica ainda. Elas estavam todas sentadas, em círculo, brincando de palavra errada com o Rafael. Confesso que fiquei parada à porta, sem reação nenhuma, apenas admirando a imagem delas sorrindo e gritando. Fazia muito tempo que não as via daquela forma.

— Hum... Deixa eu ver... Já sei! — Rafael dizia. — Na sala tem paredes.

— Ah, que chato. Você acertou — uma das crianças disse, um tanto triste por não sujar o Rafael de tinta.

— Posso brincar também? — perguntei, ainda da porta.

— Claro, Malu! A gente estava esperando você chegar. Por enquanto ninguém se sujou. — Rita afirmou, quando eu já sentava junto deles.

— Bom... — comecei, sem saber ainda como falaria aquilo para eles — aproveitando que estão todos aqui... Queria agradecer a vocês por tudo.

— Também temos o que agradecer a você, Malu. — Victória falou em um tom mais baixo que o normal. — Você trouxe muita alegria para esse lugar.

— É, Malu. Você e o Rafael são muito queridos por todos nós. — Nicole continuou, fazendo meu coração pular dentro de mim. Eu estava muito orgulhosa de mim mesma, de arrancar declarações tão lindas de pessoas tão puras como aquelas.

— Vamos sentir muito a sua falta, Malu. — Rita participou do meu elogio coletivo.

— Podem ter certeza de que eu vou sentir mais — meus olhos começaram a arder outra vez — esse lugar... Eu sempre vou me lembrar das coisas que aprendi aqui...

— Mas você vai vir visitar a gente, né? — Joaquim interessou-se em perguntar.

— Claro que sim. Virei assim que puder. Imagina se vou abandonar vocês, que foram tão importantes para mim.

— E para mim também — foi a vez de o Rafael se manifestar — e tenho certeza, que daqui há dez anos, quando já tiverem inventado a cura para o câncer, eu irei vê-los todos felizes, saudáveis e com uma família que os ama.

Tentei controlar o choro. Aquilo não era uma despedida. Embora eu não fosse mais prestar serviços àquela instituição de caridade, eu prometera que os visitaria assim que pudesse. E faria jus à minha promessa.

— Eu amo vocês. — Falei com a voz um pouco embargada.

Antes que eu percebesse, estava me derramando em lágrimas. O Rafael e a Victória vieram até mim abraçando-me forte.

E logo em seguida, todos nós, sem exceção, formamos um longo, apertado, humano e carinhoso abraço coletivo.

~*~*~*~*~*~*~*~*~*~

Minha mãe havia feito a minha mala com tudo que ela supôs que eu precisasse, embora eu tivesse tudo na minha casa em Parnaíba. Dali a três dias seria a missa de um ano da morte do Fred e, além disso, eu viajaria para minha cidade natal passar o recesso natalino e talvez encontrar um ponto de equilíbrio e paz.

É dispensável dizer que voltei parar casa um pouco abatida. Toda aquela cena de comoção com as crianças, com a Clara... Tudo estava muito confuso na minha cabeça ainda. E, apesar dos esforços, eu não conseguia pensar em uma boa mensagem para proferir na missa do Fred.

Mesmo exausta mental e fisicamente, tentei rabiscar alguma coisa, mas não consegui extrair nada de interessante da minha cabeça. Em um ato de desistência, larguei a caneta em cima da mesa e me joguei na cama.

Encarei o teto como fazia quando era criança e me emburrava por alguma coisa. Quando meus pais brigavam comigo, eu encarava o teto com raiva, como se desejasse que o meu quarto fosse a céu aberto e eu pudesse sair voando dali para bem longe. Eu tinha raiva do teto. Ele me limitava, lembrava-me de que dali eu jamais passaria. Sem mais, comecei a rir das bobagens que imaginava, e das estranhas metáforas que criava.

Rolei de lado, abraçando as pernas. Tentei cochilar, mas não consegui. Ainda eram oito e meia, mas eu queria dormir.

— Malu? — Henrique falou, com a cabeça enfiada pela porta entreaberta.

— Hum?

— É que eu chamei a Maria Alice para viajar com a gente... Como nós vamos amanhã cedo, achamos melhor ela vir dormir aqui.

— Tudo bem...

Ele riu, sustentando-se no trinco da porta.

— É que a mamãe acha melhor ela dormir no seu quarto.

— Ah, tudo bem, Henrique... Vou arrumar o colchonete para ela.

Ele confirmou com a cabeça, mas não fez menção de se retirar.

— É que... — ele quase sussurrou — a mamãe também acha que você deveria chamar o Rafael. Você sabe, para apresentar ele ao papai, essas coisas...

Sentei-me na cama, olhando bem para o meu irmão.

— Você acha que eu devo chamá-lo?

— Acho sim — ele respondeu, trocando o peso do corpo de uma perna para outra — vai ser bom passarmos o natal todos juntos.

Quando o Henrique fechou a porta, comecei a arrastar-me para fora da cama, indo calçar meus chinelos. Fiz o costumeiro coque e atravessei a sala a passos largos, em direção ao apartamento do Rafael.

— Oi meu amor — ele me falou assim que abriu a porta, beijando-me logo em seguida. — Hoje o dia foi meio cheio, não? Nem tivemos tempo para ficar juntos.

Transpus a entrada do seu apartamento e envolvi seu pescoço com meus braços, pondo meu rosto a centímetros do dele.

— Bom, além de estar morrendo de saudades... — dei um selinho rápido e carinhoso — vim te fazer um convite.

— Um convite? — ele apertou meu corpo contra o dele — posso saber o que é?

— Como você sabe, eu vou passar o natal com a minha família, em Parnaíba. Aí queria saber se você queria vir junto.

Ele mordeu o lábio inferior, estudando meu rosto de perto.

— Eu?! Viajar com a sua família?! Passar o natal com vocês?!

Por um minuto achei que ele recusaria.

— É. Não gostou da ideia?

— Se eu gostei? — ele me ergueu no ar dando-me uma série de beijos estalados por todo o meu rosto — será uma honra, meu amor!

Sorri involuntariamente, antes de dar-lhe um beijo profundo e demorado.

Ele me conduziu até o sofá e sentou-se comigo no colo.

— Então, amanhã nós vamos que horas?

— Ah, bem cedinho. Umas sete. — Respondi, brincando com os botões da sua camisa — ainda tenho que rabiscar uma mensagem bonitinha para falar na missa do Fred.

— Missa?

— É. Eu não te falei? Os pais dele são ateus, mas a família toda insistiu em fazer uma missa de aniversário de morte dele. Aí acho que eles cederam e vão fazer.

Ele ficou em silêncio, apenas me analisando suavemente.

— Nem acredito que já vai fazer um ano... Como pode?

— O tempo voa — ele comentou.

— É verdade, voa mesmo — suspirei tristemente — e ele é o melhor remédio, mas nem sempre funciona como a gente espera.

Rafael tomou meu pulso e passou o polegar pela minha tatuagem.

— Por que o tempo não funcionou como você esperava?

— Porque ele era meu melhor amigo. E, apesar de fazer um ano, que aparentemente é muito tempo, a ferida ainda não se fechou totalmente, sabe? — fechei os olhos — eu ainda me lembro do seu jeito, lembro-me do seu sorriso, sua sinceridade, sua bondade... E o que mais me dói é que nunca vou poder abraçá-lo, conversar com ele de novo... Quando sonho com ele, e acordo, vendo que ele não está lá, que ele está morto... Isso... Isso destrói meu coração em muitos pedaços. E uma das coisas que mais me dão raiva — agarrei com força a sua camisa, para demonstrar a intensidade dos meus sentimentos — é que ele era uma boa pessoa e não merecia isso. Ele era correto, fazia tudo do jeito certo e, no final de tudo, um motorista irresponsável fez sua vida parar de existir. E nunca soube quem é essa pessoa e nunca vou saber, provavelmente. Mas sei que o odeio muito. Não sei o que seria capaz de fazer com ele se soubesse quem realmente é.

Quando abri os olhos, Rafael chorava. Nunca soube o motivo de ele ficar tão mexido quando falava do Fred. Mas, como eu também estava muito triste, pensei que ele fosse me abraçar. Dizer palavras de conforto. Mas não fez nada disso. De repente, o Rafael que eu amava, que eu conhecia e que sempre me protegia, ficou inerte e até um pouco frio. Ele retirou minhas mãos da sua camisa, levantando-se e se afastando de mim.

Levantei de um salto, querendo saber o motivo de ele reagir daquela forma. Será que ele havia se lembrado da mãe de novo?

- Rafael? — chamei-o cautelosamente — aconteceu alguma coisa? Foi alguma coisa que eu disse?

Ele nada respondeu. Estava inquieto, não queria me olhar nos olhos. Sacudiu os ombros como se quisesse relaxar, mas tive a impressão de que aquilo só aumentou sua tensão.

— Ei, amor! — tentei de novo, dessa vez colocando-me à sua frente, abrigando-o a olhar para mim e a dizer os motivos da sua inquietude.

Ele me olhou com um olhar diferente. Nunca o havia visto daquela maneira. Era como se ele não quisesse me ver nunca mais. Foi aí que comecei a me preocupar e tive medo da dimensão da coisa.

— Rafael... — indaguei, séria — O que está havendo aqui?

— Chega, Maria Lúcia — ele sussurrou.

— O quê?

— Chega. Não aguento mais lidar com isso — ele finalmente me olhou, e grossas lágrimas rolavam do seu rosto tão belo.

— Chega o quê? — perguntei irritada — Com o quê você não pode mais lidar?! Por que eu não posso falar do Fred que você...

Ele não me deixou completar. Ele me interrompeu com a frase mais horrível que eu, em dezenove anos, havia escutado.

Parte 5
Um segredo e suas consequências

Capítulo 24

Tive razões, mas não gritei. Por enquanto.

Fiquei um bom tempo em estado de choque, olhando para ele. Desejei que estivesse apenas brincando comigo, que aquilo que ele acabara de me dizer fosse tudo mentira. Não podia ser. Eu me recusava a acreditar.

Minhas pernas começaram a balançar, e eu tive a impressão de que cairia dura no chão. Meus olhos lacrimejaram, mas tentei manter o equilíbrio. Ao contrário do Rafael, que se esvaía à minha frente, esperando uma resposta minha.

— Você falou que... — minha voz ecoava distante, pesada, como se outra pessoa que estivesse falando.

— Foi isso mesmo que você escutou.

Trinquei os dentes, olhando para ele. Então, repentina e dolorosamente, entendi o que estava acontecendo e finalmente tive alguma reação.

— Então era isso de tão imperdoável que havia feito? — meu tom de voz aumentou, e ela soou estranhamente firme, carregada de revolta. — Você tem noção do que causou a mim?

Ele ainda me olhava. Os olhos grandes e verdes sem piscar, rasos de água, cheios de culpa.

— Malu... Deixa eu contar tudo, por favor.

— Para quê? — questionei mais alto, mas sem gritar — Para que eu tenha mais uma versão dos fatos, além da minha, que já é dolorosa o bastante?

Ele esfregou a testa, e foi nesse momento que comecei a chorar. Chorei muito. Solucei, grunhi, e não consegui falar mais nada.

— No dia vinte e seis de dezembro do ano passado, na noite seguinte àquela em que eu briguei em um bar e ganhei essa cicatriz, — ele começou, embora eu já tivesse dito que não queria escutar. Mesmo assim, não o interrompi, ouvindo sua narração enquanto soluçava diante dele — nós estávamos bebendo em outro bar e meus amigos me chamaram para uma festa. Eu era uma pessoa... Eu era muito irresponsável, Malu. Eu ainda estava com os pontos e tinha que ficar de repouso. Mas aí eu resolvi ir. Eram onze e cinquenta quando saímos do bar. Eles tinham carro próprio e foram na frente. Eu já estava embriagado. Então, eu peguei a estrada, alcoolizado. Por volta das doze horas, perto de uma curva, fui fazer uma ultrapassagem. Não vinha nenhum carro na contramão, mas na minha visão estava tudo duplicado, então eu achei que estava na faixa certa, quando eu estava totalmente enganado e me mantive na contramão. Aí eu vi um carro vindo na minha direção. O carro desviou de mim, e eu freei, indo para a pista certa. Então escutei barulho de pneu cantando e resolvi parar no meio da estrada. O carro que tinha desviado de mim capotou muitas e muitas vezes, até ficar de cabeça para baixo, no meio do mato. Não tinha ninguém naquele trecho mal iluminado àquela hora da madrugada. Fiquei ali, parado, sem saber o que fazer. Tentei discar o número do corpo de bombeiros no celular, mas minhas mãos tremiam tanto que eu não consegui. — ele hesitou um pouco antes de prosseguir, sem me olhar — Então eu fui embora. Dei meia volta e fui embora. Voltei para a casa do meu amigo onde estava hospedado, tentando esquecer o que eu havia provocado. Quando vi a manchete do acidente nos jornais no dia seguinte, não consegui nem ler. Não cheguei a saber qual era o nome dele. Eu quase enlouqueci, Malu. Eu não sou assassino. Nem mesmo meus amigos sabem que eu fui o responsável por aquele acidente. O acidente que levou seu amigo Fred.

— E isso foi o que você fez de tão imperdoável. Você deixou o Fred e eu presos nas ferragens, precisando de socorro! — minha voz estava abafada pelos soluços, e a frase pareceu mais um gemido. — Você deveria estar preso por omissão de socorro!

— Depois que você contou direito como perdeu seu melhor amigo... Fred Albuquerque... Eu chorei de desespero. — Prosseguiu, com a voz aparentemente mais calma, ignorando a frase anteriormente dita por mim. — Eu já havia desconfiado que era mesmo aquela pessoa cuja morte eu havia provocado, quando você falou que seu amigo era cantor, e que tinha morrido em um acidente de trânsito... Mas não podia ser... Eu me recusava a acreditar, não acreditaria até ter certeza. Quando você me contou tudo e tive essa certeza, não soube o que fazer. Eu te amava demais, quer dizer, ainda te amo e não sei se vou conseguir suportar se você nunca mais quiser olhar na minha cara. Tentei conviver com isso. Eu sabia que chegaria o dia em que eu teria que falar toda a verdade... Eu tentei adiar o máximo que pude, mas quando você falava dele... Eu me sentia muito culpado, eu me sentia um lixo...

Eu não conseguia respirar direito. Em poucos minutos eu havia derramado tantas lágrimas, que meu nariz ficou insuportavelmente cheio de coriza. Estava ofegante. Não conseguia dizer nada a respeito. Com muita dificuldade, ergui o olhar para ele. Aquele olhar de culpa, de arrependimento que ele tinha. Passei alguns minutos para encontrar a voz.

— Quando eu falava do Fred, pensei que você chorava porque se lembrava da sua mãe, que também tinha morrido. Como eu fui burra! — finalmente encontrei forças para gritar — COMO EU FUI TÃO BURRA!

O Rafael não desviou o olhar do meu. Ele também estava ofegante, como se estivesse cansado demais por carregar aquilo tudo por meses com ele. Há alguns minutos, eu achava aquele olhar o mais lindo, o mais encantador. Mas, naquele momento, eu tinha ódio daqueles olhos. Aqueles olhos falsos que me enganaram tão bem.

— Por que você fez isso, Rafael?

— Eu já falei, eu era...

— NÃO ESTOU FALANDO DISSO! — interrompi-o violentamente — Você soube que era o responsável pela minha dor, pelo meu sofrimento! — os soluços me dominaram outra vez, e eu mal pude conseguir falar direito — Por sua causa eu perdi uma das pessoas mais importantes da minha vida! Por sua causa, eu fiquei em coma por mais de um mês, fazendo toda a minha família sofrer! Por sua causa, eu estou assim, agora! — dei uma pausa, minha cabeça latejava muito. Comprimi os lábios, na intenção de fazer cessar o choro — E quando você descobriu que eu era a pessoa cuja vida você virou de cabeça para baixo, você ignorou completamente esse fato. E AÍ VOCÊ CONTINUOU AGINDO COMO SE NADA TIVESSE ACONTECIDO! POR QUE NÃO ME CONTOU ANTES? POR QUE DEIXOU O NOSSO RELACIONAMENTO IR ATÉ TÃO LONGE? POR QUE DEIXOU QUE EU CONFIASSE EM VOCÊ, PARA DEPOIS DESTRUIR TUDO?

— EU TIVE MEDO, MALU! — ele pareceu se descontrolar, sacudindo-me pelos ombros — TIVE MEDO DA SUA REAÇÃO!

— E VOCÊ AINDA IRIA VIAJAR COMIGO, PASSAR O NATAL COM A MINHA FAMÍLIA, VER O LUGAR ONDE TUDO ACONTECEU, O TÚMULO DO MEU MELHOR AMIGO, QUE EU, INGÊNUA, IRIA TE MOSTRAR! E VOCÊ NÃO IRIA SENTIR NENHUMA CULPA?! HEIN, RAFAEL? VOCÊ NÃO SENTIU NENHUMA CULPA, VENDO-ME TÃO APAIXONADA, QUASE ME ENTREGANDO PARA VOCÊ?

Minha garganta pulsava ferozmente.

— É claro que eu senti culpa — disse ele, ainda me segurando — eu já falei que me sentia um lixo.

Desvencilhei-me facilmente dele, dando um passo para trás. Por um momento, pensei que tinha controlado o choro, mas logo depois solucei mais umas duas ou três vezes. Com muito esforço recuperei a firmeza da voz. Eu me odiaria para sempre se ela ficasse estupidamente trêmula.

— Quando começamos a namorar, o Henrique até que aceitou bem. Mas sabe o que ele disse? Ele falou que acreditava que você realmente tinha mudado — dei de ombros e pude notar que minha visão estava um pouco limitada pelas lágrimas — aí ele me falou que mesmo que você tivesse mudado, se não fosse pelo passado, o presente não existiria. E isso quer dizer que o que aconteceu pode interferir no que acontece ou no que ainda vai acontecer. Sabe, Rafael, eu ignorei totalmente aquela frase. Mas agora eu me arrependo de ter feito isso. Arrependo-me imensamente.

Ele nada disse. Olhou-me nos olhos outra vez. Depois, saiu do caminho para que eu pudesse passar.

Enquanto me dirigia até a porta, pude sentir seu olhar sobre mim.

— Eu nunca vou te perdoar. Você deveria saber que misturar álcool com direção é pedir para morrer ou matar alguém. E, talvez, se tivesse pedido socorro, o Fred estaria vivo agora. Covarde! — esbravejei de costas antes de sair — Ainda bem que hoje nós encerramos os seis meses de serviço comunitário. Não iria aguentar olhar para sua cara todos os dias.

Quando fechei a porta atrás de mim, escutei algo dentro do apartamento dele se espatifando no chão. Mas pude apostar que meu coração estava mais partido que aquilo que ele quebrara.

Apertei o estômago, tentando me acalmar. Fechei os olhos com tanta força, que, quando tornei a abri-los, minha visão estava turva. Recostei-me na parede do corredor, escorregando até o chão. Não sabia o que estava acontecendo comigo... Não tinha motivo, nem solução. Como eu poderia estar amando a pessoa que eu tanto odiava, que tanto me fez sofrer? Desejei um dia saber quem era aquele motorista, mas nunca daquela maneira. Não naquelas circunstâncias.

Esfreguei minha tatuagem, soluçando sem parar. Ao fazê-lo, minha mão encontrou a pulseira que o Rafael havia me dado de presente de aniversário. Arranquei-a com força, fazendo uma marca no meu pulso e arrebentando a correntinha. Arremessei o objeto pela janela do corredor e, em seguida, encolhi os joelhos, chorando cada vez mais alto.

Meu coração estava tão apertado e a garganta tão sufocada que pensei que iria desmaiar. Minha cabeça girava, e eu não sabia o que fazer nem para onde ir. Reunindo todas as minhas forças, eu me levantei. Não sabia o que diria para minha mãe nem como explicaria aquilo para o meu irmão. E o que diria para a Natália?

— Querida, você está bem? — minha mãe perguntou assim que adentrei no meu apartamento, correndo e chorando. Passei direto para o meu quarto, com ela me interrogando em vão. Até que, à procura de um pouco de conforto, joguei-me dentro do seu abraço acolhedor, enquanto ela se sentava comigo na beirada da minha cama. Tudo o que eu mais queria era esquecer tudo que tinha acontecido na minha vida, desde o acidente até quando descobri quem o havia causado.

Henrique se aproximou cauteloso e preocupado, com Maria Alice logo atrás.

— Então Malu? O que aconteceu? O Rafael fez alguma coisa com você?

Meu coração apertou de novo. Então, sem mais, o choro se tornou incontrolável, e minhas palavras se confundiram com meros grunhidos de frustração e desespero.

— Foi ele.

— Ele quem? — Minha mãe questionou, a preocupação evidente na voz.

— O Rafael.

— O que ele fez com você? — Henrique perguntou com certa raiva.

Quando me acalmei, as palavras saíram rapidamente, antes que eu sequer pensasse, deixando todos que estavam presentes no meu pequeno quarto em estado de choque.

— Você está dizendo... — meu irmão balbuciou, confuso — Que o Rafael era aquele motorista?

Confirmei tristemente, tentando me acalmar, enquanto minha mãe me balançava para frente e para trás no seu colo e meu irmão se sentava junto a nós.

— O Rafael foi o culpado pela morte do nosso melhor amigo? É isso, Malu? — Henrique perguntou.

— É isso — sussurrei.

Ele se levantou de uma só vez e começou a andar em círculos pelo meu quarto, sem saber o que fazer. Maria Alice o abraçou, mas ele não retribuiu.

— ELE MATOU O NOSSO MELHOR AMIGO! — o grito dele partiu ainda mais meu coração.

— Henrique... — chamei-o cuidadosamente.

— Eu sempre soube que tinha alguma coisa errada com ele — ele disse, olhando para o chão — só nunca soube dizer o que era. Até tentei gostar dele, mas... É impossível olhá-lo agora.

Henrique saiu em direção ao seu quarto, e em seguida escutei a porta do seu sendo fechada agressivamente.

Maria Alice veio até mim, tomando minha mão nas suas.

— Não sei o que dizer... Não sei o que faria se estivesse no seu lugar. Mas ninguém aqui tem culpa dessa coincidência horrível que aconteceu na sua vida. Quero que saiba que estarei aqui sempre, quando quiser chorar, quando quiser desabafar, quando quiser sair correndo para bem longe. Eu estarei aqui.

— Obrigada, Maria Alice. — foi a única coisa que consegui dizer.

~*~*~*~*~*~*~*~*~*~*~*~

No dia seguinte, uma dor de cabeça alucinante tomava conta de mim. Engoli um analgésico a contragosto depois do café da manhã, resistindo contra a vontade de vomitar, que me ameaçava outra vez.

Meu semblante era horrível. Meus olhos estavam tão inchados que mal conseguia abri-los. E minha pele estava toda enrugada ao redor deles.

Às sete e ponto, nós pegamos as malas para a viagem. Antes de entrar no elevador, olhei para a porta do Rafael. Fiquei imaginando como seria nossa convivência dali em diante. Eu jamais lhe dirigiria a palavra outra vez.

Passei a viagem inteira com a cabeça encostada no vidro da janela, olhando o céu nublado. Henrique e Maria Alice foram sentados no banco de trás, e meu irmão também estava bastante triste. Mas não tanto quanto eu.

De vez em quando eu o olhava pelo retrovisor. Ele mantinha a cabeça baixa sempre, enquanto sua namorada massageava seu braço, com o queixo encostado no seu ombro. Aquela cena me fez lembrar do Rafael. Ele, com certeza, foi um bom namorado. Mas escondeu de mim algo que eu deveria saber. Um segredo que estava diretamente ligado a mim. Ele foi mesmo muito egoísta.

Quando chegamos a nossa casa, em Parnaíba, fui correndo para o meu quarto e fiquei deitada umas duas horas, de bruços, com a cabeça afundada no travesseiro. Não sei como não morri asfixiada naquela posição, mas era a única forma que encontrei de ficar quieta.

Passei o dia inteiro sem sair do quarto. Simplesmente não tinha vontade. Foi aí que meus pais começaram a achar que eu estava com depressão de novo.

Na véspera de Natal, eu estava um pouco melhor. Talvez devido ao movimento na minha casa, nos preparatórios para uma ceia que minha mãe faria. Senti-me um pouco confusa, já que nos dias vinte e quatro e vinte e cinco de dezembro estaríamos todos felizes, reunidos, celebrando o Natal. E, no dia vinte e seis, era dia de luto, dia de aniversário de morte no Fred. Duas datas tão próximas, e tão diferentes.

Se eu não estivesse tão triste, aquela teria sido uma ceia perfeita. Recebi o presente de Natal dos meus pais: Um celular. Finalmente, depois de seis meses que o meu havia pifado, ganhei um novo. "Agora não tinha mais desculpa para não dar notícias e deixar todo mundo louco", meu pai comentou.

Às duas horas da manhã, ainda havia algumas pessoas da minha família na mesa de jantar. Mas resolvi me recolher. Deitei-me na minha cama macia, com cheiro de colcha recém lavada pela mãe. Amava aquele quarto. Era o mais acolhedor para mim.

Por mais que eu não conseguisse esquecer a terrível confissão do Rafael, precisava fazê-lo. Precisava me concentrar para escrever algo para dizer na missa do Fred, no dia seguinte. Mas o que eu falaria?

Peguei uma caneta e um papel, tentando rabiscar alguma coisa e, nos primeiros vinte minutos, sem sair alguma coisa que prestasse, pensei seriamente em desistir. Mas algo me veio à mente. Uma coisa que eu deveria ter dito a ele, antes que ele morresse. Aí comecei a preencher todas as linhas daquela mera folha amarelada, desenhando as palavras, traduzindo no papel tudo que minha mente ditava. Quando terminei de escrever, já iam dar três horas. Estava muito cansada para me arrastar até a minha cama. Desse modo, adormeci debruçada sobre minhas frases que seriam ditas para várias pessoas no dia seguinte.

Capítulo 25

Metade da igreja estava ocupada por familiares e amigos do Fred. Eles vestiam camisetas personalizadas com sua foto e uma frase: Um ano sem você, saudades eternas. Eu coloquei simplesmente um vestido verde-claro de mangas curtas e prendi meu cabelo em um rabo-de-cavalo. Preferi sentar-me nos bancos laterais da igreja, juntamente com minha família. O papel que continha minha mensagem a ser dita, estava bem dobrado no bolso do vestido. E de dez em dez minutos eu colocava a mão lá só para conferir que não o havia perdido.

Os pais dele estavam sentados na primeira fila, prestando atenção a tudo o que o padre falava, e quem não os conhecesse bem acharia que eram católicos fiéis. Ou será que já não eram mais ateus?

A cerimônia seguiu tranquila, sem muitas emoções, já que fazia um ano desde a sua morte. Eu mesma estava bem tranquila, apenas nervosa por ter que falar de algo que ainda me machucava muito para toda aquela gente. Querendo ou não, o tempo é o melhor remédio para as dores humanas.

Quando a mãe do Fred foi chamada para proferir sua mensagem, seus olhos lacrimejaram e a voz saiu trêmula. Ela engoliu em seco dez ou doze vezes. Passei um tempo maior do que o necessário para perceber que era a minha vez, quando ela terminou de falar.

— Bom-dia a todos — falei, encarando as pessoas que estavam presentes. Notei a presença de Natália Negreiros na segunda fila.

Com as mãos um pouco suadas, retirei o papel dobrado do bolso.

— Bom... — pigarreei — Meu nome é Maria Lúcia, mais conhecida como Malu — troquei o peso de uma perna para outra, começando a ler o que estava escrito — Fred era uma das pessoas mais maravilhosas que já conheci. Por muito tempo eu me perguntei como poderia existir alguém como ele. Como alguém poderia se preocupar tanto com os outros e ser tão prestativo, tão responsável? Como alguém não consegue guardar mágoas de ninguém? — olhei rapidamente para a Natália, e ela sorriu levemente com um dos cantos da boca — Se no mundo existissem mais pessoas como ele, tudo seria bem melhor. Ele me ensinou muitas coisas. Dava-me injeções de ânimo quando eu estava desanimada, broncas quando eu precisava escutar. Falava-me sobre as dificuldades, o amor, a paciência e o perdão. Nunca lhe agradeci por isso e confesso que não dei a importância devida às coisas que ele falava. E, depois de aprender com experiências, agora sei que ele tinha razão. Gosto de pensar que hoje ele é uma estrela, guiando as pessoas. Ele era um ótimo filho — olhei para os pais dele — foi um ótimo namorado — direcionei o olhar para a Natália, que inclinou suavemente a cabeça para frente — e, é claro, uma companhia perfeita. Com ele aprendi que a vida é como uma montanha russa. Um dia você está no topo e, às vezes, está de cabeça para baixo. Nos meus primeiros dias sem ele, eu não queria viver em um mundo no qual ele não existia mais. Mas depois percebi que ele não queria aquilo para mim. Eu precisava seguir em frente, fazer escolhas, obter resultados, correr atrás dos meus sonhos. Porque isso era uma das coisas de que ele mais me falava: Corra atrás dos seus sonhos, e você conseguirá. E é isso que ele quer que cada um de nós faça. Para mim, um ano se passou muito rápido, mas foi tempo suficiente para eu amadurecer minhas ideias e aprender sobre várias coisas, que ele já tinha me ensinado. Mas como eu falei, tive que aprender com experiências, o que foi bem mais... Doloroso. Por isso, vim dizer uma coisa que eu deveria ter dito antes de ele partir — parei de olhar para o papel e observei as pessoas que estavam diante de mim, já que eu já sabia aquela parte final. Não porque eu tinha decorado, e sim porque passei muito tempo querendo proferi-la — Fred Albuquerque, eu dou muito valor aos conselhos que me deu. Eles me ajudaram em muitas ocasiões. Principalmente aquele de não desistir — fechei os olhos com força e me lembrei de Nicole — Muito obrigada por isso.

~*~*~*~*~*~*~*~*~*~*~

Eu poderia ter voltado para casa de carro com meus pais, Henrique e Maria Alice. Mas precisava respirar um pouco de ar puro. Por isso, fui caminhando mesmo, até porque minha casa não ficava tão longe da igreja, e também porque sentia a necessidade de me exercitar. Há muito tempo eu não jogava vôlei nem fazia caminhada na avenida onde morava, em Teresina. Os serviços comunitários sugaram toda a energia que eu tinha.

O sol, como naquela época do ano, estava encoberto pelas nuvens. Eu até poderia olhar diretamente para ele, se quisesse, pois sua luz estava fraca e seus raios não passavam direito pelas grossas nuvens.

Há exatamente um ano, ele não estava daquela forma. Estava brilhante, intenso, até queimava minha pele toda. E um ano depois, estava fraco, como estivesse um pouco abatido. Ou o tempo resolveu dizer para mim que ele também não era mais o mesmo de um ano atrás.

Um ano. Meu Deus, como poderia? Há um ano, naquela mesma hora, eu estava jogando vôlei na praia. Feliz, alegre, satisfeita por ter ganhado a partida. E, um ano depois estava visivelmente abatida, voltando da missa de aniversário de morte do meu melhor amigo, sem vôlei, sem sol, sem nenhuma ideia interessante para ocupar minha mente.

Eu amava aquela cidade. Quando estava em Teresina, contava os dias para voltar a Parnaíba, visitar as pessoas que costumava visitar, andar descalça pela areia da praia, ou passar a tarde inteira exposta ao sol, mesmo que passasse algumas noites em claro devido às queimaduras que incomodavam até minha alma.

Mas, quando estive de volta, para passar meu recesso natalino, tudo pareceu tão... Desinteressante. Eu tinha milhões de coisas para fazer. Poderia ir à praia, poderia jogar vôlei com minhas antigas parceiras para relembrar os velhos tempos. Mas só conseguia pensar no Rafael.

Não entendia por que a vida tinha sido tão dura comigo. Namorar a pessoa que causou a maior confusão na minha vida, apaixonar-me por uma pessoa que, um dia, fez-me achar que estava tudo desmoronando. Eu jamais perdoaria o que fizera. Mas ao mesmo tempo sentia saudades.

À medida que caminhava, tentava encontrar uma resposta para aquilo tudo. O que eu sentia pelo Rafael era um paradoxo tão complicado que, se pensasse um segundo a mais naquilo, ficaria louca. Tentando desviar os pensamentos, comecei a pensar na Nicole. Torci em silêncio para que minha mãe conseguisse mesmo adotá-la. Querendo ou não, o Rafael era o responsável por aquilo tudo. Se não tivesse apostado um racha com ele, nunca teria ido parar naquele orfanato e nunca teria conhecido o anjo mais doce do mundo. Minha mãe tinha que conseguir. O advogado dela tinha que usar todo o seu talento de persuasão para que Nicole fosse adotada pela minha mãe.

Passei a mão pela garganta. De repente, lembrei-me do Eduardo. Lembrei-me de quando ele me observou na Universidade, enquanto eu distribuía os cartazes e folhetos sobre o caso dela. Podia ser que ele também estivesse me observando naquele momento.

Tentei afastar a ideia, balançando a cabeça e esfregando meus braços, que se arrepiaram só de pensar naquilo. Não percebi quando comecei a caminhar mais rápido, com um medo inconsciente de que talvez ele estivesse por perto.

Ao dobrar as esquinas, olhava para trás, para verificar de que ninguém estava me seguindo.

Quando finalmente cheguei a minha casa, tranquei rápido a porta e, depois, recostei-me nela, esperando que toda aquela minha pressa para chegar não tinha sido em vão. Sim, eu estava tomada de medo do meu ex-namorado, tive que admitir.

~*~*~*~*~*~*~*~*~*~*~

Minha mãe bateu na porta do meu quarto por volta das três da tarde. Eu estava deitada de bruços na cama, mexendo no meu celular novo, para me distrair um pouco.

— Oi, filha — falou, apoiando-se no trinco da porta — tem uma visita para você na sala.

— Quem é? — rolei de lado, curiosa.

— A Natália.

— Ah. Pode dizer para ela vir aqui.

Minha mãe estranhou um pouco e ficou hesitante enquanto fechava a porta. As pessoas na minha cidade ainda não tinham se acostumado a ver a mim e Natália Negreiros tão próximas.

Quando ela entrou, eu me sentei na cama, abrindo um pequeno sorriso.

— Oi, Malu. — disse ela, antes de se sentar na beirada da minha cama.

— Tudo bem, Natália?

— Você foi sensacional. — ela soltou de uma vez e, por um momento, eu não soube que resposta dar àquele elogio.

— Só falei coisas que gostaria de dizer pessoalmente a ele.

Natália começou a passar o olhar pelo meu quarto.

— Malu, ele está muito orgulhoso de você.

— Ele está orgulhoso de nós duas...

— Eu sei. Está mesmo. — baixou a cabeça, evitando meu olhar — Sei que já dei a entender isso, mas... Vim te pedir desculpas. Sabe, Malu... Eu não sei o que tinha na cabeça quando resolvi te acusar de ter causado aquele acidente nem quando tentei estragar o namoro do seu irmão e, muito menos, quando comecei a namorar o Eduardo.

Mais uma vez, meu pelos se eriçaram ao escutar o nome dele.

— Natália. Eu tinha todos os motivos do mundo para nunca mais olhar na sua cara. Mas uma vez, naquela noite do acidente, quando estávamos indo para o Orla Naite, o Fred me falou que o perdão nos torna melhores... E foi exatamente isso que aprendi com você. O que você me fez nem se compara com o que o Eduardo fez com você, ou o que o Rafael fez comigo.

Quando falei isso, a pergunta que ela me fez foi inevitável.

— O que ele fez?

Então eu simplesmente contei tudo. Ela tinha que saber, era um direito dela. Quando terminei de falar, vi o estado de choque estampado no seu rosto. Ela não soube o que fazer nem o que dizer. Pensei que fosse chorar, mas não o fez.

— Não acredito que ele era aquele motorista. — foi tudo o que saiu da boca dela.

— Nem eu, Natália. Isso é uma coisa que, infelizmente, não dá para perdoar. Toda vez que eu olhar para ele, vou me lembrar de tudo o que ele me causou, de que não chamou o socorro quando provocou o acidente... Isso é imperdoável.

— É, eu sei... — ela desviou o olhar de mim para a janela.

Suspirei. Em uma tentativa de mudar drasticamente de assunto, indaguei:

— Natália... Desculpa eu me intrometer... Mas queria saber como vão as coisas com o Felipe.

Ela mordeu o lábio inferior, esboçando um sorriso bobo.

— Nunca estive com alguém tão cavalheiro. O Felipe é maravilhoso, ele sabe tratar uma mulher. Além de ser amigo também. Teve uma noite em que eu não estava muito bem, por causa das coisas do Eduardo, estava lembrando quando ele me batia. Aí eu liguei para ele, e ele veio correndo, me consolou e tudo. Fez brigadeiro para mim, foi um amor. — os olhos dela estavam brilhantes — Só não era melhor que uma pessoa. E você sabe quem é. Eu deveria ter dado o valor que o Fred merecia. Mas, naquela época, eu não passava de uma patricinha fútil e mimada. Tenho certeza de que você fez o que eu não fiz.

Não evitei o sorriso. Comecei a rir. Não deveria ter feito aquilo, mas não entendi como uma pessoa tão esperta como a Natália acreditava que eu e Fred éramos mesmo namorados.

— O que foi? — ela perguntou, confusa.

— Natália... Eu e o Fred nunca fomos namorados. Éramos apenas bons amigos. Bons e velhos melhores amigos...

— O quê? — sem mais, ela começou a rir também — Como assim, Malu?

— Depois que você o traiu, ele ficou muito triste. E com razão. Aí, quando ele ficou famoso, você passou a ligar para ele todos os dias! Mas ele não queria mais nada com você, além de dispensar muitas outras meninas interesseiras... Então, um dia ele me perguntou se eu poderia fingir ser namorada dele, para que ele não fosse tão atacado, ou pelo menos, para ter uma desculpa se alguma menina insistisse em ficar com ele. E é, claro — comecei a rir novamente — para que você talvez parasse de persegui-lo.

Ela também riu diante dessa última frase, balançando-se para frente e para trás.

— Meu Deus! Vocês fingiam muito bem! E eu era uma vaca mesmo!

Mais risos. Comecei a imaginar que minha mãe deveria estar prestes a entrar no quarto e perguntar se estávamos mesmo normais. Em outra época, se eu ficasse no mesmo quarto com a Natália, nós já estávamos puxando o cabelo uma da outra.

Quando as risadas foram diminuindo, retomei o fôlego e falei:

— Mas eu posso te assegurar uma coisa. Ele ainda te amava muito. — vi sua pele corar suavemente — Até o último segundo de vida, ele te amou.

— Você acha?

— Não acho. Eu tenho certeza. Natália, você é linda. Não é de se estranhar quando as pessoas, como o Felipe, se interessem tão rápido por você. Quase todo marmanjo dessa cidade entorta a cabeça quando você passa. E o Fred, como um homem comum, não conseguia parar de pensar em você. Ele dizia que já tinha esquecido você, mas eu o conhecia tão bem que, só de olhar para ele, dava para ver que estava mentindo.

Natália ficou um pouco pensativa naquilo. Mas depois, como se quisesse mudar de assunto, cruzou as pernas e assumiu uma seriedade notória.

— Bom, Malu... Na verdade, além de pedir desculpas por tudo, eu também vim te contar uma coisa.

Meu coração pulou quando ela disse aquilo. Aproximei-me, totalmente atenta.

— O que houve?

— Acho que a medula que a Nicole recebeu é minha.

As palavras pairaram no ar. Eu simplesmente fiquei sem saber o que dizer daquela informação tão valiosa.

— Quando você passou na minha sala para divulgar o caso dela, eu me senti muito tocada. De verdade. Então me cadastrei como doadora e colheram uma amostra da minha medula. Dois dias depois, recebi uma ligação, dizendo que existia um paciente com leucemia compatível com a minha medula e que precisava urgente de um transplante. Poderia ter sido qualquer um, mas só consegui pensar na Nicole. Sem pensar duas vezes, eu confirmei. No dia seguinte, na Universidade, você me falou que finalmente tinham encontrado uma medula para ela. O que é muita coincidência. Não dá para saber quem realmente doou essa medula. Mas daqui a dois anos, se você quiser tirar a prova, pode pedir para checarem no banco de dados dos doadores de quem é a medula óssea que ela recebeu. Mas tenho certeza de que foi a minha.

Meus olhos estavam estáticos, eu não conseguia nem piscar. De todas as surpresas que tive na vida, sem dúvida, aquela foi a maior. Quando Natália abriu a boca para perguntar se eu estava bem, joguei-me para cima dela e lhe dei um abraço apertado, ao qual ela retribuiu instantaneamente.

— Muito obrigada. — agradeci com o coração radiante — Muito obrigada mesmo.

~*~*~*~*~*~*~*~*~*~*~

— Chega — falei, curvando-me e apoiando as mãos nos joelhos —, não aguento mais correr.

Meus pés afundaram na areia branca e fina. Ao contrário do dia anterior, o sol estava forte e queimava a pele dos banhistas sem dó.

No penúltimo dia do ano, Henrique resolveu dar uma caminhada na praia com a Maria Alice e me chamou. Como ainda não tinha tido a oportunidade de ir à praia desde o Natal, aceitei o convite. Mas logo me arrependi, quando estava quase sem fôlego, tentando acompanhá-los, com areia em toda a parte do meu corpo e meu cabelo em uma forma indefinida e grosseiramente embaraçado pelo vento. Sem contar o calor.

— Vamos, Malu! — Henrique gritou, muito mais à frente que eu.

— Preciso de água — gritei de volta, ainda me recuperando do cansaço.

— Malu, você era uma atleta! O que aconteceu com você?

— Não sei! Mas preciso de água — repeti.

Ele começou a diminuir a marcha e, quando finalmente parou, girou os calcanhares e veio ao meu encontro. Maria Alice chegou um pouco depois dele.

— Você está muito mole, maninha. Cadê aquela jogadora de vôlei que passava o dia inteiro no sol, praticando esportes?

Uma lufada de vento violenta atingiu nossos corpos, fazendo meus cabelos esvoaçarem na minha cara.

— Henrique, vai comprar uma água, por favor — pedi, amarrando meu cabelo em um rabo-de-cavalo.

Ele resmungou alguma coisa e, depois de dar um selinho na namorada, saiu em direção a um quiosque próximo.

— Você parece que não gostou muito da nossa programação para hoje... — Maria Alice falou, vendo-o se afastar.

Pus as mãos na cintura e tentei adotar uma expressão que dissesse que estava me divertindo muito.

— É impressão sua, Maria Alice.

— Ah, sim. — ela virou-se para o mar, analisando as ondas que se formavam ao longe e quebravam a uma distância próxima dos nossos pés. — Sabe, Malu... Estive pensando... Tudo isso que aconteceu com você em um ano dava uma bela história.

Também me virei para o mar. Um casal se beijava no meio das ondas fortes, em um lugar que imaginei ter uma profundidade grande.

— Como assim uma história?

Maria Alice voltou o olhar para mim, os olhos semicerrados por causa do vento com areia, e um sorriso modesto nos lábios.

— Você se lembra de que um dia você me perguntou se eu nunca tinha pensado em escrever um livro? Bom — ela pegou nos cabelos castanhos — por muito tempo eu tive muita vontade de começar um. Mas eu não sou muito criativa e nunca consegui bolar uma história interessante e que compensasse ser escrita. Mas ontem eu estive pensando... Essas coisas que aconteceram com você, desde a morte do Fred, até você descobrir que estava namorando o cara que a causou... Isso sem contar na história do racha, serviço comunitário, sua luta para encontrar uma medula que salvasse a vida de Nicole... Isso tudo é muito... Empolgante.

Hesitei um pouco antes de falar alguma coisa a respeito. Cruzei os braços e fiquei fazendo pequenos círculos na areia com o dedão do pé.

— Está me dizendo que quer escrever um livro contando tudo o que aconteceu nos últimos tempos?

— Sim — ela mordeu o lábio inferior, com uma cara de decepção — você não gostou da ideia, não é?

— Claro que eu gostei, Maria Alice. Fico muito feliz em saber que você quer mostrar ao mundo minha história, através desse seu talento incrível. Você escreve divinamente bem. Você irá se sair muito bem nas suas publicações. Estou muito honrada de contribuir com isso.

Ela uniu as mãos, abrindo um sorriso enorme.

— Ai, muito obrigada, Malu! — agradeceu, empolgada — Já tenho até um nome: Destino ou Acaso, que tal?

Destino ou Acaso. Parei para pensar. De fato, tudo o que acontecera comigo, era por destino, ou mero acaso. Não tinha outra explicação.

— Destino ou Acaso — repeti, olhando o céu azul — Taí. Não poderia ter nome melhor.

~*~*~*~*~*~*~*~*~*~*~

Nenhum *reveillon* foi tão monótono como o daquele ano. Apesar de eu estar na minha cidade, com meus amigos, pulando ondas no mar e sob o *show* dos fogos de artifício que enfeitavam o céu antes mesmo da chegada do ano novo, nunca estive tão distante de tudo, tão feliz por fora e tão confusa por dentro. Tudo o que eu imaginava era como iria olhar para cara do Rafael de novo. Porque em breve eu teria que voltar para Teresina e, querendo ou não, teria que ser sua vizinha.

Se, pelo menos ou ainda estivesse trabalhando no orfanato, poderia desocupar minha mente. — pensei enquanto sentava na areia, fazendo o costumeiro coque para que o vento não bagunçasse meus cabelos — Talvez era isso que estava faltando. Talvez as coisas melhorassem um pouco depois de uma dose de ânimo e bom-humor daquelas crianças.

Henrique veio até mim com uma taça de champanhe na mão, no momento em que um fogo de artifício verde explodiu no céu por trás dele.

— O que foi? — ele me interrogou, inclinando-se.

— Nada, só estou pensando...

— Em...?

Peguei um punhado de areia e deixei que os grãos escorregassem pelos meus dedos vagarosamente.

— Sabe... Eu ainda não desejei feliz Natal para aquelas crianças.

O Henrique deu um gole da sua bebida e sentou-se ao meu lado, apoiando os braços nos joelhos.

— Quando a gente voltar você pode ir passar um dia com eles. — ele deu uma pausa, observando as pessoas de branco pularem as ondas. Maria Alice estava entre elas, e ele esboçou um sorriso ao se deparar com a sua imagem. — Posso ir com a Maria Alice?

Mais um fogo iluminou o céu, azul-marinho dessa vez. Sua cor foi refletida nas águas salgadas e agitadas.

— É claro que pode. — respondi, encostando minha cabeça no ombro dele. — Quanto mais gente melhor.

Meu irmão me deu um beijo carinhoso e demorado na testa, antes de tomar outro gole. O colo dele era o lugar mais aconchegante para mim. Era o único lugar onde eu conseguia amenizar minhas dores e fazer minha mente relaxar um pouco. Olhei para sua namorada, ao longe. Ela estava com um vestido branco de seda e rendado na parte de baixo. Estava parecendo uma boneca de porcelana, com sua pele alva refletindo a luz dos fogos.

— Espero que ela te faça muito feliz — disse, levantando-me — seu coração é de ouro. E o dela também, por isso o mesmo vale para você.

Ele sorriu, depois, sem dizer nada, saiu correndo na direção dela, abraçando-a por trás e a girando no ar, enquanto ela soltava gritos de alegria.

Fechei os olhos e deixei o vento acariciar meu rosto. Agradeci mentalmente por nunca mais ter tido notícias do Eduardo, nunca mais ter tido pesadelos com ele e por conseguir controlar meu pavor toda vez que me lembrava da sua existência.

E comecei a me despedir do ano mais marcante de toda a minha vida.

Capítulo 26

Conforme o combinado, assim que voltamos para Teresina, Henrique, Maria Alice e eu fomos passar um dia de sábado com as crianças. Além de nós três, o convite se estendeu ao Guilherme, Helena, Felipe e Natália. Assim, o orfanato, que já era um tanto pequeno, estava movimentado e apertado para todos nós, mas nada que incomodasse e atrapalhasse a nossa visita.

Rita e Joaquim já não estavam mais lá. Estavam morando com a nova família, que há uns três meses os havia adotado, o que me fez sentir um pouco vazia. Claro que eu estava feliz por eles, mas era estranhamente incomum eu chegar àquela casa e não ver os dois. Agora só restavam sete crianças. Quatro delas com câncer.

Os cabelos de Nicole cresciam ralos e claros. Pude perceber que era loira, e vinte dias foi tempo suficiente para eu achar que não a via há meses, tamanha era a saudade que sentia dela. Mal podia esperar para que minha mãe também recebesse autorização judicial para tê-la como filha. Ninguém a queria, aquilo era triste, lamentável, mas, ao mesmo tempo, era o argumento mais forte da minha mãe para conseguir adotá-la. Geralmente as pessoas optam por crianças de até dois anos, loiras dos olhos verdes e que não tenham problemas de saúde.

Como nós éramos exatamente sete, cada um ficou responsável por uma das crianças. Eu, claro, preferi Nicole. Todos os meus amigos interagiram muito bem com todas elas, com brincadeiras, piadas, músicas, vendo filmes, e outras coisas que preenchessem o tempo de forma agradável. Todos nós auxiliamos Elisa com o almoço, já que havia muito mais gente que o habitual e, assim, ela teria bem mais trabalho para alimentar todos.

À tarde, Victória e Clara se dispuseram a preparar um piquenique no jardim e, dessa forma, lanchamos sentados na grama. No momento em que conversávamos sob a sombra da árvore, minha mente foi invadida pela lembrança do dia em que levei aqueles pequeninos para um piquenique no Zoobotânico. Uma lembrança vaga, distante, mas muito satisfatória. Não preciso dizer que também me lembrei do Rafael. Eu havia regressado no dia anterior e ainda não obtivera notícias suas. Naquela manhã, lutei contra uma vontade quase incontrolável de bater na sua porta. Mas logo reprimi a ideia. O que eu queria fazer? Ver alguém cuja imagem eu nunca mais queria ver? Alguém que nunca teria o meu perdão? Eu realmente estava ficando confusa, não sabia como agir, o que pensar. Nem sabia mais o que sentia por ele.

Nós ficamos conversando no jardim até anoitecer e, logo que isso aconteceu, percebi como o dia se passara tão rápido. Como me sentia renovada depois de um dia naquele lugar!

Pensei que as crianças iriam querer brincar de palavra errada depois do piquenique, mas elas optaram por assistir a um filme enquanto alguns de nós preparávamos uma sopa. Helena, Maria Alice, Felipe e Natália se espalharam pelo tapete da sala com as crianças, diante da televisão, enquanto Henrique, Guilherme e eu nos mantivemos na cozinha, juntamente com Victória, a mestre cuca, já que Elisa já havia ido embora. Clara estava no escritório, organizando uns papéis.

Quando ainda estávamos cortando a carne, a verdura e os legumes para colocar na sopa, escutei um barulho de vidro quebrando na sala e, logo em seguida, um choro. Larguei tudo o que estava fazendo e corri na direção do barulho.

Um das crianças, ao pegar o controle remoto, fez cair uma peça de decoração feita de cristal que estava ao lado da televisão. Ela chorava no colo da Natália, com um pequeno corte no joelho. Corri até o banheiro e peguei um álcool, um *bandaid*, e algodão no armário.

— Calma, calma... — falei, pedindo que Natália a colocasse no chão — Está tudo bem. Vamos ver isso aqui.

Maria Alice e Felipe começaram a recolher os cacos de vidro, com bastante cuidado para que nenhum deles sobrasse no chão e eventualmente pudesse cortar mais alguém.

Peguei o algodão e molhei no álcool.

— Isso vai doer um pouquinho, mas é preciso para ficar tudo bem, ok? — expliquei e, antes que obtivesse uma resposta, pressionei levemente o algodão contra o corte, e a criança se contorceu de dor, gritando um pouco mais. — Prontinho — peguei o *bandaid* e o colei em cima do corte.

Nicole estava sentada no braço do sofá, observando minhas atitudes de primeiros socorros. Quando ia fazer menção de guardar o álcool novamente no banheiro, a campainha tocou.

— Deixa que eu atendo. — declarei, colocando o álcool em uma prateleira onde as crianças não alcançariam.

A noite estava um pouco fria, e o jardim escuro. Mesmo com o portão de grade, que me permitia ver quem estava lá fora, não consegui enxergar quem aguardava na porta.

— Quem é? — gritei do batente da sala, estreitando os olhos para ver quem era. Não tive resposta. — Quem é? — Tentei um pouco mais alto.

Houve um momento de hesitação até eu escutar a voz da pessoa.

— Sou eu, Malu.

Tive a impressão de que meu fluxo de sangue havia congelado. Não soube o que fazer. Por um momento pensei em ir lá dentro e pedir que Victória abrisse a porta para ele. Não sei como conseguiria fazer isso. Já fazia quase um mês desde a última vez em que o havia encarado. Naquela vez que ele me revelou seu segredo.

— Deixe eu entrar. — ele pediu, depois de alguns segundos de inércia da minha parte.

Caminhei a passos largos e calmos pelo jardim, desviando de alguns galhos das plantas, da mangueira enrolada no chão, até chegar onde o Rafael estava.

Seus olhos ainda eram os mesmos, havia uma barba rala ao modelando o queixo, e a sua presença ainda me fazia prender a respiração.

Pigarreou enquanto eu abria maquinalmente o portão, como se não soubesse o que dizer. Somente quando ele transpôs a entrada, eu o interroguei, ainda segurando o portão aberto.

— O que veio fazer aqui?

Ele olhou para o nada. Percebi que não queria olhar para mim. As palavras saíram frias, distantes, como se ele estivesse falando com uma pessoa qualquer. E não comigo.

— Vim me despedir das crianças.

— Vo-você... Você vai embora? — As palavras voaram da minha garganta, e elas saíram muito menos inquisitivas do que pensei. Saíram quase como um protesto. Minha tentativa de soar indiferente não deu certo e eu me reprimi em silêncio.

Os grilos cantavam ao nosso redor. O barulho distante que vinha de dentro da casa era ensurdecedor diante do silêncio que nos intimidava. Ele finalmente me olhou nos olhos, no momento em que larguei a grade do portão e fiquei de frente para ele.

— Meu pai me ligou. Para me esculhambar, como sempre. Disse que eu sou um moleque mimado e arrogante, que eu vou passar o resto da vida sendo bancado por ele, e que eu nunca vou ter condições de ser seu herdeiro. Era tudo o que eu estava precisando ouvir.

— Precisando ouvir?

— Malu, eu não posso mais ficar aqui. Este lugar... Esta cidade, este orfanato, aquele prédio onde nós moramos... Tudo lembra você. — ele engoliu em seco e seus olhos marejaram — Todas as vezes que eu me deparar com qualquer uma dessas coisas, que fazem parte da minha vida, eu vou lembrar que eu fui o responsável pela morte do Fred. Fui o responsável pelo seu sofrimento. Fui um idiota, um babaca, um irresponsável. Achei que era hora de mudar. De cidade, de atitudes, de... — ele tencionou o maxilar, respirando mais rápido — de página.

— Para onde você vai? — Gritei por dentro comigo mesma ao perguntar aquilo. O que me importava? Que ele se fosse! Que eu nunca mais soubesse dele.

— Vou estudar administração na cidade onde meu pai mora. Como ele disse, preciso me preparar se eu quiser suceder-lhe como herdeiro. Tenho que ter noções de como gerir uma empresa. Eu... Eu vou amanhã de manhã.

As palavras ficaram suspensas como partículas de ar. Antes que eu pensasse em dizer alguma coisa, escutei a voz de Nicole cortar o silêncio que pairava entre nós dois.

— Rafa! — ela gritou, correndo na direção dele — Rafael! Eu sabia que você iria voltar.

Ele esfregou os olhos antes de se virar para ela, abaixando-se e abrindo os braços para recebê-la.

— Olha só, você está linda. Seu cabelo está nascendo? — falou, acariciando sua cabeça.

— Você veio ver a gente? — ela indagou entusiasmada — A Malu também, ela trouxe todos os amigos dela. Vem, eu vou apresentar eles para você.

Antes que eu pudesse impedir, ela já o arrastava para dentro de casa. Percebi que ele resistia um pouco, mas só não falou que não queria ver meus amigos para não magoá-la. Respirei fundo, absorvendo o aroma das flores. Eu nem queria saber o que o Henrique ou a Natália falariam quando vissem Rafael na frente deles. Meu irmão, com certeza, seria bem frio com ele.

Balancei a cabeça e me dirigi para onde eles estavam, esfregando os braços. Eles estavam bem arrepiados, mas não era por conta do frio que dominava aquela noite.

— O que está fazendo aqui? — Henrique perguntou de forma hostil, deixando todo o clima na sala bem instável. Além dele, só havia a Natália e as crianças lá, no momento em que Rafael irrompeu porta adentro.

— Por favor, Henrique... — eu praticamente sussurrei, com as palmas das mãos viradas para ele, em sinal de paz.

Meu irmão fuzilou o Rafael com o olhar, enquanto passava por ele, em direção à cozinha. Fiquei inerte. Nicole me consultou com o olhar, perguntando o que estava acontecendo. Vi com o canto do olho Natália fitar a figura do Rafael de cima a baixo. Pude imaginar o que estava sentindo.

Quando ele iria começar a falar o motivo da sua breve visita, senti uma mão grande e gelada no meu ombro. Paralisei, sentindo uma onda de desespero se espalhar pelo meu corpo.

— Ora, ora, ora. — meus pelos se eriçaram ainda mais, e o pânico me dominou outra vez ao escutar aquela voz. — Olhem só quem eu encontrei aqui...

Eu estava completa e estupidamente petrificada, sem saber como me viraria e encararia o dono daquela voz. Minha respiração ficou irregular, entrecortada. E me xinguei por dentro por ter esquecido o portão aberto. Senti sua mão pousar no meu ombro.

— Quem é você? — Rafael perguntou, olhando por cima do meu ombro.

— O dono dela.

Mordi o lábio inferior. Observei o rosto de Natália ser dominado por uma expressão de medo.

— E você, sua vadiazinha? — ele falou, referindo-se a ela — Acha que pode me largar como um saco de lixo e correr para os braços de outro? Cadê seu namoradinho? Cadê ele?

Comecei a tremer de verdade, mas logo percebi que estava sendo dominada por uma raiva incontrolável. Como todas as vezes que eu o encontrava.

— Tire suas mãos de mim — sussurrei de costas, sentindo o medo se transformar em fúria iminente. — Tire suas mãos de mim, Eduardo.

— Me obrigue. — ele falou próximo ao meu ouvido.

— EU MANDEI VOCÊ TIRAR AS MÃOS DE MIM! — gritei, pegando sua mão do meu ombro, agarrando seu braço e o torcendo o máximo que pude, finalmente virando-me para ele, debruçando-me sobre seu corpo à medida que aumentava a intensidade da minha força. — NÃO ENCOSTA EM MIM! NÃO ENCOSTA EM NINGUÉM DESSA CASA, ESTÁ ME OUVINDO?

Ele soltou um gemido alto e, de repente, todos correram para a sala.

— Vamos lá para cima, crianças. — Clara falou, conduzindo todas elas para seus quartos. — Victória, chame a polícia.

O braço do Eduardo estava quase deslocando quando Henrique me tirou de cima dele, dando-lhe, fazendo-o cambalear e cair.

— Se você não sair daqui agora, vou chamar a polícia. — Victória ameaçou, com a voz trêmula.

— Vou matar todos vocês antes.

— Eduardo — falei com os olhos úmidos, inclinando-me — Seu problema é comigo. Por favor, pare. Deixe-os em paz. Seu problema é comigo.

— NÃO! — ele berrou, Levantando-se e passando a mão violentamente pelos objetos de uma prateleira, fazendo tudo cair. Pedaços de vidro voaram pela sala, juntamente com o álcool que eu havia posto lá, que se espalhou pelo piso de madeira e também pelo tapete.

— PARA COM ISSO! SEU IMBECIL! — Henrique gritou, avançando para ele. Novamente, o medo começou a surgir.

Felipe interpôs-se entre os dois, segurando meu irmão pelo tronco antes que ele fizesse alguma besteira.

— JÁ FALAMOS PARA IR EMBORA! — Felipe gritou.

Eduardo riu. Minhas pernas tremiam ao ver seu olhar assustadoramente psicopata.

— Ah, claro. Para você agarrar minha namorada.

— Ela não é mais sua namorada. Por favor. Vai embora. — Felipe respondeu.

— Sabe, eu sempre quis ter a oportunidade de encontrar todos vocês. Acabar com todos de uma vez. Pensei que esse dia nunca fosse chegar. — ele olhou para a Natália, que chorava recostada em uma parede.

Meu irmão tencionou o maxilar com força, querendo se desvencilhar do Felipe para partir para cima dele. Maria Alice também chorava, agarrada a Helena, que parecia estar em estado de choque. E eles não mereciam estar passando por aquilo. Olhei de lado e só encontrei o Guilherme. Meu coração acelerou quando vi que o Rafael não estava mais lá. Olhei em todas as direções e só então pude ver sua sombra se esgueirando pela parede da cozinha, por trás do Eduardo. Prendi a respiração. Com um golpe rápido e seguro, ele agarrou o Eduardo por trás, colocando o braço sob seu pescoço, apertando sua garganta, enquanto este se debatia, tentando se soltar.

— CHAMEM A POLÍCIA, AGORA! — ele gritou, fazendo força para segurar o Eduardo, e tentando deitá-lo no chão.

— EU JÁ CHAMEI! — Victória gritou em resposta.

Eu realmente não sabia o que fazer. Olhei de um lado para o outro, nervosa e atônita. O Rafael contorcia o rosto, querendo obter mais forças para segurar o Eduardo, que se contorcia, segurando seu braço sob a garganta.

— Isso... — ele falou para mim, agarrando o braço do Rafael. Sua voz era fraca, como se realmente não estivesse conseguindo respirar — Isso é culpa sua.

— NÃO! — eu berrei, indo a passos largos na sua direção. Olhei no fundo dos seus olhos negros e odiosos. Minha pulsação duplicou, como se eu estivesse correndo perigo só de encará-lo — ISSO TUDO É CULPA SOMENTE SUA! É SÓ SUA! — as lágrimas começaram a rolar, e minha voz ficou muito estranha. Distante. Como se a minha garganta é que estivesse sendo apertada — EU TE ODEIO! ODEIO! VOCÊ VIROU UM MONSTRO, PORQUE NUNCA, NA MINHA VIDA, EU ME LEMBRO DE VOCÊ SER ASSIM. ME DEIXA EM PAZ! DEIXA MEUS AMIGOS EM PAZ! A NATÁLIA EM PAZ, O HENRIQUE, O FELIPE... TODOS NÓS! VOCÊ É DOENTE, DOENTE! EU TENHO NOJO DE VOCÊ! NOJO! EU QUERO QUE VOCÊ SEJA PRESO E QUE PAGUE POR TUDO ISSO QUE ESTÁ FAZENDO! POR TER ME PERSEGUIDO, TER ME AMEAÇADO, TER AMEAÇADO MEUS AMIGOS, QUE NEM TE CONHECEM!

Os soluços tomaram conta de mim. Era como se eu estivesse extravasando toda a minha raiva. Toda a minha revolta contra a minha vida. O rosto dele estava vermelho, não sei se por raiva ou porque estava muito difícil respirar. O Rafael apenas me olhava, ofegante, segurando-o firmemente.

— VOCÊ É UMA PESSOA VAZIA! — continuei, com os soluços misturando-se às palavras — NUNCA VAI SABER O QUE É TER AMIGOS, NUNCA VAI SABER AMAR E NUNCA VAI SABER AMAR ALGUÉM! DEPOIS DE VOCÊ, EU SOUBE O QUE É AMAR E SER AMADA, E A NATÁLIA TAMBÉM! NÓS MERECEMOS COISA MELHOR QUE VOCÊ, PORQUE VOCÊ É UM LIXO! LIXO!

Bati o pé no chão com força muitas vezes, chorando de ódio. Minha garganta pulsava ferozmente e minha cabeça parecia que ia explodir. Ele, por sua vez, olhou-me calmamente e parou de segurar o braço do Rafael. Suas mãos deslizaram até o bolso.

— Desculpe pelos seus amigos. Não tenho outra opção. — ele disse com muito esforço.

Foi tudo muito rápido para que eu pudesse fazer alguma coisa. Ele retirou do bolso um isqueiro e, com um movimento ágil, acendeu-o e lançou-o no chão. Em um segundo, chamas surgiram, alimentadas pelo álcool que estava espalhado pelo piso de madeira e pelo tapete.

Rafael olhou assustado para o ambiente ao redor. Ele pareceu querer correr, mas hesitou ao olhar de novo para o Eduardo, que sorria paranoicamente.

Eu também não soube o que fazer. O fogo estava bloqueando nossa passagem até a porta da frente.

— MALU! — meu irmão gritou, pulando por cima da chama e me agarrando pelo tronco — VOCÊ TEM QUE SAIR DAQUI!

— Mas... — falei, confusa, olhando para todos os lados. O fogo consumia tudo muito rápido, e meus olhos começavam a arder — O Rafa...

— EU ME VIRO, MALU! — ele gritou, afrouxando um pouco o braço envolto na garganta do Eduardo — AGORA, VOCÊ PRECISA SAIR DAQUI!

Virei a cabeça, resistindo contra a vontade de sair correndo. Maria Alice, Natália e Helena pularam para a cozinha, evitando as chamas. Guilherme e Felipe estavam próximo a nós, dispostos a ajudar. Não tive sinal de Victória. Nesse momento, tudo pareceu paralisar. De repente, lembrei-me de que eu não podia simplesmente sair.

— As crianças! — exclamei, dando um salto para o corredor, pulando os cacos de vidro estilhaçados — As crianças estão lá em cima!

Henrique me seguiu, e a fumaça já tomava conta de tudo. Tossi uma vez, observando que o fogo já consumia as paredes.

— Malu! — ele disse, olhando para mim. Enxerguei somente seus olhos verdes através da fumaça. — Por favor, tenha cuidado. Deixe o Eduardo comigo e o Rafael... Pegue as crianças e saia daqui.

Cravei os olhos nele, com a respiração curta. Estava tudo muito quente e abafado para que eu pudesse respirar.

— Vocês! — gritei para minhas amigas que estavam na cozinha — Saiam daqui, vão para o quintal pela porta da cozinha! — escutei Maria Alice protestar alguma coisa, mas ignorei. Virei-me para o meu irmão. — Desista, não vou sair daqui sem você. — E subi as escadas rapidamente, de dois em dois degraus.

— CLARA! — gritei, adentrando no quarto — VAMOS SAIR DAQUI AGORA, LÁ EMBAIXO ESTÁ PEGANDO FOGO!

Ela pulou da cama onde estava sentada, inalando o cheiro de madeira queimada suspenso no ar. Seus olhos ficaram grandes e, rapidamente, começou a empurrar as crianças para fora do quarto.

Quando estávamos na porta, Guilherme e Felipe chegaram ao nosso encontro, ofegantes, suados e com os rostos cinzentos. Abanei o ar ao redor do meu rosto, tossindo. Meus pulmões estavam um pouco frágeis.

— Não dá mais para sair pela porta da frente. O fogo tomou conta da sala e da cozinha. — Felipe disse. Meus pulmões, definitivamente, pararam de funcionar por um instante. O que teria acontecido com meu irmão e o Rafael, no meio do fogo?

— Arrebentem a janela de vidro do corredor da escada, ela é mais baixa que as outras. Gritem por alguém, Maria Alice, Helena, sei lá, para aparar as crianças, lá embaixo. — eu instruí rapidamente e, sem aguardar resposta, desci as escadas o mais rápido que pude.

Tudo era fogo. Não havia sinal do Henrique, do Rafael, ou do Eduardo. Meu coração estava na garganta e não conseguia respirar nem enxergar direito por causa da fumaça.

— HENRIQUE! RAFAEL!

Fui tomada por uma sensação de pânico e me senti sozinha e totalmente vulnerável. Senti-me impotente.

— RAFAEEEL! — gritei com mais força, mas não escutei nada, a não ser o crepitar das chamas. O fogo já começava a avançar para o *hall* da escada, consumindo as paredes, os móveis e o piso de madeira velha. Estava insuportavelmente quente.

Passei pelo fogo ardente com um salto enorme e corri em direção ao escritório da Clara. Quando abri a porta, meu irmão, Rafael e Eduardo estavam em uma briga coletiva.

— EU VOU TE MATAR, SEU IDIOTA! — Henrique gritava.

Tudo estava em desordem e, apesar de o fogo ainda não ter alcançado aquele cômodo, o ar estava turvo e abafado. Vi que o Eduardo tinha acabado de agarrar o Rafael e fechei os olhos, antes de ver o que aquele pudesse fazer com este.

— PAREM! ESSA CASA ESTÁ PEGANDO FOGO, PAREM! — gritei inutilmente. — MAS QUE DROGA!

Voltei correndo para as escadas e subi novamente os degraus de dois em dois. Felipe e Guilherme passavam as crianças uma por uma pela pequena janela, e lá embaixo, Helena e Maria Alice as aparavam. Clara tremia, ao pé da escada.

— Deixa que eu cuido delas. — eu disse, empurrando-os levemente — O Rafael e o Henrique estão lá embaixo, no escritório, com o Eduardo! Rápido!

Eles rapidamente desceram as escadas, e eu comecei a colocar as crianças pela janela. Estava cada vez mais difícil enxergar alguma coisa, e o oxigênio estava cada vez mais raro. Mesmo sem ver nada, pude perceber que era Nicole, quando a coloquei no braço para jogá-la para Maria Alice.

— Quando você vai? — ela perguntou.

— Depois que todas você forem. Agora abaixe a cabeça. — respondi, colocando suas pernas para fora. Quando a soltei, olhei para baixo, vendo Maria Alice e Helena segurarem-na simultaneamente. Aproveitei também para pegar um pouco de ar.

Quando me voltei para dentro, ainda restavam duas crianças, então, escutei a voz da Victória ecoar pelo corredor.

— MALU! CADÊ VOCÊ?!

Fui ao seu encontro guiada somente pela audição e a balancei pelos ombros.

— Victória, por onde entrou? Você tem que sair daqui!

— Entrei pela porta da cozinha. Ainda dá para passar por lá, é só pular por cima do fogo que tem na porta e ir se arrastando por cima da mesa e da pia.

Concordei automaticamente. Em seguida, tateei o braço de Clara. Ela estava mesmo muito nervosa, tremendo sem parar. Ela certamente era muito grande para passar pela pequena janela.

— Leve-a para fora, pela cozinha. Rápido, o fogo já está quase chegando aqui em cima. — falei, e as duas foram descendo as escadas, tossindo muito alto.

Eu quis respirar fundo, mas logo percebi que não havia mais ar puro lá dentro. Tossi mais uma vez e passei pela janela as duas crianças que restavam. Quando soltei a última, olhei para baixo e vi Victória com a Clara junto com todas elas. Peguei mais um pouco de ar fresco antes de descer novamente as escadas.

Foi difícil chegar até o escritório. Tive que pular para o corredor da metade das escadas, por cima do corrimão, pois os primeiros degraus já ardiam em chamas.

Tateei a parede tentando encontrar a porta do escritório, mas antes que a achasse, alguém veio correndo na minha direção. Agarrou meu braço com força e me jogou contra a parede. Abri os olhos, mas não pude enxergar quase nada. Eu precisava de ar. Logo que ergui a cabeça, recebi um tapa doído no rosto.

— EU TE ODEIO! — Eduardo gritou, batendo contra o meu rosto mais uma vez.

Mesmo sem conseguir respirar, sem enxergar muita coisa, e muito exausta, eu me levantei e senti a sua respiração no meu rosto.

— O que você fez com eles? — perguntei baixo.

Ele nada respondeu, mas escutei sua risada asquerosa.

— O QUÊ VOCÊ FEZ COM ELES?

— O mesmo que vou fazer com você.

Sem pensar, tentei abrir a porta do escritório. Mas estava trancada.

— HENRIQUE! RAFAEL! GUILHERME! — eu gritava, esmurrando a porta com a voz totalmente entrecortada — FELIPE!

— Malu! — escutei Felipe chamar do outro lado. — Saia daqui, agora! O Eduardo achou a chave do escritório e nos trancou aqui! Mas vamos quebrar a janela!

Balancei a cabeça negativamente, chorando. Os soluços só dificultavam a minha respiração, que já estava curta. Virei-me para o Eduardo. Eu não podia vê-lo direito, mas imaginei seu semblante de psicopata.

— Sou eu quem você quer, não é? — desafiei — Então venha pegar.

Comecei a correr em direção à sala, sem saber o que estava fazendo, e se estava mesmo indo na direção da sala. A passagem estava totalmente bloqueada, e o fogo já alcançava a metade das escadas.

Estiquei-me o máximo que pude e alcancei o corrimão, fazendo um esforço sobrenatural para passar por cima dele. Mas senti meu pé sendo puxado.

— Pensou que iria escapar, Maluzinha? Se eu morrer torrado aqui, você também vai.

— Larga meu pé, seu imbecil! — falei com os dentes totalmente cerrados e balançando a perna violentamente.

Ele soltou meu pé, e eu, rapidamente, passei por cima do corrimão, mas senti suas mãos agarradas nele. Só então percebi que ele só tinha usado meu pé como apoio.

Lá embaixo, só havia chamas. Imaginei quanto tempo os bombeiros demorariam para chegar. Logo percebi que o Eduardo estava agarrado no corrimão da escada sem conseguir subir e que embaixo dele tudo ardia em fogo. Tive que ficar no último degrau, pois a escada quase toda já estava sendo engolida pelas chamas.

Escutei um barulho de vidro sendo quebrado e poucos segundo depois, a voz do Henrique surgiu ao meu lado.

— Vamos, Malu, rápido!

— MALU! — a voz trêmula e suplicante do Eduardo ecoou — EU FALEI QUE SE EU MORRESSE, VOCÊ TAMBÉM IRIA MORRER!

— Me dá sua mão, cara. — Henrique disse, e eu senti seu braço passar por cima do corrimão, tentando alcançar o Eduardo.

— Eu prefiro morrer a ter que aceitar a ajuda de vocês. — ele falou, e eu comecei a sentir algumas chamas próximo aos meus pés. Pulei o último degrau, evitando o fogo que se aproximava.

Meu rosto estava coberto de lágrimas. Acariciei os dedos do Eduardo agarrados ao corrimão. Não senti raiva, nem nojo. Só senti pena. Muita pena dele.

— Por que você fez isso, Eduardo? — falei, chorando — Por que você fez isso com a sua vida? O que houve com você?

— Eu não sei, Malu. — a voz dele estava carregada de sinceridade — Eu não sei.

Os dedos dele foram escorregando gradativamente, até eu escutar o barulho do seu corpo desabando no chão, por cima de todo aquele fogo. Meu grito partiu o ar, e comecei a chorar muito mais, debruçando-me sobre o corrimão gritando pelo seu nome. Sei que muitas vezes desejei a morte para o Eduardo. Mas não daquele jeito. Não daquela maneira, na minha presença. Henrique me colocou no colo e se moveu para a esquerda, enquanto eu chorava compulsivamente. Senti o corredor da escada também arder em fogo. Estava sufocante, e minha respiração quase falhou.

— A janela está aberta. — escutei a voz do Rafael, e em seguida meu irmão empurrou meu corpo para ele.

— Leve-a para fora. Deixe que eu me viro para sair.

— NÃO! — gritei no pescoço do Rafael, agarrando seu braço — HENRIQUE, POR FAVOR... HENRIQUE, POR FAVOR... — supliquei em desespero.

— Malu, a janela do quarto dos meninos, por onde entramos depois que saímos do escritório é maior, mas o fogo já está na porta e não nos deixa entrar lá. A janela das meninas é a única saída, mas só cabe você.

— HENRIQUE, POR FAVOR... HENRIQUE! — gritei em vão.

— Eu te amo, Malu! Não se preocupe comigo. — senti um beijo seu no meu rosto.

Rafael avançou em direção à janela, e eu resisti para não sair.

— Malu, fique quieta, eu vou ficar para ajudar seu irmão, o Guilherme vai te aparar lá embaixo.

— NÃO! EU NÃO VOU SAIR SEM VOCÊS.

Minha cabeça rodava. Eu estava tonta, sem ar e totalmente desesperada. Mesmo a contragosto, ele me passou pela janela, segurando meus braços esperando a hora de me soltar.

— Só vou sair daqui com seu irmão. — ele repetiu convicto — Nem que seja a última coisa que eu faça. E se eu... — a voz dele estava fraca, e ele pigarreou, tossindo logo em seguida — Se eu não conseguir, quero que saiba que eu te amo. Apesar de tudo. Apesar dessa coincidência horrível que nos uniu. Eu te amo e sempre vou te amar.

— Eu também ainda te amo. — admiti, tentando manter a voz forte.

Ele me soltou cuidadosamente, e depois fechei os olhos. Tive a sensação de que estava voando. A queda não foi tão grande como eu esperava, e logo senti os braços do Guilherme ao redor do meu corpo.

— Está tudo bem... A ambulância já está chegando, você inalou muita fumaça. — ele disse, deitando-me na grama.

Finalmente abri os olhos. Minha visão estava muito turva e, embora eu já estivesse ao ar livre, o ar não veio. O ar não quis penetrar nos meus pulmões.

— Meu irmão... — eu suplicava, rolando na grama. Meus pulmões pareciam estar entupidos, e meu cérebro não estava funcionando direito. — Salvem o Rafael e o meu irmão... Eu... Eu não consigo respirar...

A sensação de sufoco só aumentou. Se eu tivesse forças, gritaria por socorro. Parecia que meu coração não estava bombeando o sangue direito, e minha pulsação podia ser ouvida por mim, fraca e lenta. As vozes dos meus amigos me incentivando a ficar calma estavam muito, muito distantes.

Olhei o céu, mas não pude ver nada. Só um vulto escuro e infinito acima de mim, com alguns pingos brancos que imaginei serem estrelas.

— Malu, por favor... Fique forte. — escutei Maria Alice falar, chorando ao meu lado. — Os bombeiros e a ambulância já estão vindo, aguente firme, por favor. É como uma crise de cálculo renal, a dor é cruciante, e você pensa que está no limite, mas não está. Ainda pode aguentar um pouco mais. — ela apertou forte minha mão, e algumas de suas lágrimas caíram em mim — Por favor, Malu. Você ainda não chegou ao seu limite.

Pendi a cabeça para o lado vagarosamente. Tentei buscar o ar mais uma vez, mas foi inútil. Senti que iria desligar a qualquer momento. Maria Alice estava enganada. Meu limite já havia sido atingido há muito tempo. Com muito esforço, sussurrei:

— Escreva minha história. Você nasceu para isso. Escreva minha história.

Depois que disse isso, olhei para o céu mais uma vez. Ele ainda continuava escuro e infinito. Mas foi ficando mais próximo, e mais próximo... Até tomar conta de todo o meu campo de visão e tudo desaparecer.

Parte 6
Reencontros

Capítulo 27

Quando sofri aquele acidente, por incrível que pareça, não pensei que pudesse morrer. Tudo foi tão rápido e instantâneo, que não tive tempo nem de pensar na possibilidade de que minha vida fosse acabar ali mesmo. Já quando o orfanato pegou fogo, quando comecei a sentir falta de ar e a certeza de que não iria aguentar, pensei fortemente nessa possibilidade.

Dizem que quando se está próximo da morte, a vida inteira da pessoa passa pela mente dela. Mas isso não aconteceu comigo. A única coisa em que eu pensava era que meu irmão e o Rafael precisavam sair dali.

Também dizem que alguém de que a pessoa gosta muito, um parente, ou amigo, vai buscá-la. Isso também não aconteceu comigo. Fred não estava lá. Tudo somente desapareceu e pronto. Em um segundo, eu estava agonizando na grama. No segundo seguinte, não sabia mais onde estava. Parei de escutar, ver e sentir. Parei de chorar e respirar.

A confusão que se instalou na minha mente foi enorme. Para onde eu teria ido e o que exatamente tinha acontecido comigo foram as perguntas mais insistentes. Não havia limite. Simplesmente existia um solo que se estendia uniforme por todos os lados. E tudo era insuportavelmente claro. Olhei para os lados. Eu estava totalmente sozinha naquela imensidão.

— Alô? — minha voz ecoou por todos os cantos.

Escutei passos. Quando me virei na direção do som, paralisei.

— Não acredito! — Corri na direção do Fred, que me recebeu de braços abertos. Pensei que nunca iria sentir seu abraço de novo, e a sensação foi maravilhosa.

Ele nada disse quando nos separamos. Mas talvez tivesse a resposta para todas as minhas perguntas.

— Então, é isso? Eu morri também?

— Malu... — ele esbanjou um sorriso, que fez tudo, apesar de estranho, parecer extremamente normal — Essa palavra tem mil significados. Tem gente que está na Terra, mas não vive.

— Como assim?

— A vida é muito mais que a simples existência. A vida é uma lição. Uma jornada. É preciso saber vivê-la. É preciso saber amar, divertir os outros e você mesmo, fazer coisas que façam os outros se lembrarem de você e também ser grato pelo que elas fizeram por você... É preciso ter fé, paciência, perseverança. É preciso enfrentar os problemas com garra. É preciso dar valor a quem valoriza você. E acima de tudo... É preciso perdoar. Há pessoas que vivem. Outras simplesmente existem.

Respirei fundo, aguardando ele prosseguir.

— Sabe, Malu... Graças a Deus eu conheci você a tempo. Senão, eu não estaria tão bem. Você me fez crer em Deus... Só isso foi uma missão cumprida da sua parte. Tentei fazer a minha, tentei te ensinar a perdoar, a ser grata e ter mais paciência... Mas não houve resultado...

— Você quer dizer que isso tudo é culpa minha?

— De forma alguma. — ele se defendeu, sorrindo novamente — Todos nós, Malu, temos uma personalidade que já nasce com cada um. E essa personalidade é espiritual. É uma coisa muito mais detalhada do que você imagina. Vamos combinar que a sua personalidade era um tanto difícil... Mas no fundo, seu espírito é bom... Muito bom. Você só precisava melhorar um pouco como pessoa. Foi por isso que tudo isso aconteceu com você. Veja, olhe para trás. Você teve que aprender a lidar com perdas, com pessoas que pensavam diferente de você, adaptar-se em outro ambiente, fazer coisas que não gostava... Mas tudo isso valeu a pena?

— Muito. Aprendi coisas que nunca esquecerei.

— Então, Malu. Esse é o motivo. Essas coisas tinham que acontecer... Nada é por acaso, tudo é intrinsecamente planejado, escrito e deve ser cumprido por uma coisa chamada destino. Era meu destino morrer. Eu simplesmente aceitei. Era seu destino conviver com isso.

— Mas eu me apaixonar pela pessoa que causou sua morte estava escrito também?

— Sim. — respondeu com certeza e sabedoria — Veja, Malu. Se você não tivesse se mudado de cidade, nunca teria conhecido o Rafael. Se nunca tivesse conhecido o Rafael, nunca teria apostado um racha com ele. Se não tivesse apostado o racha, não teria que trabalhar no orfanato e nunca teria conhecido Nicole... Se não tivesse conhecido Nicole, não a teria apresentado à sua mãe, que por sua vez, se não tivesse perdido aquele bebê, não estaria tentando adotar Nicole, que, precisa tanto de uma mãe quanto ela de um filho. Se Nicole não tivesse doente, Natália nunca iria salvar sua vida, e você nunca seria grata a ela e perdoado as coisas que ela fez... Perdoar o que a Natália fez a você era um tanto fácil, afinal ela pagou sua dívida doando a medula. Você ainda era rancorosa. E precisava aprender a perdoar grandes coisas. Foi por isso que precisou se apaixonar pela pessoa que causou aquele acidente. Para que você ao menos tentasse o perdão. Nada é por acaso, Malu.

Era tudo muito novo para mim. Perdoar o Rafael? Por que motivo o Fred estava me pedindo aquilo? Era mais fácil eu perdoar o Eduardo do que o Rafael.

— Deus traçou seu destino. Não foi nada fácil você passar pelo que passou, mas tudo fazia parte dos planos de Deus para você. Tudo foi para que você crescesse e amadurecesse, para que sua alma se tornasse melhor. O Rafael se arrependeu profundamente pelo que fez. Não deixe esse sentimento de ódio e vingança corromper seu espírito. Além disso, ele preferiu ficar com seu irmão dentro do orfanato, pegando fogo. Ele fez aquilo por amor a você e ao seu irmão, por mais que saiba que o Henrique não gosta dele. Eu o perdoei antes de morrer e hoje estou bem. Perdoe também, a ele e ao Eduardo. É um ato nobre e nos faz melhores. É importante para que você não sofra depois.

Fred era espetacular. Pela primeira vez, tive vontade de perdoar. Perdoar, esquecer, desejar o bem a alguém que me fez mal. Eu não era ninguém para julgar e condenar um ser humano. Eu era uma pobre menina que nem existia mais.

— Mas, e agora? Eu morri. Como foi perdoá-lo?

Meu melhor amigo me fitou com o olhar mais belo do mundo. Aquele olhar de que eu tanto sentia falta e pensei que nunca iria ver novamente.

— Como eu disse, essa palavra tem muitos significados. E lembre-se: Nada é por acaso. Agora feche os olhos.

Obedeci. Senti o Fred se afastar e sua voz também ficava um pouco distante. Pensei em abrir os olhos, mas resisti. Faria o que ele tinha me mandado. Tinha que confiar nele.

— Fred? — chamei-o.

— Ajustar voltagem do desfilibrador cardíaco — uma voz feminina falou.

Alguns segundos depois, senti um choque na região do tórax.

— Ai! — exclamei — Fred, cadê você?

— Mais uma vez — repetiu a voz, e logo em seguida mais um choque, dessa vez, um pouco mais intenso.

— Fred! — chamei-o em vão, sentindo minhas costelas queimarem.

— Mais uma vez — a voz falou de novo, e dessa vez o choque foi muito maior.

O ar finalmente entrou, e meus pulmões inflaram violentamente, como um balão quando é cheio. Ainda sentia um pouco de dificuldade em respirar, mas nada se comprava à sensação deliciosa de sentir o ar penetrando em mim. Quando decidi abrir os olhos, deparei-me com Maria Alice chorando ao meu lado.

— O que houve? — perguntei, tonta.

— Fico imaginando os seus pais. Garota, em um ano e um mês você ficou em coma, foi presa e agora teve uma parada cardiorrespiratória por ter inalado muita fumaça em um incêndio! Mas eu sabia que você iria escapar. Graças a Deus nunca te perderam. Eu disse que você ainda não estava no limite. — a voz dela estava trêmula de emoção. — E... Seus pais vão ter que dar mais um celular — ela riu com lágrimas nos olhos.

— *"Para depois de muito tempo, consolar o meu lamento com as coisas em que acreditei, nas quais sempre acreditarei."* — eu disse, sorrindo.

Capítulo 28

Praia de Copacabana, oito anos depois

O sol queimava minha pele como brasa e meu corpo inteiro estava coberto de areia. Ajeitei o boné de aba reta na minha cabeça e posicionei-me com as mãos nos joelhos, próximo à rede, esperando o saque.

Helena sacou muito forte, e eu, em uma tentativa de levantar a bola com uma manchete, acabei deixando-a sair dos nossos limites. Ponto para o time adversário, composto por ela, pelo Guilherme, Natália e Felipe.

— Ah, errei de novo! — falei, chateada. — Vou dar uma pausa.

— E o nosso time vai ficar incompleto, engraçadinha? — Maria Alice perguntou, pegando a bola.

— Não. Eu também vou dar um tempo. — Guilherme disse ofegante, pondo as mãos no quadril. — Vou comprar uma água.

Dei de ombros e fui me sentar em um banco de areia próximo.

A Cidade Maravilhosa faz jus ao apelido. Nunca estive em um lugar tão bonito. Depois de ter me formado, fiz residência em clínica médica por dois anos em São Paulo e, agora, estava iniciando minha residência em Oncologia, no Rio de Janeiro.

Vislumbrei a figura de Nicole tentando fazer um saque. Não percebi como os últimos anos tinham se passado tão rápido. Parece que foi outro dia que minha mãe conseguiu tê-la como filha e ela agora já estava com quinze anos. Longos cabelos loiros, lisos na raiz e ondulados nas pontas caíam sobre seus ombros. Nem parecia aquela menininha careca que me encantou há oito anos.

Meus pais a mandaram para o Rio de Janeiro para passar as férias comigo e o Henrique. Por falar neles, estavam mais felizes do que nunca. Sua menininha loira estava no auge da mocidade e era o amor da vida dos dois. Eu e meu irmão mais velho até nos sentimos um pouco de lado, mas só de ver a alegria e a satisfação evidente nos olhares da nossa família, tudo valia a pena, até os ciúmes da nossa irmãzinha caçula.

Helena e Guilherme estão noivos. Embora, ao longo dos anos, tivessem passado por alguns desentendimentos, era notório que eles foram feitos um para o outro. O amor deles ultrapassava qualquer discussão besta e logo estavam bem de novo. Era um dos meus casais favoritos. Os dois estavam fazendo residência em cardiologia na cidade de Salvador.

Outro casal muito querido por mim é o Felipe e a Natália. Ele a faz sorrir, e a faz sentir que pode confiar nos homens outra vez. Estou muito feliz pelos dois. Ele, clínico geral em um hospital público de São Paulo. Ela, a maior design de moda do Brasil. Dois anos depois que Nicole recebera a medula, pedimos para certificar a quem pertencia, e era mesmo à Natália. Eu seria eternamente grata a ela por isso.

Maria Alice também tem a felicidade estampada no rosto. Havia trancado o curso de medicina há cinco anos, quando descobriu que sua vocação era outra. Depois que terminou de escrever Destino ou Acaso, as vendas dos livros dispararam, e a maioria do público jovem amou a história, colocando a obra em primeiro lugar na lista dos mais lidos. Ela passou a ser procurada por muitos promotores de eventos para dar palestras e cursos de escrita. Iniciou a faculdade de jornalismo e logo foi chamada para trabalhar em uma das maiores revistas do país. As editoras praticamente estão em guerra, querendo que Maria Alice contrate alguma delas para publicar seu próximo livro, porque será lucro garantido. Estou muito orgulhosa por ela, e ainda mais por eu ter contribuído para o seu sucesso com a minha própria história de vida.

E, é claro, meu irmão mais velho, que já estava casado com ela. O Henrique, que também já tinha residência em clínica médica, está fazendo residência em cardiologia, e também no Rio. Mora com Maria Alice em um apartamento próximo ao meu, para não perder o costume de irmãozinho superprotetor, embora eu já fosse uma mulher de vinte e sete anos, dona do meu próprio nariz. Mas depois de quase ter me perdido naquele incêndio, prometeu a si mesmo que zelaria por mim, não importava quanto anos eu já tivesse.

O incêndio. O incêndio que destruiu o lugar mais agradável para mim, onde eu poderia esquecer meus problemas e onde aprendi as coisas valiosas que hoje sei. Como era uma entidade pública, a prefeitura não se dispôs a dar os recursos necessários para reformar o local. Logo, as crianças foram transferidas para outro orfanato. Infelizmente, duas das que ainda tinham câncer não resistiram à doença. As demais foram adotadas por famílias carinhosas e amáveis.

Victória montou seu próprio centro comunitário para crianças juntamente com Clara. Elas agora se dedicavam inteiramente ao serviço voluntário, e o centro comunitário das duas havia crescido muito nos últimos anos. Vários voluntários agora faziam parte dele, e as crianças recebiam muitas visitas e doações.

Olhei para os milhares de prédios que cobriam aquela cidade enorme. Tudo é muito lindo. Apesar de ser notavelmente a cidade dos sonhos, sinto saudades da minha Parnaíba. Minha cidadezinha onde tudo começou. Meu pedacinho de chão, que tanto amo. Como me fazem falta aquelas praias tão paradisíacas e aquele vento forte...

Também sinto saudades da capital piauiense, o cenário do ano mais marcante da minha vida, onde as coisas mais inimagináveis aconteceram.

Somente uma pessoa não acompanhou meu progresso, minhas conquistas naqueles últimos anos. E, embora faça anos da sua partida, sei que está em algum lugar, orgulhoso de mim. Eu ainda posso sentir sua presença, seu amor, seu carinho. Sei que está em um lugar muito melhor.

A bola novamente saiu dos domínios do jogo, rolando pela areia quente da praia de Copacabana.

— Eu pego! — prontifiquei-me, indo atrás dela.

Por causa do vento, quase não a alcancei. Além da sua velocidade, o vento a empurrava para mais longe de mim, fazendo me distanciar dos meus amigos. Quando finalmente ela parou, alguém próximo agarrou-a com uma mão só.

— Obrigada. — eu disse, olhando somente para a bola. Quando ergui o olhar, eu deixei-a cair mais uma vez.

Os mesmos olhos, mesmo cabelo. Mesma pele, mesma expressão enigmática de sempre, embora os anos tivessem feito uma aparência mais madura e diferente. Ele pegou a bola do chão mais uma vez, como se estivesse escolhendo as palavras certas para dizer.

— Nunca passou pela minha cabeça te encontrar aqui.

— Faço residência em oncologia — comentei, pegando a bola da sua mão e pondo uma mecha do cabelo atrás da orelha. Tentei parecer bem casual, mas não consegui. A presença dele ainda me deixava bastante nervosa, apesar dos anos passados. — Mas e você, o que faz aqui?

— Na verdade, moro em Belo Horizonte. Estou apenas passando umas férias. Depois que terminei Administração, assumi um cargo na empresa do meu pai.

Assenti compreensivamente.

— Meus amigos também vieram passar umas férias.

Ele olhou em direção ao jogo de vôlei, indicando-o com o queixo.

— Os mesmos de sempre? E aquela é Nicole? Meu Deus, não acredito. Ela está tão linda. — ele ergueu as sobrancelhas de admiração. Percebi que ele se conteve para não ir correndo até ela.

— Sim, os de sempre. — olhei para eles também. Estavam conversando e brincando pela areia, então não viram com quem eu conversava. — E aquela é, sim, a Nicole.

Tomei coragem e olhei novamente para ele. Nossos olhos se encontraram e, por um segundo, tive a nítida sensação de que éramos os dois jovens inconsequentes de anos atrás.

— Malu... Não sei se isso é certo, mas queria saber se...

— Não.

— O quê? — ele perguntou franzindo o cenho.

— Não quero marcar nada com você. — dei de ombros, rindo — Sabe por quê? Eu adoro essas surpresas que o destino, ou o acaso, sei lá, arma para a gente.

Ele pareceu entender o recado, então esticou a mão amigavelmente para mim.

— Então é isso. Prazer em revê-la, senhorita. — ele disse, enquanto eu apertava a mão dele. — A gente se vê, é... Quando o destino ou o acaso permitir, não é?

Esbanjei um sorriso e logo depois corri em direção aos meus amigos de novo, jogando a bola para o alto.

— Até que fim, hein? — Nicole reclamou. — Pensei que você não iria voltar nunca!

— Vamos lá! — eu disse, posicionando-me e passando a bola para o Henrique sacar. — Vamos animar essa partida!

Epílogo

Quando eu tinha dezoito anos, e nos primeiros meses dos meus dezenove, aprendi uma porção de coisas:

1. Perder alguém dói muito, mas o mundo não para de girar para que você arrume sua vida. É preciso seguir em frente.

2. Mudar é saudável. Mudar de casa, de emprego, de faculdade, de cidade, faz-nos amadurecer, pois teremos que conviver em outro ambiente, com outras pessoas, e nos adaptar a tudo isso.

3. As crianças são seres puros, sinceros e humildes. Por isso, independentemente da como sejam — brancas ou negras, brasileiras ou estrangeiras, saudáveis ou com limitações — elas são dignas de todo o nosso amor.

4. A rispidez, o mau-humor e a falta de paciência só fazem mal a nós mesmos.

5. Não é verdade que todos os homens são iguais.

6. Não desistir é o segredo. E a fé tem que ser maior que os medos.

7. A vida é imprevisível. Em um dia, você pode estar explodindo de felicidade e, no dia seguinte, poderá chorar inconsolavelmente. Aquela pessoa que odeia você pode ajudá-lo um dia. Aquela que já disse que o ama, pode querer matá-lo. O mundo é tão pequeno e cheio de armadilhas, que você achará que o Universo inteiro resolveu conspirar contra você. Mas é apenas o destino querendo testar seus limites, saber até onde vão seus princípios, e quais são suas reações diante das situações mais complexas.

8. E o Fred estava certo em todos os aspectos. Principalmente quando disse que o perdão nos faz melhores.

Suportem-se uns aos outros e perdoem as queixas que tiverem uns contra os outros. Perdoem como o Senhor lhes perdoou. Colossenses 3:13.

Agradecimentos

Logicamente, começarei agradecendo Àquele que, como disse Maria Lúcia, protagonista desta história, faz tudo milimetricamente funcionar, desde a disposição dos astros no Universo, até as células do nosso corpo. Sou eternamente grata pelas tuas maravilhas, meu Deus. Obrigada por abençoar meus sonhos e meus trabalhos.

Em segundo lugar, agradeço aos meus pais, Ribamar Monte e Socorro Chaves por sempre estarem ao meu lado, incentivando-me a correr atrás dos meus sonhos. Também agradeço à minha irmã Hermana Maria por dividir comigo opiniões sobre livros e sugerir ideias para o meu.

Muito obrigada à minha avó materna Leonildes, que cuidou de mim quando eu era criança com todo o amor do mundo. Obrigada também ao meu avô Francisco, que me alfabetizou com sua paciência e sabedoria, e despertou em mim desde cedo a paixão por livros e pela arte de escrever.

Obrigada à minha avó paterna Alaíde, que é, e sempre será, meu ideal de fortaleza e coragem. É a prova viva de uma das lições deste livro: A fé tem que ser maior que os medos. Agradeço, em memória, ao meu avô Édson, que, apesar de não tê-lo conhecido, deixou-me de herança o talento para escrever e fotografar, uma das minhas outras paixões.

Obrigada aos meus padrinhos, Rosana, em memória, e Gérson, não pensem que eu iria me esquecer de citá-los nestes agradecimentos. A maioria das coisas que aqui escrevi sobre Deus aprendi com vocês. Especialmente com minha madrinha, que inspirou minha personagem favorita, Nicole, que mesmo ameaçada pelo câncer nunca deixou de ter fé. Sei que está em algum lugar muito feliz por mim.

Agradeço a todos os meus familiares que acreditaram que um dia eu pudesse alcançar meus objetivos, em especial, à minha tia Maria de Jesus por ser tão bondosa comigo e, em memória, ao meu tio Édson, que foi embora de repente, mas me fazia sentir capaz de fazer tudo de que eu tinha vontade. Obrigada por ter feito parte da minha história e por ter inspirado o personagem mais cativante, Fred Albuquerque. Agradeço aos meus tios Francisco Chaves, Antônio Chaves e Williams Monte. E também à minha tia Elenice Monte.

Obrigada ao professor de Português José Airton Ferreira de Sousa, que revisou meu livro e contribuiu para que ficasse ainda melhor. Você foi muito importante nesse processo.

Agradeço a todos os meus amigos que se mostraram interessados quando falei que iria escrever um livro, os virtuais, que tanto me apoiaram, e os que fiz na escola e na faculdade. Todos sabem o carinho que tenho por cada um e espero que nunca perca contato com pessoas tão especiais. Quero agradecer principalmente à minha amiga, Ingrid Meneses, por ter me influenciado a ler tantos livros e a escrever tantas histórias, à Yasmim Coelho por ter contribuído bastante com opiniões como leitora, à Yane Maia por ter dado o "pontapé inicial" com uma única frase: "Vai escrever um livro", e ao meu melhor amigo Kelvin Felipe por ter passado horas intermináveis ao telefone me escutando falar desse sonho. Também não poderia deixar de agradecer à pessoa que me entende e me ajuda, Lucas Leal. Obrigada por tudo. A todos os meus outros amigos que me incentivaram, meus sinceros agradecimentos, amo muito vocês.

Por fim, obrigada a você, leitor, por ter lido tudo até aqui. Espero que tenha gostado desta história e que eu tenha contribuído para você contando a vida destes admiráveis personagens, que, apesar das dificuldades e das armadilhas do destino, conseguiram arranjar forças para seguir em frente. Desejo a você muita força e coragem para também ultrapassar as barreiras da vida. Lembre-se sempre daquela frase do Fred: Nunca desista de seus objetivos.